文心雕龍解詁舉隅

丁酉仲夏陳永正題

雍平 著

南方出版傳媒
廣東人民出版社
·廣州·

圖書在版編目（CIP）數據

文心雕龍解詁舉隅／雍平著. —廣州：廣東人民出版社，2018.12
ISBN 978-7-218-13152-8

Ⅰ. ①文…　Ⅱ. ①雍…　Ⅲ. ①《文心雕龍》—古典文學研究　Ⅳ. ①I206.2

中國版本圖書館 CIP 數據核字（2018）第 201511 號

WENXIN DIAOLONG JIEGU JUYU
文心雕龍解詁舉隅
雍　平　著

出 版 人：肖風華

責任編輯：李永新　王俊輝
責任技編：周　傑　吴彦斌
裝幀設計：書窗設計

出版發行：廣東人民出版社
地　　址：廣州市大沙頭四馬路 10 號（郵政編碼：510102）
電　　話：（020）83798714（總編室）
傳　　真：（020）83780199
網　　址：http：//www.gdpph.com
印　　刷：廣州市浩誠印刷有限公司
開　　本：787 毫米×1092 毫米　1/32
印　　張：13.5　　字　數：350 千
版　　次：2018 年 12 月第 1 版　2018 年 12 月第 1 次印刷
定　　價：75.00 元

作者簡介

雍平，别號右溪。學者、詩人。一九五九年六月出生。祖籍廣東興寧，世居廣州，書香門第出身（其父是語言學家王力、岑麒祥門弟子）。幼承家學，後從史學家羅元貞研習經史，並從嶺南詩人張采庵、佘藻華習詩。擅古文辭，通詩律，工書法。主要學術著作有《殷鑑》《文心發義》《文心雕龍解詁舉隅》《老子帛書異字通訓》《小學引端》《經史糾擿》；文學著作有《雍子寓言》《洪荒演義》；辭賦代表作有《廣州塔賦》；散文代表作有《韶陽樓記》。

序

余少年獨治典文，頗右《莊子》，旁及《文心雕龍》，深思所窺，大畜猶衆，每逆希風，不好與時師苟同。佛曰須陀洹者，名爲入流，而無所入焉。蓋草沒駿足，椒遺麟角，非世所能闚其道者耳。逮觀學尚廢放，道術衰微，憂心展轉。追思往哲，聖人之情，見乎文辭，益復會心，訓諸奧衍，有所甄明。

文心雕龍問世以還，寫印版本夥夠，流播遠矣。歷歲既久，板多漫滅。邇世注家蠭起，儒流鑽堅，勞其牘筆，孽羽審鱗，慧眼見真，各照隅隙。抉發其蘊，極揣其旨，矧引典文自遺揚述，遞相增益。然紛綸葳蕤，罕能切究，尚遺未得確訓者。余追跡前秀，尋繹奧窔，别求津逮，抉其精汋，擿其瑕纇，糾繩僢僞，補其罅漏。以是爲恒，括囊流略，包舉藝文，遍該緗素，積歲而功迨，乃成是書。

訓故乃襞積委瑣之學，若非博涉多方，涵泳群經，斠挹諸子，難通衆家之紛蔽。自好《爾雅》，無所因依，循古道爲師式，昈分魯魚，獨覺於斯，不舍晝夜，積微成著。今以《解詁舉隅》附《文心雕龍》，掃葉積薪，豈敢齮齕前人，非敢唐突近賢也。公元二千十七年歲次丁酉大雪之日雍平撰於右溪草堂

前言

《文心雕龍解詁舉隅》是我研究《文心雕龍》的第二部學術專著，它主要針對《文心雕龍》歷來有疑義及歧義或未能訓釋之字詞重作解詁，尤其是對現存有較大影響的《文心雕龍》校注及注釋本糾繩其失，所訓力求引據詳實堅確。

《文心雕龍》存世版本在寫印流傳過程中多有訛誤，歷代集校注釋者偶有闕疑，且未能就少許的字詞獲得通解，在所難免。如《原道篇》之「業峻鴻績」，歷來未得確訓。黄侃先生於《文心雕龍札記》說：「案業、績同訓功，峻、鴻皆訓大，此句位字，殊違常軌。」楊明照先生於《文心雕龍校注》已有別議：「按古人行文，位字確有違常軌者，然亦不能一一以後世語法相繩。如《論語·鄉黨》之『迅雷風烈』，《大戴禮記·夏小正》之『剝棗栗零』，其比與此正同。」我在本書中將之重作解詁：「案：楊氏別議，未就劉文解詁。黄侃《札記》所訓非是。鴻，當訓『盛』。劉文位字，非有違常軌，茲徵引如次：《誄碑篇》有『昭紀鴻懿』，乃謂彰明紀載盛美之德也。《呂氏春秋·執一》：『五帝以昭，神農以鴻。』高誘注：『鴻，盛也。』績，當訓『續』。考黄侃《爾雅音訓·釋詁第一》：『績、武，繼也。績、跡同聲，「績」之訓「繼」，猶「武」之訓

「繼」也。』《說文・糸部》：『繼，續也。』《莊子・秋水》：『三代殊繼。』成玄英疏：『繼，續也。』《穀梁傳・成公五年》：『伯尊其無績乎？』范甯注：『績，或作「續」。』《左傳・昭公元年》：『子盍亦遠績禹功，而大庇民乎？』並其證。據之，劉文『業峻鴻績』應解詁爲『夏后氏既興，功大而盛績』。又如楊明照先生在其《文心雕龍校注》中，將《總術篇》「如博塞之邀遇」謂之「『博塞邀遇』，喻『棄術任心』以從事撰述，如博徒之希求偶得然」，楊氏未得「邀」字確訓之義，而將此句臆斷爲『如博徒之希求偶得然』，實蹈誤也。我將「邀遇」解詁作「徼幸所得」。又如《附會篇》之「篇統間關」，楊明照先生於《文心雕龍校注》中將「間關」解爲「曲折」，乃望文生訓而蹈誤。我於本書中，對此「間關」就劉文本義作了訓詁：「尋繹文意，『間關』，當詁作『設置』。《慧琳音義》卷四六『「間關」注：間關，又亦設置也。』」又如《定勢篇》中之「枉轡」，歷來未作其訓，我將之訓作「徒執」。又如《誄碑篇》之「追褒元鳥之祚」，楊明照先生於《文心雕龍校注》說：「祚，兩京本作「祥」，徐𤊹校同疑是。」我於本書中，對此「祚」字訓作「報」。詳引如次：「祚，報也；賜也。《文選・張衡〈東京賦〉》：『祚靈主以元吉。』薛綜注：『祚，報也。』《謝莊〈宋孝武宣貴妃誄〉》：『祚靈集祉。』張銑注：『祚，報也。』《玄應音義》卷十二『「福祚」注：「祚，報也。」』《讀書雜誌・餘編下・文選》：『漢高祖《功臣頌》：「祚爾輝章。」王念孫按：「祚，賜也。」』此文乃謂簡狄吞鳦卵而生契，是爲商祖，故追褒玄鳥之報而賜焉。」又如《正緯篇》「曹褒撰讖以定禮」，楊明照先生於《文心雕龍校注》說：「選讖，即《後漢書》本傳所謂『雜以五經讖記之文』之意。若作『撰』，則非其指矣。」我於本書就劉文「撰」字作了詳訓：「案：撰，古與『選』通，義亦同。楊氏謂『撰』非其指，乃未訓也。《蛾術篇・說字》卷二二云：『撰，亦與「選」通。』《易・繫辭下》：『若夫雜物撰德。』焦循《章句》：『撰，選也。』《史記・司馬相如列傳》：『歷撰列辟。』裴駰《集解》引徐廣曰：『撰，一作「選」。』柳宗元《故殿中侍御史柳公墓表》：『撰擇貢士。』蔣之翹《輯注》：『撰，一作「選」。』《集韻・綫韻》：『選，或作「撰」。』並可證也。」又如《諧讔》篇「雖抃推席」，范文瀾云：「推，當是『帷』字之誤，『抃帷席』，即所謂『衆坐喜笑』也。」我於本書中訓釋爲：「案：推，乃『雅』之形訛。漢賈誼《新書・道術》：『辭令就得謂之雅，反雅爲陋。』《後漢書・祭遵傳》：『遵爲將軍，取士皆用儒術，對酒設樂，必雅歌投壺。』劉文末有『搏髀而抃笑哉』，『雅』者，就得辭令，雅歌也。漢之儒士，喜設雅席抃笑爲樂。」又如《啓奏篇》「阜飭司直」，楊明照先生《文心雕龍校注》說：「『阜飭』二字不可解，《札迻》十二謂當作『皁袀』，亦未可從。疑爲

『白簡』之舛誤。」我於本書中作其訓爲：「皁飭，於文可解。案：《左傳·昭公七年》：『士臣皁。』孔穎達疏引服虔云：『皁，造也，造成事也。』『皁飭司直』，乃謂造成其事，整飭司直，以修正其身也。」

《文心雕龍解詁舉隅》稿成，感荷中山大學中國古文獻研究所陳永正教授的垂注和鼓勵；感荷廣東人民出版社總編輯鍾永寧先生對此書的出版給予鼎力支持；感荷編輯王俊輝先生、李永新先生爲編輯此書傾注心血并提出了許多寶貴意見。

《文心雕龍》問世以還，雖歷經衆多通人碩士校注箋釋，然向無訓詁專著見世，撰著《文心雕龍解詁舉隅》用意在於，從訓詁學的角度較爲系統地訓釋《文心雕龍》中的疑難字詞，通過訓釋，有助於讀者對該書豐富的內涵有更加切實的理解。對《文心雕龍》的解詁，周浹維艱，書中若有失照未逮者，敬祈博雅君子不吝賜教。

二〇一八年六月雍平撰於廣州河南右溪草堂

凡例

一、本書所引《文心雕龍》正文及校勘記，主要依據楊明照《增訂文心雕龍校注》（中華書局二〇一七年版），旁引諸書作爲參考。字條之解詁，首列校勘記，悉依楊著迻録；次列歷代諸家之説；後列己説，以「雍案」二字别之。

二、本書衹對《文心雕龍》歷來有疑義或有歧義之字詞進行解詁。

三、楊氏《增訂文心雕龍校注》，原書所引書名均未標號，今按出版規範皆補上書名號。原書爲小字號者，今亦循之以小字號排録。舉例：楊明照《校注》云：「……王念孫（《讀書雜志》三）、錢大昕（《三史拾遺》一）、梁玉繩（《史記志疑》一）並謂《史記・五帝本紀》「依鬼神以剬義」之「剬」為「制」之譌」楊氏所云及所引者，皆未訓也。

四、本書非校注本，《文心雕龍》正文文字悉依《增訂文心雕龍校注》，不作更改。

五、所引校注或箋注本首引時用全稱以書名號標出，並加括號標出簡稱，遇重出時悉以簡稱列出。如：楊明照《增訂文心雕龍校注》（以下簡稱《校注》）。

六、同一條解詁中，遇引書之重出者，遞引時省略書名。舉例：《文選・漢武帝

〈賢良詔〉》：「著之於篇。」李周翰注：「著，述也。」又《班固〈西都賦〉》：「著作之庭。」張銑注：「著，作也。」

七、凡書中所引校本衹標校者姓名，除首引校語時列校本名稱外，其餘省略，不復列校本名稱。如「傍，傳録何焯校本作『旁』。」

八、本書解詁前之校語，悉依楊明照《增訂文心雕龍校注》，楊著參校之版本繁富，校勘記中人名、書名、版本又多作省稱，兹將具體版本及簡稱開列如右，俾便讀者研究查覽。

刻本：元至正本（元本）至正十五年刊；明馮允中本（馮本）弘治十七年刻；明汪一元本（汪本）嘉靖十九年刻；明覆刻汪本（覆刻汪本）；明佘誨本（佘本）嘉靖二十二年刻；明張之象本（張本）；明胡震亨本（胡本）；明王惟儉訓故本（訓故本）萬曆三十七年刻；明梅慶生萬曆音註本（梅本）萬曆三十七年刻；明梅慶生萬曆四十年復校本（萬曆梅本）；明凌雲套印本（凌本）萬曆四十年刻；明梅慶生天啓二年校定本（天啓梅本）；明陳長卿覆刻梅慶生天啓二年校定本（陳本）；明梁杰訂正本（梁本）；清抱青閣重鐫姜午生本（姜本）康熙三十四年重刻；日本岡白駒校正句讀本（岡本）清雍正九年刻；日本尚古堂本

（尚古本）；清黃叔琳輯註本（黃氏輯註本）原刻為乾隆六年養素堂本；清張松孫輯註本（張松孫本）乾隆五十六年刻；清翰墨園覆刻芸香堂本（芸香堂本）；清思賢講舍重刻紀評本（思賢講舍本）光緒十九年刻。

叢書本：明胡維新兩京遺編本（兩京本）萬曆十年刻；明鍾惺評合刻本五家言本（合刻本）；明鍾惺評祕書十八種本（祕書本）；明陳仁錫奇賞彙編本（彙編本）崇禎七年刻；明黃澍葉紹泰評選漢魏別解本（別解本）崇禎十一年刻；明葉紹泰增定漢魏六朝別解本（增定別解本）；清王謨漢魏叢書本（王本）乾隆五十六年刻；清崇文書局三十三種叢書本（崇文本）光緒三年刻；民國鄭國勛龍谿精舍叢書本（龍谿本）民國五年刻。

校本：明徐𤊹校本；明馮舒校本；明朱謀㙔校正本；明錢允治校本（錢本）；明趙琦美校本（趙本）；明謝兆申校本（謝本）；明曹學佺校本（曹本）；清朱彝尊校本（朱本）；清葉樹蓮校本（葉本）；清何焯校本（何本）；清吳翌鳳校本（吳本）；清程文校本（程本）；傳録郝懿行校本（郝本）；傳録黃丕烈顧廣圻合校本（合校本）；清褚德儀校本（褚本）；清盧文弨校本（盧本）；清陳鱣校本（陳本）。

寫本：唐人草書殘卷本（唐寫本）甘肅敦煌莫高窟舊物；明謝恒鈔本（謝鈔本）；清

初謹軒鈔本（清謹軒本）；清四庫全書文津閣本（文津閣本）；清四庫全書薈要本（薈要本）；清四庫全書文淵閣本（文淵本）；文溯閣本（文溯本）；清鄭珍藏鈔本（鄭藏鈔本）。

選本：廣文選明劉節編；廣廣文選明周應治纂；續文選明湯紹祖、胡震亨編；文體明辨明徐師曾撰；古逸書明潘基慶選；文儷明陳翼飛輯；諸子彙函舊題明歸有光輯；四六法海明王志堅編；漢魏六朝正史文選明許清胤、顧在觀輯。

目錄

卷五

卷六

卷七

卷八

卷九

卷十

文心雕龍解詁舉隅卷一

原道第一

文之爲德也大矣，與天地並生者何哉？夫玄黄色雜，方圓體分，日月疊璧，以垂麗天之象；山川焕綺，以鋪理地之形：此蓋道之文也。仰觀吐曜，俯察含章，高卑定位，故兩儀既生矣。惟人參之，性靈所鍾，是謂三才；爲五行之秀，實天地之心。心生而言立，言立而文明，自然之道也。傍及萬品〔一〕，動植皆文：龍鳳以藻繪呈瑞，虎豹以炳蔚凝姿；雲霞雕色，有踰畫工之妙；草木賁華〔二〕，無待錦匠之奇。夫豈外飾？蓋自然耳。至於林籟結響，調如竽瑟；泉石激韻，和若球鍠：故形立則章成矣，聲發則文生矣。夫以無識之物，鬱然有彩，有心之器，其無文歟！

人文之元，肇自太極，幽贊神明，易象惟先。庖犧畫其始，仲尼翼其終，而乾坤兩位，獨制文言。言之文也，天地之心哉！若迺河圖孕乎八卦，洛書韞乎九疇〔三〕，玉版金鏤之實〔四〕，丹文緑牒之華，誰其尸之〔五〕？亦神理而已。

自鳥跡代繩，文字始炳，炎皞遺事，紀在三墳，而年世渺邈〔六〕，聲采靡追。唐虞文章，則煥乎始盛。元首載歌，既發吟詠之志；益稷陳謨，亦垂敷奏之風。夏后氏興，業峻鴻績〔七〕，九序惟歌，勳德彌縟。逮及商周，文勝其質，雅頌所被，英華日新。文王患憂，繇辭炳曜〔八〕，符采複隱，精義堅深。重以公旦多材〔九〕，振其徽烈，剬詩緝頌〔一〇〕，斧藻群言。至夫子繼聖，獨秀前哲，鎔鈞六經，必金聲而玉振；雕琢情性，組織辭令，木鐸起而千里應，席珍流而萬世響，寫天地之輝光，曉生民之耳目矣。

爰自風姓，暨於孔氏，玄聖創典，素王述訓，莫不原道心以敷章，研神理而設教，取象乎河洛，問數乎蓍龜，觀天文以極變，察人文以成化；然後能經緯區宇，彌綸彝憲，發輝事業〔一一〕，彪炳辭義。故知道沿聖以垂文，聖因文而明道，旁通而無滯，日用而不匱。易曰：鼓天下之動者存乎辭。辭之所以能鼓天下者，迺道之文也。

贊曰：道心惟微，神理設教。光采元聖，炳燿仁孝。龍圖獻體，龜書呈貌。天文斯觀，民胥以傚。

〔一〕傍及萬品

傍，傳録何焯校本作「旁」。張松孫本、《詩法萃編》皆改作「旁」。楊明照《增訂文心雕龍校注》（以下簡稱《校注》）云：「按何校『旁』是。」雍案：何校「旁」非也。傍，通「旁」，義同。偏也，周偏也。《讀書雜志・墨子第一・尚同》：「傍薦之。」王念孫按：「傍者，溥也，偏也。」《說文・上部》：「旁，溥也。」《慧琳音義》卷二二引《慧苑音義》：「溥蔭萬方。」注引《珠叢》：「溥，偏也。」《玄應音義》卷七「溥演」注引《詩傳》：「溥，亦偏也。」《禮記・中庸》：「溥博淵泉。」孔穎達疏：「溥，謂無不周遍也。」溥，分布也，同「敷」。《荀子・成相》：「禹溥土，平天下，躬親爲民行勞苦。」注：「溥，讀爲敷。」《禮・祭義》：「夫孝，置之而塞乎天地，溥之而横乎四海。」《釋文》：「溥，本又作『敷』，同，芳于反。」

〔二〕草木賁華

黃侃《文心雕龍札記》（以下簡稱《札記》）曰：「《易》釋文引傅氏云：『賁，古『斑』字，文章皃。』王肅『符文反』，云：『有文飾黄白皃。按王肅原文「皃」作「色」。』」楊明照《校注》云：「按《易・序卦傳》：『賁者，飾也。』此『賁』字當訓爲『飾』。黃氏引傅、王兩家音義，於此均不愜。此『賁』字當與上句『雕色』之『雕』，皆當作動詞解。」雍案：賁，加文若飾也。猶加文於質上，變而爲文飾之貌。蓋古訓「賁」作「飾」，又訓作「文章貌」，文之著也。賁，古「斑」字，義同。雜色曰賁，駁文也。賁，古讀若『斑』，逋還切，平刪幫。《易·賁》：「賁，亨。」陸德明《釋文》引傅氏云：「賁，古『斑』字，文章貌。」又引鄭玄注：「賁，變也，文飾之貌。」《說文·貝部》：「賁，飾也。」《易·序卦》：「賁者，飾，飾也。」《書（僞）·湯誥》：「賁若草木。」枚傳：「賁，飾也。……煥然咸飾，若草木同華。」蔡沈《集傳》：「賁，文之著也。」

〔三〕**洛書韞乎九疇**

疇，黄叔琳《文心雕龍輯注》作「章」。龍溪精舍叢書本自黄本出，亦作「章」。雍案：元、明兩季以還，各本無作「章」者。「九疇」，《漢書·五行志》訓爲「九章」，其上云：「所謂天迺錫禹大法九章，常事所次者也。」《論衡·正説篇》云：「禹之時得洛書，書從洛水中出，《洪範》九章是也。」蓋黄氏輯注本改「疇」爲「章」，源出有自。疇，古多訓作「類」。《書·洪範》：「不畀洪範九疇。」孔安國傳：「疇，類也。」孔穎達疏：「疇是輩類之名。」《漢書·五行志》：「弗畀洪範九疇。」顔師古注：「疇，類也。」《後漢書·質帝紀》：「鴻範九疇。」李賢注：「疇，類也。」王巾《頭陀寺碑文》：「必求宗於九疇。」呂延濟注：「疇，類也。」柳宗元《天對》：「宜儀刑九疇。」蔣之翹《輯注》引《洪範注》：「疇，類也。」考諸前人詁訓，未嘗見訓「章」者爲「類」也。蓋疑訓「疇」爲「章」者，乃謂文理之類成章者也。《易·說卦》云：「故易六畫而成章。」李鼎祚《集解》引虞翻曰：「章，謂文理也。」

〔四〕**玉版金鏤之實**

實，《御覽》五八五引作「寶」。朱謀㙔校作「寶」。雍案：實、寶，形近易譌。此當作「實」字爲是，其與接句之「華」字對舉，乃謂文質之富也。《說文·宀部》：「實，富也。」《廣韻·質韻》：「神質切，入質，船」。《書·君奭》：「則商實百姓。」江聲《集注音疏》：「實，富也。」《禮記·哀公問》：「好實無厭。」鄭玄注：「實，猶富也。」

〔五〕**誰其尸之**

雍案：尸，主也，主宰也。義與「司」同，謂主其事而司也。《爾雅·釋詁》：「尸、職，主也。」邢昺疏：「（主），謂爲之主宰也。」《爾雅·釋詁上》：「尸，主也。」郝懿行《義疏》：「尸，與『司』同，司亦主也。」《詩·召南·采蘋》：「誰其尸之？」毛傳：「尸，主也。」《莊子·天下》：「皆願爲之尸。」郭象注：「尸者，主也。」《群經平議·周官二》：「請度甫竁，遂爲之尸。」

俞樾按：「凡主其事皆得稱『尸』。」

〔六〕**而年世渺邈**

渺，宋本、鈔本、活字本、喜多本、鮑本《御覽》引作「眇」。楊明照《校注》云：「按以《諸子篇》『鬼谷眇眇』，《序志篇》『眇眇來世』例之，『眇』字是。「渺」為「眇」之後起字」雍案：楊氏謂「渺」爲「眇」之後起字，未訓也。渺，古與「眇」同。義皆謂遠也，遠而無極謂之「渺」或「眇」。《廣雅・訓釋》：「眇眇，遠也。」王念孫《疏證》：「《管子・内業篇》云：『渺渺乎如窮無極』，『渺』與『眇』同。」尹知章注：「渺渺，微遠貌。」《廣雅・釋訓》：「眇眇，遠也。」王念孫《疏證》：「眇眇，猶邈邈也。」《楚辭・九章・湘夫人》：「路眇眇之默默。」洪興祖《補注》：「眇眇，遠也。」《文選・劉鑠〈擬古〉》：「眇眇陵長道。」李善注引《廣雅》曰：「眇眇，遠也。」駱賓王《豔情代郭氏贈盧照鄰》：「眇眇函關限蜀川。」陳熙晉《箋注》引《廣雅》：「眇眇，遠也。」

〔七〕**業峻鴻績**

黄侃《札記》云：「案業、績同訓功，峻、鴻皆訓大，此句位字，殊違常軌。」楊明照《校注》云：「按古人行文，位字確有違常軌者，然亦不能一一以後世語法相繩。如《論語・鄉黨》之『迅雷風烈』，《大戴禮記·夏小正》之『剥棗栗零』，其比与此正同。」雍案：楊氏別議，未就劉文解詁。黄侃《札記》所訓非是。鴻，當訓「盛」。劉文位字，非有違常軌，兹徵引如次：《誄碑篇》有「昭紀鴻懿」，乃謂彰明紀載盛美之德也。《呂氏春秋·執一》：「五帝以昭，神農以鴻。」高誘注：「鴻，盛也。」績，當訓「續」。考黄侃《爾雅音訓·釋詁第一》：「績、武，繼也。績、跡同聲，『績』之訓『繼』，猶『武』之訓『繼』也。」《説文·糸部》：「繼，續也。」《莊子·秋水》：「三代殊繼。」成玄英疏：「繼，續也。」《穀梁傳·成公五年》：「伯尊其無績乎？」范甯注：「績，或作『續』。」《左傳·昭公元年》：「子盍亦遠績禹功，而大庇民乎？」並其證。據之，劉文「業峻鴻績」應解詁爲「夏后氏既興，功大而盛續」。

〔八〕**繇辭炳曜**

曜，《御覽》引作「燿」。楊明照《校注》云：「按《説文·火部》：『燿，照也。』無『曜』字。《御覽》作『燿』，是也。贊文『炳燿仁孝』，《詔策篇》『符命炳燿』，並作『燿』，尤爲切證。」雍案：曜，古與「燿」通，義皆作照也。《釋名·釋天》：「曜，燿也，光明照燿也。」《玉篇·火部》：「燿，與『曜』同。」《玄應音義》卷四「光燿」注：「燿，古文『曜』。」《玉篇·日部》《廣韻·笑韻》：「曜，照也。」《楚辭·九歎序》：「騁詞以曜德者也。」舊校：「曜，一作『燿』。」《文選・曹植〈七啓〉》：「散燿垂文」「周旋馳燿」舊校：「燿，五臣作『曜』。」又《文選・曹植〈求自試表〉》：「此二臣豈好爲夸主而燿世俗哉。」舊校：「燿，五臣作『曜』。」

〔九〕重以公旦多材

材，《御覽》引作「才」。楊明照《校注》云：「今本《文心》作『材』，蓋寫者據《金縢》改也。」雍案：《書・金縢》云：「乃元孫不若旦多材多藝。」《隋書・王貞傳》：「（謝齊王索文集啓）昔公旦之才藝，能事鬼神。」《論衡・死僞篇》「材」作「才」。材，古假借爲「才」，義亦相通。楊氏所云，乃未訓也。《說文・木部》朱駿聲《通訓定聲》：「材，叚借爲『才』。」又《才部》：「凡才能，字當作『材』。」《玉篇・才部》：「才，才能也。」《詩・齊風・盧令》：「其人美且偲。」毛傳：「偲，才也。」鄭玄箋：「才，多才也。」《詩・魯頌・駉》：「思馬斯才。」毛傳：「才，多材也。」《易・繫辭下》：「象者材也。」焦循《章句》：「『材』即『才』。」《小爾雅・廣言》：「佞，才也。」胡承珙《義證》：「『才』與材『通』。」《諸子平議・墨子三》：「知材也。」俞樾按：「『才』與『材』通。」《莊子・徐無鬼》：「天下馬有成材。」陸德明《釋文》：「材，字亦作『才』。」《玉函山房輯佚書・春秋外傳國語孔氏注》：「咨材爲諏。今本作『才』。《春秋正義》引作『材』。」

〔一〇〕**剬詩緝頌**

剬，明徐𤊹校本校云：「當作『制』」。《御覽》引作「制」。《文儷》作「顓」。楊明照《校注》云：「按以《宗經篇》『據事剬範』唐寫本作『制範』驗之，此必原是『制』字。『制』之篆文『𠜲』，隸作『**制**』，與『剬』相似，因而致誤，非古通用也。梅、黃兩家音注並非，紀昀、李詳曲爲之説亦謬。王念孫（《讀書雜志》三）、錢大昕（《三史拾遺》一）、梁玉繩（《史記志疑》一）並謂《史記·五帝本紀》『依鬼神以剬義』之『剬』爲『制』之譌」雍案：楊氏所云及所引者，皆未訓也。剬，古「制」字也，義同。《史記·五帝本紀》：「依鬼神以剬義。」張守節《正義》：「剬，古『制』字。」《韓非子·詭使》：「所以善剬下也。」王先慎《集解》引顧廣圻云：「剬、制字同。」又云：「《拾補》『善剬』作『擅制』。」《戰國策·齊策三》：「夫剬楚者王也。」吳師道《補注》：「《史》《漢》作『制』字。」

〔一一〕**發輝事業**

輝，黃叔琳校云：「疑作『揮』。」元本、弘治本、活字本、汪本等作「發輝」。《御覽》引正作「揮」，詁訓本亦作「揮」。雍案：輝，古與「揮」通用。揮，謂揮散也。陸德明《釋文》：「揮，本亦作『輝』，義取光輝。」《易·乾》文言：「六爻發揮。」孔穎達疏：「揮，謂揮散也。」唐玄宗《孝經序》：「用廣發揮。」邢昺疏：「揮，謂揮散也。」《程器篇》有「君子藏器，待時而動，發揮事業」，舍人《剡山石城寺石像碑》有「發揮勝相」，皆以「發揮」連文。揮，亦作『輝』，光輝也。《文選·王粲〈從軍詩〉》：「良苗實已揮。」李善注：「揮，當爲『輝』。」

徵聖第二

夫作者曰聖，述者曰明。陶鑄性情，功在上哲。夫子文章，可得而聞，則聖人之情，見乎文辭矣。先王聖化，布在方册；夫子風采，溢於格言。是以遠稱唐世，則煥乎爲盛；近褒周代，則郁哉可從：此政化貴文之徵也。鄭伯入陳，以文辭爲功；宋置折俎，以多文舉禮：此事蹟貴文之徵也。褒美子産，則云言以足志，文以足言；泛論君子，則云情欲信，辭欲巧：此修身貴文之徵也。然則志足而言文，情信而辭巧，迺含章之玉牒，秉文之金科矣。

夫鑒周日月〔一〕，妙極機神〔二〕；文成規矩，思合符契。或簡言以達旨，或博文以該情，或明理以立體，或隱義以藏用。故春秋一字以褒貶，喪服舉輕以包重〔三〕，此簡言以達旨也。邠詩聯章以積句，儒行縟説以繁辭，此博文以該情也。書契斷決以象夬，文章昭晰以象離〔四〕，此明理以立體也。四象精義以曲隱，五例微辭以婉晦，此隱義以藏用也。故知繁略殊形，隱顯異術，抑引隨時，變通會適〔五〕，徵之周孔，則文有師矣。

是以子政論文，必徵於聖；稚圭勸學，必宗於經。易稱辨物正言，斷辭則備；書云辭尚體要，弗惟好異。故知正言所以立辯〔六〕，體要所以成辭；辭成無好異之尤，辯立有斷辭之義〔七〕。雖精義曲隱，無傷其正言；微辭婉晦，不害其體要。體要與微辭偕通，正言共精義並用；聖人之文章，亦可見也。顏闔以爲仲尼飾羽而畫，徒事華辭。雖欲訾聖，弗可得已。然則聖文之雅麗，固銜華而佩實者也。天道難聞，猶或鑽仰；文章可見，胡寧勿思？若徵聖立言，則文其庶矣。

贊曰：妙極生知，睿哲惟宰〔八〕。精理爲文，秀氣成采。鑒懸日月，辭富山海。百齡影徂，千載心在。

〔一〕**夫鑒周日月**

周，尚古本、岡本作「同」。雍案：「同」非是。謝靈運《辨宗篇》有「體無鑒周」，以「鑒周」連文。周，徧也，周徧也。《詩·周南·卷耳》：「寘彼周行。」王先謙《三家義集疏》引魯、韓説曰：「周，徧也。」《詩·小雅·皇皇者華》：「周爰咨諏。」朱熹《集傳》：「周，徧也。」《周禮·天官·外府》：「以周知四國之治。」賈公彥疏：「周，徧也。」《逸周書·小開》：「維周于民人。」朱右曾《集訓校釋》：「周，徧也。」

〔二〕妙極機神

機，黃叔琳校云：「疑作『幾』。」此本馮舒、何焯說。雍案：「幾」與「機」字，古通用。《書・顧命上》：「貢于非幾。」孫星衍《今古文注疏》：「幾，與『機』通。」《易・屯》：「君子幾不如舍。」陸德明《釋文》：「幾，鄭作『機』。」《易・繫辭上》：「夫易，聖人之所以極深而研幾也。」陸德明《釋文》：「幾，本或作『機』。」又：「唯幾也，故能成天下之務；唯神也，故不疾而速，不行而至。」陸德明《釋文》：「幾，本作『機』。」李富孫《易經異文釋》卷五：「幾事不密。漢《王莽傳》作『機事』，師古注引同。」「知幾其神乎。」《魏志・袁渙傳》注引作『機』。」蓋「幾神」與「機神」通也，《論說篇》有「銳思於機此依元本、弘治本等神之區」。

〔三〕喪服舉輕以包重

包，唐寫本作「苞」。雍案：「包」與「苞」，古字通用。《說文・包部》段玉裁注：「包，亦作『苞』，皆假借字。」《書・禹貢》：「草木漸包。」陸德明《釋文》：「包，字或作『苞』。」《說文・艸部》引作「漸苞」。《易・泰》「包荒」，陸德明《釋文》：「包，本又作『苞』。」又《姤》「包瓜」，陸德明《釋文》：「包，子夏作『苞』。」《詩・召南・野有死麕》：「白茅包之。」李富孫《詩經異文釋》：「《釋文》：『包』作『苞』。《木瓜》正義引作『苞』，《曲禮疏》《白帖》《藝文類聚》《御覽》

引並同。」《潛夫論・德化》：「德者，所以苞之也。」汪繼培箋：「苞，與『包』同。」李白《明堂賦》：「掩栗陸而苞陶唐。」王琦《輯注》：「苞、包，古字通用。」《章表篇》「表體多包」，《御覽》五九四引作「苞」。《序志篇》「苞會通」，元本、弘治本等作「包」。

〔四〕文章昭晰以象離

晰，唐寫本作「哲」；象，唐寫本作「効」。徐𤊹「哲」汪本如此校「晰」張紹仁校「哲」。雍案：唐寫本「哲」「効」字並是。「哲」同「晰」也。《說文・日部》：「哲，昭晰，明也。从日，折聲。《禮》曰：晰明行事。」《玉篇・日部》：「晰，之逝切，明也。哲、晣並同上。」《文選・陸機〈文賦〉》：「情曈曨而彌鮮，物昭晰而互進。」「昭晰」又作「昭哲」。《史記・司馬相如傳・封禪書》：「首惡湮沒，闇昧昭哲。」《文選・顏延之〈宋文皇帝元皇后哀策文〉》：「司化莫哲。」李善注引《說文》曰：「哲，昭晰，明也。」《後漢書・馮衍傳》：「况其昭哲者乎？」李賢注：「哲，明也。」《慧琳音義》卷八三「昭哲」注引《考聲》：「哲，光明也。」

〔五〕變通會適

會適，唐寫本作「適會」。雍案：會適，位字有違常軌，乃「適會」之譌也，二字當乙。適，當也；遇也。會，合也；會合也。《漢書・賈誼傳》：「以爲是適然耳。」顏師古注：「適，當也。」

《資治通鑑・漢紀三十六》：「令必有適。」胡三省注：「適，當也。」《文選・曹丕〈雜詩〉》：「適與飄風會。」李善注：「適，遇也。」《說文・會部》：「會，合也。」《呂氏春秋・季秋》：「以會天地。」高誘注：「會，合也。」《資治通鑑・晉紀二十七》：「苟爲諂諛之言以會陛下之意。」胡三省注：「會，會合也。」

〔六〕故知正言所立辯

辯，唐寫本作「辨」。楊明照《校注》云：「按此語承上『易稱辨物正言』句，當作『辨』爲是。下『辯立』亦然。」雍案：「辯」與「辨」，乃同聲假借字。辨，古「辯」字，與「別」通，古義亦同。《墨子・非命中》：「將欲辯是非利害之故。」孫詒讓《閒詁》：「吳鈔本『辯』作『辨』。」又《非命下》：「我以爲雖有朝夕之辯。」孫詒讓《閒詁》：「吳鈔本作『辨』。」李富孫《易經異文釋》卷一：「問以辯之。明閩本、藍本『辯』作『辨』。」《經義述聞・書・別求》：「《樂記》：『其治辯者其禮具。』《史記・樂書》『辯』作『辨』，一作『別』。」《周禮・夏官・職方氏》：「辨其邦國都鄙。」孫詒讓《正義》：「此職辨字，《周書》及《漢書・地理志叙》並作『辯』，同聲假借字。」又《周禮・天官・冢宰》：「辨方正位。」陸德明《釋文》：「本又作『辯』。」《左傳・襄公二十五年》：「男女辨姓。」李富孫《春秋三傳異文釋》：「《釋文》作『辯』。」《管子・立政》：「辨功苦。」戴望《校正》：「宋本『辨』作『辯』。」李富孫《易經異文釋》卷一：「未濟辨物。漢《孔彪碑》作『辯』。」

〔七〕辯立有斷辭之義

義，唐寫本作「美」。雍案：「美」字是也。「義」與上文不接，且無内蘊深義，非劉文本旨，實乃「美」之譌也。美者，善也。《說文·羊部》：「『美』與『善』同意。」蓋「斷辭之美」，乃謂堪合斷定文辭之善也。

〔八〕睿哲惟宰

睿，唐寫本作「叡」。雍案：「睿」與「叡」，音義同。《爾雅·釋言》：「獻，聖也。」郭璞注：「謚法曰：聰明睿智曰獻。」邵晉涵《正義》：「《逸周書·謚法解》文。睿智，本或作『叡智』。」《玉篇·𣦼部》：「叡，與『睿』同。」《玄應音義》卷二三「聰叡」注：「叡，古文『睿』『壡』二形，同。」《廣雅·訓詁三》：「叡，智也。」王念孫《疏證》：「叡，與『睿』同。」《慧琳音義》卷二四「叡唐」注：「叡，古文作『睿』，籀文作『壡』。」《集韻·祭韻》：「叡，古作『睿』『容』，籀文作『壡』。」《文選·陸雲〈大將軍宴會被命作詩〉》：「叡哲惟晉。」舊校：「叡，善本作『睿』字。」

三極彝訓，其書言經。經也者，恒久之至道，不刊之鴻教也。故象天地，效鬼神，參物序，制人紀；洞性靈之奧區，極文章之骨髓者也。皇世三墳，帝代五典，重以八索，申以九邱〔一〕；歲歷緜曖，條流紛糅。自夫子刪述，而大寶咸耀。於是易張十翼，書標七觀，詩列四始，禮正五經，春秋五例。義既極乎性情〔二〕，辭亦匠於文理，故能開學養正，昭明有融。然而道心惟微，聖謨卓絕，牆宇重峻，而吐納自深。譬萬鈞之洪鐘，無錚錚之細響矣。

夫易惟談天，入神致用；故繫稱旨遠辭文，言中事隱，韋編三絕，固哲人之驪淵也。書實記言〔三〕，而訓詁茫昧，通乎爾雅，則文意曉然。故子夏歎書，昭昭若日月之明，離離如星辰之行，言昭灼也〔四〕。詩主言志，詁訓同書，摛風裁興，藻辭譎喻，溫柔在誦，故最附深衷矣。禮以立體，據事制範〔五〕，章條纖曲，執而後顯，採掇生言〔六〕，莫非寶也。春秋辨理，一字見義，五石六鷁，以詳略成文；雉門兩觀，以先後顯旨。其婉章志晦，諒以邃矣〔七〕。尚書則覽文如詭，而尋理即暢；春秋則觀辭立曉，而訪義方隱：此聖人之殊致，表裏之異體者也。

至根柢槃深〔八〕，枝葉峻茂〔九〕，辭約而旨豐，事近而喻遠。是以往者雖舊〔一〇〕，餘味日新，後進追取而非晚〔一一〕，前修文用而未先〔一二〕，可謂太山徧雨，河潤千里者也。

故論說辭序，則易統其首；詔策章奏，則書發其源；賦頌歌讚，則詩立其本；銘誄箴祝，則禮總其端；紀傳銘檄〔一三〕，則春秋爲根。並窮高以樹表，極遠以啓疆，所以百家騰躍，終入環內者也。若稟經以製式，酌雅以富言，是仰山而鑄銅〔一四〕，煮海而爲鹽也。故文能宗經，體有六義。一則情深而不詭，二則風清而不雜，三則事信而不誕，四則義直而不回〔一五〕，五則體約而不蕪，六則文麗而不淫。揚子比雕玉以作器，謂五經之含文也。夫文以行立，行以文傳，四教所先，符采相濟。勵德樹聲〔一六〕，莫不師聖，而建言脩辭，鮮克宗經。是以楚豔漢侈，流弊不還，正末歸本，不其懿歟？

贊曰：三極彝道，訓深稽古。致化歸一，分教斯五。性靈鎔匠，文章奧府。淵哉鑠乎，群言之祖。

〔一〕申以九邱

楊明照《校注》云：「按此『邱』字乃黄氏例避孔子諱所改，當依各本作『丘』。」雍案：九邱，即九丘，諱改之也。其義故訓有異，各説不一，皆無實據，舉隅如次：《左傳·昭公十二年》：「是能讀《三墳》《五典》《八索》《九丘》。」杜預注：「皆古書名。」孔穎達疏引賈逵云：「九丘，九州亡國之戒。」又引延《篤言》張平子説：「九丘，《周禮》之九刑；丘，空也，亦空設之。」又引馬融説：「九丘，九州之數也。」《孔子家語·正論》：「是能讀《三墳》《五典》《八索》《九丘》。」王肅注：「九丘，國聚也。」《釋名·釋典》：「九丘，丘，區也；區别九州之土氣，教化所宜施者也。」孔安國《尚書序》云：「九州之志，謂之九丘。」黄庭堅《常父惠示丁卯雪十四韻謹同韻賦之》：「大雲庇九丘。」任淵注引《書序》曰：「九州之志，謂之九丘。」

〔二〕義既極乎性情

雍案：極，乃「埏」之譌。宋本《御覽》卷六百八引作「埏」。《小學蒐佚·桂苑珠叢》：「抑土爲器曰埏。」《慧琳音義》卷八八「埏形」引許注《淮南子》：「埏，抑土爲器也。」《老子》第十一章：「埏埴以爲器。」河上公注：「埏，和也。」《淮南子·精神篇》：「譬猶陶人之埏埴也。」又：「陶人之尅埏埴。」葉德輝《閒詁》：「埏，揉也。」《論衡·物勢篇》：「今夫陶冶者，初埏埴作器，必模範爲形。」《鶡冠子・泰鴻》：「陶埏無形。」陸佃注：「埏，和土也。」《荀子・性惡》：「故陶人埏埴而爲器也。」楊倞注：「埏，擊也。」《玄應音義》卷十八「埏埴」注：「埏，柔也。」並其證。蓋「義既埏乎性情」者，乃義理柔和性情也。故謂陶冶所出，人之所有於性情也。

〔三〕書實記言

記，唐寫本作「紀」。訓故本、龍谿本作「紀」，與唐寫本合。雍案：「記」與「紀」，古通用字，録也。《釋名・釋典藝》：「記孔子與諸弟子所作之言也。」畢沅《疏證》：「記，一本作『紀』。」《文選・傅亮〈爲宋公求加贈劉前軍表〉》：「不可勝記。」舊校：「五臣作『紀』。」《史通・六家》：「猶稱漢記。」浦起龍《通釋》：「一作『紀』。」《素問・皮部論》：「以經脈爲紀者。」張志聰《集注》：「紀，記也。」《漢書・公孫弘卜式兒寬傳贊》：「其餘不可勝紀。」顔師古注：「紀，記也。」《文選・謝靈運〈會吟行〉》：「賢達不可紀。」呂延濟注：「紀，記也。」《司馬遷〈報任少卿書〉》：「稽其成敗興壞之紀。」李周翰注：「紀，記也。」《任昉〈王文憲集序〉》：「翰牘所未紀。」李周翰注：「紀，記也。」《揚雄〈劇秦美新〉》：「咸稽之於秦紀。」呂向注：「紀，記也。」

〔四〕言昭灼也

昭，唐寫本作「照」。雍案：《説文・火部》段玉裁注：「『照』與『昭』音義同。」「昭」與

「照」，鮮明也。《讀書雜志・管子第八・內業》：「照乎知萬物。」王念孫按引洪云：「照，與『昭』通。」《文選・王融〈三月三日曲水詩序〉》有「昭灼甄部，駔駿函列」。劉文本篇《頌讚》有「必結言於四字之句，盤桓於數韻之辭，約舉以盡情，昭灼以送文，此其體也」。

〔五〕據事剬範

楊明照《校注》云：「按『剬』當依唐寫本改作『制』。」雍案：楊氏所云，乃未訓也。剬，古「制」字，義相通。《史記・五帝本紀》：「依鬼神以剬義。」張守節《正義》：「剬，古『制』字。」《韓非子・詭使》：「所以善剬下也。」王先慎《集解》引顧廣圻云：「剬、制字同。」又云：「《拾補》『善剬』作『擅制』。」《戰國策・齊策三》：「夫剬楚者王也。」吳師道《補注》：「《史》《漢》作『制』字。」

〔六〕採掇生言

雍案：「生言」不文，黃校曰「疑作『片』」，是也。「片言」所出，見於典籍，或謂「偏言」，或謂「半言」。《論語・顏淵》：「子曰：『片言可以折獄者，其由也與？』」《集解》：「片，猶偏也。聽訟必須兩辭以定是非，偏信一言以折獄者，唯子路可。」宋朱熹《集注》：「片言，半言。折，斷也。子路忠信明決，故言出兩人信服之，不待其辭之畢也。」兩者注訓不同。而《文選・陸機〈謝平原內史表〉》云：「片言隻字，不關其間；事蹤筆跡，皆可推校。」唐釋貫休《行路難》詩：「或偶因片言隻字登第觀二親，又能獻可替否航要津。」皆謂零散文字也。

〔七〕諒以邃矣

以，唐寫本作「已」；《御覽》引同。雍案：「以」「已」，古相通。已，讀爲「以」。《墨子·天志下》：「已非其有所取之故。」孫詒讓《閒詁》：「『已』『以』通。」《戰國策·趙策四》：「過趙已安邑矣。」吳師道注：「『已』『以』通。」《韓非子·外儲説右上》：「已與二弟爭民。」王先慎《集解》：「『已』『以』，古通。」《墨子·尚賢中》：「已此故也。」孫詒讓《閒詁》引畢云：「古字『以』『已』通。一本作『以』。」《周禮·春官·司服》：「其齊服有玄端有素端。」鄭玄注：「大夫已上侈之。」孫詒讓《正義》：「『已』『以』字同。」《助字辨略》卷三：「《漢書·文帝紀》：『年八十已上賜米人月一石。』宇文逌《庾子山集序》：『止入魏已來。』此『已』字，與『以』通。」

〔八〕至根柢槃深

槃，唐寫本作「盤」。楊明照《校注》云：「按以《總術篇》『夫不截盤根』例之，作『盤』前後一律。」雍案：槃，屈也，古與「盤」音義同。《玉篇·木部》：「槃，或作『盤』『鎜』。」《詩·衛風·考槃》：「考槃在澗。」王先謙《三家義集疏》：「三家『槃』作『盤』。」《墨子·尚賢下》：「琢之槃盂。」孫詒讓《閒詁》：「《韓非子·大體篇》云：『不録功於盤盂。』」《天志中》：「琢之槃盂。」孫詒讓《閒詁》：「吴鈔本『槃』作『盤』。畢云：『《後漢書》注引『槃』作『盤』。』」《文選·屈原〈離騷〉》：「朝濯髮乎洧槃。」舊注：「五臣作『盤』。」《廿四史考異·魏書三》：「槃頭郡。」錢大昕按：「《隋志》作『盤頭』。」《史通·斷限》：「南蠻出於槃瓠。」浦起龍《通釋》：「槃，亦作『盤』。」《後漢書·虞詡傳》有「不遇槃根錯節，何以别利器乎」，蓋「槃根」與「盤根」同也。

〔九〕枝葉峻茂

雍案：峻，長也。《說文·山部》：「峻，陖或省。」「枝葉峻茂」，語出《楚辭·離騷》：「冀枝葉之峻茂兮。」王逸注：「峻，長也。」《慧琳音義》卷二十「峻險」注引郭注《爾雅》：「峻，長也。」卷四九「峻峙」注引鄭玄注《毛詩》：「峻，長也。」

〔一〇〕是以往者雖舊

者，何焯云：「『者』疑『著』。」吴翌鳳校作「著」。雍案：「著」是。著，述也；作也。《廣韻》：「陟慮切，去御，知。」《文選·漢武帝〈賢良詔〉》：「著之于篇。」李周翰注：「著，述也。」又《班固〈西都賦〉》：「著作之庭。」張銑注：「著，作也。」

〔一一〕**後進追取而非晚**

晚，黄叔琳校云：「元作『曉』。」徐㶿校作「晚」。唐寫本、何本、謝鈔本作「晚」。雍案：據上文之意，當作「晚」是，與接文「前修文（攵）用而未先」互對也。晚，後也。《廣韻》：「無遠切，上阮，微。」《玉篇·日部》：「晚，後也。」《國語·晉語一》：「以晚蓋者也。」韋昭注：「晚，後也。」《呂氏春秋·不侵》：「君從以難之，未晚也。」高誘注：「晚，後也。」

〔一二〕**前修文用而未先**

文，黄叔琳校云：「一作『運』。」楊明照《校注》云：「按唐寫本作『久』是也。『文』其形誤。『久用』與上句『追取』相對爲文。天啓梅本據曹學佺説改作『運』，非是。《後漢書·班固傳》：『（典引）扇遺風，播芳烈，久而愈新，用而不竭。』《文選·王儉〈褚淵碑〉》文：『久而彌新，用而不竭。』並足資旁證。」雍案：楊氏引證牽強附會。文，乃「攵」之形譌也。攵，訓至，又訓致也。《説文·攵部》：「从後至也。」《玉篇·攵部》：「攵，從後至也。」《廣韻》：「豬几切，上旨，知。」又「攵，後至也。」《廣雅·釋詁一》：「攱，至也。」王念孫《疏證》：「攵，義與『攱』通。」又云：「攱，亦『致』也。」朱駿聲《説文通訓定聲》：「攱，叚借爲『至』。」「攵用」，即「致用」也，與上文「追取」相對。

〔一三〕**紀傳銘檄**

銘，黄叔琳校云：「朱云：當作『移』。」唐寫本作「盟」。清謹軒本作「符」。雍案：《説文句讀·木部》云：「檄，以木簡爲書，長尺二寸，謂之檄，以徵召也。」《後漢書·光武帝紀上》：「王郎移檄購光武十萬戶。」李賢注引《説文》曰：「檄，以木簡爲書，長尺二寸，謂之檄，以徵召也。」《資治通鑑·梁紀十七》：「大將軍澄數遺書移。」胡三省注：「移，謂移檄也。」從知「銘」實「移」字之形譌也。

〔一四〕**是仰山而鑄銅**

仰，唐寫本作「即」。楊明照《校注》曰：「《史記·吳王濞傳》：『乃益驕溢，即山鑄錢，煮海水爲鹽。』《索隱》：『即者，就也。』《漢書·鼂錯傳》：『上曰：「吳王即山鑄錢，煮海爲鹽。」』顔注：『即，就也。』則作『仰』者，乃形近之誤也。」雍案：楊説極是。

〔一五〕**義直而不回**

直，唐寫本作「貞」。楊明照《校注》曰：「《明詩篇》『辭誼義貞』，《論説篇》『必使時利而義貞』，並其證。」雍案：楊説是也。「義貞而不回」，發義乃謂義理正直，而不回邪，回而不貞。《易·

否》：「貞吉，亨」李鼎祚《集解》引荀爽曰：「貞，正也。」沈約《齊故安陸昭王碑文》：「含道居貞。」呂延濟注：「貞，正也。」

〔一六〕勵德樹聲

勵，唐寫本作「邁」。雍案：「邁」字是。邁，於此訓作「行」。《尚書・大禹謨》：「皋陶邁種德，德乃降。」孔安國傳：「邁，行也。」《左傳・莊公八年》：「《夏書》曰：『皋陶邁種德。』」杜預注：「《夏書》，逸書也。……邁，勉也。」蔡沈《集傳》：「邁，勇往力行之意。」《後漢書・張衡傳》：「咎繇邁而種德兮。」李賢注：「邁，行也。」《文選・陸機〈漢高祖功臣頌〉》：「拔奇夷難，邁德振民。」劉良注：「邁，行也。」《吳質〈在元城與魏太子牋〉》：「若乃邁德種恩。」呂延濟注：「邁，行也。」《詩・王風・黍離》：「行邁靡靡，中心搖搖。」毛傳：「邁，行也。」

正緯第四

夫神道闡幽，天命微顯，馬龍出而大易興，神龜見而洪範燿。故繫辭稱河出圖，洛出書，聖人則之，斯之謂也。但世敻文隱，好生矯誕，真雖存矣，僞亦憑焉。

夫六經彪炳，而緯候稠疊；孝論昭晳〔一〕，而鉤讖葳蕤。按經驗緯，其僞有四：蓋緯之成經，其猶織綜，絲麻不雜，布帛乃成；今經正緯奇，倍擿千里〔二〕，其僞一矣。經顯，聖訓也；緯隱，神教也。聖訓宜廣，神教宜約，而今緯多於經，神理更繁，其僞二矣。有命自天，迺稱符讖，而八十一篇，皆託於孔子，則是堯造緑圖，昌制丹書，其僞三矣。商周以前，圖籙頻見，春秋之末，群經方備，先緯後經，體乖織綜，其僞四矣。僞既倍摘，則義異自明。經足訓矣，緯何豫焉〔三〕？

原夫圖籙之見，迺昊天休命，事以瑞聖，義非配經。故河不出圖，夫子有歎，如或可造，無勞喟然。昔康王河圖，陳於東序，故知前世符命，歷代寶傳，仲尼所撰，序録而已。於是伎數之士，附以詭術，或說陰陽，或序災異，若鳥鳴似語，蟲葉成字，篇條滋蔓，必假孔氏，通儒討覈，謂起哀平，東序祕寶〔四〕，朱紫亂矣。至於光武之世，篤信斯術，風化所靡，學者比肩，沛獻集緯以通經，曹褒撰讖以定禮〔五〕，乖道謬典，亦已甚矣。是以桓譚疾其虛僞，尹敏戲其深瑕〔六〕，張衡發其僻謬，荀悅明其詭誕，四賢博練，論之精矣。

若乃羲農軒皞之源，山瀆鍾律之要，白魚赤烏之符，黃金紫玉之瑞，事豐奇偉，辭富膏腴，無益經典，而有助文章。是以後來辭人，採摭英華。平子恐其迷學，奏令禁絕；仲豫惜其雜真，未許煨燔。前代配經，故詳論焉。

贊曰：榮河溫洛，是孕圖緯。神寶藏用，理隱文貴。世歷二漢，朱紫騰沸。芟夷譎詭，糅其雕蔚。

〔一〕**孝論昭晢**

孝，唐寫本作「考」。晢，唐寫本作「晢」。梁本、别解本、張松孫本、崇文本同雍案：楊明照《校注》謂「孝」當指《孝經》，中有《鉤命訣》；「論」當指《論語》，中有讖，故下云「鉤讖葳蕤」。其説極當。「晢」乃「晢」之譌也，前文《徵聖篇》條目已訓。

〔一二〕**倍擿千里**

雍案：倍擿，當訓作「背逆」也。《莊子·養生主》：「是遯天倍情。」陸德明《釋文》：「『倍』本又作『背』。」倍，《說文·人部》朱駿聲《通訓定聲》：「倍，假借爲『背』。」黄侃《札記》：「孫云：此與下文『倍摘』字並與『適』通。《方言》云：『適，牾也。倍適，猶背迕矣。』」《札迻·文心雕龍·正緯第四》：「僞既倍摘。」孫詒讓按：「倍摘，即倍擿，字並與『適』通。《方言》云：適，牾也。」錢繹《箋疏》：「適，牾逆也。」《說文·手部》：「摘，通作『擿』。」《說文·手部》朱駿聲《通訓定聲》：「摘，假借爲『擿』。」《慧琳音義》卷八四「摘會」注：「摘，或作『擿』。」《呂氏春秋·觀表》：「倍衛三十里。」畢沅《新校正》：「《孔叢》《選注》：『倍』皆作『背』。」《戰國策·中山策》：「多倍城邑。」鮑彪注：「倍，與『背』同。」《呂氏春秋·明理》：「其日有鬭蝕，有倍僪，有暈珥。」注：「倍僪、暈珥，皆日旁之危氣也。在兩旁反出爲倍，在上反出爲僪。」

〔一三〕**緯何豫焉**

豫，唐寫本作「預」。雍案：豫，與「預」通。《爾雅·釋詁上》：「豫，樂也。」郝懿行《義疏》：「『豫』通作『預』。」《說文·象部》：「豫，俗作『預』。」《左傳·莊公二十二年》：「聖人爲之，豈猶豫焉？」陸德明《釋文》：「本亦作『預』。」李富孫《易經異文釋》卷六：「謙輕而怠也。《衆經音義》卷十八引作『預』。」《學記》：「禁於未發之謂豫。」《説苑》建本作「預」。劉文《祝盟篇》有「祝何預焉」，《指瑕篇》有「何預情理」，並可以引證。

〔四〕**東序秘寶**

秘，唐寫本、元本、弘治本、汪本、佘本、張本、王批本、何本、訓故本、梁本、别解本、尚古本、岡本、四庫本、王本、鄭藏鈔本、崇文本並作「祕」。雍案：《後漢書·班固傳》：「（典引）御東序之祕寶。」章懷注：「『御』猶『陳』也。東序，東廂也。祕寶，謂河圖之屬。《尚書（顧命）》曰：『天球、河圖在東序。』」《文選·典引》李善引蔡邕注：「東序，牆也。」《廣韻·至韻》：「祕，俗作『秘』。」祕寶，謂幽祕之經。《後漢書·蘇竟傳》：「夫孔丘祕經。」李賢注：「祕經，幽祕之經，即緯書也。」

〔五〕**曹襃撰讖以定禮**

撰，唐寫本作「選」。楊明照《校注》云：「選讖，即《後漢書》本傳所謂『雜以五經讖記之文』之意。若作『撰』，則非其指矣。」雍案：撰，古與「選」通，義亦同。楊氏謂「撰」非其指，乃未訓也。《蛾術篇·説字》卷二一云：「撰，亦與『選』通。」《易·繫辭下》：「若夫雜物撰德。」

焦循《章句》：「撰，選也。」《史記·司馬相如列傳》：「歷撰列辟。」裴駰《集解》引徐廣曰：「撰，一作『選』。」柳宗元《故殿中侍御史柳公墓表》：「撰擇貢士。」蔣之翹《輯注》：「撰，一作『選』。」《集韻·綫韻》：「選，或作『撰』。」並可證也。

〔六〕**尹敏戲其深瑕**

深瑕，唐寫本作「浮假」。楊明照《校注》曰：「按唐寫本是。浮假，謂其虛而不實也。《麗辭篇》『浮假者無功』，亦以『浮假』連文。」雍案：楊説極是。此謂尹敏對光武帝令校圖讖，戲其浮假，詆讖非聖人之作，不可信也。浮，虛也。《文選·孫楚〈爲石仲容與孫皓書〉》：「崇飾浮辭。」張銑注：「浮，虛也。」假，僞也；非真也。《慧琳音義》卷四「假名」注引《考聲》：「假，僞也。」《説文·人部》《玉篇·人部》《廣韻·馬韻》：「假，非真也。」

辨騷第五

自風雅寢聲，莫或抽緒，奇文鬱起〔一〕，其離騷哉！固已軒翥詩人之後，奮飛辭家之前，豈去聖之未遠，而楚人之多才乎！昔漢武愛騷，而淮南作傳，以爲國風好色而不淫，小雅怨誹而不亂。若離騷者，可謂兼之。蟬蛻穢濁之中，浮游塵埃之外，皭然涅而不緇，雖與日月爭光可也。班固以爲露才揚己，忿懟沈江；羿澆二姚，與左氏不合；崑崙懸圃〔二〕，非經義所載。然其文辭麗雅，爲詞賦之宗，雖非明哲，可謂妙才。王逸以爲詩人提耳，屈原婉順。離騷之文，依經立義。駟虬乘翳〔三〕，則時乘六龍；崑崙流沙，則禹貢敷土。名儒辭賦，莫不擬其儀表，所謂金相玉質，百世無匹者也。及漢宣嗟歎，以爲皆合經術；揚雄諷味，亦言體同詩雅。四家舉以方經，而孟堅謂不合傳，褒貶任聲，抑揚過實，可謂鑒而弗精，翫而未覈者也。

將覈其論，必徵言焉。故其陳堯舜之耿介，稱湯武之祗敬，典誥之體也；譏桀紂之猖披〔四〕，傷羿澆之顛隕，規諷之旨也；虬龍以喻君子，雲蜺以譬讒邪，比興之義也；

每一顧而掩涕，歎君門之九重，忠怨之辭也；觀茲四事，同於風雅者也。至於託雲龍，說迂怪，豐隆求宓妃，鴆鳥媒娀女，詭異之辭也；康回傾地，夷羿彈日〔五〕，木夫九首，土伯三目〔六〕，譎怪之談也；依彭咸之遺則，從子胥以自適，狷狹之志也；士女雜坐，亂而不分，指以爲樂，娛酒不廢，沈湎日夜，舉以爲懽，荒淫之意也。摘此四事，異乎經典者也。故論其典誥則如彼，語其夸誕則如此。固知楚辭者，體慢於三代〔七〕，而風雅於戰國〔八〕，乃雅頌之博徒，而詞賦之英傑也。觀其骨鯁所樹，肌膚所附，雖取鎔經意，亦自鑄偉辭。故騷經九章，朗麗以哀志；九歌九辯，綺靡以傷情；遠游天問，瓌詭而惠巧；招魂招隱，耀豔而深華〔九〕；卜居摽放言之致，漁父寄獨往之才〔十〕。故能氣往轢古，辭來切今，驚采絕豔，難與並能矣。

自九懷以下，遽躡其跡，而屈宋逸步，莫之能追。故其敘情怨，則鬱伊而易感；述離居，則愴快而難懷；論山水，則循聲而得貌；言節候，則披文而見時。是以枚賈追風以入麗，馬揚沿波而得奇，其衣被詞人，非一代也。故才高者菀其鴻裁〔十一〕，中巧者獵其豔辭，吟諷者銜其山川，童蒙者拾其香草。若能憑軾以倚雅頌，懸轡以馭楚篇，酌奇而不失其真，翫華而不墜其實，則顧盼可以驅辭力〔十二〕，欬唾可以窮文致，亦不復乞靈於長卿，假寵於子淵矣。

贊曰：不有屈原，豈見離騷？驚才風逸，壯志煙高。山川無極，情理實勞〔十三〕。金相玉式，豔溢錙毫。

〔一〕奇文鬱起

鬱，《楚辭補注》作「蔚」。《廣廣文選》同。雍案：「鬱」與「蔚」，古字相通也。《說文·艸部》朱駿聲《通訓定聲》：「蔚，叚借爲『鬱』。」《後漢書·仲長統傳》：「彼之蔚蔚。」李賢注：「『蔚』與『鬱』古字通。」《廣雅·釋詁一》：「鬱，出也。」王念孫《疏證》：「班固《西都賦》：『神明鬱其特起。』鬱，高出之貌也。」《文選·曹植〈贈徐幹〉》：「文昌鬱雲起。」李善注引《廣雅》：「鬱，出也。」

〔二〕崑崙懸圃

懸，黄叔琳校云：「一作『玄』。」唐寫本、何本、别解本、清謹軒本、崇文本作「玄」。雍案：懸，本又作「縣」，與「玄」字古相通也。《爾雅·釋天》：「天又謂之玄，玄，縣也，如縣物在上也。」又曰：「九月爲玄。」郝懿行《義疏》：「玄者，懸也。」庾信《遊山》：「聊登玄圃殿。」倪璠注：「玄圃即縣圃，崑崙山名也。」《水經注·河水》引《崑崙說》：「崑崙之山三級，下曰樊桐，一名板桐；二曰玄圃，一名閬風；上曰層城，一名天庭。是爲大帝之居。」庾信《道士步虛詞》：「玄圃御斑麟。」倪璠注引《十洲記》：「昆崙山三角，其一角正西，名曰玄圃。」《文選·張衡〈東京賦〉》：「右睨玄圃。」薛綜注：「玄圃，在崑崙山上。」杜甫《岳麓山道林二寺行》：「玄圃尋河知有無。」楊倫《鏡銓》：「玄圃，即崑崙。」《文選·揚雄〈甘泉賦〉》：「配帝居之懸圃兮。」張銑注：「懸圃，在崐崘山上，天地所居處也。」

〔三〕**駉虬乘翳**

楊明照校注謂『駉』乃「駟」之譌，『翳』與「鷖」通。所言極是。雍案：《楚辭·離騷》：「駟玉虬以椉鷖兮。」洪興祖《補注》：「駟，一乘四馬也。」王逸注：「鷖，鳳皇之别名。」《玉篇·馬部》：「駟，四馬一乘也。」《希麟音義》卷二：「駟，四馬共乘也。」《論語·顔淵》：「駟不及舌。」皇侃《義疏》：「駟，四馬也。古用四馬共牽一車，故呼四馬爲駟也。」《文選·張衡〈思玄賦〉》：「感鸞鷖之特棲兮。」李善注引《廣雅》曰：「鷖，鳳屬。」《後漢書·張衡傳》：「感鸞鷖之特棲兮。」李賢注：「九嶷山有五采之鳥，名曰鷖。」

〔四〕**譏桀之猖披**

猖，梅本、凌本、合刻本、梁本、祕書本、謝鈔本、彙編本、别解本、增定别解本、《諸子彙函》、張松孫本作「昌」。雍案：猖，古與「昌」「倡」同。被，乃「披」本字。《楚辭·離騷》：「何桀紂之昌被。」蔣驥注：「『昌』『猖』同。」「『被』『披』同。」朱熹《集注》：「昌，一作『猖』。」又云：「昌，一作『倡』。」《說文·衣部》朱駿聲《通訓定聲》：「被，叚借又爲『披』。」

〔五〕**夷羿彈日**

彈，黄叔琳校云：「元作『蔽』，孫改。」唐寫本作「斃」。《楚辭補注》《廣廣文選》作「弊」。雍案：《楚辭·天問》：「羿焉彈日？」舊校云：「彈，一作『斃』。」蔣驥注：「彈，射也。」斃，古作「弊」。《左傳·隱公元年》：「必自斃。」陸德明《釋文》：「本又作『弊』。」又《哀公二年》：「斃于車中。」陸德明《釋文》：「本亦作『弊』。」《禮記·檀弓下》：「斃一人。」陸德明《釋文》：「本亦作『弊』。」

〔六〕**土伯三目**

目，黄叔琳校云：「元作『足』，朱改。」雍案：《楚辭·招魂》王逸注：「土伯之頭，其貌如虎，而有三目……。」朱改非也。唐寫本、《楚辭補注》、活字本、王批本、何本、訓故本、梁本、謝鈔本、别解本、尚古本、岡本並作「目」。

〔七〕**體慢於三代**

慢，黄叔琳校云：「元作『憲』，朱據宋本《楚辭》改。」楊明照《校注》曰：「按『憲』字不誤，朱改非也。」雍案：體慢，語不倫，當作「憲」字。憲，法也。體憲，取法也。體者，履也；禮也。履、禮、體轉相訓，義通，踐行之也。禮行三代之法，乃「體憲」也。《讀書雜志·荀子第一·修身》：「篤志而體。」王念孫按：「『體』讀爲『履』。」《荀子·修身》：「篤志而體。」王先謙《集解》：「『履』『體』古字通。」《詩·衛風·氓》：「體無咎言。」陸德明《釋文》：「體，《韓詩》作『履』。」馮登府《三家詩異文疏證》：「『履』與『體』『禮』字古每通。」《易·坤》「履霜」鄭玄注：「『履』讀爲『禮』。」《説文·履部》朱駿聲《通訓定聲》：「履，叚借爲『體』。」《書·益稷》：「慎乃憲。」孔安國傳：「憲，法也。」《詩·小雅·六月》：「萬邦爲憲。」毛傳：「憲，法也。」《墨子·尚同下》：「發憲布令其家。」孫詒讓《閒詁》：「憲者，法也。」《詔策篇》：「體憲風流矣。」亦以「體憲」連文。

〔八〕**而風雅於戰國**

雅，唐寫本作「雜」。雍案：「雜」是也。《説文解字注·衣部》：「雜，五采相合也。」《説文·衣部》：「雜，五彩相會。从衣，集聲。」段玉裁注：「雜，引伸爲凡參錯之稱。」雜，交錯爲文也。

《大戴禮記・哀公問五義》：「雜於雲蜺。」孔廣森《補注》：「雜，文也。」《時序篇》：「屈平聯藻於日月，宋玉交彩於風雲，觀其豔說，則籠罩雅頌，故知暐燁之奇意，出乎縱横之詭俗也。」可以引證。

〔九〕耀豔而深華

深，唐寫本作「采」。楊明照《校注》云：「『深』正作『罙』，蓋『采』初譌爲『罙』，後遂變爲『深』也。」雍案：《説文・穴部》：「突，深也。」段玉裁注：「『突』『湥』古今字。古深淺字作『罙』，『深』行而『罙』廢矣。」

〔一〇〕漁父寄獨往之才

往，《楚辭補注》作「任」。附校語：「一云：獨任，當作『獨往』。」雍案：往，行也。《玉篇・彳部》《廣韻・養部》：「往，行也。」《國語・晉語二》：「吾言既往矣。」韋昭注：「往，行也。」《淮南子・原道》：「歷遠彌高以極往。」高誘注：「往，行也。」《文選・班昭〈東征賦〉》：「乃遂往而徂逝兮。」吕延濟注：「往，行也。」

〔一一〕故才高者菀其鴻裁

菀，唐寫本作「苑」。雍案：「苑」是也。苑，《經典釋文》入淳部，讀若于粉反。《春秋繁露・

王道》：「廣苑囿。」凌曙注引《風俗通》曰：「苑，蘊也。」苑，與「菀」通。作「菀」者，義爲積也。《詩・小雅・都人士》：「我心苑結。」李富孫《詩經異文釋》：「《群經音辨》引作『菀結』，云：菀，積也。」《左傳・昭公二十年》：「苑何忌辭。」李富孫《春秋三傳異文釋》：「《群經音辨》『苑』作『菀』。」

〔一二〕則顧盻可以驅辭力

盻，唐寫本作「眄」，《楚辭補注》作「眄」，梅本作「盼」。楊明照《校注》云：「按『眄』『盻』『盼』三字，形音義俱別。王觀國《學林》卷十「盼眄盻」條辨之甚詳《說文・目部》：『眄，目偏合視此依段注也。』又：『盻，恨視也。』《玉篇・目部》：『盼，黑白分也。』三字形近，每致淆誤。此當以作『眄』爲是。《楚辭補注》作『眄』，又『眄』之俗體。」雍案：此楊氏未詳訓也。「眄」，與「盼」通假。《文選・陳琳〈爲曹洪與魏文帝書〉》：「顧眄千里。」舊校：「善本作『盼』字。」《資治通鑑・宋紀十一》：「凡爲上所眄遇者。」胡三省注：「眄，或作『盼』。」《說文・目部》朱駿聲《通訓定聲》：「盼，叚借爲『眄』。」盻，乃「盼」之形誤，蓋唐寫本作「眄」是也。

〔一三〕情理實勞

雍案：勞，《集韻》：「郎到切，平蕭，來。」《說文・辵部》：「遼，遠也。」段玉裁注：「《小雅》：『山川悠遠，維其勞矣。』『勞』者，『遼』之假借也。」鄭玄箋：「邦域又勞勞廣闊。」孔穎達疏：「廣闊遼遠之字，當從遼遠之『遼』。而作『勞』字者，以古之字少，多相假借。」馬瑞辰《傳箋通釋》：「『遼』『勞』二字同『來』母，故通用。」「情理實勞」者，即情理實遼妙無盡也。

明詩第六

大舜云：「詩言志，歌永言。」聖謨所析，義已明矣。是以在心爲志，發言爲詩，舒文載實，其在茲乎！詩者，持也，持人情性；三百之蔽，義歸無邪，持之爲訓，有符焉爾。

人稟七情，應物斯感，感物吟志，莫非自然。昔葛天氏樂辭云，玄鳥在曲；黄帝雲門，理不空綺〔一〕。至堯有大唐之歌，舜造南風之詩，觀其二文，辭達而已。及大禹成功，九序惟歌；太康敗德，五子咸怨〔二〕。順美匡惡，其來久矣。自商暨周，雅頌圓備，四始彪炳，六義環深。子夏監絢素之章，子貢悟琢磨之句，故商賜二子，可與言詩。自王澤殄竭〔三〕，風人輟采，春秋觀志，諷誦舊章，酬酢以爲賓榮，吐納而成身文。逮楚國諷怨，則離騷爲刺。秦皇滅典，亦造仙詩。

漢初四言，韋孟首唱，匡諫之義，繼軌周人。孝武愛文，柏梁列韻，嚴馬之徒，屬辭無方。至成帝品録，三百餘篇，朝章國采，亦云周備；而辭人遺翰，莫見五言，所以李陵班婕妤見疑於後代也〔四〕。按召南行露，始肇半章；孺子滄浪，亦有全曲；暇豫優歌，遠見春秋；邪徑童謠，近在成世。閱時取證〔五〕，則五言久矣。又古詩佳麗，或稱枚叔，其孤竹一篇，則傅毅之詞。比采而推〔六〕，兩漢之作乎？觀其結體散文，直而不野，婉轉附物〔七〕，怊悵切情，實五言之冠冕也。至於張衡怨篇，清典可味〔八〕；仙詩緩歌，雅有新聲。

暨建安之初，五言騰踊〔九〕，文帝陳思，縱轡以騁節，王徐應劉，望路而爭驅。並憐風月，狎池苑，述恩榮，敘酣宴，慷慨以任氣，磊落以使才。造懷指事，不求纖密之巧；驅辭逐貌，唯取昭晰之能〔一〇〕。此其所同也。乃正始明道，詩雜仙心，何晏之徒，率多浮淺，唯嵇志清峻，阮旨遙深，故能標焉。若乃應璩百一〔一一〕，獨立不懼，辭譎義貞〔一二〕，亦魏之遺直也。

晉世群才，稍入輕綺，張潘左陸，比肩詩衢，采縟於正始〔一三〕，力柔於建安，或析文以爲妙〔一四〕，或流靡以自妍，此其大略也。江左篇製，溺乎玄風，嗤笑徇務之志，崇盛亡機之談〔一五〕。袁孫已下，雖各有雕采，而辭趣一揆，莫與爭雄；所以景純仙篇，挺拔而爲俊矣。宋初文詠，體有因革，莊老告退，而山水方滋；儷采百字之偶，爭價一句之奇，情必極貌以寫物，辭必窮力而追新，此近世之所競也。

故鋪觀列代，而情變之數可監；撮舉同異，而綱領之要可明矣。若夫四言正體，則雅潤爲本；五言流調，則清麗居宗；華實異用，唯才所安。故平子得其雅，叔夜含其潤，茂先凝其清，景陽振其麗；兼善則子建仲宣，偏美則太沖公幹。然詩有恒裁，思無定位，隨性適分，鮮能通圓〔一六〕。若妙識所難，其易也將至；忽之爲易，其難也方來。至於三六雜言，則出自篇什；離合之發，則明於圖讖；回文所興，則道原爲始；聯句共韻，則柏梁餘製；巨細或殊，情理同致，總歸詩囿，故不繁云。

贊曰：民生而志，詠歌所含。興發皇世，風流二南。神理共契，政序相參。英華彌縟，萬代永耽。

〔一〕理不空綺

雍案：「理不空綺」，不文。綺，唐寫本作「絃」。是也。《集韻·先韻》：「絃，八音之絲也。」黃侃《札記》云：「理不空絃者，以其既得樂名，必有樂詞也。」既有樂詞，乃能和集，理入其絃而不空焉。蓋絃之所歌，即是詩也。《白虎通義·禮樂》引《樂記》：「絃，離音也。」《禮記·樂記》：

「絲聲哀。」孔穎達疏引崔氏説：「絲聲爲離。」

〔二〕**五子咸怨**

怨，唐寫本作「諷」。《御覽》引同。徐𤊹校作「五子感諷。」楊明照《校注》云：「按『諷』字是。上云『歌』，此云『諷』，文本相對爲義。……傳寫者蓋泥於僞五子之歌文而改耳。」雍案：怨，與「諷」古相通，刺也。《經義述聞・左傳中・公怨之》：「襄（公）二十七年傳：『而公怨之以爲賓榮。』」王引之按引王念孫曰：「怨，刺也。」《詩譜序》：「刺怨相尋。」孔穎達疏：「怨，亦刺之類。」《論語・陽貨》：「可以怨。」何晏《集解》引孔安國曰：「怨，刺上政也。」《廣韻・送韻》：「諷，諷刺也。」

〔三〕**自王澤殄竭**

殄，《御覽》引作「弥」。楊明照《校注》云：「按『弥』爲『彌』之簡書，『殄』又作『㱩』，形近易誤。此當以作『殄』爲是。殄，盡也；《説文・歺部》絕也。《詩・邶風・新臺》毛傳《漢書・禮樂志》：『王澤既竭，而詩不能作。』《兩都賦序》：『王澤竭而詩不作。』」雍案：楊説是也。《書・文侯之命》：「殄資澤于下民。」蔡沈《集傳》：「殄，絕也。」

〔四〕 **所以李陵班婕妤見疑於後代也**

疑，《御覽》引作「擬」。好，唐寫本、《御覽》引無。楊明照《校注》云：「按上文明言『辭人遺翰，莫見五言』，則此當以作『疑』爲是。」雍案：此楊氏未訓也。「疑」與「擬」，古通假字。《說文·子部》朱駿聲《通訓定聲》：「疑，叚借爲『擬』。」《說文·手部》桂馥《義證》：「擬，又通作『疑』。」《集韻·止韻》：「擬，亦作『疑』。」《漢書·揚雄傳上》：「蝯狖擬而不敢下。」顏師古注：「擬，疑也。」又《揚雄傳下》：「言奇者見擬。」顏師古注：「擬，疑也。」

〔五〕 **閱時取證**

證，黃叔琳校云：「亦作『徵』。」何焯校「徵」。唐寫本、《御覽》引作「徵」。雍案：證，《說文·言部》朱駿聲《通訓定聲》：「證，叚借爲『徵』。」《廿二史考異·唐書三·五行志》：「乃取其五事皇極庶證。」錢大昕按：「證，即『徵』字。」《說文·壬部》段玉裁注：「徵者，證也。」《群經平議·春秋外傳·國語一》：「且夫兄弟之怨不徵於他。」俞樾按：「徵，猶證也。」

〔六〕 **比采而推**

采，黃叔琳校云：「一作『類』。」何焯校「類」。紀昀云：「『類』字是。」唐寫本作「彩」。雍案：「采」與「彩」，音義相同。《墨子·辭過》：「以爲錦繡文采靡曼之衣。」孫詒讓《閒詁》：「《長短經》正作『以爲文彩靡曼之衣』。」《文選·張協〈雜詩十首〉》：「寒花發黄采。」舊校：「五臣作『彩』。」《司馬遷〈報任少卿書〉》：「而文采不表於後世也。」舊校：「善本『采』作『彩』。」

〔七〕婉轉附物

婉，《御覽》引作「宛」。雍案：劉文《章句篇》贊有「宛轉相騰」，《麗辭篇》有「則宛轉相承」，《物色篇》有「既隨物以宛轉」，皆作「宛轉」。宛轉，也作「婉轉」。《文選·潘岳〈射雉賦〉》：「婉轉輕利。」徐爰注：「婉轉，綢繆之稱。」《淮南子·精神》云：「屈伸俛仰，抱天命而婉轉。」《後漢書·馬援傳》云：「曉夕號泣，婉轉塵中。」皆作「婉轉」。

〔八〕清典可味

典，黄叔琳校云：「一作『曲』，從紀昀改。」梅慶生天啓二年重修本已改爲「典」。徐𤊹云：「當作『典』。」紀昀云：「是『清曲』。『曲』字作婉轉解。」雍案：陸機《遂志賦》：「思玄精練而和惠，欲麗前人，而優游清典，漏幽通矣。」典，古與「腆」通用，善也；美也；至也。《群經平議·尚書三》：「自作不典。」俞樾按：「『典』當讀爲『腆』。古『典』與『腆』通用。」《禮記·郊特牲》：「辭無不腆。」鄭玄注：「腆，善也。」《儀禮·士昏禮》：「辭無不腆。」鄭玄注：「腆，善也。」《書·酒誥》：「不腆于酒。」孫星衍《今古文注疏》引《廣雅》云：「腆，美也。」

〔九〕五言騰踊

踊，唐写本作「躍」。《御覽》《玉海》引作「踴」。楊明照《校注》云：「按『躍』『踴』通用。以《宗經篇》『百家騰躍』、《總術篇》『義味騰躍而生』例之，此當以作『躍』爲是。其作『踊』者，殆『踴』之殘誤。」雍案：此楊氏未訓也。「騰躍」非是，當作「騰踊」爲是。《後漢書·馬融傳〈廣成頌〉》：「樂我純德，騰踊相隨。」踊，躍也。與「踴」同。柳宗元《囚山賦》：「勢騰踊夫波濤。」蔣之翘《輯注》：「『踊』與『踴』字同。」

〔一〇〕唯取昭晰之能

晰，唐寫本作「晣」。《御覽》引同。雍案：「晣」字是。晣，同「哲」也。《説文·日部》：「哲，昭晣，明也。从日，折聲。禮曰：晣明行事。」《文選·陸機〈文賦〉》：「情曈曨而彌鮮，物昭晣而互進。」昭晣，又作「昭哲」。《史記·司馬相如傳·封禪書》：「首惡湮沒，闇昧昭哲。」《文選·顏延之〈宋文皇帝元皇后哀策文〉》：「司化莫哲。」李善注引《説文》曰：「哲，昭晣，明也。」《後漢書·馮衍傳》：「况其昭哲者乎」李賢注：「哲，明也。」《慧琳音義》卷八三「昭哲」注引《考聲》：「哲，光明也。」

〔一一〕若乃應璩百一

一，唐寫本作「壹」。雍案：《才略篇》：「休璉風情，則百壹標其志。」壹，即「一」，古今字。《周易述·易微言》：「《左傳·襄（公）廿一年》：臧武仲曰：『夏書曰：「將謂由己壹也。」』『壹』即『一』。」《周禮·春官·典命》：「其士壹命。」孫詒讓《正義》：「《大戴禮記·朝事篇》『壹』作『一』。案：『壹』『一』古今字。」《說文·壹部》朱駿聲《通訓定聲》：「壹，叚借爲『一』。」《禮記·表記》：「節以壹惠。」鄭玄注：「壹，讀爲『一』。」

〔一二〕辭譎義貞

貞，《御覽》引作「具」，《玉海》引作「正」。雍案：《宗經篇》有「四則義貞從唐寫本而不回」，《論說篇》有「必使時利而義貞」，則「貞」是也。《易·乾》：「元亨利貞。」孔穎達疏引《子夏傳》云：「貞，正也。」《坤》：「含章可貞。」李鼎祚《集解》引虞翻曰：「貞，正也。」《否》：「貞吉亨。」李鼎祚《集解》引荀爽曰：「貞者，正也。」

〔一三〕采緝於正始

采，倪本、鮑本《御覽》引作「綵」。楊明照《校注》云：「按『綵』字《說文》所無，當以作

『采』爲是。《文鏡祕府論・論文意篇》：『古人云：采縟於正始。』」雍案：采，古與「綵」字通假。《文選・張衡〈思玄賦〉》：「昭綵藻與琱琭兮。」舊注：「綵，文綵也。」《韓非子・解老》：「知采文之謂服文采。」王先慎《集解》：「王弼、河上公本『采』作『綵』。」

〔一四〕或枏文以為妙

雍案：枏，古「析」字，音義同。《楚辭・九章・惜誦》：「令五帝以枏中兮。」洪興祖《補注》：「枏，與『析』同。」江淹《去故鄉賦》：「北風枏兮絳花落。」胡之驥注：「枏，音析，義同。」《慧琳音義》卷八四「敷析。」注：「傳中作『枏』，俗字也。」《左傳・僖公二十五年》：「秦人過析。」陸德明《釋文》：「析，俗作『枏』。」

〔一五〕崇盛亡機之談

亡，徐𤊹云：「當作『忘』。」唐寫本作「忘」。《御覽》引同。楊明照《校注》云：「天啓梅本已改『忘』。當從之。」雍案：此楊氏未確訓也。「亡」與「忘」，古字通用。忘，乃「亡」之借字，義相通也。《說文・亾部》朱駿聲《通訓定聲》：「亡，叚借爲『忘』。」

〔一六〕**鮮能通圓**

通圓，唐寫本作「圓通」。《御覽》引同。雍案：《論說篇》有「義貴圓通」，《封禪篇》有「辭貴圓通」，則「圓通」是也。「圓」者，圓融也；「通」者，貫通也。《梁書·陶弘景傳》：「弘景爲人，圓通謙謹，出處冥會，心如明鏡，遇物便了。」圓通，亦佛教語。不偏倚謂之圓；無阻礙謂之通。《楞嚴經六》：「十三者，六根圓通，明照無二，含十方界。」《類聚》卷三八引庾亮《釋奠祭孔子文》：「應感圓通。」《高僧傳·釋僧遠傳》：「業行圓通。」

樂府第七

樂府者，聲依永，律和聲也。鈞天九奏，既其上帝〔一〕；葛天八闋，爰乃皇時。自咸英以降，亦無得而論矣。至於塗山歌於候人，始爲南音；有娀謠乎飛燕，始爲北聲；夏甲歎於東陽，東音以發；殷整思於西河，西音以興：音聲推移，亦不一概矣。匹夫庶婦，謳吟土風，詩官採言，樂盲被律〔二〕，志感絲篁〔三〕，氣變金石〔四〕。是以師曠覘風於盛衰，季札鑒微於興廢，精之至也。

夫樂本心術，故響浹肌髓，先王慎焉，務塞淫濫。敷訓胄子，必歌九德，故能情感七始，化動八風。自雅聲浸微，溺音騰沸，秦燔樂經，漢初紹復，制氏紀其鏗鏘，叔孫定其容與〔五〕。於是武德興乎高祖，四時廣於孝文，雖摹韶夏，而頗襲秦舊，中和之響，闃其不還。暨武帝崇禮，始立樂府，總趙代之音，撮齊楚之氣，延年以曼聲協律，朱馬以騷體製歌。桂華雜曲，麗而不經；赤雁群篇，靡而非典；河間薦雅而罕御，故汲黯致譏於天馬也。至宣帝雅頌，詩效鹿鳴；邇及元成，稍廣淫樂。正音乖俗，其難也如此。暨後郊廟，惟雜雅章，辭雖典文，而律非夔曠。至於魏之三祖，氣爽才麗，宰割辭調，音靡節平。觀其北上衆引，秋風列篇，或述酣宴，或傷羈戍，志不出於淫蕩〔六〕，辭不離於哀思，雖三調之正聲，實韶夏之鄭曲也。逮於晉世，則傅玄曉音，創定雅歌，以詠祖宗；張華新篇，亦充庭萬。然杜夔調律，音奏舒雅；荀勗改懸，聲節哀急，故阮咸譏其離聲〔七〕，後人驗其銅尺，和樂精妙，故表裏而相資矣。故知詩爲樂心，聲爲樂體。樂體在聲，瞽師務調其器；樂心在詩，君子宜正其文。好樂無荒，晉風所以稱遠；伊其相謔，鄭國所以云亡。故知季札觀辭〔八〕，不直聽聲而已。

若夫艷歌婉孌，怨志詄絕〔九〕，淫辭在曲，正響焉生？然俗聽飛馳，職競新異，雅詠溫恭，必欠伸魚睨；奇辭切至，則拊髀雀躍。詩聲俱鄭，自此階矣。凡樂辭曰詩，詩聲曰歌〔一〇〕，聲來被辭，辭繁難節；故陳思稱李延年閑於增損古辭〔一一〕，多者則宜減之，明貴約也。觀高祖之詠大風，孝武之歎來遲，歌童被聲，莫敢不協；子建士衡，咸有佳篇，並無詔伶人，故事謝絲管，俗稱乖調，蓋未思也。至於軒伎鼓吹〔一二〕，漢世鐃挽，雖戎喪殊事，而並總入樂府，繆襲所致，亦有可算焉。昔子政品文，詩與歌別，故略具樂篇，以標區界。

贊曰：八音摛文，樹辭爲體。謳吟坰野，金石雲陛。韶響難追，鄭聲易啓。豈惟觀樂，於焉識禮。

〔一〕**既其上帝**

既，唐寫本作「曁」。其，《玉海》一百六引作「具」。楊明照《校注》云：「『曁』『具』二字並誤。《章表篇》『既其身文』，《奏啓篇》『既其如兹』，《程器篇》『既其然矣』，句法與此同。《舍人剡山石城寺石像碑》『金剛既其比堅』，亦可證。」雍案：既，古與「曁」通，音義同。《群經平議·春秋外傳國語》：「既其葬也，焚煙徹於上。」俞樾按：「既，猶『曁』也。」又《群經平議·禮記二》：「既明反而后行。」俞樾按：「既，當讀爲『曁』。」《經詞衍釋補遺》：「『既』通『曁』，及也。《書》：『既彌留，恐不獲誓言嗣。』謂及彌留之際也。」

〔二〕**樂盲被律**

盲，黃叔琳校云：「元作『育』，許改。」彙編本、祕書本、崇文本作「盲」。清謹軒本作「音」。徐𤊹云：「樂胥，大胥。見《禮記》。」雍案：盲，乃「胥」之譌。《禮記·王制》：「小胥，大胥。」鄭注：「樂官屬也。」又《禮記·喪服大記》：「大胥是斂，衆胥佐之。」鄭玄注：「胥，樂官也。」《尚書大傳》卷三：「胥，與就膳徹。」鄭玄注：「胥，樂官也。」

〔三〕**志感絲篁**

篁，唐寫本作「簧」。雍案：作「簧」是也。「篁」與「簧」，義非相通。《説文・竹部》：「篁，竹田也。」《漢書・嚴助傳》：「篁竹之中。」顔師古注：「竹田曰篁。」屈平《九歌・山鬼》：「余處幽篁兮終不見天。」呂向注：「篁，竹叢也。」《説文・竹部》：「簧，笙中簧也。」《詩・小雅・鹿鳴》：「吹笙鼓簧。」王先謙《三家義集疏》引《魯説》曰：「簧，笙中簧也。」《詩・王風・君子陽陽》：「左執簧。」陸德明《釋文》：「簧，笙簧。」劉文《總術篇》「聽之則絲簧」亦以「絲簧」連文。馬融《長笛賦》：「漂淩絲簧。」

〔四〕**氣變金石**

石，唐寫本作「竹」。楊明照《校注》云：「按《詩品序》：『古曰詩頌，皆被之金竹。』疑此原亦作『金竹』。寫者蓋狃於『金竹』連文不習見而改耳。」雍案：楊氏所云是也。《禮・樂記》云：「金、石、絲、竹，樂之器也。」

〔五〕**叔孫定其容與**

與，唐寫本作「典」。雍案：「典」字是也。《後漢書・曹褎傳論》云：「然先王之容典，蓋多闕矣。」李賢注：「典，法則也。」《漢書・禮樂志》云：「高祖時，叔孫通因秦樂人制宗廟樂。」余發義曰：漢初，天下創定，朝制無文，叔孫通頗採經禮，參酌秦法，雖適物觀，時有救崩，然先王之禮容法則，蓋多闕矣。

〔六〕志不出於淫蕩

淫，唐寫本作「慆」。雍案：淫，乃「慆」之形訛。《說文・心部》：「慆，說也。」《慧琳音義》卷九九「慆耳」注引《蒼頡篇》云：「慆，和悅皃也。」《左傳・昭公元年》：「非以慆心也。」洪亮吉詁引《說文》：「慆，說也。」《晏子春秋・內篇問下》：「以樂慆憂。」孫星衍《音義》引《說文》：「慆，說也。」又引《詩傳》：「慆，過也。」《左傳・昭公三年》：「以樂慆憂。」杜預注：「慆，藏也。」《尚書大傳》卷二：「師乃慆，前歌後舞。」鄭玄注：「慆，喜也。衆大喜，前歌後舞也。」余發義曰：慆蕩非爲心之儀節，君子之近琴瑟，以儀節也，非以慆心。故慆堙心耳，乃忘和平，君子弗聽也。

〔七〕故阮咸譏其離聲

聲，唐寫本作「磬」。雍案：離磬，樂器名。離磬，即編離之磬也。爲編懸於「月」形木架（其橫木曰簨，直木曰簴）上之多數石磬或玉磬。《禮記・明堂位》：「垂之和鍾，叔之離磬。」鄭玄注：

「和、離，謂次序其聲縣也。」孔穎達疏：「叔之離磬者，叔之所作編離之磬。……和、離謂次序其聲縣也者，聲解和也，縣解離也，言縣磬之時，其磬希疏相離。」楊明照《校注》云：「據此，咸韺茍勗之離磬者，蓋以其改懸依杜夔所造鐘磬有所參池詳范注而言。若作『聲』，則非其指矣。」

〔八〕**故知季札觀辭**

楊明照《校注》云：「按『辭』字蓋涉下文而誤，當作『樂』。」雍案：楊説是。觀辭，乃「觀樂」之譌也。《左傳·襄公二十九年》云：「豈惟觀樂。」贊中亦有「豈惟觀樂」。接文「不直聽聲而已」，依《禮記·樂記》云：「君子之聽聲，非聽其鏗鏘而已」，則確是「觀樂」也。

〔九〕**怨志詄絕**

詄，譚獻校改「訣」。唐寫本、元本、兩京本、胡本並作「訣」。雍案：「訣」字是也。訣絕，隔絕也。柳宗元《祭姊夫崔使君簡文》：「乖離永訣。」蔣之翹《輯注》：「訣，一作『隔』。」

〔一〇〕**詩聲樂歌**

詩，唐寫本作「詠」。雍案：「詠」字是也《漢書·藝文志》云：「誦其言謂之詩，詠其聲謂之歌。」蓋凡以器播其聲則曰樂，人所歌則曰詩，二者皆有辭也。

〔一一〕**故陳思稱李延年閑於增損古辭**

雍案：李延年，乃「左延年」之譌也。《晉書·樂志》云：「魏雅樂四曲：……《騶虞》《伐檀》《文王》皆左延年改其聲。」左延年，魏之擅樂者（見《魏志·杜夔傳》）。其嫻熟於雅樂，於古辭多有增損。

〔一二〕**至於斬伎鼓吹**

斬伎，黃叔琳疑作「軒岐」，唐寫本作「軒岐」。雍案：斬伎，乃「軒岐」之譌也。《東觀漢記·樂志》云：「黃門鼓吹……其短簫鐃歌，軍樂也。其傳曰：『黃帝岐伯所作，以建威揚德，風敵勸士也。』」「軒岐鼓吹」與下句「漢世鐃挽」儷耳。軒岐，軒謂黃帝軒轅氏；岐謂醫家始祖岐伯。古醫書《素問》假託黃帝與岐伯問答。《元詩選》丁復《贈杜一元》：「傳家況有軒岐閟，展手活人非我職。」

詮賦第八

詩有六義，其二曰賦。賦者，鋪也；鋪采摛文，體物寫志也。昔邵公稱公卿獻詩，師箴賦〔一〕。傳云：登高能賦，可爲大夫。詩序則同義，傳説則異體，總其歸塗，實相枝幹。劉向云明不歌而頌，班固稱古詩之流也。至如鄭莊之賦大隧，士蔿之賦狐裘，結言短韻〔二〕，詞自己作，雖合賦體，明而未融。及靈均唱騷，始廣聲皃〔三〕。然賦也者，受命於詩人，拓宇楚辭也。於是荀況禮智，宋玉風釣，爰錫名號，與詩畫境，六義附庸，蔚成大國。遂客主以首引，極聲貌以窮文，斯蓋別詩之原始，命賦之厥初也。

秦世不文，頗有雜賦。漢初詞人，順流而作，陸賈扣其端，賈誼振其緒，枚馬同其風〔四〕，王揚騁其勢，皋朔已下，品物畢圖。繁積於宣時，校閱於成世，進御之賦，千有餘首，討其源流，信興楚而盛漢矣。夫京殿苑獵，述行序志，並體國經野，義尚光大，既履端於倡序〔五〕，亦歸餘於總亂。序以建言，首引情本；亂以理篇，迭致文契〔六〕。按那之卒章，閔馬稱亂，故知殷人輯頌，楚人理賦，斯並鴻裁寰域，雅文之樞轄也。至於草區禽族，庶品雜類，則觸興致情，因變取會；擬諸形容，則言務纖密；象其物宜，則理貴側附：斯又小制之區畛，奇巧之機要也。

觀夫荀結隱語，事數自環；宋發巧談〔七〕，實始淫麗；枚乘兔園，舉要以會新；相如上林，繁類以成豔；賈誼鵩鳥，致辨於情理；子淵洞簫，窮變於聲貌；孟堅兩都，明絢以雅贍；張衡二京，迅發以宏富；子雲甘泉，構深瑋之風；延壽靈光，含飛動之勢。凡此十家，並辭賦之英傑也。及仲宣靡密，發端必遒；偉長博通，時逢壯采；太沖安仁，策勳於鴻規；士衡子安，底績於流制〔八〕；景純綺巧，縟理有餘；彥伯梗概，情韻不匱。亦魏晉之賦首也。

原夫登高之旨，蓋覩物興情。情以物興，故義必明雅；物以情觀〔九〕，故詞必巧麗。麗詞雅義，符采相勝，如組織之品朱紫，畫繪之著玄黃，文雖新而有質〔一〇〕，色雖糅而有本，此立賦之大體也。

然逐末之儔，蔑棄其本，雖讀千賦，愈惑體要；遂使繁華損枝，膏腴害骨，無貴風軌〔一一〕，莫益勸戒：此揚子所以追悔於雕蟲，貽誚於霧縠者也。

贊曰：賦自詩出，分歧異派。寫物圖皃，蔚似雕畫。抑滯必揚，言庸無隘〔一二〕。風歸麗則，辭翦美稗〔一三〕。

〔一〕師箴賦

謝兆申校作「師箴瞍賦」，沈岩、紀昀校同。訓故本作「師箴瞍賦」，《賦略緒言》引同。雍案：《國語·周語上》：「召公曰：『故天子聽政，使公卿至於列士獻詩，瞽獻典，史獻書，師箴，瞍賦，矇頌，百工諫。』」則古之天子聽政，獻詩至於列士，而師箴、瞍賦亦在其列也。劉文本此，「賦」前遺「瞍」也。

〔二〕結言㧻韻

㧻，唐寫本作「短」。《御覽》同。劉永濟《文心雕龍校釋》（以下簡稱《校釋》）云：「唐寫本作『短韻』，是。短、㧻形似而誤。」雍案：「㧻」與「短」音義同。劉氏所謂「形似而誤」，乃失於未訓焉。郝懿行云：「按《集韻》：『㧻』與『短』同。」《廣韻·緩韻》：「㧻，同『短』。」《慧琳音義》卷七八「㧻小」注：「㧻，古文『短』字。」《經籍纂詁·旱韻》：「《逢盛碑》：命有悠㧻。『短』作『㧻』。」「㧻」字碑刻，見於東漢《漢循吏故聞熹長韓仁銘》（現存滎陽市文物保管所，東漢熹平四年刻。金正大五年滎陽縣令李輔之得之。清康熙年間又曾一度佚失，後又發現移至滎陽縣署。碑文左側刻有金大正五年趙秉文和正大六年李天翼跋語和李獻能題銘，詳述該碑出土情況）。銘文曰：

「遷槐里令，除書未到，不幸𢭃命，喪身爲……。」是「𢭃」爲『短』字之實證也。

〔三〕始廣聲皃

楊明照《校注》云：「按『皃』字當依各本及《御覽》作『貌』，始與全書一律；贊中『寫物圖皃』同。」雍案：皃，古「貌」字也。《說文·皃部》：「貌，籀文『皃』从豹省。」朱駿聲《通訓定聲》：「面之形狀曰皃。」段玉裁注：「凡容言其內，皃言其外。引伸之，凡得其狀曰皃。」《廣雅·釋詁四》：「皃，容也。」王念孫《疏證》：「皃，與『貌』同。」《慧琳音義》卷七五引《玄應音義》「䫉皃」注：「古文『皃』『䫉』二形，今作『貌』。」《集韻·效韻》：「皃，籀作『貌』。」《覺韻》：「皃，或作『貌』。」

〔四〕枚馬同其風

同，唐寫本作「播」。《御覽》引作「洞」。楊明照《校注》云：「按漢賦至枚馬發揚光大，唐寫本作『播』是。」雍案：播，揚也。《大戴禮記·曾子立事》：「作於中則播於外也。」王聘珍《解詁》：「播，揚也。」《周禮·春官·大師》：「皆播之以八音。」鄭玄注：「播，猶揚也。」

〔五〕**既履端於倡序**

倡，唐寫本作「唱」。《御覽》引同。諸本並作「唱」。楊明照《校注》云：「按《説文·口部》：『唱，導也。』又《人部》：『倡，樂也。』此當以作『唱』爲是。」雍案：此楊氏未詳訓也。倡，本又作「唱」，讀若「唱」，導也。《廣韻·漾韻》：「倡，導引，先。」又：「尺亮切，去漾，昌。」《説文·人部》段玉裁注：「倡，經傳皆用爲『唱』字。」《詩·大雅·皇矣》：「以伐崇墉。」鄭玄箋：「崇侯虎倡紂爲無道。」孔穎達疏：「倡，導也。」《戰國策·齊策六》：「爲士卒倡曰。」鮑彪注：「倡，導也。」《漢書·陳勝傳》：「今誠以吾衆爲天下倡。」顔師古注：「倡，讀若『唱』。」又《鼂錯傳》：「爲天下先倡。」顔師古注：「倡，讀若『唱』。」《楚辭·九歌·禮魂》：「姱女倡兮容與。」洪興祖《補注》：「倡，讀作『唱』。」《詩·鄭風·蘀兮序》：「不倡而和也。」陸德明《釋文》：「倡，本又作『唱』。」

〔六〕**迭致文契**

唐寫本作「寫送文勢」。鈔本、倪本、活字本、鮑本《御覽》引同。楊明照《校注》云：「按作『寫送文勢』是也。『寫送』二字見《晉書·文苑·袁宏傳》及《世説新語·文學篇》注引《晉陽秋》。《高僧傳·釋曇智傳》：『雅好轉讀，雖依擬前宗，而獨拔新異，高調清徹，寫送有餘。』又附

《釋曇調》：『寫送清雅，恨功夫未足。』亦並以『寫送』爲言。《文鏡祕府論·論文意篇》：『開發端緒，寫送文勢。』正以『寫送文勢』成句。今本『迭』『契』二字，乃『送』『勢』之形誤，致文不成義。」雍案：寫，輸寫也。《詩·小雅·蓼蕭》：「我心寫兮。」朱熹《集傳》：「寫，輸寫也。」《說文·宀部》段玉裁注：「凡傾吐曰寫，故作字作畫皆曰寫。」

〔七〕**宋發巧談**

巧，唐寫本作「夸」。雍案：夸，古通「誇」。巧，乃「誇」之形訛。《集韻·麻韻》：「誇，古作『奢』，通作『夸』。」《公羊傳·莊公九年》：「伐敗也。」何休注：「自誇大其伐而取敗。」陸德明《釋文》：「誇，本又作『夸』。」《逸周書·謚法》：「華言無實曰夸。」

〔八〕**底績於流制**

雍案：底，至也。底績者，至其功績也。《集韻·齊韻》：「底，至也。」《詩·小雅·祈父》：「靡所底止。」陸德明《釋文》：「底，至也。」《書·武成》：「底商之罪。」蔡沈《集傳》：「底，至也。」《左傳·襄公九年》：「無所底告。」杜預注：「底，至也。」《左傳·昭公二十六年》：「未有攸底。」杜預注：「底，至也。」

〔九〕物以情觀

觀，唐寫本作「覩」。雍案：「覩」字是也。《易·乾》：「聖人作而萬物覩。」《文選·王粲〈贈文叔良〉》：「探情以華，覩著知微。」情以物興，故物以情覩。蓋覩物以知情，知情以興物也。

〔一〇〕文雖新而有質

新，唐寫本作「雜」。徐𤊹云：「當作『雜』。」楊明照《校注》云：「按作『雜』是。《淮南子·本經篇》高注：『雜，糅也。』《廣雅·釋詁一》：『糅，雜也。』此云『雜』，下云『糅』，文本相對爲義。若作『新』，則不倫矣。宋本、鈔本、倪本、喜多本《御覽》引作『雜』，不誤。」雍案：此楊氏未訓也。作「新」，語非不倫。若作「雜」，則與接文「糅」義重合也。言新者，易舊而美之也。《詩·大雅·文王》：「其命維新。」鄭玄箋：「言新者，美之也。」

〔一一〕無貴風軌

貴，唐寫本作「實」。宋本、鈔本、活字本、喜多本、鮑本《御覽》引作「貫」，倪本《御覽》作「貴」。楊明照《校注》云：「按『實』字較勝。『貫』乃『實』字脱其宀頭，而『貴』又『貫』之譌。」雍案：「實」者，所能也；「至」者，與「致」同。德行之實，謂之至也。《說文·宀部》

朱駿聲《通訓定聲》：「實，叚借又爲『至』。」《禮記·雜記》：「使某實。」鄭玄注：「此讀周秦之人聲之誤也。」《群經平議》：「使某實。」俞樾按：「『實』當爲『致』。」《呂氏春秋·審應》：「取其實以責其名。」高誘注：「實，德行之實也。」

〔一二〕**言庸無隘**

庸，唐寫本作「曠」。雍案：「曠」字是也。陸機《文賦》「言曠無隘」，乃彥和所本也。曠，廣也；寬也；闊也。《漢書·鄒陽傳》：「獨觀乎昭曠之道也。」顏師古注：「曠，廣也。」《文選·盧諶〈時興詩〉》：「曠野增遼索。」呂向注：「曠，寬。」《夏侯湛〈東方朔畫贊〉》：「若乃遠心曠度。」劉良注：「曠，寬。」《老子》第十五章：「曠兮其若谷。」河上公注：「曠者，寬大。」

〔一三〕**辭翦美稗**

美，唐寫本作「稊」。雍案：作「稊」是也。《文選·潘岳〈射雉賦〉》：「稊菽叢糅。」徐爰注：「稊，稗類也。」《慧琳音義》卷五「稊稗」注引《字林》云：「稊，似稗，一名英。」《玄應音義》卷二三「稊稗」注：「稊，似稗，布地穢草也。」

頌讚第九

四始之至，頌居其極。頌者，容也，所以美盛德而述形容也。昔帝嚳之世，咸墨爲頌[一]，以歌九韶[二]。自商已下，文理允備。夫化偃一國謂之風，風正四方謂之雅，容告神明謂之頌。風雅序人，事兼變正；頌主告神，義必純美。魯國以公旦次編，商人以前王追録，斯乃宗廟之正歌，非讌饗之常詠也[三]。時邁一篇，周公所製；哲人之頌，規式存焉。夫民各有心，勿壅惟口；晉輿之稱原田，魯民之刺裘鞸，直言不詠，短辭以諷，邱明子高，並諜爲誦。斯則野誦之變體，浸被乎人事矣。及三閭橘頌，情采芬芳，比類寓意，又覃及細物矣。

至於秦政刻文，爰頌其德，漢之惠景，亦有述容，沿世並作，相繼於時矣。若夫子雲之表充國，孟堅之序戴侯，武仲之美顯宗，史岑之述熹后，或擬清廟，或範駉那，雖淺深不同，詳略各異，其褒德顯容，典章一也。至於班傅之北征西巡，變爲序引，豈不褒過而謬體哉！馬融之廣成上林，雅而似賦，何弄文而失質乎！又崔瑗文學，蔡邕樊渠，並致美於序，而簡約乎篇；摯虞品藻，頗爲精覈，至云雜以風雅，而不變旨趣，徒張虚論，有似黄白之僞説矣。及魏晉辨頌，鮮有出轍，陳思所綴，以皇子爲摽〔四〕；陸機積篇，惟功臣最顯。其褒貶雜居，固末代之訛體也。

原夫頌惟典雅，辭必清鑠；敷寫似賦，而不入華侈之區；敬慎如銘，而異乎規戒之域。揄揚以發藻，汪洋以樹義。唯纖曲巧致，與情而變，其大體所底，如斯而已。

讚者，明也，助也。虞舜之祀，樂正重讚，蓋唱發之辭也。及益讚於禹〔五〕，伊陟讚於巫咸，並颺言以明事〔六〕，嗟歎以助辭也。故漢置鴻臚，以唱拜爲讚，即古之遺語也。至相如屬筆，始讚荊軻。及遷史固書〔七〕，託讚褒貶，約文以總録，頌體以論辭；又紀傳後評，亦同其名，而仲治流别〔八〕，謬稱爲述，失之遠矣。及景純注雅，動植必讚，義兼美惡，亦猶頌之變耳。然本其爲義，事生獎歎，所以古來篇體，促而不廣〔九〕，必結言於四字之句，盤桓乎數韻之辭，約舉以盡情，昭灼以送文〔一〇〕，此其體也。發源雖遠，而致用蓋寡，大抵所歸，其頌家之細條乎！

贊曰：容體底頌〔一一〕，勳業垂讚。鏤彩摛文，聲理有爛〔一二〕。年積逾遠，音徽如旦。降及品物，炫辭作翫。

〔一〕**咸墨為頌**

咸墨，唐寫本作「咸黑」，《事物考》二、《文通》八引同。宋本、鈔本、倪本、活字本《御覽》五八八及《唐類函》一百五引作「咸累」。喜多本、鮑本《御覽》作「咸墨」。《路史後紀·疏仡紀》作「成累」，《廣博物志》三三引同。唐寫本作「咸黑」。雍案：「咸黑」爲是。咸黑，人名。《呂氏春秋·古樂》：「帝嚳命咸黑作爲聲歌。」《說文·土部》朱駿聲《通訓定聲》：「墨，叚借爲『黑』。」《孟子·滕文公上》：「面深墨。」趙岐注：「墨，黑也。」《廣雅·釋器》《慧琳音義》卷一「翰墨」注引《考聲》：「墨，黑也。」《周禮·秋官·司圜》：「弗使冠而加明刑焉。」鄭玄注：「著墨幪。」孫詒讓《正義》：「墨，宋大字本、岳本、附釋音本、嘉靖本並作『黑』，釋文同。」《楚辭·招魂》：「雕題黑齒。」舊注：「黑，一作『墨』。」

〔二〕**以歌九韶**

韶，唐寫本作「招」。宋本、倪本、活字本、喜多本、鮑本《御覽》引同。楊明照《校注》云：「按作『招』與《呂氏春秋·古樂篇》合。《事物紀原集類》四、《玉海》六十、《風雅逸篇》十、《詩紀前集附録》、《事物考》二、《唐類函》一百五引，亦並作『招』。當據改。」雍案：九招，也作「九韶」。古籍中或謂帝嚳命咸黑所作；或謂帝舜命質所修，以後湯又修九招，見《呂氏春秋·古樂篇》；或謂爲夏禹所作，見《史記·五帝紀》；或謂夏啓所作，見《山海經·大荒西經》。皆本傳説，樂已久亡，胥不足據。

〔三〕非讌饗之常詠也

讌饗，唐寫本作「饗讌」。元本、弘治本、汪本、佘本、張本、兩京本、王批本、訓故本、文津本亦並作「饗讌」。宋本、活字本、喜多本、鮑本《御覽》引作「饗燕」。雍案：《説文·食部》：「饗，鄉人飲酒也。从食、从鄉，鄉亦聲。」《漢書·匡衡傳》：「饗下之顔也。」顔師古注：「燕饗也。」《玄應音義》卷一「讌集」注：「讌，小會也。」《玄應音義》卷二二「讌會」注：「讌，飲也。」「讌，樂也。」卷十五「讌會」注引《考聲》：「讌，歡讌也。」又「遊讌」注引《考聲》云：「讌，歡飲酒也。」又引《韻英》云：「讌，飲酒會言也。」《廣韻·霰韻》：「讌，讌會。」《玉篇·言部》：「讌，讌設也。」《戰國策·齊策三》：「孟嘗君讌坐。」吴師道注：「讌，即『燕』。」《文選·曹植〈與吴季重書〉》：「雖讌飲彌日。」舊校：「善本『讌』作『燕』。」《周禮·天官·膳夫》：「王燕飲酒。」孫詒讓《正義》：「燕，即《大宗伯》『饗燕』之『燕』。飲酒即『燕』也。」《詩·小雅·湛露序》：「天子燕諸侯也。」鄭玄注：「燕，謂與之燕，飲酒也。」《説文·燕部》段玉裁注：「古多叚『燕』爲宴安、燕享。」

〔四〕以皇子爲摽

楊明照《校注》云：「按『摽』當依各本改作『標』。」雍案：摽，又作「標」。《經籍籑詁補遺・篠韻》：「《詩・摽有梅》：『摽有梅。』《白帖》九九作『標有梅』。」《抱朴子・祛惑》：「夫能知要道者，無欲於物也；不徇世譽也，亦何肯自摽顯於流俗哉！」

〔五〕及益讚於禹

讚，唐寫本作「贊」。《御覽》六二、《玉海》六二、《事物紀原集類》四、《事物原始》《新鐫古今事物原始》十一、《事物考》二引同。雍案：「讚」與「贊」，音義同。《集韻・換韻》：「讚，通作『贊』。」《楚辭・九歎序》：「所謂讚賢以輔志。」舊校：「讚，一作『贊』。」《文選・丘遲〈與陳伯之書〉》：「讚帷幄之謀。」舊校：「五臣本作『贊』字。」《袁宏〈三國名臣序贊〉》：「以爲之讚云。」舊校：「五臣本『讚』作『贊』。」

〔六〕並颺言以明事

颺，《事物紀原集類》《事物原始》《新鐫古今事物原始》引作「揚」。雍案：《書・益稷》：「皋陶拜手稽首，颺言曰：『念哉！』」孔安國傳：「大言而疾曰颺。」江聲《集注音疏》：「颺，大聲也。」《資治通鑑・晉紀三十》：「中書令眭颺言於朝曰。」又《唐紀二十三》：「求禮颺言曰。」胡三省注：「大言而疾曰颺。」《逸周書・官人》：「飭貌者不靜，假節者不平，多私者不義，揚言者寡信，此之謂揆德。」《廣雅・釋詁二》：「颺，説也。」王念孫《疏證》：「『揚』與『颺』通。」《説文・手部》朱駿聲《通訓定聲》：「揚，又叚借爲『颺』。」《比興篇》：「颺言以切事者也。」《時序篇》：「颺言讚時。」蓋作「颺言」是也。

〔七〕**及遷史固書**

唐寫本作「及史斑曰書」。《御覽》《玉海》引作「及史班書記」。元本、弘治本、活字本、汪本、佘本、張本、兩京本、胡本並作「及史班固書」。楊明照《校注》云：「按唐寫本是也。本書「班」唐寫本均作「斑」。「曰」乃「因」之或體。」雍案：《墨子・經下》：「謂而「固是」也，説在因。」孫詒讓《閒詁》：「因，蓋與『固是』義同。」

〔八〕**仲治流別**

治，四庫本剜改作「洽」。芸香堂本、翰墨園本、思賢講舍本同。鈔本《御覽》引作「治」。唐寫本、元本、弘治本、汪本同。雍案：仲治，易形訛爲「仲洽」。摯虞，西晉長安人。字仲治。少事皇甫謐，著述不倦。武帝泰始中，舉賢良，累官至太常卿，後遇洛陽荒亂，餓死。其撰有《文章志》四卷、《流別集》三十卷，注《三輔決録》，今僅存佚文。明人輯有《摯太常集》。《世説新語·文學篇》："「左太沖作《三都賦》初成。」劉注："「摯仲治宿儒知名。」又「太叔廣甚辯給，而摯仲治長於翰墨。」注引王隱《晉書》曰："「摯虞字仲治。」《南齊書·文學傳論》："「仲治之區別文體。」

〔九〕**促而不廣**

廣，黄叔琳校云："「一作『曠』，從《御覽》改。」唐寫本、元本、弘治本、活字本、汪本、佘本、張本、兩京本、何本、胡本、訓故本、梅本、合刻本、梁本、祕書本、凌本、謝鈔本、彙編本、別解本、清謹軒本、尚古本、岡本、文溯本、王本、張松孫本、鄭藏鈔本、崇文本並作「曠」。《文體明辨》四八、《文通》二引，亦作「曠」。雍案："廣，讀爲『曠』。古「廣」與「曠」，音義相同。《廣雅·釋詁一》："「廣，與『曠』同。」《列子·黄帝》："「廣澤。」殷敬順《釋文》："「廣，本又作『曠』。」《荀子·解蔽》："「睪睪廣廣。」王先謙《集解》引顧千里曰："「廣，讀爲『曠』也。」《吕氏春秋·貴卒》："「於是令貴人往實廣虚之地。」《集釋》引王念孫《按》："「廣，讀曰『曠』。」《諸子平議·吕氏春秋》："「其人事則不廣。」俞樾按："「廣，讀爲『曠』，古『廣』『曠』字通。」《群經平議·春秋外傳國語二》："「棄寵求廣土而竄伏焉。」俞樾按："「『廣』與『曠』古通用。」《群經平議·管子二》："「不廣閒。」俞樾按："「『廣』者，『曠』之叚字。」

〔一〇〕**昭灼以送文**

昭，唐寫本作「照」。《御覽》引同。楊明照《校注》云：「『照』字是。」雍案：《說文·火部》段玉裁注：「照，與『昭』音義同。」《讀書雜志·管子第八·內業》：「照乎知萬物。」王念孫按引洪云：「照，與『昭』通。」《經籍纂詁·蕭韻》：「《郯令景君闕銘》：『遠近照聞。』《劉熊碑》：『誕生照明。』《孫叔敖碑》：『處幽瞖而照明。』《嚴訢碑》：『去斯照照。』《富春丞張君碑》：『刊照厥勳。』『昭』皆作『照』。」《楚辭·九章·悲回風》：「照彭咸之所聞。」舊校：「照，一作『昭』。」

〔一一〕**容體底頌**

體，唐寫本作「德」。雍案：「德」字是。底，致也。底，古與「厎」通假。《書·舜典》：「乃信厎可績。」孔安國傳：「厎，致也。」《左傳·昭公元年》：「底祿以德。」杜預注：「底，致也。」又《昭公十三年》：「盟以厎信。」杜預注：「厎，致也。」《釋文》：「厎，音旨。」《國語·周語下》：「厎紂之多罪。」韋昭注：「厎，致也。」《漢書·地理志上》：「覃懷厎績。」顏師古注：「厎，致也。」《文選·陸機〈辨亡論〉》：「而江外厎定。」張銑注：「厎，致也。」《左傳·昭公元年》有「底祿以德」，則舍人此謂容德之致頌也。

〔一二〕**鏤彩摛文，聲理有爛**

唐寫本作「鏤影摛聲，文理有爛。」，「彩」作「影」。元本、弘治本、活字本、汪本、佘本、張本、兩京本、王批本、何本、胡本、梅本、凌本、合刻本、梁本、祕書本、謝鈔本、彙編本、清謹軒本、尚古本、岡本、文津本、王本、張松孫本、鄭藏鈔本、崇文本皆同，而「聲文」二字，與唐寫本誤倒。「聲理」，佘本作「文理」，與唐寫本合。雍案：舍人《剡山石城寺石像碑》文曰：「朱桂鏤影。」則「鏤彩」當作「鏤影」也。「影」，形影也。《玉篇・彡部》《廣韻・梗韻》皆曰：「影，形影也。」《淮南子・修務篇》：「吾日悠悠慙于影。」高誘注：「影，形影也。」發其義，乃謂雕鏤其形神，舒展其聲采，文理鮮明也。

祝盟第十

天地定位，祀徧群神。六宗既禋，三望咸秩，甘雨和風，是生黍稷，兆民所仰，美報興焉。犧盛惟馨，本於明德，祝史陳信，資乎文辭。昔伊耆始蜡〔一〕，以祭八神。其辭云：土反其宅，水歸其壑，昆蟲毋作，草木歸其澤。則上皇祝文，爰在茲矣。舜之祠田云：荷此長耜，耕彼南畝，四海俱有。利民之志，頗形於言矣。至於商履，聖敬日躋，玄牡告天，以萬方罪己，即郊禋之詞也；素車禱旱，以六事責躬，則雩禜之文也。及周之大祝，掌六祝之辭。是以庶物咸生，陳於天地之郊；旁作穆穆，唱於迎日之拜；夙興夜處，言於祔廟之祝；多福無疆，布於少牢之饋；宜社類禡，莫不有文。所以寅虔於神祇〔二〕，嚴恭於宗廟也。春秋已下，黷祀諂祭，祝幣史辭，靡神不至。至於張老成室，至善於歌哭之禱；蒯聵臨戰，獲佑於筋骨之請〔三〕。雖造次顛沛，必於祝矣。若夫楚辭招魂，可謂祝辭之組纚也〔四〕。漢之群祀，肅其旨禮，既總碩儒之儀，亦參方士之術。所以祕祝移過，異於成湯之心；侲子毆疫，同乎越巫之祝：禮失之漸也。至如黃帝有祝邪之文，東方朔有駡鬼之書，於是後之譴呪，務於善駡。唯陳思誥咎，裁以正義矣。若乃禮之祭祀，事止告饗；而中代祭文，兼讃言行，祭而兼讃，蓋引神而作也。又漢代山陵，哀策流文，周喪盛姬，内史執策。然則策本書贈〔五〕，因哀而爲文也。是以義同於誄，而文實告神，誄首而哀末，頌體而祝儀，太史所作之讃，因周之祝文也。凡群言發華，而降神務實，脩辭立誠，在於無媿。所禱之式，必誠以敬；祭奠之楷，宜恭且哀：此其大較也。班固之祀濛山，祈禱之誠敬也；潘岳之祭庾婦，奠祭之恭哀也。舉彙而求，昭然可鑒矣。

盟者，明也。騂毛白馬，珠盤玉敦，陳辭乎方明之下，祝告於神明者也。在昔三王，詛盟不及，時有要誓，結言而退。周衰屢盟，以及要契，始之以曹沫，終之以毛遂。及秦昭盟夷，設黄龍之詛；漢祖建侯，定山河之誓。然義存則克終，道廢則渝始，崇替在人，呪何預焉？若夫臧洪歃辭，氣截雲蜺；劉琨鐵誓，精貫霏霜；而無補於晉漢，反爲仇讎。故知信不由衷，盟無益也。夫盟之大體，必序危機，獎忠孝，共存亡，戮心力，祈幽靈以取鑒，指九天以爲正，感激以立誠，切至以敷辭，此其所同也。然非辭之難，處辭爲難。後之君子，宜在殷鑒，忠信可矣，無恃神焉！

贊曰：毖祀欽明，祝史惟談。立誠在肅，脩辭必甘。季代彌飾，絢言朱藍。神之來格，所貴無慚。

〔一〕**昔伊耆始蜡**

雍案：蜡，同「禬」，又同「臘」。索也，祭也。合聚萬物索饗百神也。《廣韻》：「鋤駕切，去禡，崇。」《詩·檜風·羔裘》：「狐裘以朝。」鄭玄箋：「蜡，祭名也。」又：「大蜡而息民，則有黃衣狐裘。」陸德明《釋文》：「蜡，祭名也。」《禮記·禮運》：「昔者仲尼與於蜡賓。」鄭玄注：「蜡，索也，歲十二月合聚萬物而索饗之。」《孔子家語·觀鄉射》：「子貢觀於蜡。」王肅注：「蜡，索也，歲十有二月索群神而祀之，今之臘也。」《廣雅·釋天》：「禬，祭也。」《玉篇·示部》：「禬，亦作『蜡』。」「禬，報祭也，古之臘曰禬。」又《廣雅·釋天》：「臘，索也。夏曰清祀，殷曰嘉平，周曰大禬，秦曰臘。」王念孫《疏證》云：「禬，本作『蜡』。」柳宗元《禬說》：「禬說。」蔣之翹《注輯》：「禬者，索也。」《廣韻·禡韻》：「禬，或作『蜡』。」《集韻·禡韻》：「禬，亦作『蜡』。」《說文·肉部》：「臘，冬至後三戌，臘祭百神。」《韓非子·說林下》：「若亦不患臘之至。」王先謙《集解》引《說文》：「臘，冬至後三戌，臘祭百神。」

〔一二〕所以寅虔於神祇

楊明照《校注》云：「祇，當依唐寫本、弘治本、汪本、梅本改作『祇』。」雍案：《書・微子》：「乃攘竊神祇之犧牷牲用以容。」孔穎達疏引《禮》：「天曰神，地曰祇。」《國語・魯語上》：「其周公、太公及百辟、神祇，實永饗而賴之。」韋昭注：「天曰神，地曰祇。」《呂氏春秋・季冬》：「天地之神祇。」高誘注：「天曰神，地曰祇。」《論語・述而》：「禱爾于上下神祇。」劉寶楠《正義》：「天神曰神，地神曰祇。」《說文・示部》朱駿聲《通訓定聲》引《尸子》：「天神曰靈，地神曰祇。」《詩・大雅・鳧鷖序》：「神祇祖考。」孔穎達疏：「神者天神，祇者地神。」《文選・顏延之〈三月三日曲水詩序〉》：「皇祇發生之始。」李善注：「祇，地神也。」《文選・木華〈海賦〉》：「惟神是宅，亦祇是廬。」李善注：「神、祇，衆靈之通稱，非惟天地而已。」

〔一三〕獲佑於筋骨之請

佑，唐寫本作「祐」。楊明照《校注》云：「按兩京本、胡本作『祐』，與唐寫本合。《說文・示部》：『祐，助也。』」雍案：「佑」與「祐」，音義同。《書・泰誓上》：「天佑下民。」蔡沈《集傳》：「佑，助也。」《多士》：「我有周佑命。」劉逢祿《今古文集解》引孫云：「佑，助也。」《禮記・中庸》：「保佑命之。」鄭玄注：「佑，助也。」《易・無妄》：「天命不佑。」陸德明《釋文》：

「佑，本作『祐』。」《書・金縢》：「敷佑四方。」孫星衍《今古文注疏》：「佑，同『祐』。」《容齋三筆》卷十：「佑、祐、右，三字一也。」

〔四〕可謂祝辭之組纚也

纚，唐寫本作「麗」。雍案：「麗」字是。揚雄《法言・吾子篇》：「或曰：『霧縠之組麗。』」宋葛立方《韻語陽秋》：「大抵欲造平淡，當組麗中來；落其華芬，然後可造平淡之境。」組，訓文；又訓華麗也。《尚書・禹貢》：「厥篚玄纖璣組。」陸德明《釋文》引馬云：「組，文也。」《札迻・荀子楊倞注〈樂論篇〉》：「其服組。」孫詒讓按：「組，謂華麗也，即黺盧之叚字。」

〔五〕然則策本書贈

贈，唐寫本作「賵」。雍案：「賵」與「贈」，二字形近淆誤。《儀禮・既夕禮》：「書賵於方。」鄭玄注：「方，板也。書賵奠賻贈之人名與其物於板。」《禮記・曲禮下》：「書方。」鄭玄注引《士喪禮下篇》「書賵於方」，孔穎達疏：「送死者車馬曰賵，衣服曰襚。亦通曰賵。」《說文新附・貝部》：「賵，贈死者。从貝，从冒。冒者，衣衾覆冒之意。」《集韻・送韻》：「賵，贈死之物。」

銘箴第十一

昔帝軒刻輿几以弼違，大禹勒筍簴而招諫〔一〕；成湯盤盂，著日新之規，武王戶席，題必戒之訓；周公慎言於金人，仲尼革容於欹器：則聖鑒戒〔二〕，其來久矣。故銘者，名也。觀器必也正名，審用貴乎盛德。蓋臧武仲之論銘也，曰：天子令德，諸侯計功，大夫稱伐。夏鑄九牧之金鼎，周勒肅慎之楛矢，令德之事也；呂望銘功於昆吾，仲山鏤績於庸器，計功之義也；魏顆紀勳於景鐘〔三〕，孔悝表勤於衛鼎，稱伐之類也。若乃飛廉有石槨之錫，靈公有蒿里之謚〔四〕，銘發幽石，吁可怪矣。趙靈勒跡於番吾〔五〕，秦昭刻博於華山〔六〕，夸誕示後，吁可笑也。詳觀衆例，銘義見矣。至於始皇勒岳，政暴而文澤，亦有疏通之美焉。若班固燕然之勒，張昶華陰之碣，序亦盛矣。蔡邕銘思，獨冠古今；橋公之鉞，吐納典謨；朱穆之鼎，全成碑文，溺所長也。至如敬通雜器，準矱戒銘，而事非其物，繁略違中。崔駰品物，讚多戒少；李尤積篇，義儉辭碎。著龜神物，而居博弈之中；衡斛嘉量，而在臼杵之末，曾名品之未暇，何事理之能閑哉！魏文九寶，器利辭鈍。唯張載劍閣，其才清采，迅足駸駸，後發前至，勒銘岷漢，得其宜矣。

箴者，所以攻疾防患，喻鍼石也。斯文之興，盛於三代，夏商二箴，餘句頗存。及周之辛甲，百官箴一篇，體義備焉。迄至春秋，微而未絕。故魏絳諷君於后羿，楚子訓民於在勤。戰代以來，棄德務功，銘辭代興，箴文委絕〔七〕。至揚雄稽古，始範虞箴，作卿尹州牧二十五篇。及崔胡補綴，總稱百官，指事配位，鞶鑑可徵，信所謂追清風於前古，攀辛甲於後代者也。至於潘勗符節，要而失淺；溫嶠傅臣，博而患繁；王濟國子，引廣事雜；潘尼乘輿，義正體蕪。凡斯繼作，鮮有克衷。至於王朗雜箴，乃置巾履，得其戒慎，而失其所施。觀其約文舉要，憲章戒銘，而水火井竈，繁辭不已，志有偏也。

夫箴誦於官，銘題於器，名目雖異，而警戒實同。箴全禦過，故文資确切〔八〕；銘兼褒讚，故體貴弘潤。其取事也必覈以辨，其摛文也必簡而深，此其大要也。然矢言之道蓋闕，庸器之制久淪，所以箴銘異用，罕施於代。惟秉文君子，宜酌其遠大焉。

贊曰：銘實表器，箴惟德軌。有佩於言，無鑒於水。秉茲貞厲，敬言乎履。義典則弘，文約爲美。

〔一〕**大禹勒筍簴而招諫**

筍，唐寫本作「簨」。雍案：「筍」字是。《周禮·考工記·梓人》：「梓人爲筍簴。」鄭玄注：「樂器所縣，横曰筍，植曰簴。」《釋名·釋樂器》：「所以懸鐘鼓者，横曰筍。筍，峻也，在上高峻也。」《群經平議·春秋公羊傳》：「筍將而來也。」俞樾按：「横木以縣鐘鼓謂之筍，故横木以縣棺亦謂之筍。」《文選·張衡〈西京賦〉》：「負筍業而餘怒。」劉良注：「簴，傍立木，直曰簴。」

〔二〕**則先聖鑒戒**

唐寫本作「列聖鑒戒」。《御覽》引同。雍案：今本「則」字乃「列」之形誤，而「先」乃增字，以合常軌。「先聖」非彦和本旨，《封禪篇》「騰休明於列聖之上」，以「列聖」連文，可以印證。《文選·左思〈魏都賦〉》：「列聖之遺塵。」《宋書·孝武帝紀》：「（大明七年詔）列聖遺式。」《南齊書·海陵王紀》：「（皇太后令）列聖繼軌。」

〔三〕**魏顆紀勳於景鐘**

鐘，黄叔琳校云：「元作『銘』，曹改。」唐寫本、何本、訓故本、梁本、别解本、尚古本、岡本、清謹軒本、文溯本並作「鐘」。《御覽》《玉海》六十又二百四引、王批本並作「鍾」。雍案：

「鐘」與「鍾」，古相通假。《說文・金部》：「鐘，樂鐘也。秋分之音，物穜成。从金，童聲。古者垂作鐘。」段玉裁注：「鐘，經傳多作『鍾』，叚借酒器字。」朱駿聲《通訓定聲》：「鍾，叚借爲『鐘』。」《集韻・鍾韻》：「鐘，通作『鍾』。」《文選・宋玉〈招魂〉》：「鏗鐘搖虡。」舊校：「鐘，五臣本作『鍾』。」《韓非子・解老》：「故竽先則鍾瑟皆隨。」王先慎《集解》：「鍾，古通用『鐘』。」《周禮・考工記・鳧氏》：「鳧氏爲鍾。」孫詒讓《正義》：「鍾，『鐘』之叚借字。」

〔四〕靈公有蒿里之謚

雍案：蒿，唐寫本作「舊」。非也。《御覽》本引作「奪」，是也。《莊子・則陽》云：「夫靈公也死，卜葬於故墓，不吉；卜葬於沙丘而吉。掘之數仞，得石槨焉。洗而視之，有銘焉，曰：『不馮其子，靈公奪而里之。』」奪，『敓』之假借也。又假借爲『奪』也。《慧琳音義》卷三引「奪」注：「奪，《石經》從『寸』作『奪』，古文作『敓』『挩』。」又卷十四「奪取」注：「奪，蔡邕《石經》從『寸』作『奪』。」假借爲『遂』也。《說文・奞部》朱駿聲《通訓定聲》：「（奪），假借又爲『遂』。《史記・秦本紀》：『以奪其志。』」

〔五〕趙靈勒跡於番吾

吾，黃叔琳校云：「元作『禺』，楊改。」番吾，唐寫本作「潘吾」。《御覽》引同。楊明照《校注》云：「按《韓非子》道藏本、張榜本、趙用賢本並作『潘吾』，與唐寫本合。『番』與『潘』音同得通。《廣韻・二十二元》：「番，翻、盤、潘三音。」楊改『禺』作『吾』是也。《金石例》九、《文通》十二引並作『番吾』。」雍案：番吾，地名也。一、戰國趙邑。爲秦、趙爭戰要地。故地在今河北磁縣。《戰國策・趙策二》：「秦甲涉河逾漳，據番吾，則兵必戰於邯鄲之下矣。」。二、戰國趙邑。亦作播吾、鄱吾。故地在今河北平山縣東南。《史記・趙世家》：「番吾君自代來。」《説文・釆部》朱駿聲《通訓定聲》：「番，叚借爲『播』。」

〔六〕秦昭刻博於華山

博，黄叔琳校云：「元作『傅』，朱改。」唐寫本、訓故本、謝鈔本並作「博」。《玉海》引同。雍案：「博」是也。刻博，與上文「勒跡」對文。「博」者，文辭也。《鬼谷子・權篇》：「繁稱文辭者，博也。」《莊子・繕性》：「文滅質，博溺心。」郭象注：「文、博者，心、質之飾也。」

〔七〕箴文委絶

委，唐寫本作「萎」。《御覽》引同。楊明照《校注》云：「按『萎』字是。《楚辭・離騷》：『雖萎絶其何傷兮。』王注：『萎，病也。』又《九章・思美人》：『遂萎絶而離異。』並作『萎』。《夸飾篇》：『言在萎絶。』尤爲明證。今本作『委』，蓋寫者偶脱艸頭耳。」雍案：《文選・顔延之〈赭白馬賦》》：「長委離兮。」李善注：「『萎』與『委』古字通。」《大戴禮記·夏小正》：「委楊。」舊校：「委，一作『萎』。」《禮記·檀弓》：「哲人其委乎！」陸德明《釋文》：「委，本又作『萎』。」

〔八〕**故文資确切**

确，黄叔琳校云：「元作『碻』，朱改。」唐寫本及《御覽》引並作「确」。楊明照《校注》云：「以《奏啓篇》『表奏确切』例之，自以作『确』爲是。」雍案：《說文·石部》徐鉉按：「确，今俗作『碻』。」

誄碑第十二

周世盛德，有銘誄之文。大夫之材〔一〕，臨喪能誄。誄者，累也；累其德行，旌之不朽也。夏商已前，其詳靡聞。周雖有誄，未被于士。又賤不誄貴，幼不誄長，在萬乘則稱天以誄之，讀誄定謚，其節文大矣。自魯莊戰乘邱，始及于士。逮尼父卒，哀公作誄。觀其慭遺之切，嗚呼之歎，雖非叡作，古式存焉。至柳妻之誄惠子，則辭哀而韻長矣。暨乎漢世，承流而作。揚雄之誄元后，文實煩穢，沙麓撮其要，而摯疑成篇，安有累德述尊，而闊略四句乎？杜篤之誄，有譽前代；吴誄雖工，而他篇頗疏，豈以見稱光武，而改盼千金哉！傅毅所制，文體倫序；孝山崔瑗，辨絜相參〔二〕。觀其序事如傳，辭靡律調，固誄之才也。潘岳構意，專師孝山，巧於序悲，易入新切，所以隔代相望，能徵厥聲者也。至如崔駰誄趙，劉陶誄黄，並得憲章，工在簡要。陳思叨名，而體實繁緩，文皇誄末，旨言自陳，其乖甚矣。若夫殷臣誄湯，追褒元鳥之祚〔三〕；周史歌文，上闡后稷之烈：誄述祖宗，蓋詩人之則也。至於序述哀情，則觸類而長。傅毅之誄北海，云白日幽光，雰霧杳冥；始序致感，遂爲後式，景而效者〔四〕，彌取於工矣。詳夫誄之爲制，蓋選言録行，傳體而頌文，榮始而哀終。論其人也，曖乎若可覿〔五〕；道其哀也，悽焉如可傷。此其旨也。

碑者，埤也。上古帝皇，紀號封禪，樹石埤岳，故曰碑也。周穆紀跡于弇山之石，亦古碑之意也。又宗廟有碑，樹之兩楹，事止麗牲，未勒勳績，而庸器漸缺，故後代用碑，以石代金，同乎不朽，自廟徂墳，猶封墓也。自後漢以來，碑碣雲起，才鋒所斷，莫高蔡邕。觀楊賜之碑，骨鯁訓典；陳郭二文，詞無擇言〔六〕；周乎衆碑，莫非清允。其敍事也該而要，其綴采也雅而澤；清詞轉而不窮，巧義出而卓立；察其爲才，自然而至。孔融所制，有慕伯喈；張陳兩文，辨給足采：亦其亞也。及孫綽爲文，志在碑誄；溫王郤庾，辭多枝雜〔七〕；桓彝一篇，最爲辨裁。夫屬碑之體，資乎史才。其序則傳，其文則銘。標序盛德，必見清風之華；昭紀鴻懿，必見峻偉之烈：此碑之制也。夫碑實銘器，銘實碑文，因器立名，事光於誄。是以勒石讚勳者，入銘之域；樹碑述已者，同誄之區焉。

贊曰：寫實追虛，碑誄以立。銘德慕行，文采允集。觀風似面，聽辭如泣。石墨鐫華，頹影豈忒〔八〕。

〔一〕**大夫之材**

材，馮舒校作「才」。宋本、活字本、喜多本《御覽》五九六引作「才」。黄叔琳注云：「『大夫之材，見《詮賦篇》「登高能賦」注。』楊明照《校注》云：「按唐寫本作『才』。馮校蓋據《御覽》是也。」雍案：《説文・木部》朱駿聲《通訓定聲》：「材，叚借爲『才』。」《易・繫辭下》：「彖者材也。」焦循《章句》：「『材』即『才』。」《小爾雅・廣言》：「佞，才也。」胡承珙《義證》：「『材』與『才』通。」《諸子平議・墨子三》：「知材也。」俞樾按：「『才』與『材』通。」《莊子・徐無鬼》：「天下馬有成材。」陸德明《釋文》：「材，字亦作『才』。」《玉函山房輯佚書・春秋外傳國語孔氏注》：「咨材爲諏。今本作『才』。《春秋正義》引作『材』。」

〔二〕**辨挈相參**

挈，唐寫本作「潔」。鈔本、喜多本、鮑本《御覽》引同。雍案：挈，乃「絜」之形譌也。劉文《議對篇》：「文以辨潔爲能。」潔、絜同。《廣韻・屑韻》：「潔，經典通用『絜』。」《廣雅・釋器》：「潔，白也。」王念孫疏證：「潔，經典通作『絜』。」《管子・心術上》：「掃除不潔。」戴望校正：「《説文》無『潔』字，作『絜』爲正。」

〔三〕**追襃元鳥之祚**

雍案：元，諱「玄」也。《詩·商頌·玄鳥》：「天命玄鳥，降而生商。」楊明照《校注》云：「祚，兩京本作『祥』，徐𤍠校同疑是。」余謂非也。祚，報也；賜也。《文選·張衡〈東京賦〉》：「祚靈主以元吉。」薛綜注：「祚，報也。」《謝莊〈宋孝武宣貴妃誄〉》：「祚靈集祉。」張銑注：「祚，報也。」《玄應音義》卷十二「福祚」注：「祚，報也。」《讀書雜誌·餘編下·文選》：「漢高祖〈功臣頌〉：『祚爾輝章。』」王念孫按：「祚，賜也。」此文乃謂簡狄吞鳦卵而生契，是爲商祖，故追襃玄鳥之報而賜焉。

〔四〕**景而效者**

景，唐寫本作「影」。雍案：景，古與「影」通。景，於此曰景從也。漢班固《東京賦》：「天官景從。」李周翰注：「景，影也。」《荀子·臣道》：「刑下如影。」王先謙《集解》引郝懿行曰：「影，當作『景』，轉寫從俗。」《學林》卷二：「古文經書惟《尚書》多用俗字，如古文『景』字，《尚書》變爲『影』。」

〔五〕曖乎若可覩

楊明照《校注》云：「按『曖』字說文所無，當本是『僾』字。《說文・人部》：『僾，仿佛也。』《禮記・祭義》：『祭之日，入室，僾然必有見乎其位。』」《說苑・修文篇》：『祭之日，將入戶，僾然若有見乎其容。』」《釋文》：『僾，微見貌。』《正義》：『僾，髣髴見也。』」釋僧祐《齊太宰竟陵文宣王法集録序》：『靜尋遺篇，僾乎如在。』」雍案：「曖」與「僾」，古字通，音義亦同。《方言》卷六：「掩翳，薆也。」錢繹《箋疏》：「薆、䈅、僾、愛、曖、靉，並字異義同。」《文選・何晏〈景福殿賦〉》：「其奧秘則翳薆曖昧，髣髴退概。」李善注：「翳薆、曖昧、髣髴、退概，皆謂幽深不明貌。」張銑注：「翳薆、曖昧、髣髴、退概，皆幽遠不分明貌。」

〔六〕詞無擇言

詞，多本並作「句」。雍案：「句」字是。詞，形近而譌也。句，章句也。《廣韻・遇韻》：「句，章句。」《玉篇・句部》：「句，言語章句也。」《漢書・王子侯表上》：「句容哀侯黨。」顏師古注：「句，讀爲『章句』之『句』。」《說文・句部》段玉裁注：「凡『章句』之『句』，亦取稽留可鉤乙之意。」句無敗字，故謂無擇言。《斟詮》云：「句無擇言，謂語句確實無可指摘也。」

〔七〕**辭多枝雜**

雜，宋本、倪本、喜多本、鮑本《御覽》引作「離」。雍案：雜，與「離」形近而譌。劉文《議對篇》：「支離構辭。」支，與「枝」通。《易·繫辭下》：「中心疑者其辭枝。」疏：「枝，謂樹枝也。中心於事疑惑，則其心不定，其辭分散，若閒枝也。」

〔八〕**頹影豈忒**

忒，唐寫本作「戢」。雍案：寫本是也。本讚用緝韻，故連文當以「戢」爲是。《世説新語·方正篇》：劉注引孫綽《庾公誄》：「永戢話言，口誦心悲。」《廣韻·緝韻》：「戢，止也。」

哀弔第十三

賦憲之謚，短折曰哀。哀者，依也。悲實依心，故曰哀也。以辭遣哀，蓋不淚之悼〔一〕，故不在黄髮，必施夭昏。昔三良殉秦，百夫莫贖，事均夭横〔二〕，黄鳥賦哀，抑亦詩人之哀辭乎！暨漢武封禪，而霍子侯暴亡，帝傷而作詩，亦哀辭之類矣。及後漢汝陽王亡，崔瑗哀辭，始變前式。然履突鬼門，怪而不辭；駕龍乘雲，仙而不哀；又卒章五言，頗似歌謠，亦彷彿乎漢武也。至於蘇慎張升，並述哀文〔三〕，雖發其情華，而未極心實。建安哀辭，惟偉長差善，行女一篇，時有惻怛。及潘岳繼作，實踵其美。觀其慮善辭變，情洞悲苦，敍事如傳，結言摹詩，促節四言，鮮有緩句，故能義直而文婉，體舊而趣新，金鹿澤蘭，莫之或繼也。原夫哀辭大體，情主於痛傷，而辭窮乎愛惜。幼未成德，故譽止於察惠；弱不勝務，故悼加乎膚色。隱心而結文則事愜，觀文而屬心則體奢。奢體爲辭，則雖麗不哀；必使情往會悲，文來引泣，乃其貴耳。

弔者，至也。詩云神之弔矣，言神至也。君子令終定謚，事極理哀，故賓之慰主，以至到爲言也。壓溺乖道，所以不弔矣。又宋水鄭火，行人奉辭，國災民亡，故同弔也。及晉築虒臺，齊襲燕城，史趙蘇秦，翻賀爲弔，虐民搆敵，亦亡之道。凡斯之例，弔之所設也。或驕貴而殞身，或狷忿以乖道，或有志而無時，或美才而兼累。追而慰之，並名爲弔。自賈誼浮湘，發憤弔屈，體同而事覈，辭清而理哀，蓋首出之作也。及相如之弔二世，全爲賦體，桓譚以爲其言惻愴，讀者歎息。及平章要切，斷而能悲也。揚雄弔屈，思積功寡，意深文略，故辭韻沈膇。班彪蔡邕，並敏于致語，然影附賈氏，難爲並驅耳。胡阮之弔夷齊，褒而無聞〔四〕；仲宣所制，譏呵實工。然則胡阮嘉其清，王子傷其隘，各志也。禰衡之弔平子，縟麗而輕清；陸機之弔魏武，序巧而文繁。降斯以下，未有可稱者矣。夫弔雖古義，而華辭未造；華過韻緩，則化而爲賦。固宜正義以繩理，昭德而塞違，割析褒貶，哀而有正，則無奪倫矣。

贊曰：辭定所表，在彼弱弄。苗而不秀，自古斯慟。雖有通才，迷方告控。千載可傷，寓言以送。

〔一〕**蓋不淚之悼**

淚，唐寫本作「流」。楊明照《校注》謂「不淚」乃「下流」形譌，辨之甚詳也。雍案：下流，謂幼小之流輩，與「尊極」對文。魏晉之人稱子孫爲「下流」。《三國志·魏志·樂陵王茂傳》：「今封茂爲聊城王，以慰太皇太后下流之念。」劉文《指瑕篇》：「潘岳爲才，善於哀文，然悲内兄則云感口澤，傷弱子則云心如疑，禮文在尊極而施之下流，辭雖足哀，義斯替矣。」

〔二〕事均夭横

横，唐寫本作「枉」。雍案：夭者，少壯短折，不盡天年也；枉者，薄命折之而失理，不得善終也。枉，曲也；詘也；折也。《廣雅·釋詁四》：「枉，詘也。」《慧琳音義》卷二九「枉死」注：「枉，古文作『梐』。」引《考聲》云：「枉，失理也，詘也。」「横」與「枉」，古相通也。《後漢書·酷吏傳》：「至於重文横入。」李賢注：「横，猶枉也。」

〔三〕至於蘇慎張升，並述哀文

黄叔琳校云：「疑作『順』。」唐寫本及《御覽》引並作「順」。雍案：慎，乃「順」之形譌也。蘇順，字孝山，京兆霸陵人。東漢安、和時，以才學知名，官郎中。《後漢書·文苑傳》有傳。《全後漢文》輯存其文四篇，而無哀辭，蓋哀文已佚也。

〔四〕褒而不聞

聞，唐寫本作「閒」。雍案：聞，乃「閒」之形譌也。閒，非也。《文選·李康〈運命論〉》：「而莫敢閒其言。」吕向注：「閒，非也。」蓋「褒而不閒」，謂止有褒揚而無非難也。

智術之子，博雅之人，藻溢於辭，辭盈乎氣〔一〕，苑囿文情，故日新殊致。宋玉含才，頗亦負俗，始造對問，以申其志，放懷寥廓，氣實使之。及枚乘擒豔，首製七發，腴辭雲構〔二〕，夸麗風駭。蓋七竅所發，發乎嗜欲，始邪末正，所以戒膏粱之子也。揚雄覃思文闊〔三〕，業深綜述，碎文瑣語〔四〕，肇爲連珠，其辭雖小而明潤矣。凡此三者，文章之枝派，暇豫之末造也〔五〕。

自對問以後，東方朔效而廣之，名爲客難。託古慰志，疏而有辨。揚雄解嘲，雜以諧謔〔六〕，迴環自釋，頗亦爲工。班固賓戲，含懿采之華；崔駰達旨，吐典言之裁；張衡應間，密而兼雅；崔實客譏，整而微質；蔡邕釋誨，體奧而文炳；景純客傲，情見而采蔚：雖迭相祖述，然屬篇之高者也。至於陳思客問，辭高而理疏；庾敳客咨，意榮而文悴。斯類甚衆，無所取裁矣。原茲文之設，迺發憤以表志。身挫憑乎道勝，時屯寄於情泰，莫不淵岳其心，麟鳳其采，此立本之大要也〔七〕。

自七發以下，作者繼踵。觀枚氏首唱，信獨拔而偉麗矣。及傅毅七激，會清要之工；崔駰七依，入博雅之巧；張衡七辨，結采綿靡；崔瑗七厲，植義純正〔八〕；陳思七啓，取美於宏壯；仲宣七釋，致辨於事理。自桓麟七說以下，左思七諷以上，枝附影從，十有餘家，或文麗而義暌，或理粹而辭駁。觀其大抵所歸，莫不高談宮館，壯語畋獵，窮瓌奇之服饌，極蠱媚之聲色；甘意搖骨體〔九〕，豔詞動魂識，雖始之以淫侈，而終之以居正，然諷一勸百，勢不自反。子雲所謂先騁鄭衛之聲，曲終而奏雅者也。唯七厲敍賢，歸以儒道，雖文非拔群，而意實卓爾矣。

自連珠以下，擬者間出。杜篤賈逵之曹，劉珍潘勗之輩，欲穿明珠，多貫魚目。可謂壽陵匍匐，非復邯鄲之步；里醜捧心，不關西施之嚬矣。唯士衡運思，理新文敏，而裁章置句，廣於舊篇，豈慕朱仲四寸之璫乎！夫文小易周，思閑可贍。足使義明而詞淨，事圓而音澤，磊磊自轉，可稱珠耳。

詳夫漢來雜文，名號多品，或典誥誓問，或覽略篇章，或曲操弄引，或吟諷謠詠。總括其名，並歸雜文之區；甄別其義，各入討論之域。類聚有貫，故不曲述。

贊曰：偉矣前修，學堅多飽〔一〇〕。負文餘力，飛靡弄巧。枝辭攢映，嘒若參昴。慕嚬之心，於焉祇攪〔一二〕。

〔一〕辭盈乎氣

辭，唐寫本作「辨」。雍案：「辨」字是也。「辨盈乎氣」，與「藻溢於辭」對文。辨，明也；智也；慧也。《大戴禮記·文王官人》：「不學而性辨。」王聘珍《解詁》：「辨，明也。」《文選·顏延之〈陶徵士誄〉》：「何悟之辨。」呂延濟注：「辨，明也。」《經義述聞·大戴禮下》：「不學而性辨。」王引之按引王念孫曰：「辨，智也，慧也。」氣盈其內，心之象道既明，則辨然不疑惑。蓋承上文「智術之子，博雅之人」也。

〔二〕腴辭雲搆

搆，唐寫本作「構」。《御覽》五九〇引同。楊明照《校注》云：「按『構』字是。『搆』乃『構』之俗。《比興篇》『比體雲構』，《時序篇》『英采雲構』，此依弘治本、汪本等，黃本亦誤為「搆」。並其證。」雍案：「搆」與「構」，音同義通。《孟子·梁惠王上》：「構怨於諸侯。」朱熹《集注》：「構，結也。」《荀子·勸學》：「怨之所構。」楊倞注：「構，結也。」《韓非子·揚權》：「上不與構。」王先慎《集解》引舊注：「構，結也。」《慧琳音義》卷三一「鬭構」注引《考聲》云：「構，結架也。」

〔三〕**揚雄覃思文闊**

闊，唐寫本作「閤」。鮑本《御覽》五九〇同。《玉海》五四引作「閤」。劉永濟《校釋》云：「是也。」楊明照《校注》云：「訓故本作『覃思文閤』，不誤，當據改。」雍案：「文闊」乃彦和本旨。闊，闊略也。《漢書·王莽傳》：「闊略思慮。」顔師古注：「闊，寬也。」「文闊」，辯説闊略也。《荀子·非相》：「文而至實。」楊倞注：「文，謂辯説之詞也。」

〔四〕**碎文璅語**

璅，《御覽》引作「瑣」。雍案：「璅」與「瑣」，古通用。《説文·玉部》朱駿聲《通訓定聲》：「璅，叚借爲『瑣』。」《禮記·檀弓上》：「縣子璅曰。」陸德明《釋文》：「璅，依字作『瑣』。」《墨子·備蛾傳》：「以鐵璅。」孫詒讓《閒詁》：「吳鈔本作『瑣』。」《文選·張衡〈東京賦〉》：「既璅璅焉。」舊校：「璅，一作『瑣』。」《諸子篇》有「璅語必録」。

〔五〕**暇豫未造也**

豫，唐寫本作「預」，《御覽》引同。雍案：「豫」與「預」，古通用。《爾雅·釋詁上》：「豫，通作『預』。」《説文·象部》段玉裁注：「豫，俗作『預』。」《玉篇·象部》：「豫，或作『預』。」

《左傳·莊公二十二年》：「聖人爲之，豈猶豫焉。」陸德明《釋文》：「（豫）本亦作『預』。」李富孫《易經異文釋》卷六：「謙輕而豫怠也。《衆經音義》十八引作『預』。」

〔六〕**雜以諧讔**

讔，唐寫本作「調」。雍案：「調」字是也。調，和合也。《説文·言部》：「調，和也。从言，周聲。」《廣韻》：「徒聊切，平蕭，定。」《任昉〈奉答勑示七夕詩啓〉》：「能諧調露。」劉良注：「諧，和也。」《莊子·知北遊》：「調而應之，德也。」郭象注：「調，偶，和合之謂也。」

〔七〕**此立本之大要也**

本，唐寫本作「體」。雍案：「體」字是也。體，成形也。體乃形質之稱。《書·畢命》「辭尚體要。」蔡沈《集傳》：「趣完具而已之謂體。」《易·繫辭上》：「故神无方而易无體。」《莊子·天地》：「形體保神。」成玄英疏：「體，質。」彥和於此文，乃謂立體裁之大要也。

〔八〕**植義純正**

植，唐寫本作「指」。雍案：指義，非彥和本旨。植義，乃謂馬融作《七厲》，立義純正也。《呂氏春秋·知度》：「相與植法則也。」高誘注：「植，立也。」崔瑗本傳有《七蘇》，而無《七厲》。傅玄《七譔序》云：「昔枚乘作《七發》，……通儒大才，馬季長、張平子亦引其源而廣之，馬作《七厲》，張造《七辨》。或以恢大道而導幽滯，或以黜瑰奓而託諷咏。」從知作《七厲》者，乃馬融而非崔瑗也。

〔九〕甘意搖骨體

體，唐寫本作「髓」。雍案：「髓」字是也。髓，骨之充也，體之精華所蘊。《解精微論》：「髓者，骨之充也。」蓋骨者，文章之體幹也；髓者，內蘊之精華也。若巧美之辭弄之，體幹無所立，則精華無所存焉。《文選・潘岳〈馮汧督誄〉》：「搖之筆端。」劉良注：「搖，弄也。」唐李咸用《讀睦修上人歌篇》：「意下紛紛造化機，筆頭滴滴文章髓。」所言與劉文有異曲同工之妙耳。

〔一〇〕學堅多飽

多，唐寫本作「才」。雍案：「才」字是也。飽，充足也。何用「多」重之，故「多飽」，非彥和本旨。《孟子・告子下》：「既飽以德。」朱熹《集注》：「飽，充足也。」蓋彥和於斯乃謂學既牢固，才亦充足也。

〔一二〕**慕嚬之心，於焉祇攪**

唐寫本作「慕嚬之徒，心焉祇攪。」。雍案：寫本非是。《詩·小雅·何人斯》：「祇攪我心。」毛傳：「攪，亂也。」曹植《七啓》：「祇攪予心。」呂延濟注：「攪，亂也。」「祇」與「祗」古多混用，蓋其音義亦同。彥和此文乃謂模仿形式，適亂心也。

諧讔〔一〕第十五

芮良夫之詩云："自有肺腸，俾民卒狂。"夫心險如山，口壅若川，怨怒之情不一，歡謔之言無方。昔華元棄甲，城者發睅目之謳；臧紇喪師，國人造侏儒之歌。並嗤戲形貌，內怨爲俳也〔二〕。又蠶蟹鄙諺，貍首淫哇，苟可箴戒，載于禮典。故知諧辭讔言，亦無棄矣。

諧之言皆也；辭淺會俗，皆悅笑也。昔齊威酣樂，而淳于說甘酒；楚襄讌集，而宋玉賦好色。意在微諷，有足觀者。及優旃之諷漆城，優孟之諫葬馬，並譎辭飾說，抑止昏暴。是以子長編史，列傳滑稽，以其辭雖傾回，意歸義正也。但本體不雅，其流易弊。於是東方枚皋，餔糟啜醨，無所匡正，而詆嫚媟弄，故其自稱爲賦，迺亦俳也；見視如倡，亦有悔矣。至魏文因俳說以著笑書，薛綜憑宴會而發嘲調，雖抃推席〔三〕，而無益時用矣。然而懿文之士，未免枉轡；潘岳醜婦之屬，束晳賣餅之類，尤而效之，蓋以百數。魏晉滑稽，盛相驅扇，遂乃應瑒之鼻，方於盜削卵；張華之形，比乎握舂杵。曾是莠言，有虧德音，豈非溺者之妄笑，胥靡之狂歌歟？

讔者，隱也；遯辭以隱意，譎譬以指事也。昔還社求拯于楚師，喻智井而稱麥麴；叔儀乞糧于魯人，歌佩玉而呼庚癸；伍舉刺荊王以大鳥，齊客譏薛公以海魚；莊姬託辭于龍尾，臧文謬書于羊裘。隱語之用，被于紀傳。大者興治濟身，其次弼違曉惑。蓋意生于權譎，而事出于機急，與夫諧辭，可相表裏者也。漢世隱書，十有八篇，歆固編文，録之歌末。昔楚莊齊威，性好隱語。至東方曼倩，尤巧辭述。但謬辭詆戲，無益規補。自魏代以來，頗非俳優，而君子嘲隱，化爲謎語。謎也者，迴互其辭，使昏迷也。或體目文字，或圖象品物，纖巧以弄思，淺察以衒辭，義欲婉而正，辭欲隱而顯。荀卿蠶賦，已兆其體。至魏文陳思，約而密之；高貴鄉公，博舉品物，雖有小巧，用乖遠大。夫觀古之爲隱，理周要務，豈爲童穉之戲謔，搏髀而抃笑哉！然文辭之有諧讔，譬九流之有小說，蓋稗官所采，以廣視聽。若效而不已，則髡袒而入室，旃孟之石交乎！

贊曰：古之嘲隱，振危釋憊。雖有絲麻，無棄菅蒯。會義適時，頗益諷誡。空戲滑稽，德音大壞。

〔一〕**讔隱**

隱，唐寫本作「讔」。元本、弘治本、活字本、汪本、佘本、張本、兩京本、王批本、何本、胡本、訓故本、合刻本、梁本、謝鈔本、清謹軒本、尚古本、岡本、文溯本、王本、張松孫本、鄭藏鈔本、崇文本並同。文津本剜改作「隱」。楊明照《校注》云：「按『讔隱』字本止作『隱』。然以篇中『讔者，隱也』驗之，則篇題原是『讔』字甚明。王應麟《漢書藝文志考證》八引作『讔』，是所見本篇題原爲『讔』字也。」雍案：讔，隱語也。古與「隱」音義同。《集韻》：「倚謹切，音隱」《呂氏春秋·重言》：「荊莊王立三年，不聽而好讔。」

〔二〕**内怨為俳也**

范文瀾云：「俳，當作『誹』。放言曰『謗』，微言曰『誹』。内怨，即腹誹也。」楊明照《校注》云：「按『内』讀曰『納』。《說文·人部》：『俳，戲也。』内怨爲俳，即納怨爲戲也。范說似非。」雍案：内，納也。怨，譏刺也。俳，戲也。《廣雅·釋言》：「譏，怨也。」《集韻》：「諾答切，入合，泥。」《管子·宙合》：「多内則富。」集校引陳奐云：「内，與『納』同。」《呂氏春秋·季春紀》：「不可以内。」集釋引王念孫曰：「内，即『納』字。」《潛夫論·德化》：「檢淫邪而内正道爾。」汪繼培《箋》：「内，讀爲『納』。」王念孫《疏證》：「怨，與譏刺同意。」《詩譜序》：「刺怨相尋。」孔穎達疏：「怨，亦刺之類。」《經義述聞·左傳中·公怨之》：「襄二十七年傳：『而公怨之。』」王引之按引王念孫曰：「怨，刺也。」《慧琳音義》卷十一「俳說」注：「俳，樂人戲笑也。」《廣韻·皆韻》：「俳，俳優。」《希麟音義》卷一「俳優」注引《博雅》：「俳，亦優也。」《急就篇》：「倡優俳笑觀倚庭。」顏師古注：「俳，謂優之褻狎者也。」《說文·人部》段玉裁注：「以其戲言之謂之俳，以其音樂言之謂之倡，亦謂之優，其實一物也。」

〔三〕雖抃推席

推，黄叔琳校云：「疑誤。」何綽校作「忭懽几席」。范文瀾云：「『推，當是『帷』字之誤，『抃帷席』，即所謂『衆坐喜笑』也。」璭案：推，乃「雅」之形訛。漢賈誼《新書·道術》：「辭令就得謂之雅，反雅爲陋。」《後漢書·祭遵傳》：「遵爲將軍，取士皆用儒術，對酒設樂，必雅歌投壺。」劉文末有「搏髀而抃笑哉」，「雅」者，就得辭令，雅歌也。漢之儒士，喜設雅席抃笑爲樂。抃，拊手也。《玄應音義》卷十「抃舞」注引《說文》：「拊手曰抃。」《文選·曹丕〈與鍾大理書〉》：「笑與抃會。」李善注引《說文》：「抃，拊手也。」呂延濟注：「抃，撫手也。」《資治通鑑·晉紀二十》：「皆踊抃大呼。」胡三省注：「抃，拊手也。」《文選·嵇康〈琴賦〉》：「抃舞踊溢。」李周翰注：「兩手相撫曰抃。」《成公綏〈嘯賦〉》：「喟仰抃而抗首。」呂向注：「兩手相撫曰抃。」

文心雕龍解詁舉隅卷四

史傳第十六

開闢草昧，歲紀緜邈，居今識古，其載籍乎！軒轅之世，史有倉頡〔一〕，主文之職，其來久矣。曲禮曰：「史載筆。」左右。史者，使也；執筆左右，使之記也。古者，左史記事者，右史記言者。言經則尚書，事經則春秋。唐虞流于典謨，商夏被于誥誓。自周命維新〔二〕，姬公定法，紬三正以班歷〔三〕，貫四時以聯事，諸侯建邦，各有國史，彰善癉惡，樹之風聲。自平王微弱，政不及雅，憲章散紊，彝倫攸斁。昔者夫子閔王道之缺，傷斯文之墜，靜居以歎鳳，臨衢而泣麟，於是就太師以正雅頌〔四〕，因魯史以修春秋。舉得失以表黜陟，徵存亡以摽勸戒；褒見一字，貴踰軒冕；貶在片言，誅深斧鉞。然睿旨幽隱，經文婉約，邱明同時，實得微言，乃原始要終，創爲傳體。傳者，轉也；轉受經旨，以授於後，實聖文之羽翮，記籍之冠冕也。

及至從横之世，史職猶存。秦并七王，而戰國有策，蓋録而弗敘，故即簡而爲名也。

漢滅嬴項，武功積年，陸賈稽古，作楚漢春秋。爰及太史談，世惟執簡；子長繼志，甄序帝勣。比堯稱典，則位雜中賢；法孔題經，則文非元聖。故取式呂覽，通號曰紀，紀綱之號，亦宏稱也。故本紀以述皇王，列傳以總侯伯，八書以鋪政體，十表以譜年爵，雖殊古式，而得事序焉。爾其實録無隱之旨，博雅宏辯之才，愛奇反經之尤，條例踳落之失，叔皮論之詳矣。及班固述漢，因循前業，觀司馬遷之辭，思實過半。其十志該富，讚序弘麗，儒雅彬彬，信有遺味。至於宗經矩聖之典，端緒豐贍之功，遺親攘美之罪，徵賄鬻筆之愆，公理辨之究矣。觀夫左氏綴事，附經間出，于文爲約，而氏族難明。及史遷各傳，人始區詳而易覽，述者宗焉。及孝惠委機，呂后攝政，班史立紀，違經失實。何則？庖犧以來，未聞女帝者也。漢運所值，難爲後法。牝雞無晨，武王首誓；婦無與國，齊桓著盟；宣后亂秦，呂氏危漢。豈唯政事難假，亦名號宜慎矣。張衡司史，而惑同遷固，元帝王后，欲爲立紀，謬亦甚矣。尋子弘雖僞，要當孝惠之嗣；孺子誠微，實繼平帝之體。二子可紀，何有於二后哉？

至於後漢紀傳，發源東觀。袁張所製，偏駁不倫；薛謝之作，疎謬少信。若司馬彪之詳實，華嶠之準當，則其冠也。及魏代三雄，記傳互出。陽秋魏略之屬，江表吳録之類，或激抗難徵，或疏闊寡要。唯陳壽三志，文質辨洽，荀張比之於遷固，非妄譽也。

至於晉代之書，繁乎著作。陸機肇始而未備；王韶續末而不終；干寶述紀，以審正得序；孫盛陽秋，以約舉爲能。按春秋經傳，舉例發凡；自史漢以下，莫有準的。至鄧璨晉紀，始立條例，又擺落漢魏，憲章殷周，雖湘川曲學，亦有心典謨。及安國立例，乃鄧氏之規焉。

原夫載籍之作也，必貫乎百氏，被之千載，表徵盛衰，殷鑒興廢。使一代之制，共日月而長存；王霸之跡，並天地而久大。是以在漢之初，史職爲盛，郡國文計，先集太史之府，欲其詳悉於體國；必閱石室，啓金匱，抽裂帛，檢殘竹，欲其博練於稽古也。是立義選言，宜依經以樹則；勸戒與奪，必附聖以居宗；然後銓評昭整，苛濫不作矣。然紀傳爲式，編年綴事，文非泛論，按實而書，歲遠則同異難密，事積則起訖易疎，斯固總會之爲難也。或有同歸一事，而數人分功，兩記則失於複重，偏舉則病於不周，此又銓配之未易也。故張衡摘史班之舛濫，傅玄譏後漢之尤煩，皆此類也。

若夫追述遠代，代遠多僞。公羊高云傳聞異辭，荀況稱録遠略近，蓋文疑則闕，貴信史也。然俗皆愛奇，莫顧實理。傳聞而欲偉其事，録遠而欲詳其跡，於是棄同即異，穿鑿傍說，舊史所無，我書則傳，此訛濫之本源，而述遠之巨蠹也。至於記編同時，時同多詭，雖定哀微辭，而世情利害。勳榮之家，雖庸夫而盡飾；迍敗之士，雖令德而常嗤；理欲吹霜煦露，寒暑筆端，此又同時之枉〔五〕，可爲歎息者也。故述遠則誣矯如彼，記近則回邪如此，析理居正，唯素臣乎〔六〕！

若乃尊賢隱諱，固尼父之聖旨，蓋纖瑕不能玷瑾瑜也；奸慝懲戒，實良史之直筆，農夫見莠，其必鋤也：若斯之科，亦萬代一準焉。至於尋繁領雜之術，務信棄奇之要，明白頭訖之序，品酌事例之條，曉其大綱，則衆理可貫。然史之爲任，乃彌綸一代，負海內之責，而嬴是非之尤，秉筆荷擔，莫此之勞。遷固通矣，而歷詆後世。若任情失正，文其殆哉！

贊曰：史肇軒黃，體備周孔。世歷斯編，善惡偕總。騰褒裁貶，萬古魂動。辭宗邱明，直歸南董。

〔一〕**史有倉頡**

倉，元本、弘治本、活字本、汪本、佘本、張本、兩京本、王批本、何本、胡本、合刻本、梁本、別解本、增定別解本、清謹軒本、尚古本、岡本、四庫本、王本、鄭藏鈔本、崇文本作「蒼」。胡震亨《續文選》十二同。楊明照《校注》云：「按《説文解字敍》：『黄帝之史倉頡。』《廣韻》十一「唐倉」下云：『又姓，黄帝史官倉頡之後。』是『倉頡』字本應作『倉』。《韓非子・五蠹篇》《呂氏春秋・君守篇》諸書又作「蒼」。「倉」「蒼」互作，蓋以其音同得通也。」雍案：《説文・倉部》朱駿聲《通訓定聲》：「倉，叚借爲『蒼』。」《三家詩異文疏證・韓詩・鴇羽》：「悠悠倉天。」馮登府按：「倉，是『蒼』之本字。」《戰國策・魏策四》：「倉鷹擊於殿上。」吳師道《校注》：「『倉』即『蒼』。」《荀子・解蔽》：「而倉頡獨傳者。」楊倞注：「倉頡，黄帝史官。」《韓非子・五蠹篇》：「古者蒼頡之作書也，自環者謂之私，背私謂之公。公私之相背也，乃蒼頡固以知之矣。」

〔二〕**自周命維新**

自，黄叔琳校云：「汪本作『洎』。」雍案：「洎」字是。洎，及也。《廣韻・至韻》《集韻・至韻》：「洎，及也。」《莊子・寓言》：「三千鍾而不洎。」郭象注：「洎，及也。」《漢書・韋賢傳》：「懸車之義，以洎小臣。」顔師古注：「洎，及也。」

〔三〕**紬三正以班歷**

歷，元本、弘治本、汪本、佘本、張本、兩京本、王批本、何本、梅本、凌本、合刻本、梁本、祕書本、謝鈔本、彙編本並作「曆」。《續文選》同。楊明照《校注》云：「按『曆』字《説文》所無，新附有當以作『歷』見《説文·止部》爲是。」雍案：《玉篇·日部》：「曆，象星辰分節序四時之逆從也。」又曰：「曆，古文作『厤』。」《慧琳音義》卷十「纂曆」注引孔注《尚書》云：「曆，節氣之度也。」《集韻·錫韻》：「曆，通作『歷』。」《文選·陸機〈辨亡論〉》：「曆命應化而微。」舊校：「五臣本『曆』作『歷』字。」《漢書·藝文志》：「曆譜者，序四時之位，正分至之節，會日月五星之辰，以考寒暑殺生之實。」

〔四〕於是就太師以正雅頌

太，《御覽》六百四、《史略》五引作「大」。雍案：太，乃「大」之譌也。《論語·八佾》本作「大師」。大師，古代樂官之長也。《周禮·春官·大師》：「大師掌六律六同，以合陰陽之聲。」《孟子·梁惠王下》：「召大師曰：『爲我作君臣相説之樂。』」朱熹《集注》：「大師，樂官也。」《左傳·襄公十四年》：「使大師歌巧言之卒章。」杜預注：「大師，掌樂大夫。」《論語·八佾》：「子語魯大師樂。」何晏《集解》：「大師，樂官名也。」邢昺疏：「大師，樂官名，猶《周禮》之『大司樂』也。」《漢書·食貨志上》：「獻之大師。」顔師古注：「大師，掌音律之官，教六詩以六律爲之音者。」《儀禮·燕禮》：「大師告于樂正曰。」鄭玄注：「大師，上工也，掌合陰陽之聲，教六詩以六律爲之音者也。」

〔五〕**此又同時之枉**

「枉」下，《御覽》《史略》引有「論」字。雍案：「枉論」是也。枉，曲也。枉論者，謂持論偏頗，失理不正也。《詩·周頌·閔予小子》：「於乎皇考。」鄭玄箋：「文王上以直道事天下，以直道治民，言無私枉。」孔穎達疏：「枉者，不直也。」

〔六〕**唯素臣乎**

臣，黄叔琳校云：「元作『心』，今改。」紀昀云：「陶詩有『聞多素心人』句，所謂有心人也。似不必定改『素臣』。」雍案：臣，乃『心』之譌。凡物無飾者曰素。蓋出於本心者，乃曰素心。素心者，亦謂心地純潔也。《晉書·孫綽傳〈上疏〉》：「播流江表，已經數世，存者長子老孫，亡者丘隴成行，雖北風之思，感其素心，目前之哀，實爲交切。」《文選·顏延年〈陶徵士誄〉》：「弱不好弄，長實素心。」

諸子第十七

諸子者，入道見志之書。太上立德，其次立言。百姓之群居，苦紛雜而莫顯；君子之處世，疾名德之不章。唯英才特達，則炳曜垂文〔一〕，騰其姓氏，懸諸日月焉。昔風后力牧伊尹，咸其流也。篇述者，蓋上古遺語，而戰伐所記者也。至鬻熊知道，而文王諮詢，餘文遺事，録爲鬻子。子自肇始，莫先於兹。及伯陽識禮，而仲尼訪問，爰序道德，以冠百氏。然則鬻惟文友，李實孔師，聖賢並世，而經子異流矣。

逮及七國力政，俊乂蠭起。孟軻膺儒以磬折，莊周述道以翱翔；墨翟執儉确之教，伊文課名實之符；野老治國於地利，騶子養政於天文〔二〕；申商刀鋸以制理，鬼谷脣吻以策勳；尸佼兼總於雜術，青史曲綴以街談。承流而枝附者，不可勝算，並飛辯以馳術〔三〕，饜禄而餘榮矣。

暨於暴秦烈火，勢炎崑岡〔四〕，而煙燎之毒，不及諸子。逮漢成留思，子政讎校〔五〕，於是七略芬菲，九流鱗萃，殺青所編，百有八十餘家矣。迄至魏晉，作者間出，讕言兼存，璅語必録，類聚而求，亦充箱照軫矣。

然繁辭雖積，而本體易總，述道言治，枝條五經。其純粹者入矩，踳駁者出規〔六〕。禮記月令，取乎呂氏之紀；三年問喪，寫乎荀子之書：此純粹之類也。若乃湯之問棘，云蚊睫有雷霆之聲；惠施對梁王，云蝸角有伏尸之戰；列子有移山跨海之談，淮南有傾天折地之説：此踳駁之類也。是以世疾諸子，混同虚誕。按歸藏之經，大明迂怪，乃稱羿弊十日〔七〕，嫦娥奔月〔八〕。殷湯如兹，況諸子乎？至如商韓，六蝨五蠹，棄孝廢仁，轘藥之禍，非虚至也。公孫之白馬孤犢，辭巧理拙，魏牟比之鴞鳥，非妄貶也。昔東平求諸子史記，而漢朝不與。蓋以史記多兵謀，而諸子雜詭術也。然洽聞之士，宜撮綱要，覽華而食實，棄邪而採正，極睇參差，亦學家之壯觀也。

研夫孟荀所述，理懿而辭雅；管晏屬篇，事覈而言練；列御寇之書，氣偉而采奇；鄒子之説，心奢而辭壯；墨翟隨巢，意顯而語質；尸佼尉繚，術通而文鈍；鶡冠緜緜，亟發深言；鬼谷眇眇，每環奧義；情辨以澤，文子擅其能；辭約而精，尹文得其要；慎到析密理之巧；韓非著博喻之富；呂氏鑒遠而體周；淮南汎採而文麗：斯則得百氏之華采，而辭氣文之大略也。

若夫陸賈典語，賈誼新書，揚雄法言，劉向說苑，王符潛夫，崔實政論，仲長昌言，杜夷幽求。咸敘經典，或明政術，雖標論名，歸乎諸子。何者？博明萬事爲子，適辨一理爲論，彼皆蔓延雜說，故入諸子之流。夫自六國以前，去聖未遠，故能越世高談，自開戶牖。兩漢以後，體勢漫弱〔九〕，雖明乎坦途，而類多依採，此遠近之漸變也。嗟夫！身與時舛，志共道申，標心於萬古之上，而送懷於千載之下，金石靡矣，聲其銷乎！

贊曰：大夫處世，懷寶挺秀。辨雕萬物〔一〇〕，智周宇宙。立德何隱，含道必授。條流殊述，若有區囿。

〔一〕則炳曜垂文

楊明照《校注》云：「按『曜』當作『燿』。已詳《原道篇》『繇辭炳曜』條。《後漢書·劉瑜傳》：『（上書）上法四七，垂文炳燿。』」雍案：曜，與「燿」通。《釋名·釋天》：「曜，燿也，光明照燿也。」《玉篇·日部》：「曜，亦作『燿』。」《楚辭·九歎序》：「騁詞以曜德者也。」舊校：「『曜』作『燿』。」《玉篇·火部》：「燿，與『曜』同。」《玄應音義》卷四「光燿」注：「燿，古文『曜』。」《文選·曹植〈七啓〉》：「散燿垂文。」舊校：「燿，五臣作『曜』。」《曹植〈求自試表〉》：「此二臣豈好爲夸主而燿世俗哉！」舊校：「燿，五臣作『曜』。」

〔二〕騶子養政於天文

楊明照《校注》：「按下文『鄒子之說，心奢而辭壯』，字又作『鄒』，前後不同，當改其一。」

雍案：「騶」與「鄒」，姓也，古相同。《戰國策・燕策一》：「鄒衍自齊往。」《史記》七四作「騶衍」。《經籍纂詁・尤韻》：「《漢書古今人表》『鄒衍』，《史記》「田敬仲世家」「孟子傳」作『騶衍』。《周禮》司爟注、《書・禹貢》釋文作『鄹衍』。」《讀書雜志・史記第三・楚世家》：「鄒費郯邳者。」王念孫按：「鄒，本作『騶』。古多以『騶』爲『鄒』。」《說文・馬部》朱駿聲《通訓定聲》：「騶，叚借爲『鄒』，實爲『邾』。」《集韻・虞韻》：「騶，夷國名。」騶，通作『邾』。《史記・吳太伯世家》：「爲騶伐魯。」司馬貞《索隱》：「《左傳》『騶』作『邾』。」《別雅》卷二：「騶魯，鄒魯也。」《說文・邑部》：「鄒，魯縣，古邾國。」《慧琳音義》卷九六「鄒魯」注引《考聲》：「鄒，魯邑，古邾國，魯穆公改爲『鄒』，夫子之父爲鄒大夫。」

〔三〕並飛辯以馳術

辯，元本、弘治本、汪本、佘本、張本、兩京本、王批本、何本、合刻本、梁本、祕書本、別解本、清謹軒本、尚古本、岡本、四庫本、王本、鄭藏鈔本、崇文本作「辨」。雍案：劉文語本逢行珪《鬻子序》「馳術飛辯者矣」。《文選・孔融〈薦禰衡表〉》「飛辯騁辭」、《潘岳〈夏侯常侍誄〉》「飛辯摛藻」，呂向注：「辯，美辭也。」《荀子・王霸》：「必將曲辨。」王先謙《集解》引郝懿行曰：「辨，古『辯』字。」《論語・鄉黨》：「便便言，唯謹爾。」何晏《集解》引鄭曰：「便便，辯也。」劉寶楠《正義》：「『辨』『辯』同，謂辯論之也。」

〔四〕**勢炎崑岡**

岡，元本、弘治本、活字本、汪本、佘本、兩京本、何本、胡本、祕書本、文溯本、王本、崇文本作「崗」。雍案：《玉篇・山部》《集韻・唐部》：「岡，俗作『崗』。」《文選・謝靈運〈廬陵王墓下作〉》：「灑淚眺連岡。」舊校：「岡，善本作『崗』字。」

〔五〕**子政讎校**

楊明照《校注》云：「按王批本作『挍』。《時序篇》亦有『子政讎校於六藝』語，忽又作『校』，前後不一律。此當依各本改爲『校』。「讎校」字本作「校」，《集韻》始有「挍」字。」雍案：校，《說文・木部》朱駿聲《通訓定聲》：「校，叚借爲『敎』。」又曰：「校，字亦以『較』爲之，又作『挍』。」

〔六〕踳駮者出規

駮，弘治本、汪本、佘本、張本、兩京本、王批本、何本、梅本、凌本、合刻本、祕書本、謝鈔本、彙編本、別解本、清謹軒本、尚古本、岡本、四庫本、王本、張松孫本、鄭藏鈔本、崇文本作「駁」。《喻林》八九引同。楊明照《校注》云：「按諸本是也。《説文·馬部》：『駁，馬色不純。』又『駮，獸，如馬，倨牙，食虎豹。』是二字義別。」雍案：此乃楊氏未詳訓也。「駮」與「駁」，古音義同。《文選·左思〈魏都賦〉》：「謀踳駮於王義。」李善注：「駮，色雜不同也。」張銑注：「駮，亂也。」唐玄宗《孝經序》：「踳駮尤甚。」邢昺疏：「駮，錯也。」《資治通鑑·隋紀三》：「帝以天下用律者多踳駮。」胡三省注：「駮，錯也。」

〔七〕乃稱羿弊十日

弊，《玉海》引作「斃」。元本、弘治本、活字本、汪本、佘本、張本、兩京本、何本、胡本、梅本、凌本、合刻本、梁本、祕書本、謝鈔本、彙編本、別解本、清謹軒本、尚古本、岡本、文津本、王本、張松孫本、鄭藏鈔本、崇文本同。文溯本剜改作「斃」。郝懿行改「弊」爲「斃」。《經義考》卷一引作「斃」。楊明照《校注》云：「按『斃』字是。」雍案：斃，本作「弊」。《左傳·隱公元年》：「必自斃。」《哀公二年》：「斃於車中。」陸德明《釋文》：「本又作『弊』。」《禮記·檀弓下》：「斃一人。」陸德明《釋文》：「本亦作『弊』。」

〔八〕**嫦娥奔月**

嫦，《玉海》引作「常」。元本、弘治本、活字本、汪本、佘本、張本、兩京本、何本、胡本、訓故本、合刻本、謝鈔本、別解本、清謹軒本、尚古本、岡本、文溯本、王本、鄭藏鈔本、崇文本作「姮」。楊明照《校注》云：「按《玉海》所引是也。」雍案：《淮南子·覽冥》：「常娥竊而奔月。」葉德輝《閒詁》：「常娥，羿妻也，逃月中，蓋上虛夫人是也。」按「常娥」，月神也。其名初見於《山海經·大荒西經》，作「常羲」，謂帝俊之妻。《詩·大雅·生民》：「時維后稷」疏引《大戴禮記·帝繫篇》作「常儀」，謂爲帝嚳下妃娵訾之女。《禮記·檀弓上》：「周公蓋祔。」疏引《帝繫篇》作「常宜」。《太平御覽·張衡〈靈憲〉》作「姮娥」。《搜神記》十四作「嫦娥」。蓋羲、儀、宜、娥，古音同。

〔九〕**體勢漫弱**

漫，譚獻校作「浸」。元本、弘治本、活字本、汪本、佘本、張本、兩京本、訓故本、四庫本皆作「浸」。《天中記》三七、《茹古略集》十五引亦並作「浸」。雍案：「浸」字是也。《文選·陸倕〈石闕銘〉》：「晉氏浸弱。」亦以「浸弱」連文。劉文《樂府篇》有「自雅聲浸微」，可以旁證。

〔一〇〕辨雕萬物

辨，凌本作「辯」。楊明照《校注》云：「按『辯』字是。」雍案：《說文·辡部》朱駿聲《通訓定聲》：「辨，叚借又爲『辯』。」《墨子·尚同中》：「維辯使治天均。」孫詒讓《閒詁》：「『辯』『辨』字通。」《莊子·天道篇》：「辯雖彫萬物，不自說也。」作「辯」。《情采篇》：「莊周云：『辯雕萬物。』」亦作「辯」。

論說第十八

聖哲彝訓曰經，述經叙理曰論。論者，倫也；倫理無爽，則聖意不墜。昔仲尼微言，門人追記，故仰其經目，稱爲論語。蓋群論立名，始於兹矣。自論語已前，經無論字；六韜二論，後人追題乎？詳觀論體，條流多品：陳政則與議說合契，釋經則與傳注參體，辨史則與贊評齊行，銓文則與叙引共紀〔一〕。故議者宜言，說者說語，傳者轉師，注者主解，贊者明意，評者平理，序者次事，引者胤辭〔二〕。八名區分，一揆宗論。論也者，彌綸群言，而研精一理者也。

是以莊周齊物，以論爲名；不韋春秋，六論昭列；至石渠論藝，白虎通講〔三〕，聚述聖通經，論家之正體也。及班彪王命，嚴尤三將，敷述昭情，善入史體。魏之初霸，術兼名法；傅嘏王粲，校練名理。迄至正始，務欲守文；何晏之徒，始盛元論。於是聃周當路，與尼父爭塗矣。詳觀蘭石之才性，仲宣之去伐，叔夜之辨聲，太初之本元，輔嗣之兩例，平叔之二論，並師心獨見，鋒穎精密，蓋人倫之英也。至如李康運命，同論衡而過之；陸機辨亡，效過秦而不及。然亦其美矣。次及宋岱郭象，鋭思於幾神之區〔四〕；夷甫裴頠，交辨於有無之域；並獨步當時，流聲後代。然滯有者全繫於形用，貴無者專守於寂寥，徒鋭偏解，莫詣正理；動極神源，其般若之絶境乎？逮江左群談，惟玄是務；雖有日新，而多抽前緒矣。至如張衡譏世，韻似俳説〔五〕；孔融孝廉，但談嘲戲；曹植辨道，體同書抄。言不持正〔六〕，論如其已〔七〕。

原夫論之爲體，所以辨正然否，窮于有數，追于無形，迹堅求通，鉤深取極；乃百慮之筌蹄，萬事之權衡也。故其義貴圓通，辭忌枝碎；必使心與理合，彌縫莫見其隙；辭共心密，敵人不知所乘：斯其要也。是以論如析薪，貴能破理。斤利者越理而横斷，辭辨者反義而取通：覽文雖巧，而檢跡如妄〔八〕。唯君子能通天下之志，安可以曲論哉？若夫注釋爲詞，解散論體，雜文雖異，總會是同。若秦延君之注堯典，十餘萬字；朱普之解尚書，三十萬言。所以通人惡煩，羞學章句。若毛公之訓詩，安國之傳書，鄭君之釋禮，王弼之解易，要約明暢，可爲式矣。

説者，悦也。兑爲口舌，故言咨悦懌〔九〕；過悦必僞，故舜驚讒説。説之善者，伊尹以論味隆殷，太公以辨釣興周；及燭武行而紓鄭，端木出而存魯，亦其美也。暨戰國爭雄，辨士雲踊〔一〇〕；從横參謀，長短角勢；轉丸騁其巧辭，飛鉗伏其精術；一人之辨，重於九鼎之寶；三寸之舌，强於百萬之師；六印磊落以佩，五都隱賑而封。至漢定秦楚，辨士弭節，酈君旣斃於齊鑊，蒯子幾入乎漢鼎；雖復陸賈籍甚，張釋傅會，杜欽文辨，樓護脣舌，頡頏萬乘之階，抵嘘公卿之席〔一一〕，並順風以託勢，莫能逆波而泝洄矣。

夫説貴撫會，弛張相隨，不專緩頰，亦在刀筆。范雎之言事，李斯之止逐客，並煩情入機，動言中務，雖批逆鱗，而功成計合，此上書之善説也。至於鄒陽之説吴梁，喻巧而理至，故雖危而無咎矣；敬通之説鮑鄧，事緩而文繁，所以歷騁而罕遇也。凡説之樞要，必使時利而義貞；進有契於成務，退無阻於榮身。自非譎敵，則唯忠與信，披肝膽以獻主，飛文敏以濟辭，此説之本也。而陸氏直稱説煒曄以譎誑，何哉？

贊曰：理形於言，敍理成論。詞深人天，致遠方寸。陰陽莫貳〔一二〕，鬼神靡遯。説爾飛鉗，呼吸沮勸。

〔一〕**銓文則與敍引共紀**

范文瀾云：「銓，當作『詮』。……史傳多以『譔』爲之。」《文章辨體·總論》《七修類藁》二九引並作「詮文則與序引共紀」。《文體明辨》三八引作「銓文則與序引共紀」。清謹軒本作「詮」。雍案：「詮」與「銓」，古通用。《說文·言部》：「詮，具也。从言，全聲。」《廣雅·釋詁三》：「詮，具也。」王念孫《疏證》：「詮，字亦通作『譔』。」《慧琳音義》卷八一「銓次」注引《廣雅》云：「銓，猶具也。」《史通·雜說中》：「不加銓擇。」浦起龍《通釋》：「銓，一作『詮』。」《淮南子·要略》：「詮言者，所以譬類人事之指，解喻治亂之體也，差擇微言之眇，詮以至理之文，而補縫過失之闕者也。」《廣雅·釋詁四》：「畋，詮詞也。」王念孫《疏證》：「詮詞者，承上文所發端，詮而繹之也。」駱賓王《上吏部裴侍郎書》：「非言無以詮其旨。」陳熙晉《箋注》引《說文》：「詮，具也。」《晉書音義·列傳》卷十五「詮論」注引《字林》云：「詮，具也。」《資治通鑑·隋紀六》：「帝命祕書監柳顧言等詮次。」胡三省注：「詮，具也。」

〔二〕**引者胤辭**

雍案：胤，訓作引，「引」之假借也。引者，引其辭也。漢王充《論衡·骨相》：「若夫短書俗記、竹帛胤文，非儒者所見，衆多非一。」《說文·肉部》：朱駿聲《通訓定聲》：「胤，叚借爲

『引』。」《文選・顏延之〈三月三日曲水詩序〉》：「胤緹騎。」李周翰注：「胤，引也。」

〔三〕白虎通講

謝兆申云：「疑作『白虎通講，聚述聖言，旁通經典。』」謝氏所言，非彥和本旨。孫詒讓云：「今本《文心雕龍》『述』上衍『聚』字，『聖』下衍『言』字，應依《御覽》引刪。徐𤊹刪『通』『言』二字，是也。《御覽》（據宋本、鈔本、倪本、活字本）及《玉海》六二引，並無『通』『言』二字，當據刪。原文應作『白虎講聚，述聖通經。』」雍案：「通」字誤衍。劉文《時序篇》云：「及明帝（章）疊耀，崇愛儒術，肄禮璧堂，講文虎觀……蓋歷政講聚，故漸靡儒風者也。」據之，則「白虎」非緣《白虎通德論》之名，乃謂漢章帝召集諸儒於白虎觀講聚也。

〔四〕銳思於幾神之區

幾，元本、弘治本、汪本、佘本、張本、兩京本、王批本、何本、訓故本、梅本、凌本、合刻本、梁本、祕書本、謝鈔本、清謹軒本、尚古本、岡本、文津本、王本、張松孫本、鄭藏鈔本、崇文本並作「機」。文溯本剜改爲「幾」。雍案：「幾」與「機」，古相通用。《說文・木部》朱駿聲《通訓定聲》：「機，叚借爲『幾』。」孔安國《尚書序》：「撮其機要。」陸德明《釋文》：「機，本又作『幾』。」《易・繫辭上》：「聖人之所以極深研機也。」鄭玄注：「機，當作『幾』。」《書・顧命上》：「貢于非幾。」孫星衍《今古文注疏》：「幾，與『機』通。」《資治通鑑·晉紀三十》：「願大王親萬幾。」胡三省注：「幾，與『機』同。」《易·屯》：「君子幾不如舍。」陸德明《釋文》：「『幾』作『機』。」

〔五〕**謿似俳説**

楊明照《校注》云：「按『謿』字於義不屬，且與下『但談嘲戲』句不倫，疑爲『頗』之形誤。」雍案：楊説是也。文曰張衡《譏世論》，頗似戲説也。《漢書·揚雄傳》：「雄以爲賦者，……又頗似俳優淳于髡、優孟之徒，非法度所存，賢人君子詩賦之正也。」

〔六〕**言不持正**

黄叔琳校云：「汪本作『才不持論，寧如其已』。」雍案：言，乃「才」之譌也；正，乃「論」之譌也。《文選·論文》：「然不能持論。」覽文從知彦和所指乃涉上文張衡《譏世論》、孔融《孝廉論》、曹植《辨道論》，謂「所作才不能持論」也。

〔七〕**論如其已**

雍案：論，乃「寧」之譌也。《老子》第九章：「持而盈之，不如其已。」河上公注：「已，止也。」劉文於「寧如其已」涉上文張衡《譏世論》、孔融《孝廉論》、曹植《辨道論》之辭，謂所作才不持論，寧可輟筆也。

〔八〕**而檢跡如妄**

如，宋本、鈔本、活字本、喜多本、鮑本《御覽》引作「知」。雍案：如，乃「知」之譌也。知者，猶識也；覺也。《大學》：「致知在格物。」朱熹《章句》：「知，猶識也。」《玉篇·矢部》《廣韻·支韻》《集韻·支韻》皆曰：「知，覺也。」《希麟音義》卷八「知諳」注引《切韻》：「知，覺也。」《淮南子·原道》：「而不自知也。」高誘注：「知，猶覺也。」

〔九〕**故言咨悅懌**

咨，何焯校「資」。雍案：「咨」與「資」，古通用。《廣雅·釋詁二》：「咨，問也。」王念孫《疏證補正》：「『咨』『資』古通用。」《爾雅·釋詁下》：「咨，蹉也。」郝懿行《義疏》：「咨，又通作『資』。」《銘箴篇》有「故文資確切」，《書記篇》有「事資周普」「事資中乎」，蓋劉文多用「資」也。

〔一〇〕**辨士雲踊**

紀昀云：「踊，当作『涌』。」雍案：《文選·趙景真〈與嵇茂齊書〉》：「憤氣雲踊。」《說文·

足部》朱駿聲《通訓定聲》：「踊，叚借爲『涌』。」

〔一一〕**抵噓公卿之席**

楊明照《校注》云：按『噓』當作『戲』。雍案：『抵噓』不文，乃「抵巇」之譌。《鬼谷子·抵巇篇》：「抵者，罅也。」又：「巇始有朕，可抵而塞，可抵而却，可抵而息，可抵而匿，可抵而得，此謂抵巇之理也。」陶弘景注：「抵，擊實也。巇，釁隙也。牆崩因隙，器壞因釁，而擊實之，則牆器不敗。」後以「抵巇」謂鑽營也。韓愈《昌黎集·釋言》：「不能奔走乘機抵巇，以要權利。」穆脩《和秀才江墅幽居》詩：「抵巇非我事，大笑引蘇錐。」

〔一二〕**陰陽莫貳**

楊明照《校注》云：「按『貳』疑爲『貣』之形误。『貣』即『忒』也。」雍案：楊說是。貳，乃「忒」之譌也。忒，差也。揚雄《連珠》：「陰陽合調，四時不忒。」《易·觀》彖辭：「觀天之神道而四時不忒。」李鼎祚《集解》引虞翻曰：「忒，差也。」《魏相傳》：「四時不忒。」顏師古注：「忒，差也。」「陰陽莫忒」，乃謂論說之精微，若陰陽無差迭也。

詔策第十九

皇帝御寓〔一〕，其言也神。淵嘿黼扆，而響盈四表，唯詔策乎！昔軒轅唐虞，同稱爲命。命之爲義，制性之本也。其在三代，事兼誥誓。誓以訓戒，誥以敷政，命喻自天，故授官錫胤。易之姤象，后以施命誥四方。誥命動民，若天下之有風矣。降及七國，並稱曰令。令者，使也。秦并天下，改命曰制。漢初定儀則，則命有四品：一曰策書，二曰制書，三曰詔書，四曰戒敕。敕戒州部，詔誥百官〔二〕，制施赦命〔三〕，策封王侯。策者，簡也。制者，裁也。詔者，告也。敕者，正也。詩云畏此簡書，易稱君子以制度數，禮稱明君之詔，書稱敕天之命，並本經典以立名目。遠詔近命，習秦制也。記稱絲綸，所以應接群后。虞重納言，周貴喉舌。故兩漢詔誥，職在尚書。王言之大，動入史策，其出如綍，不反若汗。是以淮南有英才，武帝使相如視草；隴右多文士，光武加意於書辭。豈直取美當時，亦敬慎來葉矣。

觀文景以前，詔體浮新〔四〕；武帝崇儒，選言弘奧。策封三王，文同訓典；勸戒淵雅，垂範後代；及制誥嚴助，即云厭承明廬，蓋寵才之恩也。孝宣璽書，賜太守陳遂，亦故舊之厚也。逮光武撥亂，留意斯文，而造次喜怒，時或偏濫。詔賜鄧禹，稱司徒爲堯；敕責侯霸，稱黃鉞一下：若斯之類，實乖憲章。暨明帝崇學，雅詔間出。安和政弛，禮閣鮮才，每爲詔敕，假手外請。建安之末，文理代興，潘勗九錫，典雅逸群；衛覬禪誥，符命炳燿，弗可加已。自魏晉誥策，職在中書，劉放張華，互管斯任，施命發號〔五〕，洋洋盈耳。魏文帝下詔，辭義多偉，至於作威作福，其萬慮之一弊乎？晉氏中興，唯明帝崇才，以溫嶠文清，故引入中書。自斯以後，體憲風流矣。

夫王言崇秘，大觀在上，所以百辟其刑，萬邦作孚。故授官選賢，則義炳重離之輝；優文封策，則氣含風雨之潤；敕戒恒誥，則筆吐星漢之華；治戎燮伐，則聲有洊雷之威；眚災肆赦，則文有春露之滋；明罰敕法，則辭有秋霜之烈：此詔策之大略也。

戒敕爲文，實詔之切者，周穆命郊父受敕憲，此其事也。魏武稱作敕戒，當指事而語，勿得依違，曉治要矣。及晉武敕戒，備告百官；敕都督以兵要，戒州牧以董司，警郡守以恤隱，勒牙門以御衛，有訓典焉。

戒者，慎也，禹稱戒之用休。君父至尊，在三罔極〔六〕，漢高祖之敕太子，東方朔之戒子，亦顧命之作也。及馬援已下，各貽家戒。班姬女戒，足稱母師也。教者，效也，言出而民效也。契敷五教，故王侯稱教。昔鄭弘之守南陽，條教爲後所述，乃事緒明也。孔融之守北海，文教麗而罕於理，乃治體乖也。若諸葛孔明之詳約，庾稚恭之明斷，並理得而辭中，教之善也。自教以下，則又有命。詩云有命在天，明爲重也；周禮曰師氏詔王，爲輕命。今詔重而命輕者，古今之變也。

贊曰：皇王施令，寅嚴宗誥。我有絲言，兆民尹好。輝音峻舉，鴻風遠蹈。騰義飛辭，涣其大號。

〔一〕**皇帝御寓**

寓，宋本、活字本、喜多本《御覽》五九三引作「寓」。元本、活字本、張乙本、王批本、胡本同。范注底本誤「寓」爲「寓」。楊明照《校注》云：「按『寓』爲『宇』之籀文，見《説文·宀部》作『寓』非。」雍案：《説文·宀部》：「宇，屋邊也。从宀，于声。寓，籀文『宇』，从禹。」《文選·張衡〈東都賦〉》：「區宇乂寧。」薛綜注：「天地之内稱寓。」《慧琳音義》卷八五「寓内」注引《爾雅》：「天地四方中間謂之寓。」庾信《賀平鄴都表》：「平定寓内。」倪璠注：「寓，籀文『宇』

字。」李白《明堂賦》：「哤聒乎區寓。」王琦注：「『寓』即『宇』字。」《荀子・賦》：「而大盈乎大寓。」楊倞注：「『寓』與『宇』同。」《宋書・孝武帝紀》：「（大明四年詔）昔紩衣御寓。」又《樂志一》：「今帝德再昌，大孝御寓。」《南齊書・禮志下》：「（李攜議）聖上馭寓。」《文選・沈約〈奏彈王源〉》：「自宸歷御寓。」並以「御寓」爲文。《讀書雜志・漢書第十五・叙傳》：「攸攸外寓。」又《餘編下・文選》：「怨高陽之相寓兮。」王念孫案：「『寓』當爲『寓』，字之誤也。」

〔二〕**詔誥百官**

誥，《御覽》引作「告」。楊明照《校注》云：「按以下文『詔者，告也』證之，『告』字是。胡廣《漢制度》：『詔書者，詔，告也。』《後漢書・光武帝紀》章懷注引」雍案：誥，同「告」也。《說文・言部》：「誥，告也。」徐鍇《繫傳》：「以文言告曉之也。」《爾雅・釋詁上》：「誥，告也。」邢昺疏：「誥者，布告也。」蕭統《文選序》：「又詔誥教令之流。」呂向注：「誥者，告也，高喻令曉。」《易・姤》象傳：「后以施命誥四方。」焦循《章句》：「誥，猶告也。」並可證也。

〔三〕**制施赦命**

命，《御覽》作「令」。楊明照《校注》云：「按《獨斷》上：『制書，帝者制度之命也。……三公赦令、贖令之屬是也。』則此當以作『令』爲是。」雍案：命，同「令」，猶政令也。《左傳・隱公十一年》：「宋不告命。」杜預注：「命者，國之大事政令也。」《禮記·緇衣》：「苗民匪用命。」鄭玄注：「命，政令也。」《大戴禮記·曾子制言下》：「問禁請命。」王聘珍《解詁》：「命，政令也。」

〔四〕**詔體浮新**

新，《御覽》引作「雜」。徐𤊹校「雜」。楊明照云：「按『雜』字是。」雍案：新，乃「雜」之形譌也。此謂三王策皆武帝手製，以經典緣飾，文辭彬然可觀，異於文、景以前詔書直言事狀，浮辭駁雜也。

〔五〕**施命發號**

命，宋本、鈔本、活字本、喜多本、鮑本《御覽》引作「令」。楊明照《校注》云：「按『令』字是。」《書·冏命》：『發號施令，罔有不臧。』《文子·下德篇》：『發號施令，天下從風。』《淮南子·本經篇》：『發號施令，天下莫不從風。』又《要略篇》：『發號施令，以時教期。』並作『令』。贊中『皇王施令』，亦可证。」楊説是也。《説文·卩部》《玉篇·卩部》：「令，發號也。」

〔六〕在三罔極

罔，黄叔琳校云：「元作『同』，許改。」雍案：罔，「同」之形譌也。《國語·晉語一》：「欒共子謂：『民生於三，事之如一。父生之，師教之，君食之，故一事之。惟其所在，則致死焉。』」《宋書·徐羡之傳》：「（元嘉三年詔）民生於三，事之如一，愛敬同極。」並可證也。

檄移第二十

震雷始於曜電，出師先乎威聲，故觀電而懼雷壯，聽聲而懼兵威。兵先乎聲，其來已久。昔有虞始戒於國，夏后初誓於軍，殷誓軍門之外，周將交刃而誓之。故知帝世戒兵，三王誓師，宣訓我衆，未及敵人也。至周穆西征，祭公謀父稱古有威讓之令，令有文告之辭，即檄之本源也。及春秋征伐，自諸侯出，懼敵弗服，故兵出須名，振此威風，暴彼昏亂。劉獻公之所謂告之以文辭，董之以武師者也。齊桓征楚，詰苞茅之闕〔一〕；晉厲伐陳，責箕郜之焚。管仲呂相，奉辭先路，詳其意義，即今之檄文。暨乎戰國，始稱爲檄。檄者，皦也；宣露於外〔二〕，皦然明白也。張儀檄楚，書以尺二，明白之文，或稱露布，播諸視聽也。夫兵以定亂，莫敢自專，天子親戎，則稱恭行天罰〔三〕；諸侯御師，則云肅將王誅。故分閫推轂，奉辭伐罪，非唯致果爲毅，亦且厲辭爲武。使聲如衝風所擊，氣似欃槍所埽，奮其武怒，總其罪人，徵其惡稔之時，顯其貫盈之數，搖奸宄之膽，訂信慎之心；使百尺之衝，摧折於咫書，萬雉之城，顛墜於一檄者也。觀隗囂之檄亡新，布其三逆，文不雕飾，而辭切事明，隴右文士，得檄之體矣。陳琳之檄豫州，壯有骨鯁，雖奸閹攜養，章密太甚，發邱摸金，誣過其虐；然抗辭書釁，皦然露骨矣。敢指曹公之鋒，幸哉免袁黨之戮也。鍾會檄蜀，徵驗甚明；桓公檄胡，觀釁尤切，並壯筆也。

凡檄之大體，或述此休明，或敍彼苛虐，指天時，審人事，算彊弱，角權勢，標蓍龜于前驗，懸鞶鑑于已然，雖本國信，實參兵詐。譎詭以馳旨，煒曄以騰說，凡此衆條，莫或違之者也。故其植義颺辭，務在剛健；插羽以示迅，不可使辭緩；露板以宣衆，不可使義隱；必事昭而理辨，氣盛而辭斷，此其要也。若曲趣密巧，無所取才矣。又州郡徵吏，亦稱爲檄，固明舉之義也。

移者，易也；移風易俗，令往而民隨者也。相如之難蜀老，文曉而喻博，有移檄之骨焉。及劉歆之移太常，辭剛而義辨，文移之首也；陸機之移百官，言約而事顯，武移之要者也。故檄移爲用，事兼文武，其在金革，則逆黨用檄，順命資移，所以洗濯民心，堅同符契，意用小異，而體義大同，與檄參伍，故不重論也。

贊曰：三驅弛剛〔四〕，九伐先話。鞶鑑吉凶，蓍龜成敗。惟壓鯨鯢〔五〕，抵落蜂蠆。

移寶易俗，草偃風邁。

〔一〕詰苞茅之闕

苞，黄叔琳校云：「汪本作『菁』。」《御覽》引作「菁」。元本、弘治本、活字本、佘本、張本、兩京本、胡本、訓故本、合刻本、文津本並同。楊明照《校注》云：「舍人此文，蓋本《穀梁（傳）僖公四年》作『菁茅』。」雍案：菁茅，草名。古代祭祀用以漉酒去滓。《書·禹貢》：「包匭菁茅。」傳：「菁以爲菹，茅以縮酒。」《穀梁傳·僖公四年》：「桓公曰：『昭王南征不反，菁茅之貢不至，故周室不祭。』」注：「菁茅，香草，所以縮酒，楚之職貢。」「包茅」，古代祭祀時，用以濾酒去滓之成綑之菁茅草。也作「苞茅」。《左傳·僖公四年》：「爾貢包茅不入，王祭不共，無以縮酒。」蓋「苞茅」與「菁茅」通用。

〔二〕宣露於外

露，《御覽》引作「布」。《玉海》二百三引同。楊明照《校注》云：「按『布』字是。『露』蓋涉下而誤。」雍案：《國語·周語下》：「六曰無射，所以宣布哲人之令德，示民軌儀也。」《三國志·魏·鍾會傳（檄蜀將吏士民）》：「其詳擇利害，自求多福，各具宣布，咸使聞知。」布，訓告也。《周禮·夏官·訓方氏》：「正歲則布而訓四方。」鄭玄注：「布，告。」

〔三〕**則稱恭行天罰**

恭，元本、弘治本、活字本、汪本、佘本、張本、兩京本、訓故本、合刻本、四庫本作「龔」。徐𤊹校作「恭」。雍案：「恭」與「龔」，古相通假。《爾雅·釋詁下》：「恭，敬也。」郝懿行《義疏》：「恭，通作『龔』。」《書·甘誓》：「今予惟恭行天之罰。」劉逢祿《今古文集解》：「《呂覽》作『龔』。」《經籍籑詁·冬韻》：「《書·堯典》：『象恭滔天。』《漢書·王尊傳》作『象龔滔天』。」《說文·共部》桂馥《義證》：「龔，經典又借『恭』字。」朱駿聲《通訓定聲》：「龔，叚借爲『恭』爲『龏』。」柳宗元《唐鐃歌鼓吹曲十二篇并序》：「罔不龔。」蔣之翹《輯注》：「龔，音恭，義同。」

〔四〕**三驅馳剛**

郝懿行云：「按『剛』字疑『網』字之譌。」雍案：郝説是也。《抱朴子外篇·君道》：「識馳綱而悦遠。」《史記·殷本紀》：「湯出，見野張網四面，祝曰：『自天下四方皆入吾網。』……乃去其三面。」此謂湯網去三面事，蓋謂王者先德教而後征伐也。

〔五〕**惟壓鯨鯢**

惟，元本、弘治本、活字本、張乙本、兩京本、王批本、胡本、訓故本作「摧」。汪本、佘本、張甲本、何本、梅本、凌本、合刻本、梁本、祕書本、謝鈔本、彙編本、别解本、尚古本、岡本、四庫本、王本、張松孫本、鄭藏鈔本、崇文本作「推」。楊明照《校注》云：「按『摧』字是。《喻林》八七引作「摧」『推』並『摧』之殘誤。黄本出於梅氏，梅原作「推」，諸本亦無作「惟」者，則「惟」乃黄氏臆改。」雍案：楊說是。《說文·手部》《廣雅·釋詁一》《廣韻·灰韻》《慧琳音義》卷二七皆云：「摧，折也。」《韓非子·存韓》：「天下摧我兵矣。」王先慎《集解》引《說文》：「摧，折也。」《文選·劉琨〈重贈盧諶〉》：「駭駟摧雙輈。」呂延濟注：「摧，折也。」《慧琳音義》卷五一「摧殘已」注引顧野王云：「摧，猶折也。」

封禪第二十一

夫正位北辰，嚮明南面，所以運天樞、毓黎獻者，何嘗不經道緯德，以勒皇蹟者哉〔一〕！録圖〔二〕曰：潬潬噅噅，棼棼雉雉，萬物盡化。言至德所被也。丹書曰：義勝欲則從，欲勝義則凶。戒慎之至也。則戒慎以崇其德，至德以凝其化，七十有二君，所以封禪矣。

昔黃帝神靈，克膺鴻瑞，勒功喬岳，鑄鼎荊山。大舜巡岳，顯乎虞典；成康封禪，聞之樂緯。及齊桓之霸，爰窺王跡，夷吾譎陳〔三〕，距以怪物〔四〕。固知玉牒金鏤，專在帝皇也。然則西鶼東鰈，南茅北黍，空談非徵，勳德而已。是史遷八書，明述封禪者，固禋祀之殊禮，名號之秘祝〔五〕，祀天之壯觀矣〔六〕。

秦皇銘岱，文自李斯，法家辭氣，體乏弘潤；然疎而能壯，亦彼時之絕采也。鋪觀兩漢隆盛，孝武禪號於肅然，光武巡封於梁父，誦德銘勳，乃鴻筆耳。觀相如封禪，蔚爲唱首，爾其表權輿，序皇王，炳元符〔七〕，鏡鴻業，驅前古於當今之下，騰休明於列聖之上，歌之以禎瑞，讚之以介邱，絕筆兹文，固維新之作也。及光武勒碑，則文自張純，首胤典謨，末同祝辭，引鉤讖，敍離亂，計武功，述文德，事覈理舉，華不足而實有餘矣。凡此二家，並岱宗實跡也。及揚雄劇秦，班固典引，事非鐫石，而體因紀禪。觀劇秦爲文，影寫長卿，詭言遯辭，故兼包神怪。然骨掣靡密〔八〕，辭貫圓通，自稱極思，無遺力矣。典引所敍，雅有懿乎〔九〕，歷鑒前作，能執厥中，其致義會文，斐然餘巧，故稱封禪麗而不典〔一〇〕，劇秦典而不實。豈非追觀易爲明，循勢易爲力歟！至於邯鄲受命，攀響前聲，風末力寡，輯韻成頌，雖文理順序〔一一〕，而不能奮飛。陳思魏德，假論客主，問答迂緩，且已千言，勞深勣寡，飆燄缺焉。

兹文爲用，蓋一代之典章也。搆位之始〔一二〕，宜明大體，樹骨於訓典之區，選言於宏富之路，使意古而不晦於深，文今而不墜於淺，義吐光芒，辭成廉鍔，則爲偉矣。雖復道極數殫，終然相襲，而日新其采者，必超前轍焉。

贊曰：封勒帝勣，對越天休。逖聽高岳，聲英克彪〔一三〕。樹石九旻，泥金八幽。鴻律蟠采〔一四〕，如龍如虬。

〔一〕**以勒皇蹟者哉**

楊明照《校注》云：「按『蹟』當作『績』。贊中『封勒帝勣』（「勣」與「績」古今字）句可證。」雍案：《玉篇·力部》：「勣，功也。」《玄應音義》卷四「敗績」注引《聲類》云：「勣，功也。」「績，今作『勣』。」《廣韻·錫部》：「勣，通作『績』。」《詩·大雅·文王有聲》：「維禹之績。」馬瑞辰《傳箋通釋》：「績，當爲『蹟』之叚借。」又曰：「『績』『迹』通用。」《爾雅·釋詁下》：「績，業也。」郝懿行《義疏》：「績，又通作『迹』。」《左傳·哀公元年》：「復禹之績。」陸德明《釋文》：「績，一本作『迹』。」《文選·陶潛〈始作鎮軍參軍經曲阿作〉》：「誰謂形迹拘。」舊校：「五臣作『蹟』。」《集韻·昔韻》：「迹，或作『遺』『蹥』『速』『蹟』『跡』。」《九經古義·尚書下》：「武成：『至于大王肇基王迹。』……迹，古『績』字。」《詩·小雅·沔水》：「念彼不蹟。」李富孫《詩經異文釋》：「『蹟』『迹』本一字。」《爾雅·釋訓》：「不遹，不蹟也。」郝懿行《義疏》：「『蹟』者，與『迹』同。」

〔二〕**錄圖**

録，《繹史·黄帝紀》引作「緑」。何焯改作「緑」。紀昀云：「録，當作『緑』。」汪本、張本、訓故本並作「緑」。雍案：《淮南子·俶真篇》：「洛出丹書，河出緑圖。」《正緯篇》：「堯造緑圖，昌制丹書。」俱以「綠圖」與「丹書」對文。

〔三〕**夷吾譎陳**

陳，黄叔琳校云：「當作『諫』。」文溯本剜改爲「諫」。紀昀云：「『陳』訓敷陳，不必改『諫』。」雍案：《説文·言部》：「譎，權詐也。」《詩·序》：「主文而譎諫。」陸德明《釋文》：「譎，詐也。」孔穎達疏：「譎者，權詐之名。」《論語·憲問》：「晉文公譎而不正。」劉寶楠《正義》引宋翔鳳云：「譎者，聖人之權衡也。」《經義述聞·通説上》：「譎，權也。」《史記·齊太公世家》云：「桓公稱曰：『吾欲封泰山，禪梁父。』管仲固諫不聽。乃説桓公以遠方珍怪物至，乃得封。桓公乃止。」乃謂夷吾譎諫桓公也。

〔四〕**距以怪物**

距，何本、凌本、别解本、尚古本、岡本、王本、鄭藏鈔本、崇文本作「拒」。雍案：距，與「拒」通。《資治通鑑·周紀四》：「乃起四邑之兵入距難。」胡三省注：「距，猶拒也。」《潛夫論·明闇》：「乃懼距無用而讓有用也。」汪繼培箋：「『距』與『拒』通。」《敍録》：「距諫所敗。」汪繼培箋：「『距』與『拒』通。」《戰國策·齊策六》：「距全齊之兵。」鮑彪注：「『距』『拒』同。」《鹽鐵論·地廣》：「距強胡之難。」張之象注：「距，通作『拒』。」《荀子·仲尼》：「而富人莫之敢距也。」王先謙《集解》引盧文弨曰：「距，古字；拒，俗字。」

〔五〕**名號之秘祝**

黄叔琳校云：「（名）元作『銘』，朱改；（祝）元脱，朱補。」雍案：名，乃「銘」之譌也。銘，記也；名也。銘號者，乃銘記其器爲號，以尊神顯物也。《説文新附·金部》：「銘，記也。」《廣韻·青韻》：「銘，銘記。」《文選·班固〈封燕然山銘〉》：「封燕然山銘。」吕延濟注：「銘，名也。」《禮記·禮運》：「作其祝號。」鄭玄注：「號者，所以尊神顯物也。」《周禮·春官·大祝》：「則執明水火而號祝。」孫詒讓《正義》：「號祝，謂以六號詔祝於神之辭。」

〔六〕**祀天之壯觀矣**

楊明照《校注》云：「『天』上『祀』字與上『禋祀』複，疑爲『祝』之形誤。」雍案：楊説是也。祝，以言告神也。《説文·示部》：「祝，祭主贊詞者。从示，从人口。一曰从兑省。」

〔七〕**炳元符**

元，元本、弘治本、活字本、汪本、佘本、張本、兩京本、何本、胡本、梅本、凌本、合刻本、梁本、祕書本、謝鈔本、彙編本、别解本、尚古本、岡本、崇文本並作「玄」。《文通》引同。楊明照

《校注》云：「按『玄』字是。」雍案：《文選·揚雄〈劇秦美新〉》：「玄符靈契。」李周翰注：「玄符，天符也。」《周禮·考工記·畫繢》：「天謂之玄。」

〔八〕**然骨掣靡密**

楊明照《校注》云：「按『骨掣』二字不辭，疑當作『體製』。《定勢》《附會》兩篇並有『體制』之文。」雍案：《儀禮·有司徹》「腊臂」鄭玄注：「亦所謂腊如牲體。」賈公彥疏：「骨即體也。」《大戴禮記·千乘》：「陳刑制辟。」王聘珍《解詁》：「制，裁制也。」《禮記·月令》：「義者天下之制也。」孔穎達疏：「制，謂裁制。」《說文·刀部》王筠《句讀》：「制，引伸之爲凡斷制之通名。」《晏子春秋·內篇諫下》：「古聖人製衣服也，冬輕而暖。」孫星衍《音義》：「製，《藝文類聚》作『制』。」《文選·沈約〈宋書謝靈運傳論〉》：「至於先士茂製。」舊校：「五臣本『製』作『制』。」《慧琳音義》卷六「製造」注引《考聲》：「製，掣斷也。」唐玄宗《孝經序》：「御製序并注。」邢昺疏：「製者，裁翦述作之謂也。」《釋名·釋姿容》：「掣，制也。」《鹽鐵論·散不足》：「吏捕索掣頓。」張之象注引《釋名》：「掣，制也，制頓之使順己也。」《太玄·爭》：「知掣者全。」司馬光《集注》：「掣，范本作『制』。」蓋「骨掣」乃「體制」也，非不辭，實鮮見也。

〔九〕**雅有懿乎**

紀昀云：「『乎』當作『采』。」楊明照《校注》云：「按紀説是。《雜文篇》『班固賓戲，含懿采之華』，是舍人於孟堅文評爲『懿采』，前後兩言之。《時序篇》『鴻風懿采』，亦可證。」雍案：《易·小畜》象傳：「君子以懿文德。」李鼎祚《集解》引虞翻曰：「懿，美也。」蔡邕《郭有道碑文》：「懿乎其純。」李周翰注：「懿，美也。」《文選·陸機〈吴趨行〉》：「文德熙淳懿。」李周翰注：「懿，美也。」《楚辭·九章·懷沙》：「衆不知余之異采。」王逸注：「采，文采也。」《漢書·霍光傳》：「天下想聞其風采。」顏師古注：「采，文采也。」

〔一〇〕**故稱封禪麗而不典**

楊明照《校注》云：「按『麗』當作『靡』，始與典引合。原文黄、范兩家注已具張瞻《劇秦美新注》：『相如封禪，靡而不典。』《書鈔》一百引即沿用孟堅文，亦作『靡』。《明詩篇》有『靡而非典』語。」雍案：「麗」與「靡」，古相通用。《漢書·司馬相如傳下》：「滂濞泱軋麗以林離。」顏師古注引張揖曰：「麗，靡也。」《莊子·天下》：「不靡於萬物。」成玄英疏：「靡，麗也。」《漢書·司馬相如傳》：「尚有靡者。」顏師古注：「靡，麗也。」

〔一一〕**雖文理順序**

順，黃叔琳校云：「元作『煩』，一作『頗』。」弘治本、活字本、汪本、佘本、張本並作「煩」。文津本同。萬曆梅本改「順」，乃據徐𤊹校也。謝鈔本、彙編本、鄭藏鈔本、文溯本作「順」。兩京本、何本、胡本、訓故本、合刻本、梁本、祕書本、別解本、尚古本、岡本、崇文本並作「頗」。楊明照《校注》云：「尋繹語意，曹學佺校作『頗』，見凌本、天啓梅本、祕書本、張松孫本校語極是。倫明所校元本正作『頗』。當據改。」雍案：頗，盡悉之辭，既已也。《助字辨略》卷三：「《趙充國傳》：『將軍獨不計虜聞兵頗罷。』《李廣傳》：『頗賣得四十餘萬。』此『頗』字，並是盡悉之辭。」

〔一二〕**搆位之始**

搆，元本、兩京本作「構」。《文章辨體彙選》一九八引同。雍案：「搆」之訓，詳見《雜文篇》「腴辭雲搆」條。

〔一三〕**聲英克彪**

楊明照《校注》云：「『聲英』二字當乙，始能與上句『遜聽』相對。《史記·司馬相如傳》：『（封禪文）蜚英聲。』」雍案：楊說是也。英聲，美好名聲也。《文選·何晏〈景福殿賦〉》：「故當時享其功利，後世賴其英聲。」唐李白《古風》：「卻秦振英聲，後世仰末照。」

〔一四〕鴻律蟠采

律，范文瀾引黃丕烈云：「活字本作『岳』。」楊明照《校注》云：「按傳録黃、顧合校本，顧廣圻於『逖聽高岳』句下方校云：『岳，活嶽』。是所校謂『高岳』之『岳』活字本作『嶽』，本書「岳」字活字本皆作「嶽」非謂『鴻律』之『律』活字本作『岳』也。范氏所引有誤。又按『鴻律』於此費解，『律』疑『筆』之誤。《書記》《鎔裁》《練字》三篇及本篇上文並有『鴻筆』之文。鴻筆，謂撰封禪文字之大手筆也。」雍案：「律」與「聿」古通用，皆謂筆也。《爾雅·釋言》：「律，述也。」郝懿行《義疏》：「律，通作『聿』。《說文》：『聿，所以書也。楚謂之聿，吳謂之不律。是聿、律皆謂筆。』」邵晉涵《正義》：「律，與『聿』通。」

章表第二十二

夫設官分職，高卑聯事。天子垂珠以聽，諸侯鳴玉以朝。敷奏以言，明試以功。故堯咨四岳，舜命八元，固辭再讓之請，俞往欽哉之授，並陳辭帝庭，匪假書翰。然則敷奏以言，則章表之義也；明試以功，即授爵之典也。至太甲既立，伊尹書誡，思庸歸亳，又作書以讚〔一〕，文翰獻替，事斯見矣。周監二代，文理彌盛，再拜稽首，對揚休命，承文受冊，敢當丕顯，雖言筆未分，而陳謝可見。降及七國，未變古式，言事於主，皆稱上書。秦初定制，改書曰奏。漢定禮儀，則有四品：一曰章，二曰奏，三曰表，四曰議。章以謝恩，奏以按劾，表以陳請，議以執異。章者，明也。詩云爲章于天，謂文明也；其在文物，赤白曰章。表者，標也。禮有表記，謂德見于儀；其在器式，揆景曰表。章表之目，蓋取諸此也。按七略藝文，謠詠必録；章表奏議，經國之樞機，然闕而不纂者，乃各有故事而在職司也。

前漢表謝，遺篇寡存。及後漢察舉，必試章奏。左雄奏議，臺閣爲式；胡廣章奏，天下第一：並當時之傑筆也。觀伯始謁陵之章，足見其典文之美焉。昔晉文受冊，三辭從命，是以漢末讓表，以三爲斷。曹公稱爲表不必三讓，又勿得浮華。所以魏初表章，指事造實，求其靡麗，則未足美矣。至於文舉之薦禰衡，氣揚采飛；孔明之辭後主，志盡文暢：雖華實異旨，並表之英也。琳瑀章表，有譽當時；孔璋稱健，則其標也。陳思之表，獨冠群才。觀其體贍而律調，辭清而志顯，應物掣巧〔二〕，隨變生趣，執轡有餘，故能緩急應節矣。逮晉初筆札，則張華爲儁。其三讓公封，理周辭要，引義比事，必得其偶，世珍鷦鷯，莫顧章表。及羊公之辭開府，有譽於前談；庾公之讓中書，信美於往載：序志顯類〔三〕，有文雅焉。劉琨勸進，張駿自序，文致耿介，並陳事之美表也。

原夫章表之爲用也，所以對揚王庭，昭明心曲。既其身文，且亦國華。章以造闕，風矩應明；表以致禁，骨采宜耀：循名課實，以章爲本者也。是以章式炳賁，志在典謨，使要而非略，明而不淺。表體多包，情僞屢遷，必雅義以扇其風，清文以馳其麗。然懇惻者辭爲心使，浮侈者情爲文使〔四〕，繁約得正，華實相勝，脣吻不滯〔五〕，則中律矣。子貢云：心以制之，言以結之，蓋一辭意也。荀卿以爲觀人美辭，麗於黼黻文章，亦可以喻於斯乎！

贊曰：敷奏絳闕，獻替黼扆〔六〕。言必貞明，義則弘偉。肅恭節文，條理首尾。君子秉文，辭令有斐。

〔一〕又作書以讚

讚，黄叔琳校云「元作『纘』。」梅本校云：「當作『讚』。」徐𤊹校「讚」。宋本、鈔本、活字本、喜多本、鮑本《御覽》五九四引並作「讚」。張本、王批本同。四庫本剜改爲「讚」。雍案：讚，稱美也。古通作『贊』，音義同。《集韻・換韻》：「讚，通作『贊』。」《方言》卷十三：「讚，解也。」戴震《疏證》：「『讚』『贊』同。」錢繹《箋疏》：「『贊』與『讚』同。」《楚辭・九歎序》：「所謂讚賢以輔志。」舊校：「讚，一作『贊』。」《文選・丘遲〈與陳伯之書〉》：「讚帷幄之謀。」舊校：「五臣本作『贊』字。」《說文・糸部》段玉裁注：「纘，或叚『纂』爲之。」柳宗元《沛國漢原廟銘并序》：「奉纘堯之元命。」蔣之翹《輯注》：「纘，一作『纂』。」蓋「纘」與「讚」不相通假。

〔二〕應物掣巧

掣，黄叔琳校云：「一作『制』。」徐𤊹校「製」。何焯改「制」。楊明照《校注》云：「按『掣』字誤，作『製』宋本、鈔本、活字本、喜多本《御覽》引作「製」；《文通》引同作『制』倪本、鮑本《御覽》作「制」均可。」雍案：「掣」與「制」，古相通用。《鹽鐵論・散不足》：「吏捕索掣頓。」張之象注引《釋名》：「掣，制也，制頓之使順己也。」《太玄·爭》：「知掣者全。」司馬光《集注》：「掣，范本作『制』。」《孟子·梁惠王上》：「可使制梃。」焦循《正義》：「制，宜讀爲『掣』。」《經義述聞·名字解詁·鄭石制字子服》王引之按：「制，讀爲『製』。」《周禮·天官·内宰》：「出其度量淳制。」孫詒讓《正義》：「字又作『製』。《説苑·復恩篇》云：『甯文子具紵絺三百製。』」

〔三〕**序志顯類**

顯，宋本、鈔本、喜多本、鮑本《御覽》引作「聯」。雍案：顯，乃「聯」之譌也。《物色篇》有：「詩人感物，聯類不窮」，可證。《韓非子·難言篇》：「多言繁稱，連類比物。」《一切經音義》：「連，古文『聯』，同。」《慧琳音義》卷六四「聯類」注引《博雅》：「聯，綴也。」《小學蒐佚·考聲》：「聯，綴也。」

〔四〕**浮侈者情爲文使**

黄叔琳校云：「一作『情爲文屈』。」天啓梅本作「情爲文屈」。雍案：使，乃「屈」之譌也。「情爲文屈」，與上「辭爲心使」乃對文也。屈，竭也；盡也。《老子》第五章：「虚而不屈。」陸德明《釋文》：「屈，竭也。」《讀書雜志·晏子春秋第一·内篇諫下》：「明君不屈民財者。」王念孫按：「屈者，竭也。」《漢書·韓信傳》：「情見力屈。」顔師古注：「屈，盡也。」

〔五〕唇吻不滯

唇，宋本、鈔本、活字本、喜多本、鮑本《御覽》引作「脣」。楊明照《校注》云：「按作『脣』是。《說文·肉部》：『脣，口耑也。』又《口部》：『唇，驚也。』是二字意義各別。此當以作『脣』爲是。」雍案：《釋名·釋形體》：「脣，緣也，口之緣也。」《說文·肉部》王筠《句讀》引《白帖》：「脣者，舌之藩。」段玉裁注：「（脣），口之厓也。」桂馥《義證》引《春秋元命苞》：「脣者，口之緣也。」《玉篇·肉部》《希麟音義》卷四「䶀脣」注引《切韻》《廣韻·諄韻》：「脣，口脣也。」

〔六〕獻替黼扆

替，張甲本作「僣」。楊明照《校注》云：「按《說文·竝部》：『普，廢也。一曰偏下也。暜，或从兟从曰。』「替」為「暜」之俗體張甲本作『僣』，蓋『替』致誤。汪本、張乙本即作『替』『獻替』二字，出《國語·晉語九》。又《左傳·昭公二十年》，篇首亦有「文翰獻替」句」雍案：《漢書·王子侯表上》：「或替差失軌。」顏師古注：「替，古『僣』字也。」《經籍籑詁·霽韻》：「《書·大誥》：『不敢替上帝命。』《漢書·翟方進傳》作『予不敢僣上帝命』。」蓋張甲本作「僣」，乃「僣」之形誤也。

奏啓第二十三

昔唐虞之臣，敷奏以言；秦漢之輔，上書稱奏。陳政事，獻典儀，上急變，劾愆謬〔一〕，總謂之奏。奏者，進也；言敷于下，情進于上也。

秦始立奏，而法家少文。觀王綰之奏勳德，辭質而義近；李斯之奏驪山，事略而意逕：政無膏潤，形於篇章矣。自漢以來，奏事或稱上疏，儒雅繼踵，殊采可觀。若夫賈誼之務農，鼂錯之兵事，匡衡之定郊，王吉之觀禮，温舒之緩獄，谷永之諫仙，理既切至，辭亦通暢，可謂識大體矣。後漢群賢，嘉言罔伏。楊秉耿介於災異，陳蕃憤懣於尺一，骨鯁得焉；張衡指摘於史職，蔡邕銓列於朝儀，博雅明焉。魏代名臣，文理迭興。若高堂天文，王觀教學，王朗節省，甄毅考課，亦盡節而知治矣。晉氏多難，災屯流移。劉頌殷於時務，温嶠懇惻於費役，並體國之忠規矣。

夫奏之爲筆，固以明允篤誠爲本，辨析疏通爲首。強志足以成務，博見足以窮理，酌古御今，治繁總要，此其體也。若乃按劾之奏，所以明憲清國。昔周之太僕，繩愆糾繆；秦之御史，職主文法；漢置中丞，總司按劾；故位在鷙擊，砥礪其氣，必使筆端振風，簡上凝霜者也。觀孔光之奏董賢，則實其奸回；路粹之奏孔融，則誣其釁惡：名儒之與險士，固殊心焉。若夫傅咸勁直，而按辭堅深；劉隗切正，而劾文闊略：各其志也。後之彈事，迭相斟酌，惟新日用，而舊準弗差。然函人欲全，矢人欲傷，術在糾惡，勢必深峭。詩刺讒人〔二〕，投畀豺虎；禮疾無禮，方之鸚猩；墨翟非儒，目以豕彘；孟軻譏墨，比諸禽獸。詩禮儒墨，既其如兹，奏劾嚴文，孰云能免？是以世人爲文，競於詆訶，吹毛取瑕，次骨爲戾，復似善罵，多失折衷。若能闢禮門以懸規，標義路以植矩，然後踰垣者折肱，捷徑者滅趾，何必躁言醜句，詬病爲切哉？是以立範運衡，宜明體要；必使理有典刑，辭有風軌，總法家之式〔三〕，秉儒家之文，不畏彊禦，氣流墨中，無縱詭隨，聲動簡外，乃稱絕席之雄，直方之舉耳。

啓者，開也。高宗云：啓乃心，沃朕心。取其義也。孝景諱啓，故兩漢無稱。至魏國箋記，始云啓聞。奏事之末，或云謹啓。自晉來盛啓，用兼表奏。陳政言事，既奏之異條；讓爵謝恩，亦表之別幹。必斂飭入規，促其音節，辨要輕清，文而不侈，亦啓之大略也。

又表奏确切，號爲讜言。讜者，偏也。王道有偏，乖乎蕩蕩，其偏，故曰讜言也。孝成稱班伯之讜言，貴直也。自漢置八儀，密奏陰陽；皁囊封板，故曰封事。鼂錯受書，還上便宜。後代便宜，多附封事，慎機密也。夫王臣匪躬，必吐謇諤，事舉人存，故無待泛說也。

贊曰：皁飭司直〔四〕，肅清風禁。筆銳干將，墨含淳酖。雖有次骨，無或膚浸。獻政陳宜，事必勝任。

〔一〕劾愆謬

愆，黄叔琳校云：「一作『僭』。」徐𤊹校「愆」。何焯同。《御覽》五九四引作「愆」。文溯本剜改爲「愆」。雍案：「僁」，過也。「僁」與「愆」，古今字。《史記·三王世家》：「（齊王策）厥有僁不臧」，《漢書·武五子傳》作「愆」。《詩·大雅·假樂》：「不僁不亡。」王先謙《三家義集疏》：「僁，『愆』之俗字。」《後漢書·馬防傳》：「其令許侯思僁田廬。」李賢注：「僁，過也。」駱賓王《螢火賦》：「應節不僁。」陳熙晉《箋注》：「僁，與『愆』同。」柳宗元《舜廟祈晴文》：「今陽德僁候。」蔣之翹《輯注》：「僁，即『愆』字。」《潛夫論·潛歎》：「行豐禮者蒙僁咎。」汪繼培《箋》：「僁，俗『愆』字。」《周禮·春官·馮相氏》：「冬夏致日。」鄭玄注：「冬無僁陽。」孫詒讓

《正義》：「僁，《左·昭四年傳》作『愆』。『僁』『愆』古今字。」

〔二〕詩刺讒人

楊明照《校注》云：「按『剌』字誤，當依何本、凌本、别解本、尚古本、岡本、王本、崇文本作『刺』。」雍案：刺，乃「刺」之形譌也。《廣雅·釋詁二》：「刺，箴也。」《慧琳音義》卷七「譏刺」注引《毛詩》傳云：「刺，責也。」又卷七二「譏刺」注引《考聲》云：「刺，誹也。」《詩·小雅·沔水序》：「規宣王也。」孔穎達疏：「刺者，責其爲惡言。」《小學蒐佚·韓詩》：「刺，非也。」

〔三〕總法家之式

式，宋本、活字本、喜多本、鮑本《御覽》引作「裁」。雍案：式，乃「裁」之譌也。此謂法家善能裁斷，是以總法家之裁也。《史記·太史公自序》：「法家不别親疏，不殊貴賤，一斷於法，則親親尊尊之恩絕矣。」又：「法家嚴而少恩，然其正君臣上下之分，不可改矣。」范甯《穀梁傳集解序》：「公羊辯而裁。」楊士勛疏：「裁，謂善能裁斷。」

〔四〕**皁飭司直**

楊明照《校注》云：「『皁飭』二字不可解，《札迻》十二謂當作『皁袀』，亦未可從。疑爲『白簡』之舛誤。」雍案：楊氏所云蹈誤。「皁飭」，於文可解。《左傳·昭公七年》：「士臣皁。」孔穎達疏引服虔云：「皁，造也，造成事也。」「皁飭司直」，乃謂造成其事，整飭司直，以修正其身也。

議對第二十四

周爰諮謀〔一〕，是謂爲議。議之言宜，審事宜也。易之節卦，君子以制度數議德行〔二〕。周書曰：議事以制，政乃弗迷。議貴節制，經典之體也。

昔管仲稱軒轅有明臺之議，則其來遠矣。洪水之難，堯咨四岳，宅揆之舉，舜疇五人。三代所興，詢及芻蕘〔三〕。春秋釋宋，魯桓務議〔四〕。及趙靈胡服，而季父爭論；商鞅變法，而甘龍交辨：雖憲章無算，而同異足觀。迄至有漢，始立駁議。駁者，雜也；雜議不純，故曰駁也。自兩漢文明，楷式昭備，藹藹多士，發言盈庭；若賈誼之遍代諸生，可謂捷於議也。至如主父之駁挾弓〔五〕，安國之辨匈奴，賈捐之之陳於朱崖，劉歆之辨於祖宗：雖質文不同，得事要矣。若乃張敏之斷輕侮，郭躬之議擅誅，程曉之駁校事，司馬芝之議貨錢，何曾蠲出女之科，秦秀定賈充之謚，事實允當，可謂達議體矣。漢世善駁，則應劭爲首；晉代能議，則傅咸爲宗。然仲瑗博古，而銓貫有敍；長虞識治，而屬辭枝繁；及陸機斷議，亦有鋒穎，而諛辭弗剪〔六〕，頗累文骨：亦各有美，風格存焉。

夫動先擬議，明用稽疑，所以敬慎群務，弛張治術〔七〕。故其大體所資，必樞紐經典，採故實於前代，觀通變於當今；理不謬搖其枝，字不妄舒其藻。又郊祀必洞於禮，戎事必練於兵，田穀先曉於農，斷訟務精於律；然後標以顯義，約以正辭，文以辨潔爲能，不以繁縟爲巧；事以明覈爲美，不以深隱爲奇：此綱領之大要也。若不達政體，而舞筆弄文，支離構辭，穿鑿會巧，空騁其華，固爲事實所擯，設得其理，亦爲遊辭所埋矣〔八〕。昔秦女嫁晉，從文衣之媵，晉人貴媵而賤女；楚珠鬻鄭，爲薰桂之櫝，鄭人買櫝而還珠。若文浮於理，末勝其本，則秦女楚珠，復在於茲矣。

又對策者，應詔而陳政也；射策者，探事而獻說也。言中理準，譬射侯中的，二名雖殊，即議之別體也。古之造士，選事考言。漢文中年，始舉賢良，鼂錯對策，蔚爲舉首。及孝武益明，旁求俊乂，對策者以第一登庸，射策者以甲科入仕，斯固選賢要術也。觀鼂氏之對，證驗古今，辭裁以辨，事通而贍，超升高第，信有徵矣。仲舒之對，祖述春秋，本陰陽之化，究列代之變，煩而不慁者，事理明也。公孫之對，簡而未博，然總要以約文，事切而情舉，所以太常居下，而天子擢上也。杜欽之對，略而指事，辭以治宣，不爲文作。及後漢魯丕，辭氣質素，以儒雅中策，獨入高第。凡此五家，並前代之明範也。魏晉已來，稍務文麗，以文紀實，所失已多，及其來選，又稱疾不會，雖欲求文，弗可得也。是以漢飲博士，而雉集乎堂；晉策秀才，而麏興於前：無他怪也，選失之異耳。

夫駁議偏辨，各執異見；對策揄揚，大明治道。使事深於政術，理密於時務，酌三五以鎔世，而非迂緩之高談；馭權變以拯俗，而非刻薄之僞論；風恢恢而能遠，流洋洋而不溢，王庭之美對也。難矣哉，士之爲才也！或練治而寡文，或工文而疎治。對策所選，實屬通才，志足文遠，不其鮮歟！

贊曰：議惟疇政，名實相課。斷理必綱[九]，摛辭無懦。對策王庭，同時酌和。治體高秉，雅謨遠播。

〔一〕**周爰諮謀**

諮，《御覽》五九五引作「咨」。祕書本作「咨」。范文瀾云：「《詩·大雅·綿》『爰始爰謀』，箋云『於是始與豳人之從己者謀』。又『周爰執事』，箋云『於是從西方而往東之人，皆於周執事，競出力也』。周爰諮謀，語本此。」楊明照《校注》云：「按《詩·小雅·皇皇者華》：『載馳載驅，周爰咨謀。』」毛傳：『忠信爲周；訪問於善爲咨。以上係上章「周爰咨諏」句傳咨事之難易爲謀。』鄭箋：『爰，於也。』」此舍人所本。范說謬。『諮』，俗字，「咨」已从口，無庸再加言旁。當依《御覽》作『咨』，始與詩合。以下文『堯咨四岳』及《書記篇》『短牒咨謀』論之，此必原作『咨』也。」雍案：此楊氏未訓也。「咨」，古通作「諮」。按《說文·口部》：「咨，謀事曰咨。从口，次聲。」桂馥《義證》：「咨，或作『諮』。」《集韻·脂韻》：「咨，或作『諮』。」《爾雅·釋詁上》：「咨，謀也。」郝懿行《義疏》：「咨，通作『諮』。」《易·萃》：「齎咨涕洟。」李富孫《詩經異文釋》：「《文選·長笛賦》注引作『齎諮』。」《詩·小雅·皇皇者華》：「周爰咨諏。」陸德明《釋文》：「咨，本亦作『諮』。」《經籍籑詁·支韻》：「《詩·皇華》『周爰咨諏』，《淮南·修務》作『周爰諮謨』。」

〔一一〕君子以制度數議德行

度數，活字本《御覽》引作「數度」。楊明照《校注》云：「按作『數度』始與易合。前《詔策篇》亦誤倒。」雍案：度數，乃「數度」之譌也。《易·節卦》：「象曰：澤上有水，節。君子以制數度，議德行。」孔穎達疏：「數度，謂尊卑禮命之多少；德行，謂人才堪行之優劣。君子象節，以制其禮數等差，皆使有度；議人之德行任用，皆使得宜。」

〔三〕詢及芻蕘

芻，元本、弘治本、活字本、汪本、佘本、張本、兩京本、王批本、何本、合刻本、梁本、別解本、尚古本、岡本、王本作「蒭」。楊明照《校注》云：「按《詩·大雅·板》：『先民有言，詢於芻蕘。』不作『蒭』。『芻』已從艸，不必再加艸頭也。」雍案：此楊氏未訓也。芻，本又作「蒭」，音義同。《玉篇·艸部》《廣韻·虞韻》：「芻，俗作『蒭』。」《爾雅·釋草》：「菉，王芻。」陸德明《釋文》：「芻，本又作『蒭』。」《孟子·梁惠王下》：「芻蕘者往焉。」周廣業《古注考》：「《三輔黃圖》又《長短經》作『蒭』。」

〔四〕魯桓務議

黃叔琳注云：「按魯桓公無議釋宋事，『桓』當作『僖』」。文溯本剜改爲「僖」。雍案：黃注是。桓，乃「僖」之譌也。《春秋·僖公二十一年》：「秋，宋公、楚子、陳侯、蔡侯、鄭伯、許男、曹伯會於盂，（楚）執宋公以伐宋。……十二月癸丑，公會諸侯於薄，釋宋公。」《公羊傳》：「執未有言釋之者，此其言釋之何？公與爲爾也。公與爲爾奈何？公與議。」又：「楚人知雖殺宋公，猶不得宋國，於是釋宋公。」

〔五〕至如主父之駁挾弓

黃叔琳注云：「《吾邱壽王傳》：『公孫弘奏言，禁民不得挾弓弩便。上下其議。壽王對曰：臣恐邪人挾之而吏不能止，良民以自備而抵法禁，是擅賊威而奪民救也。上以難弘，弘詘服焉。非主父偃事。」雍案：黃注是也。主父，乃「吾邱」之譌也。

〔六〕而諛辭弗剪

紀昀云：「『諛』當作『腴』。」《御覽》引作「腴」。《文通》引同。元本、弘治本、汪本、佘本、張本、兩京本、王批本、何本、胡本、訓故本、梅本、凌本、合刻本、梁本、祕書本、謝鈔本、彙編本、别解本、尚古本、岡本、四庫本、王本、張松孫本、崇文本並作「腴」。楊明照《校注》云：「紀說是也。《雜文篇》『腴辭雲搆』，亦足爲當作『腴』之證。又按『剪』，當依元本、弘治本、汪本、佘本、張本、兩京本等作『翦』。」雍案：劉知幾《史通・雜說上・左氏傳》：「或腴辭潤簡牘，或美句入詠歌。」蓋腴辭，美辭也。剪，俗『翦』字也。《說文・刀部》：「剪，齊斷也。」桂馥《義證》：「剪，通作『翦』。」《玉篇・刀部》《廣韻・獮韻》：「剪，俗『翦』字。」

〔七〕弛張治術

弛，宋本、鈔本、活字本、喜多本《御覽》引作「施」。楊明照《校注》云：「『施』『弛』「施」為「弛」之或體古通，臧琳《經義雜記》七言之甚詳。『弛張』二字原出《禮記·雜記下》，然古亦有作『施張』者，《古文苑·孔融〈離合作郡姓名字〉》詩『出行施張』，郭元祖《列仙傳讚》：『蓋萬物施張，渾爾而就』是也。《御覽》引作『施』，或《文心》古本如此。」雍案：「弛」與「施」「弛」，古相通用。《慧琳音義》卷九七「張弛」注引《說文》：「弛，弓解也。」《周禮·天官·小宰》：「六日斂弛之聯事。」鄭玄注引杜子春云：「弛，讀爲施。」《楚辭·九辯》：「老冉冉而愈弛。」舊校：「《釋文》一作『施』。」《廣雅·釋詁二》：「弛，緩也。」王念孫《疏證》：「弛，本作『弛』。」

〔八〕亦為遊辭所埋矣

遊，《御覽》引作「浮」。雍案：遊，乃「浮」之譌也。此謂亦爲虛飾多餘之言辭所隱沒。《後漢書·伏恭傳》云：「初，父黯章句繁多，恭乃刪減浮辭，定爲二十萬言。」

〔九〕斷理必綱

黄侃《札記》云：「此句與下句一意相足，下云『擒辭無懦』，則此『綱』字爲『剛』字之訛。」

雍案：綱，乃「剛」之譌也。此謂斷定其理必堅強，蓋舒發文辭無弱也。綱，訓故本作「剛」。與黄説合。

書記第二十五

大舜云：書用識哉！所以記時事也。蓋聖賢言辭，總爲之書，書之爲體，主言者也。揚雄曰：言，心聲也；書，心畫也。聲畫形，君子小人見矣。故書者，舒也。舒布其言，陳之簡牘，取象於夬，貴在明決而已。三代政暇，文翰頗疏。春秋聘繁，書介彌盛。繞朝贈士會以策，子家與趙宣以書，巫臣之遺子反〔一〕，子産之諫范宣，詳觀四書，辭若對面。又子服敬叔進弔書于滕君，固知行人挈辭〔二〕，多被翰墨矣。及七國獻書，詭麗輻輳〔三〕；漢來筆札，辭氣紛紜。觀史遷之報任安，東方朔之難公孫〔四〕，楊惲之酬會宗，子雲之答劉歆，志氣槃桓〔五〕，各含殊采；並杼軸乎尺素，抑揚乎寸心。逮後漢書記，則崔瑗尤善。魏之元瑜，號稱翩翩；文舉屬章，半簡必録；休璉好事，留意詞翰：抑其次也。嵇康絕交，實志高而文偉矣；趙至敍離，迺少年之激切也〔六〕。至如陳遵占辭，百封各意；禰衡代書，親疏得宜：斯又尺牘之偏才也。

詳總書體，本在盡言，言以散鬱陶，託風采，故宜條暢以任氣〔七〕，優柔以懌懷；文明從容，亦心聲之獻酬也。若夫尊貴差序，則肅以節文。戰國以前，君臣同書，秦漢立儀，始有表奏；王公國內，亦稱奏書，張敞奏書於膠后，其義美矣。迄至後漢，稍有名品，公府奏記，而郡將奏牋〔八〕。記之言志，進己志也。牋者，表也，表識其情也〔九〕。崔實奏記於公府〔一〇〕，則崇讓之德音矣；黄香奏牋於江夏〔一一〕，亦肅恭之遺式矣。公幹牋記，麗而規益，子桓弗論，故世所共遺；若略名取實，則有美於爲詩矣。劉廙謝恩，喻切以至；陸機自理，情周而巧：牋之爲善者也。原牋記之爲式，既上窺乎表，亦下睨乎書，使敬而不懾，簡而無傲，清美以惠其才，彪蔚以文其響，蓋牋記之分也。

夫書記廣大，衣被事體，筆劄雜名，古今多品。是以總領黎庶，則有譜籍簿録；醫歷星筮，則有方術占試；申憲述兵，則有律令法制；朝市徵信，則有符契券疏；百官詢事，則有關刺解牒〔一二〕；萬民達志，則有狀列辭諺：並述理於心，著言於翰，雖藝文之末品，而政事之先務也。

故謂譜者，普也。注序世統，事資周普；鄭氏譜詩，蓋取乎此。

籍者，借也。歲借民力，條之於版；春秋司籍，即其事也。

簿者，圃也。草木區別，文書類聚；張湯李廣，爲吏所簿，别情僞也。

録者，領也。古史世本，編以簡策，領其名數，故曰録也。

方者，隅也。醫藥攻病，各有所主，專精一隅，故藥術稱方。

術者，路也。算歷極數，見路乃明，九章積微，故以爲術；淮南萬畢，皆其類也。

占者，覘也。星辰飛伏，伺候乃見，精觀書雲〔一三〕，故曰占也。

式者，則也。陰陽盈虛，五行消息，變雖不常，而稽之有則也。

律者，中也。黃鐘調起〔一四〕，五音以正，法律馭民，八刑克平，以律爲名，取中正也。

令者，命也。出命申禁，有若自天；管仲下命如流水〔一五〕，使民從也。

法者，象也。兵謀無方，而奇正有象，故曰法也。

制者，裁也。上行於下，如匠之制器也。

符者，孚也。徵召防僞，事資中孚；三代玉瑞，漢世金竹，末代從省，易以書翰矣。

契者，結也。上古純質，結繩執契；今羌胡徵數，負販記緡，其遺風歟？

券者，束也。明白約束，以備情僞，字形半分，故周稱判書。古有鐵券，以堅信誓，王褒髯奴，則券之楷也〔一六〕。

疏者，布也。布置物類，撮提近意，故小券短書，號爲疏也。

關者，閉也。出入由門，關閉當審；庶務在政，通塞應詳。韓非云：孫亶回聖相也，而關於州部。蓋謂此也。

刺者，達也。詩人諷刺，周禮三刺，事敘相達，若針之通結矣。

解者，釋也。解釋結滯，徵事以對也。

牒者，葉也。短簡編牒，如葉在枝，溫舒截蒲，即其事也。議政未定，故短牒咨謀。牒之尤密，謂之爲籤。籤者，纖密者也〔一七〕。

狀者，貌也。體貌本原，取其事實，先賢表謚〔一八〕，並有行狀，狀之大者也。

列者，陳也。陳列事情，昭然可見也。

辭者，舌端之文，通己於人。子產有辭，諸侯所賴，不可已也。

諺者，直語也。喪言亦不及文，故弔亦稱諺。廛路淺言，有實無華。鄒穆公云：囊滿儲中〔一九〕，皆其類也。太誓曰：古人有言，牝雞無晨〔二〇〕。大雅云：人亦有言，惟憂用老。並上古遺諺，詩書可引者也。至於陳琳諫辭，稱掩目捕雀；潘岳哀辭，稱掌珠伉儷：並引俗説而爲文辭者也。夫文辭鄙俚，莫過於諺，而聖賢詩書，採以爲談，況踰於此，豈可忽哉！

觀此四條，並書記所總：或事本相通，而文意各異；或全任質素，或雜用文綺，隨事立體，貴乎精要；意少一字則義闕，句長一言則辭妨，並有司之實務，而浮藻之所忽也。然才冠鴻筆，多疎尺牘，譬九方堙之識駿足，而不知毛色牝牡也。言既身文，信亦邦瑞，翰林之士，思理實焉。

贊曰：文藻條流，託在筆札。既馳金相，亦運木訥。萬古聲薦，千里應拔。庶務紛綸，因書乃察。

〔一〕**巫臣之遺子反**

遺，宋本、鈔本、活字本、喜多本《御覽》引作「責」。楊明照《校注》云：「按書中有『爾以讒慝貪惏事君，而多殺不辜』之語，作『責』較勝。」雍案：《説文·貝部》段玉裁注：「責，引伸爲誅責、責任。」朱駿聲《通訓定聲》：「責，罰也。」《慧琳音義》卷二「詰責」注引《説文》：「責，求也，問罪也。」

〔二〕固知行人挈辭

挈，宋本、喜多本《御覽》引作「絜」。《書記洞詮》同。活字本《御覽》作「潔」。楊明照《校注》云：「按《穀梁傳・襄公十一年》：『行人者，挈國之辭也。』范注：『行人，是傳國之辭命者。』舍人語本此。作『絜』誤。「潔」又由「絜」致誤」雍案：《玉篇・手部》《廣韻・屑韻》：「挈，提挈也。」《資治通鑑・周紀四》：「挈國以呼禮儀。」胡三省注：「『挈』即『提挈』之『挈』。」《說文・手部》段玉裁注：「『提』與『挈』皆謂縣而持之也。」

〔三〕詭麗輻輳

輳，宋本、鈔本、喜多本、鮑本《御覽》引作「湊」。汪本、張本、訓故本、四庫本同。倪本、活字本《御覽》誤作「凄」。楊明照《校注》云：「按『湊』字是。《說文・水部》：『湊，水上人所會也。』又《車部》：『轂，輻所湊也。』『輳』乃俗體，當以作『湊』爲正。」雍案：《玉篇・車部》《廣韻・候韻》：「輳，輻輳也。」《集韻・候韻》：「輳，輻共轂也。」《鹽鐵論・雜論》：「四方輻輳。」張之象注引顏師古曰：「輳，聚也。言如車輻之聚於轂也。」《漢書・叔孫通傳》：「四方輻輳。」顏師古注：「輳，字或作『湊』。」《廣韻・候韻》：「輳，亦作『湊』。」《說文・水部》朱駿聲《通訓定聲》：「湊，字亦作『輳』。」《慧琳音義》卷十二「所湊」注：「湊，亦作『輳』。」

〔四〕**東方朔之難公孫**

《御覽》引無「朔」字；「難」作「謁」。雍案：難，乃「謁」之譌也。《御覽》所引是也。《漢書·公孫弘傳》：「武帝時，北築朔方，弘諫以爲罷弊中國。上使朱買臣等難弘置朔方之便，發十策，弘不得一。」《全漢文》載東方朔《與公孫弘借車書》：「東門先生居蓬戶空穴之中，而魏公子一朝以百騎尊寵之；呂望未嘗與文王同席而坐，一朝讓以天下半。大丈夫相知，何必撫塵而游，垂髮齊年，偃伏以日數哉！」

〔五〕**志氣槃桓**

槃，宋本、鈔本、倪本、喜多本《御覽》引作「盤」。《書記洞詮》同。楊明照《校注》云：「按以《頌讚篇》『盤桓乎數韻之辭』例之，作『盤』前後一律。」雍案：《説文》：「『盤』『槃』同字。」《詩·衛風·考槃》：「考槃在澗。」朱熹《集傳》：「槃，盤桓之意。」《玉篇·木部》：「槃，或作『盤』『鎜』。」《易·屯》象傳：「雖盤桓，志行正也。」李鼎祚《集解》引荀爽曰：「盤桓者，動而退也。」《文選·張衡〈西京賦〉》：「奎踽盤桓。」薛綜注：「盤桓，便旋也。」

〔六〕**迺少年之激切也**

切，宋本、鈔本、活字本、喜多本、鮑本《御覽》引作「昂」。楊明照《校注》云：「昂，古作『卬』，『切』乃『卬』之誤。」雍案：楊説也。古之「卬」「昂」，通用字也。《穀梁傳·昭公八年》：「卬車以其轅表門。」陸德明《釋文》：「卬，本又作『昂』。」《荀子·正名》：「顒顒卬卬。」楊倞注：「卬卬，志氣高朗也。」李富孫《詩經異文釋》卷十三引《釋訓》孫炎注：「卬卬，志氣高遠貌。」《晉書·趙至傳》：「至與（嵇）康子蕃友善，及將遠適，乃與蕃書敍離，并陳其志。」此謂趙至敍離之《與嵇茂齊書》，少年激昂。

〔七〕**故宜條暢以任氣**

條暢，黄叔琳校云：「《御覽》作『滌蕩』。」倪刻《御覽》作「條暢」。楊明照《校注》云：「按『滌蕩』與『條暢』同。《淮南子·泰族篇》『柎循其所有而滌蕩之』，《文子·道原篇》作『條暢』，是其證。」雍案：《讀書雜志·淮南内篇第二十》：「『柎循其所有而滌蕩之』。『滌蕩』與『條暢』同。」《説文·木部》朱駿聲《通訓定聲》：「條，叚借爲『滌』。」《禮記·樂記》：「感條暢之氣。」朱彬《訓纂》引王念孫曰：「條暢，讀爲『滌蕩』。」《文選·王褒〈洞簫賦〉》：「洞條暢而罕節兮。」李善注：「條暢，條直通暢也。」又《潘岳〈夏侯常侍誄〉》：「縱心條暢。」呂延濟注：「條暢，通達也。」又《王襃〈四子講德論〉》：「進者樂其條暢。」李周翰注：「條暢，猶通達也。」

〔八〕**而郡將奏牋**

奏牋，宋本、鈔本、喜多本《御覽》引作「奉牋」。雍案：奏牋，乃「奉牋」之譌也。《三國志·魏志·崔林傳》云：「……杖節統事州郡，莫不奉牋致敬。」

〔九〕**表識其情也**

表識，《御覽》引作「識表」。《文體明辨》二五、《書記洞詮》同。元本、弘治本、活字本、汪本、佘本、張本、兩京本、王批本、胡本、謝鈔本、訓故本並同。楊明照《校注》云：「按《說文》：『箋，表識書也。』此舍人所本。「箋」與「牋」正俗字當以作『表識』爲是。」雍案：表識，標記也。《漢書·王莽傳》：「初，京師聞青、徐賊衆數十萬人，訖無文號旌旗表識，咸怪異之。」《後漢書·桓帝紀》：「（建和三年詔）今京師廝舍，死者相枕，……若無親屬，可於官壖地葬之，表識姓名，爲設祠祭。」

〔一〇〕**崔實奏記於公府**

雍案：實，乃「寔」之譌。《札記》云：「崔寔奏記於公府，今無所考。公府蓋謂梁冀，寔嘗爲大將軍冀司馬也。」《後漢書・崔寔傳》：「辟太尉袁湯、大將軍梁冀府，并不應。」

〔一一〕**黄香奏牋於江夏**

奏，宋本、鈔本、倪本、喜多本《御覽》引作「奉」。雍案：奏牋，乃「奉牋」之譌也。此謂黄香奉牋於江夏太守，文辭極恭敬也。黄香奉牋原文散佚。《後漢書・黄香傳》云：「黄香，字文强，江夏安陸人也。……年十二，太守劉護聞而召之，署門下孝子，甚見受敬。」

〔一二〕**則有關刺解諜**

刺，何本、梅本、凌本、彙編本作「刺」。《書記洞詮》同。諜，元本、活字本、汪本、張本、兩京本、王批本作「牒」。《振綺類纂》二引同。郝懿行改「牒」。張紹仁校同。楊明照《校注》云：「按『刺』字誤，當依各本改爲『刺』，下同。『諜』亦當改『牒』，始能與下文『牒者，葉也。短簡編牒，……故短牒咨謀。牒之尤密』諸『牒』字一律。」雍案：《漢書・外戚傳下》：「其條刺使大長秋來白之。」顔師古注：「刺，謂書之於刺板也。」《陔餘叢考》卷三十：「古人通名，本用削木書字，漢時謂之謁，漢末謂之刺，漢以後則雖用紙，而仍相沿曰刺。」又引劉馮《事始》云：「古者削木以書姓名，故曰刺。」牒，薄之小簡也，編聯次之爲札疏。《説文・片部》段玉裁注：「厚者爲牘，薄者爲牒。牒之言枼也。」朱駿聲《通訓定聲》：「小簡曰牒，大簡曰册；薄者曰牒，厚者曰牘。」

〔一三〕**精觀書雲**

精，黄叔琳校云：「疑作『登』」。雍案：精，乃「登」之譌也。《中論・曆數篇》云：「人君親登觀臺以望氣，而書雲物爲備者也。」《左傳・僖公五年》：「朔，日南至。公既視朔，遂登觀臺以望，而書，禮也。凡分至啓閉，必書雲物，爲備故也。」《周禮・春官・保章氏》：「以五雲之物，辨吉凶水旱。」注：「物，色也。視日旁雲氣之色。」

〔一四〕**黄鐘調起**

鐘，弘治本、汪本、佘本、張本、兩京本、王批本、何本、王本、鄭藏鈔本、崇文本並作「鍾」。雍案：黄鍾，又作「黄鐘」。古樂十二律之一。《禮・月令》：「其日壬癸……其音羽，律中黄鍾。」注：「黄鍾者，律之始也。九寸，仲冬氣至則黄鍾之律應。」《莊子・盗跖》：「今將軍……脣如激丹，齒如齊貝，音中黄鐘，而名曰盗跖。」《説文・金部》：「鐘，樂鐘也。秋分之音，物穜成。」段玉裁注：「鐘，經傳多作『鍾』，叚借酒器字。」《集韻・鍾韻》：「鐘，通作『鍾』。」《玉篇・金部》《廣韻・鍾韻》：「鐘，大樂器也。」《爾雅・釋樂》：「大鐘，謂之鏞。」《文選・宋玉〈招魂〉》：「鏗鐘搖虡。」舊校：「鐘，五臣本作『鍾』。」

〔一五〕管仲下命如流水

命，黄叔琳校云：「一作『令』。」天啓梅本改「令」。冯舒云：「下命，當作『正令』。」楊明照《校注》云：「按作『令』始與《管子·牧民篇》及本段合。」雍案：楊説是也。《管子·牧民·士經》：「下令流水之源者，令順民心也。」《史記·管仲傳》：「故其稱曰：『……下令如流水之原，令順民心。』」又劉向《管子書録》：「故其書稱曰：『……下令猶流水之原，令順人心。』」

〔一六〕則券之楷也

楷，宋本、鈔本、活字本、喜多本《御覽》引作「諧」。岡本同。楊明照《校注》云：「按『諧』字是。《諧讔篇》云：『諧之言皆也，辭淺會俗，皆悦笑也。』釋此正合。『則券之諧』，謂子淵《僮約》（《僮約》有「髯奴便了」語，故稱僮約為髯奴（孫志祖《讀書脞録》卷七、朱亦棟《群書札記》卷十三並謂舍人所指為僮約）。爲俳諧之券文也。《南齊書·文學傳論》：『王褒僮約，束皙發蒙，滑稽之流。』亦可作爲旁證。」雍案：《玉篇·言部》《廣韻·皆韻》：「諧，調也。」《漢書·東方朔傳》：「上以朔口諧辭給，好作問之。」蓋「諧者」，詼諧也。

〔一七〕籛者，纖密者也

纖，黃叔琳校云：「一作『籛』。」元本、弘治本、活字本、汪本、佘本、張本、兩京本、王批本、何本、胡本、訓故本、萬曆梅本、凌本、合刻本、梁本、祕書本、謝鈔本、王本、鄭藏鈔本、崇文本並作「籛」。四庫本剜改「纖」。楊明照《校注》云：「按『籛』字非是。徐𤊹校『纖』、天啓梅本改『纖』，黃氏從之是也。《明詩篇》『不求纖密之巧』，《詮賦篇》『言務纖密』，《指瑕篇》『或精思以纖密』，並以『纖密』連文，可證。」雍案：《集韻·鹽韻》：「纖，通作『籛』。」《方言》卷二：「纖，小也。」錢繹《箋疏》：「籛、櫼、摻、攕、纖，並聲近義同。」

〔一八〕先賢表謚

謚，元本、弘治本、汪本、佘本、張本、兩京本、王批本、何本、梅本、合刻本、梁本、祕書本、尚古本、岡本、王本、張松孫本、鄭藏鈔本、崇文本並作「諡」。《廣博物志》《書記洞詮》《文通》十八引同。楊明照《校注》云：「按『謚』字是。前《議對篇》『秦秀定賈充之謚』，黃本亦誤『諡』。裴松之《三國志注》屢引諸家先賢行狀」雍案：《廣韻·至韻》：「(諡)，《說文》作『謚』。」《爾雅·釋詁上》：「謚，靜也。」郝懿行《義疏》：「『謚』乃『諡』之俗體。」又云：「謚，今本《說文》作『諡』。」《釋名·釋典藝》：「謚，曳也。」畢沅《疏證》：「今《說文》『謚』作『諡』。」

〔一九〕**囊滿儲中**

滿，黃叔琳校云：「汪本作『漏』。」雍案：滿，乃「漏」之譌也。此謂囊漏儲中，遺小而存大也。事見《賈子新書·春秋篇》。《新序·刺奢篇》云：「周諺曰：『囊漏貯中。』」《宋書·范泰傳》云：「泰又諫曰：『……故囊漏貯中，識者不吝。』」

〔二〇〕**太誓曰：古人有言，牝雞無晨**

雍案：太，乃「牧」之譌也。《尚書·牧誓》：「王曰：『古人有言：牝雞無晨。牝雞之晨，惟家之索。』」可證。

神思第二十六

古人云：「形在江海之上，心存魏闕之下。」神思之謂也。文之思也，其神遠矣。故寂然凝慮，思接千載，悄焉動容，視通萬里；吟詠之間，吐納珠玉之聲，眉睫之前，卷舒風雲之色：其思理之致乎？故思理爲妙，神與物遊，神居胸臆，而志氣統其關鍵；物沿耳目，而辭令管其樞機。樞機方通，則物無隱貌；關鍵將塞，則神有遯心。是以陶鈞文思，貴在虛靜，疏瀹五藏，澡雪精神；積學以儲寶，酌理以富才，研閱以窮照，馴致以懌辭〔一〕；然後使元解之宰〔二〕，尋聲律而定墨；獨照之匠，闚意象而運斤：此蓋馭文之首術，謀篇之大端。

夫神思方運，萬塗競萌，規矩虛位，刻鏤無形；登山則情滿於山，觀海則意溢於海，我才之多少，將與風雲而並驅矣。方其搦翰，氣倍辭前；暨乎篇成，半折心始。何則？意翻空而易奇，言徵實而難巧也。是以意授於思，言授於意；密則無際，疏則千里；或理在方寸，而求之域表；或義在咫尺〔三〕，而思隔山河。是以秉心養術，無務苦慮；含章司契，不必勞情也。

人之稟才，遲速異分；文之制體，大小殊功。相如含筆而腐毫，揚雄輟翰而驚夢，桓譚疾感於苦思，王充氣竭於思慮，張衡研京以十年，左思練都以一紀，雖有巨文，亦思之緩也。淮南崇朝而賦騷，枚皋應詔而成賦，子建援牘如口誦，仲宣舉筆似宿構〔四〕，阮瑀據案而制書〔五〕，禰衡當食而草奏，雖有短篇，亦思之速也。若夫駿發之士，心總要術，敏在慮前，應機立斷；覃思之人，情饒歧路〔六〕，鑒在疑後，研慮方定。機敏故造次而成功，慮疑故愈久而致績。難易雖殊，並資博練。若學淺而空遲，才疏而徒速，以斯成器，未之前聞。是以臨篇綴慮，必有二患：理鬱者苦貧，辭溺者傷亂。然則博見爲饋貧之糧，貫一爲拯亂之藥，博而能一，亦有助乎心力矣。

若情數詭雜，體變遷貿，拙辭或孕於巧義，庸事或萌於新意，視布於麻，雖云未費，杼軸獻功〔七〕，煥然乃珍。至於思表纖旨，文外曲致，言所不追，筆固知止；至精而後闡其妙，至變而後通其數，伊摯不能言鼎，輪扁不能語斤，其微矣乎！

贊曰：神用象通，情變所孕。物以貌求，心以理應。刻鏤聲律，萌芽比興。結慮司契，垂帷制勝。

〔一〕馴致以懌辭

懌，黃叔琳校云：「一作『繹』。」天啓梅本改「繹」。元本、弘治本、活字本、汪本、佘本、張本、兩京本、王批本、胡本、訓故本、四庫本並作「繹」。《喻林》八八、《稗編》七五、湯紹祖《續文選》二七、胡震亨《續文選》十二、《文儷》十三同。雍案：《易・坤》象辭：「履霜堅冰，陰始凝也；馴致其道，至堅冰也。」孔疏：「馴，猶狎順也。若鳥獸馴狎然。言順其陰柔之道，習而不已，乃至堅冰也。」《方言》六：「繹，尋繹也。」《詩・周頌・賚》：「敷時繹思。」朱熹《集傳》：「繹，尋繹也。」《論語・子罕》：「繹之爲貴。」陸德明《釋文》引馬云：「繹，尋繹也。」《文選・王褒〈四子講德論〉》：「於是文繹復集。」李善注引馬融《論語注》：「繹，尋繹也。」《漢書・黃霸傳》：「語次尋繹。」顏師古注：「繹，謂抽引而出也。」蓋「馴致以繹辭」，乃謂順思致或情致以尋繹文辭也。

〔二〕然後使元解之宰

元，各本皆作「玄」。雍案：元，諱「玄」而改也。「玄解者」，玄了也。乃墨識而深徹了解也。其宰者，主宰也。《莊子・齊物論》：「若有真宰，而特不得其眹。」《荀子・正名》：「心也者，道之工宰也。」《申鑒・雜言下》：「幽深謂之玄。」《呂氏春秋・精通》：「萬民之宰也。」高誘注：「宰，主也。」《淮南子・原道》：「成化像而弗宰。」高誘注：「宰，主也。」《文選・江淹〈雜體詩三十首〉》：「直置忘所宰。」李善注引《淮南子》高誘注：「宰，主也。」

〔三〕或義在咫尺

義，《文體明辨總論》《藝苑卮言》引作「議」。楊明照《校注》云：「按『議』字非是。此云『義』，上云『理』，相互爲文。」雍案：楊氏所云是也。「義」與「議」，古用作議論，始相通假。《讀書雜志・荀子第一・不苟》：「韓子《揚榷篇》：『上不與義之。』《東周策》：『秦王不聽群臣父兄之義。』《淮南・泰族篇》：『刺幾辯義。』『義』並與『議』同。」《莊子・齊物論》：「有倫有義。」陸德明《釋文》：「崔本作『有倫有議。』」《漢書雜志・漢書第十・竇田灌韓傳》：「《史記・留侯世家》：『義不爲漢臣。』《新序・善謀篇》作『議』。《司馬相如傳》：『義不反顧。』《酷吏傳》：『義不受刑。』《漢書》並作『議』。」

〔四〕仲宣舉筆似宿搆

雍案：搆，詳訓見《雜文篇》「腴辭雲搆」。

〔五〕阮瑀據案而制書

案，梅慶生云：「疑作『鞍』。」吳翌鳳、顧廣圻說同。訓故本作「鞌」。楊明照《校注》云：「按『鞌』字是。《典略》：『太祖嘗使瑀作書與韓遂。時太祖適近出，瑀隨從，因於馬上具草。書成，呈之。太祖擥筆欲有所定，而竟不能增損。』」《三國志・魏書・王粲傳》裴注、《書鈔》六九又一百三、《類聚》五八、《御覽》五九五引《金樓子》：「劉備叛走，曹操使阮瑀爲書與備，馬上立成。」《御覽》六百引「馬上具草」「馬上立成」，即「據鞌制書」之謂。」雍案：楊氏所云是也。《說文・革部》：「鞌，馬鞁具也。从革从安。」段玉裁注：「鞌，此爲跨馬設也。」《玉篇・革部》：「鞌，亦作『鞍』。」《慧琳音義》卷四四「鞌勒」注引《考聲》云：「鞌，馬鞌。」

〔六〕情饒歧路

歧，元本、弘治本、汪本、佘本、張本、兩京本、王批本、何本、梅本、凌本、合刻本、梁本、祕書本、彙編本、別解本、清謹軒本、尚古本、岡本、四庫本、王本、張松孫本、鄭藏鈔本並作「岐」。《稗編》、湯氏《續文選》、胡氏《續文選》《文儷》《文通》二一、《四六法海》十、《賦略緒言》同。楊明照《校注》云：「按《爾雅・釋宮》：『二達謂之岐旁。』郭注：『岐道旁出也。』《釋名・釋道》：『二達曰岐旁；物兩爲岐，在邊曰旁。』《列子・說符篇》：『楊子之鄰人亡羊，既率其黨，又請楊子之豎追之。楊子曰：嘻！亡一羊，何追者之衆？鄰人曰：多岐路。』是『岐路』字原作『歧』。諸本是也。」雍案：此楊氏未訓也。「歧」與「岐」，古相通用，音義相同。《廣韻·支韻》：「歧，歧路也。」《爾雅·釋宮》：「二達謂之歧旁。」郭璞注：「歧，道旁出也。」郝懿行《義疏》：「歧，猶枝也，物別生曰枝，道別出曰歧。」《文選·陸機〈長安有狹邪行〉》：「伊洛有歧路。」李善注引《爾雅》郭璞注：「歧，道旁出也。」《中說·立命》：「我未見處歧路而不遲迴者。」阮逸注：「路分二曰歧。」《玉篇·止部》：「歧，歧路也。」《慧琳音義》卷九三「歧嶷」注引《韻英》云：「歧，歧路也。」

〔七〕杼軸獻功

軸，《類要》引作「柚」。楊明照《校注》云：「按《詩·小雅·大東》：『杼柚其空。』舍人作『軸』，從別本也。『杼軸』，已詳《書記篇》『並杼軸乎尺素』句注。」雍案：杼軸，與「杼柚」古相通用。《廣韻·屋韻》：「柚，杼柚，機具。」又云：「柚，亦通作『軸』。」《類篇·木部》：「柚，杼柚，織也。」《說文·木部》徐鍇《繫傳》：「柚，亦用爲杼柚字。」朱駿聲《通訓定聲》：「柚，叚借爲『軸』。」《詩·小雅·大東》：「杼柚其空。」陸德明《釋文》：「柚，本又作『軸』。」《玉篇·車部》：「軸，杼木作軸也。」《說文·車部》段玉裁注：「軸，引伸爲凡機樞之稱。」《慧琳音義》卷八十「衮軸」注引《方言》云：「軸，杼軸也。」

體性第二十七

夫情動而言形，理發而文見，蓋沿隱以至顯，因内而符外者也。然才有庸儁，氣有剛柔，學有淺深，習有雅鄭，並情性所鑠[一]，陶染所凝，是以筆區雲譎，文苑波詭者矣。故辭理庸儁，莫能翻其才；風趣剛柔，寧或改其氣；事義淺深，未聞乖其學；體式雅鄭，鮮有反其習：各師成心，其異如面。

若總其歸塗，則數窮八體：一曰典雅，二曰遠奥，三曰精約，四曰顯附，五曰繁縟，六曰壯麗，七曰新奇，八曰輕靡。典雅者，鎔式經誥，方軌儒門者也。遠奥者，馥采典文[二]，經理元宗者也[三]。精約者，覈字省句，剖析毫釐者也。顯附者，辭直義暢，切理厭心者也。繁縟者，博喻釀采[四]，煒燁枝派者也。壯麗者，高論宏裁，卓爍異采者也[五]。新奇者，擯古競今，危側趣詭者也。輕靡者，浮文弱植，縹緲附俗者也。故雅與奇反，奥與顯殊，繁與約舛，壯與輕乖，文辭根葉，苑囿其中矣。

若夫八體屢遷，功以學成，才力居中，肇自血氣；氣以實志，志以定言，吐納英華，莫非情性。是以賈生俊發，故文潔而體清；長卿傲誕，故理侈而辭溢；子雲沈寂，故志隱而味深；子政簡易，故趣昭而事博；孟堅雅懿，故裁密而思靡；平子淹通，故慮周而藻密；仲宣躁鋭〔六〕，故穎出而才果；公幹氣褊〔七〕，故言壯而情駭；嗣宗俶儻，故響逸而調遠；叔夜儁俠，故興高而采烈；安仁輕敏，故鋒發而韻流；士衡矜重，故情繁而辭隱。觸類以推，表裏必符，豈非自然之恒資，才氣之大略哉！

夫才有天資，學慎始習，斲梓染絲，功在初化，器成綵定，難可翻移。故童子雕琢〔八〕，必先雅製，沿根討葉，思轉自圓，八體雖殊，會通合數，得其環中，則輻輳相成〔九〕。故宜摹體以定習，因性以練才，文之司南，用此道也。

贊曰：才性異區，文辭繁詭〔一〇〕。辭爲膚根〔一一〕，志實骨髓。雅麗黼黻，淫巧朱紫。習亦凝真，功沿漸靡。

〔一〕**並情性所鑠**

鑠，元本、弘治本、活字本、汪本、佘本、張本、兩京本、王批本、胡本、訓故本、梁本、四庫本並作「爍」。楊明照《校注》云：「按《孟子·告子上》：『仁義禮智，非由外鑠我也，我固有之也。』趙注：『仁義禮智，人皆有其端，懷之於內，非從外消鑠我也。』此『鑠』字義當與之同。作

『爍』非。」雍案：「鑠」與「爍」，古相通用。《說文・金部》朱駿聲《通訓定聲》：「鑠，字亦作『爍』。」《文選・馬融〈長笛賦〉》：「或鑠金礱石。」李善注：「『鑠』與『爍』同。」《廣雅・釋詁三》：「鑠，磨也。」王念孫《疏證》：「《考工記》云：『爍金以爲刃。』『爍』與『鑠』通。」《周禮・考工記序》：「爍金以爲刃。」陸德明《釋文》：「爍，義當作『鑠』。」孫詒讓《正義》：「爍，即『鑠』之俗。」

〔二〕**馥采典文**

楊明照《校注》云：「按以《原道篇》『符采複隱』、《練字篇》『複文隱訓』、《隱秀篇》『隱以複意爲工』、《總術篇》『奥者複隱』例之，『馥』當作『複』，始合。《文心》全書中僅此處用一『馥』字，殊為可疑。與文意亦不合。」雍案：「馥采」不文，楊氏所云是。複，重也。蓋辭采重疊謂之「複采。」《廣雅・釋詁四》：「複，重也。」《慧琳音義》卷九一「繁複」注：「複，重重累有也。」《廣韻・宥韻》：「複，重複。」

〔三〕**經理元宗者也**

元，元本、弘治本、活字本、汪本、佘本、張本、兩京本、王批本、何本、梅本、凌本、合刻本、梁本、祕書本、謝鈔本、別解本、清謹軒本、尚古本、岡本、四庫本、崇文本並作「玄」。《文通》引同。楊明照《校注》云：「按『玄』字是。《文選・王儉〈褚淵碑文〉》：『眇眇玄宗。』《江文通文集・張令爲太常領國子祭酒詔》：『必能闡揚玄宗。』《詩品》中：『（郭璞詩）但遊仙之作，辭多慷慨，乖遠玄宗。』《顔氏家訓・勉學篇》：『何晏王弼，祖述玄宗。』並其證。」雍案：楊説是也。玄宗，謂宗教之玄理也。

〔四〕**博喻釀采**

雍案：釀，乃「醲」之形譌也。用「醲」乃與下文偶，且始合文意。《廣雅・釋詁》：「醲，厚也。」「博喻醲采」，謂廣曉厚采也。《禮記・學記》：「能博喻，然後能爲師。」孔疏：「博喻，廣曉也。」黄侃《札記》云：「辭采紛披，意義稠複，皆入此類。若枚乘《七發》、劉峻《辨命論》之流是也。」

〔五〕**卓爍異采者也**

爍，活字本、謝鈔本作「鑠」，張紹仁校「鑠。」楊明照《校注》云：「按作『鑠』非是。『卓』疑『焯』之誤。《文選・揚雄〈羽獵賦〉》：『隋珠和氏，焯爍其陂。』李注：「焯，古『灼』字。」《漢書・揚雄傳上》顔注：「焯爍，光貌。」《左思・蜀都賦》：『符采彪炳，暉麗灼爍。』劉注：「灼爍，豔色也。」嵇康《琴賦》：『華容灼爍，發采揚明。』《古文苑・宋玉〈舞賦〉》：『珠翠灼爍而照曜兮。』章

注：「灼爍，鮮明皃。」張衡《觀舞賦》：『光灼爍以發揚。』並其證。」雍案：《漢書·揚雄傳上》：「焯爍其陂。」顏師古注：「焯，古『灼』字。焯爍，光皃。」《太玄·童》：「焯于龜資。」司馬光《集注》：「焯，與『灼』同。」「爍」與「鑠」，古相通。《説文·金部》朱駿聲《通訓定聲》：「鑠，字亦作『爍』。」《玄應音義》卷七「鑠如」注：「鑠，閃鑠也。」《文選·顏延之〈宋文皇帝元皇后哀策文〉》：「圓精初鑠。」李善注：「鑠，言光明也。」

〔六〕**仲宣躁銳**

楊明照《校注》謂「『銳』疑『競』之誤」。雍案：「躁銳」不文。銳，乃「競」之譌也。《三國志·魏志·杜襲傳》：「魏國既建，爲侍中，與王粲、和洽並用。粲彊識博聞，故太祖游觀出入，多得驂乘；至其見敬，不及洽、襲。襲嘗獨見，至於夜半。粲性躁競，起坐曰：『不知公對杜襲道何等也？』洽笑答曰：『天下事豈有盡邪！卿晝侍可矣。悒悒於此，欲兼之乎？』」據此，則『銳』應作『競』必矣。《嵇中散集·養生論》：「今以躁競之心，涉希靜之塗。」《抱朴子外篇·嘉遯》：「標退靜以抑躁競之俗。」《顏氏家訓·省事篇》：「世見躁競得官者，便謂弗索何獲。」《隋書·劉炫傳》：「炫性躁競。」並可證也。

〔七〕公幹氣褊

雍案：褊，乃「偏」之譌也。《文選·謝靈運〈擬鄴中詩集序〉》云：「楨卓犖偏人，而文最有氣，所得頗經奇。」潘勗《玄達賦》：「匪偏人之自躂，訴諸衷於來哲。」李周翰注：「偏人，謂文才偏美於人。」

〔八〕故童子雕瑑

瑑，元本、弘治本、活字本、汪本、佘本、張本、兩京本、何本、梅本、凌本、合刻本、梁本、祕書本、謝鈔本、彙編本、別解本、清謹軒本、尚古本、岡本、四庫本、王本、張松孫本、鄭藏鈔本、崇文本並作「琢」。《喻林》九十、《文通》引同。楊明照《校注》云：「按『瑑』『琢』二字本通，然以《原道篇》『雕琢情性』及《情采篇》『雕琢其章』例之，當以作『琢』爲是。《漢書·司馬遷傳》：「（報任安書）今雖欲彫瑑曼辭以自解。」顔注：「瑑，刻也。音篆。」」雍案：《列子·黄帝》：「雕瑑復朴。」殷敬順《釋文》：「瑑，本作『琢』。」《漢書·揚雄傳下》：「除彫瑑之巧。」顔師古注：「瑑，刻鏤也。」《王吉傳》：「古者工不造琱瑑。」顔師古注：「瑑者，刻鏤爲文。」

〔九〕**則輻輳相成**

輳，元本、弘治本、汪本、兩京本、訓故本、四庫本並作「湊」。楊明照《校注》云：「按『湊』字是。」雍案：「輳」與「湊」，古相通用，音義亦同。其訓已詳《書記篇》條。

〔一〇〕**文辭繁詭**

辭，馮舒校「體」。雍案：辭，乃「體」之譌也。舍人此謂文之體裁繁雜多變也。體，體裁也。《文選·沈約〈宋書謝靈運傳論〉》：「延年之體裁明密。」李善注：「體裁，制也。」

〔一一〕**辭為膚根**

雍案：楊明照《校注》謂「膚根」似當作「肌膚」始合，極是。膚根，乃「肌膚」之譌也。《淮南子·原道》云：「不浸於肌膚，不浹於骨髓。」《漢書·禮樂志》云：「夫樂本情性，浹於肌膚而藏於骨髓。」並可證也。

風骨第二十八

詩總六義，風冠其首，斯乃化感之本源，志氣之符契也。是以怊悵述情，必始乎風，沈吟鋪辭，莫先於骨。故辭之待骨，如體之樹骸；情之含風，猶形之包氣。結言端直，則文骨成焉；意氣駿爽，則文風清焉。若豐藻克贍，風骨不飛，則振采失鮮，負聲無力。是以綴慮裁篇，務盈守氣，剛健既實，輝光乃新，其爲文用，譬征鳥之使翼也。故練於骨者，析辭必精；深乎風者，述情必顯。捶字堅而難移，結響凝而不滯，此風骨之力也。若瘠義肥辭，繁雜失統，則無骨之徵也；思不環周，索莫乏氣〔一〕，則無風之驗也。昔潘勗錫魏，思摹經典，群才韜筆，乃其骨髓峻也〔二〕；相如賦仙，氣號凌雲，蔚爲辭宗，迺其風力遒也。能鑒斯要，可以定文，茲術或違，無務繁采。

故魏文稱文以氣爲主，氣之清濁有體，不可力強而致。故其論孔融，則云體氣高妙；論徐幹，則云時有齊氣；論劉楨，則云有逸氣。公幹亦云：孔氏卓卓，信含異氣，筆墨之性，殆不可勝。並重氣之旨也。夫翬翟備色，而翾翥百步〔三〕，肌豐而力沈也；鷹隼乏采，而翰飛戾天，骨勁而氣猛也。文章才力，有似於此。若風骨乏采，則鷙集翰林，采乏風骨，則雉竄文囿。唯藻耀而高翔，固文筆之鳴鳳也。

若夫鎔鑄經典之範〔四〕，翔集子史之術，洞曉情變，曲昭文體，然後能孚甲新意〔五〕，雕畫奇辭。昭體故意新而不亂，曉變故辭奇而不黷。若骨采未圓，風辭未練，而跨略舊規，馳騖新作，雖獲巧意，危敗亦多。豈空結奇字，紕繆而成經矣〔六〕。周書云：辭尚體要，弗惟好異。蓋防文濫也。然文術多門，各適所好，明者弗授，學者弗師，於是習華隨侈，流遁忘反〔七〕。若能確乎正式，使文明以健，則風清骨峻，篇體光華。能研諸慮，何遠之有哉！

贊曰：情與氣偕，辭共體並。文明以健，珪璋乃騁〔八〕。蔚彼風力，嚴此骨鯁。才鋒峻立，符采克炳。

〔一〕**索莫乏氣**

莫，黃叔琳校云：「元作『課』，楊改。」何焯云：「疑是『牽課』。」楊明照《校注》云：「按作『牽課』是。《養氣篇》『非牽課才外也』，正以『牽課』連文。『索』即『牽』之形誤。《宋書·孝武帝紀》：『（大明二年詔）勿使牽課虛懸。』又《謝莊傳》：『（與江夏王義恭牋）牽課尪瘵。』《梁書·徐勉傳》：「（誡子崧書）牽課奉公，略不克舉。」《徐孝穆集》七《答族人梁東海太守長孺書》：「牽課疲朽，不無辭製。」《出三藏記集序》：「于是牽課羸恙，沿波討源。」《廣弘明集·蕭繹內典碑銘集林序》：「或首尾倫帖，事似牽課。」是「牽課」二字，爲南朝常語。雍案：牽課，牽率也。《文選·沈約〈和謝宣城〉》：「牽拙謬東汜。」李善注：「牽拙，牽率庸拙也。」《文選·陸機〈文賦〉》：「課虛無以責有。」李周翰注：「課，率也。」《集韻·戈韻》：「課，率也。」

〔二〕乃其骨髓峻也

峻，何本、凌本、合刻本、梁本、別解本、尚古本、岡本、王本、鄭藏鈔本、崇文本並作「駿」。翰墨園本作「畯」。思賢講舍本同。楊明照《校注》云：「按以篇末『則風清骨峻』驗之，『駿』『畯』並非。又按『髓』當作『骾』。『峻』固可訓爲大，《禮記·大學》鄭注但骨可言大，而髓則不能言大；雖亦可訓爲美，《淮南子·覽冥篇》高注然止言骨髓之美，則又未盡『結言端直』之義。其應作『骾』，必矣。贊中有『嚴此骨鯁與「骾」通』語，尤爲切證。《附會篇》『事義爲骨髓』，《御覽》五八五引作『骨骾』。是『骾』『髓』二字易淆之例。」雍案：「峻」與「駿」，古相通用。《集韻·稕韻》：「峻，通作『駿』。」《大學》：「峻命不易。」朱熹《章句》：「峻，《詩》作『駿』。」《三家詩異文疏證補遺·韓詩·崧高》：「峻極于天。」馮登府《疏證》：「峻，毛作『駿』。」

〔三〕**而翾翥百步**

翾，宋本、鈔本《御覽》五八五引作「翱」。倪本、活字本、鮑本《御覽》作「翔」。楊明照《校注》云：「按《說文·羽部》：『翾，小飛也。』詁此正合。『翱』『翔』二字皆非。」雍案：楊說是也。《玉篇·羽部》：「翾，小飛皃也。」《慧琳音義》卷九六「翾飛」注引《考聲》：「翾，小飛皃也。」《廣韻·仙韻》《類篇·羽部》：「翾，小飛也。」《楚辭·九歌·東君》：「翾飛兮翠曾。」洪興祖《補注》：「翾，小飛也。」朱熹《集注》：「翾，小飛輕揚之貌。」《荀子·不苟》：「喜則輕而翾。」楊倞注：「翾，小飛也。」《文選·張衡〈思玄賦〉》：「翾鳥舉而魚躍兮。」張銑注：「翾，輕飛也。」

〔四〕**若夫鎔鑄經典之範**

鑄，黄叔琳校云：「一作『冶』。」何焯校作「冶」。元本、弘治本、活字本、汪本、佘本、張本、兩京本、胡本、訓故本、謝鈔本、四庫本並作「冶」。《辭學指南》《金石例》《文斷》《喻林》引同。雍案：「鑄」與「冶」，義同。《國語·齊語》：「美金以鑄劍戟。」韋昭注：「鑄，冶也。」《說文·仌部》：「冶，銷也。从仌，台聲。」段玉裁注：「鑪鑄亦曰冶。」《希麟音義》卷三「鍊冶」注引《切韻》：「冶，銷金也。」《慧琳音義》卷一百「融冶」注引《說文》：「冶，銷金鑄也。」又卷九一

「鎔冶」注引《考工記》：「冶，攻金之工也。」

〔五〕**然後能孚甲新意**

孚，何焯校作「莩」。黄叔琳校云：「汪作『莩』。」元本、弘治本、活字本、佘本、張本、兩京本、何本、胡本、訓故本、合刻本、梁本、謝鈔本、別解本、清謹軒本、尚古本、岡本、四庫本、王本、鄭藏鈔本、崇文本，並作「莩」。《辭學指南》《金石例》《文斷》《喻林》引同。雍案：孚甲，與「莩甲」通，義亦同也。《釋名·釋天》：「甲，孚甲也，萬物解孚甲而生也。」《易·解》彖辭：「百果草木皆莩甲開坼。」《詩·小雅·大田》：「既方既草。」鄭玄《箋》：「方，房也；謂孚甲始生而未合時也。」疏：「孚者，米外之粟皮，……甲者，以在米外，若鎧甲之在人表。」《禮·月令·孟春之月》：「其日甲乙。」鄭玄注：「……時萬物皆解孚甲，自抽軋而出，因以爲日名焉。」《後漢書·章帝紀》：「方春生養，萬物莩甲，宜助萌陽，以育時物。」李賢注引《前書音義》曰：「『莩，葉裏白皮也。』《易》曰：『百果甲坼也。』」

〔六〕**紕繆而成經矣**

經，元本、弘治本、活字本、汪本、張甲本、兩京本、何本、胡本、訓故本、梅本、凌本、合刻本、梁本、祕書本、謝鈔本、彙編本、別解本、尚古本、岡本、王本、鄭藏鈔本並作「輕」。《文通》

《四六法海》《諸子彙函》同。何焯改「經」。范文瀾云：「『經』字不誤，經，常也，言不可爲常道。『矣』字疑當作『乎』。」楊明照《校注》云：「按『輕』字是，『經』則非也。『空結奇字，紕繆成輕』，殆即《體性篇》所斥『輕靡』之『輕』。『矣』字亦未誤。此文句式，與《序志篇》『豈取騶奭之群言雕龍也』同。豈，猶其也。見《經傳釋詞》卷五尋繹文意，實非疑問語氣。」雍案：楊云「輕」字是也。輕，輕佻而失據也。《荀子·不苟》：「喜則輕而翾。」楊倞注：「輕，謂輕佻失據。」蓋舍人用「輕」字，乃接續前之「翾」也。《老子》第二十六章云：「輕則失本。」

〔七〕流遁忘反

徐𤇍云：「『遁』疑『蕩』字。」楊明照《校注》云：「按《後漢書·張衡傳》：『衡因上疏陳事曰：「……夫情勝其性，流遯與「遁」通忘反。」』《晉書·隱逸·戴逵傳》：『（放達爲非道論）則流遁忘反，爲風波之行。』《文選·張衡〈東京賦〉》：『若乃流遁忘反，放心不覺。』是『遁』字不誤。徐說非。」雍案：楊云「遁」字是。《廣韻·慁韻》：「遁，去也。」《文選·張衡〈東京賦〉》：「若乃流遁忘反。」李善注：「遁，去也。」《淮南子·原道》：「淖溺流遁。」高誘注：「遁，逸也。」《文選·應璩〈與從弟君苗君胄書〉》：「楚人流遁於京臺。」李周翰注：「遁，遊也。」

〔八〕**珪璋乃騁**

騁，元本、弘治本、活字本、汪本、佘本、張本、兩京本、王批本、胡本、訓故本、謝鈔本、文津本作「聘」。雍案：騁，乃「聘」之譌也。《斠詮》云：「……文章之情辭朗麗而氣體雅健者，則如持有珪璋美玉具備高貴品德之君子，乃可馳譽文壇也。」將「聘」詮爲「騁」，所詮無據，非彥和本旨。《禮記・聘義》：「以珪璋聘，重禮也。……珪璋特達，德也。」鄭注：「特達，謂以朝聘也。」孔疏：「行聘之時，唯執珪璋特得通達。」

通變第二十九

夫設文之體有常，變文之數無方，何以明其然耶〔一〕？凡詩賦書記，名理相因，此有常之體也；文辭氣力，通變則久，此無方之數也。名理有常，體必資於故實〔二〕；通變無方，數必酌於新聲。故能騁無窮之路，飲不竭之源。然綆短者銜渴，足疲者輟塗，非文理之數盡，乃通變之術疏耳。故論文之方，譬諸草木，根幹麗土而同性，臭味晞陽而異品矣。

是以九代詠歌，志合文則。黄歌斷竹，質之至也；唐歌在昔，則廣於黄世；虞歌卿雲，則文於唐時；夏歌雕牆〔三〕，縟於虞代；商周篇什，麗於夏年。至於序志述時，其揆一也。暨楚之騷文，矩式周人；漢之賦頌，影寫楚世；魏之策制〔四〕，顧慕漢風；晉之辭章，瞻望魏采。搉而論之〔五〕，則黄唐淳而質，虞夏質而辨，商周麗而雅，楚漢侈而豔，魏晉淺而綺〔六〕，宋初訛而新。從質及訛，彌近彌澹。何則？競今疏古，風味氣衰也〔七〕。今才穎之士，刻意學文，多略漢篇，師範宋集，雖古今備閱，然近附而遠疏矣。

夫青生於藍，絳生於蒨，雖踰本色，不能復化。桓君山云：予見新進麗文，美而無採；及見劉揚言辭，常輒有得。此其驗也。故練青濯絳〔八〕，必歸藍蒨；矯訛翻淺，還宗經誥。斯斟酌乎質文之間，而隱括乎雅俗之際〔九〕，可與言通變矣。

夫誇張聲貌，則漢初已極，自兹厥後，循環相因，雖軒翥出轍，而終入籠內。枚乘七發云：通望兮東海，虹洞兮蒼天。相如上林云：視之無端，察之無涯，日出東沼，月生西陂。馬融廣成云：天地虹洞，固無端涯，大明出東，月生西陂〔一〇〕。揚雄校獵云：出入日月，天與地沓〔一一〕。張衡西京云：日月於是乎出入，象扶桑於濛汜。此並廣寓極狀，而五家如一。諸如此類，莫不相循，參伍因革，通變之數也。

是以規略文統，宜宏大體，先博覽以精閱，總綱紀而攝契；然後拓衢路，置關鍵，長轡遠馭，從容按節，憑情以會通，負氣以適變，采如宛虹之奮鬐，光若長離之振翼〔一二〕，迺穎脫之文矣。若乃齷齪於偏解，矜激乎一致，此庭間之迴驟，豈萬里之逸步哉！

贊曰：文律運周，日新其業。變則其久〔一三〕，通則不乏。趨時必果，乘機無怯〔一四〕。望今制奇，參古定法。

〔一〕**何以明其然邪**

明，兩京本、胡本作「知」。楊明照《校注》云：「按『知』字是。」雍案：《墨子·尚同篇》：「何以知其然也？」《淮南子·人間篇》：「何以知其然也？」《莊子·胠篋篇》：「何以知其然邪？」蓋舍人所本有自。《穀梁傳·隱公三年》：「知其不可知，知也。」《莊子·外物》：「心徹爲知。」《墨子·經説上》：「知也者，所以知也。」《荀子·正名》：「所以知之在人者，謂之知；知有所合，謂之智。」

〔二〕**體必資於故實**

雍案：資，古與「咨」通。《廣雅·釋詁二》：「資，問也。」王念孫《疏證補正》：「『咨』『資』古通用。」《爾雅·釋詁下》：「咨，嗟也。」郝懿行《義疏》：「咨，又通作『資』。」《易·萃》：「齎咨涕洟。」李富孫《易經異文釋》：「集解本作『齎資』。晁氏易云：『陸希聲作「資」，財也。』」《經籍纂詁·支韻補遺》：「《尚書》『小民惟曰怨咨』，《禮記·緇衣》作『小民惟曰怨資』。」《國語·周語上》有「賦事行刑，必問於遺訓而咨於故實」。

〔三〕夏歌雕牆

雕，《玉海》一百六引作「彫」。楊明照《校注》云：「按作『彫』」與《書（僞）·五子之歌》合。雍案：「彫」字是。《左傳·宣公二年》：「厚斂以彫牆。」杜預注：「彫，畫也。」又見於《史記·晉世家》：「厚斂以彫牆。」裴駰《集解》引賈逵曰：「彫，畫也。」

〔四〕魏之策制

策，黄叔琳校云：「元作『薦』，許無念改。一本作『篇』。楊明照《校注》云：「按萬曆梅本作『策』，有校語云：『元作「薦」，許無念改。』凌本、祕書本同天啓梅本作『篇』，亦有校語云：『元作「薦」，許無念改。』張松孫本同是許乃改『薦』爲『篇』，非改作『策』也。作「策」蓋梅氏萬曆刻本之誤此當以作『篇』爲是。《明詩篇》：『江左篇製，溺乎玄風。』語式與此同，可證。其作『薦』者，乃『篇』之形誤。《樂府篇》：『河間薦雅而罕御。』唐寫本又誤『薦』爲『篇』。」雍案：《說文·竹部》：「篇，書也。」朱駿聲《通訓定聲》：「篇，謂書于簡册可編者也。」《玉篇·竹部》《廣韻·仙韻》：「篇，篇什也。」蓋篇翰之制，謂之篇制也。

〔五〕**推而論之**

推，元本、弘治本、汪本、佘本、張本、兩京本、王批本、何本、胡本、梅本、凌本、合刻本、梁本、祕書本、謝鈔本、彙編本、别解本、尚古本、岡本、四庫本、王本、張松孫本、鄭藏鈔本並作「確」。《詩紀别集》一引同。楊明照《校注》云：「按諸本非是。推，揚榷也。」雍案：楊氏所云是也。《説文·手部》朱駿聲《通訓定聲》：「揚榷，約略大凡之意，猶云大較也。」《廣雅·釋訓》：「揚榷，都凡也。」王念孫《疏證》：「左思《魏都賦》：『推惟庸蜀與鴝鵲同窠，句吳與鼃黽同穴。』『推惟』者，發凡之辭，猶言大氐耳。」李善注引許慎《淮南子注》：「推，揚榷，略也。」

〔六〕**魏晉淺而綺**

綺，《六朝詩乘總録》引作「浮」。楊明照《校注》云：「按《明詩篇》：『晉世群才，稍入輕綺。』則作『浮』非是。沈約《宋書·謝靈運傳論》：『降及元康，潘陸特秀，縟旨星稠，繁文綺合。』亦可證。」雍案：《慧琳音義》卷四五「綺語」注：「綺語者，綺飾文詞，讚過其實也。」

〔七〕**風味氣衰也**

味，黄叔琳校云：「一作『末』。」徐㴞云：「『味』字疑誤。」孫人和云：「按作『末』是也。

《封禪篇》云『風末力寡』，與此意同。」天啓梅本改作「末」。雍案：「風味氣衰」不文，殊違常軌。作「末」字是也。

〔八〕**故練青濯絳**

絳，弘治本、活字本、汪本、佘本、張本、兩京本、王批本、胡本、萬曆梅本、訓故本、謝鈔本並作「錦」。《詩紀別集》一、《六朝詩乘總録》引同。楊明照《校注》云：「按此回應上文『夫青生於藍，絳生於蒨』之辭，作『錦』非是。」雍案：《説文·糸部》：「絳，大赤也。」朱駿聲《通訓定聲》：「絳，即纁也。」《廣雅·釋器》：「纁謂之絳。」《爾雅·釋器》：「三染謂之纁。」邢昺疏引李巡云：「三染其色已成爲絳。纁、絳一名也。」《玉篇·糸部》《廣韻·絳韻》：「絳，赤色也。」《慧琳音義》卷八三「絳色」注引《考聲》：「絳，赤色也。」

〔九〕**而檃括乎雅俗之際**

檃，弘治本、汪本、佘本、張本、王批本、何本、梅本、凌本、梁本、祕書本、謝鈔本、彙編本、別解本、尚古本、岡本、張松孫本、崇文本並作「隱」。《詩紀別集》一、《文通》二一引同。楊明照《校注》云：「按『檃括』『檃栝』『隱括』『隱栝』，古籍多互作。依《説文》當作「檃桰」然以《鎔裁篇》『檃括情理』，《指瑕篇》『若能檃括於一朝』，各本皆作『檃括』證之，則此亦當作『檃括』，前後始能一律。《荀子·性惡篇》：『故拘木必將待檃括烝矯然後直。』楊注：『檃括，正曲木之木也。』」雍案：《説文·木部》：「檃，桰也。」徐鍇《繫傳》：「檃，即正邪曲之器也。」又曰：「檃，古今皆借『隱』字爲之。」《荀子·非相》：「府然若渠匽檃栝之於己也。」楊倞注：「檃栝，所以制木。」《大略篇》：「示諸檃栝。」楊倞注：「檃栝，矯煣木之器也。」

〔一〇〕大明出東，月生西陂

楊明照《校注》云：「按《後漢書·馬融傳》作『大明生東，月朔西陂』。章懷注：『朔，生也。』此引『生』爲『出』，『朔』爲『生』，非緣舍人誤記，即由寫者涉上下文而誤。《禮記·禮器》：『大明生於東，月生於西。』鄭注：『大明，日也。』」雍案：《呂氏春秋·季冬》：「月窮于紀。」高誘注：「月遇日相合爲紀，月終紀光盡復生曰朔。」《釋名·釋天》：「朔，月初之名也。朔，蘇也，月死復蘇生也。」《白虎通義·四時》：「朔之言蘇也，明消更生，故曰朔。」又曰：「月言朔。」《素問·陰陽類論》：「一陰至絕作朔晦。」

〔一一〕天與地沓

楊明照《校注》云：「按『沓』當依《漢書·揚雄傳上》作『杳』。顔注云：『謂苑囿之大，遥望日月皆從中出入，而天地之際杳然縣遠也。說者反以『杳』爲『沓』，解云重沓，非惟乖理，蓋已失韻。』」《文選旁證》十二、胡紹瑛《文選箋證》十一並有説今此作『沓』，寫者蓋依《文選》改也。」雍案：楊氏所云是也。沓，重也；合也。《楚辭・天問》：「天何所沓。」蔣驥注：「沓，雜也，合也。」《玉篇・曰部》：「沓，重疊也。」《廣韻・合韻》：「沓，重也。」《集韻・合韻》《小學蒐佚・考聲五》：「沓，合也。」

〔一二〕**光若長離之振翼**

光，黄叔琳校云：「元作『毛』，曹改。」雍案：「光」字是。李富孫《易經異文釋》卷二：「司馬相如〈大人賦〉：『前長離而後矞皇。』《漢書・禮樂志》作『長麗』。」「離」與「麗」，古相通用。《文選・潘岳〈爲賈謐作贈陸機〉》：「婉婉長離。」李善注：「『離』與『麗』古字通。」《廣雅・釋言》：「離，麗也。」王念孫《疏證》：「『離』與『麗』，古同聲而通用。」

〔一三〕**變則其久**

其，黄叔琳校云：「疑作『可』。」何焯校「堪」。楊明照《校注》云：「按『其』字與上句重出固非，然與『何』之形不近，恐難致誤。改『堪』亦未必是。疑原作『甚』，非舊本闕其末筆，即寫者偶脱。《時序篇》『其鼎盛乎』，元本、兩京本、王批本、胡本『其』並作『甚』，是二字易誤之證。」雍案：楊説是也。甚，極也。《助字辨略》卷三「甚」，劉淇按：「甚，猶極也。」

〔一四〕**乘機無怯**

怯，黃叔琳校云：「一作『跲』。」天啓梅本作「跲」。元本、弘治本、活字本、汪本、張本、兩京本、王批本、胡本、萬曆梅本、謝鈔本並作「法」。何本、凌本、合刻本、梁本、祕書本、別解本、尚古本、岡本、王本、鄭藏鈔本、崇文本並作「怯」。梅氏萬曆重刊本作「怯」（見馮舒校語），四庫本剜改爲「怯」。楊明照《校注》云：「按『法』字蓋涉末句『參古定法』而誤。以其形推之，『怯』與『法』較近，當以作『怯』爲是。」雍案：楊說非是。《說文·足部》：「跲，躓也。」《廣韻·洽韻》：「跲，躓礙。」《希麟音義》卷九「躓害」注引《說文》云：「躓，礙也。」《慧琳音義》卷五四「躓礙」注引《考聲》：「躓礙，不進也。」蓋此文作「乘機無跲」，較勝於「乘機無怯」也。

定勢第三十

夫情致異區，文變殊術，莫不因情立體，即體成勢也。勢者，乘利而爲制也。如機發矢直，澗曲湍回〔一〕，自然之趣也。圓者規體，其勢也自轉；方者矩形，其勢也自安。文章體勢，如斯而已。是以模經爲式者，自入典雅之懿；效騷命篇者〔二〕，必歸豔逸之華；綜意淺切者，類乏醞藉〔三〕；斷辭辨約者〔四〕，率乖繁縟。譬激水不漪，槁木無陰，自然之勢也。

是以繪事圖色，文辭盡情，色糅而犬馬殊形，情交而雅俗異勢，鎔範所擬，各有司匠，雖無嚴郛，難得踰越。然淵乎文者，並總群勢，奇正雖反，必兼解以俱通；剛柔雖殊，必隨時而適用。若愛典而惡華，則兼通之理偏，似夏人爭弓矢，執一不可以獨射也；若雅鄭而共篇，則總一之勢離，是楚人鬻矛譽楯，兩難得而俱售也〔五〕。是以括囊雜體，功在銓別〔六〕，宮商朱紫，隨勢各配。章表奏議，則準的乎典雅〔七〕；賦頌歌詩，則羽儀乎清麗；符檄書移，則楷式於明斷；史論序注，則師範於覈要〔八〕；箴銘碑誄，則體制於弘深；連珠七辭，則從事於巧豔：此循體而成勢，隨變而立功者也。雖復契會相參，節文互雜，譬五色之錦，各以本采爲地矣。

桓譚稱文家各有所慕，或好浮華而不知實覈，或美衆多而不見要約。陳思亦云：世之作者，或好煩文博採，深沈其旨者；或好離言辨白，分毫析釐者；所習不同，所務各異。言勢殊也。劉楨云：文之體指實強弱〔九〕，使其辭已盡而勢有餘，天下一人耳，不可得也。公幹所談，頗亦兼氣。然文之任勢，勢有剛柔，不必壯言慷慨乃稱勢也。又陸雲自稱：往日論文，先辭而後情，尚勢而不取悅澤，及張公論文，則欲宗其言。夫情固先辭，勢實須澤，可謂先迷後能從善矣。

自近代辭人，率好詭巧，原其爲體，訛勢所變，厭黷舊式，故穿鑿取新；察其訛意，似難而實無他術也，反正而已。故文反正爲乏〔一〇〕，辭反正爲奇。效奇之法，必顛倒文句〔一一〕，上字而抑下，中辭而出外，回互不常〔一二〕，則新色耳。夫通衢夷坦，而多行捷徑者，趨近故也；正文明白，而常務反言者，適俗故也。然密會者以意新得巧，苟異者以失體成怪〔一三〕。舊練之才，則執正以馭奇；新學之銳，則逐奇而失正；勢流不反，則文體遂弊。秉茲情術，可無思耶！

贊曰：形生勢成，始末相承。湍迴似規〔一四〕，矢激如繩。因利騁節，情采自凝。枉轡學步〔一五〕，力止襄陵〔一六〕。

〔一〕**澗曲湍回**

湍，黄叔琳校云：「元作『文』，王性凝按本贊改。」徐𤊹校「湍」。何本、梁本、别解本並作「湍」。雍案：「湍」字是。《玄應音義》卷二三「湍洄」注：「激水爲湍。」《玉篇·水部》《廣韻·桓韻》：「湍，急瀨也。」

〔二〕**效騷命篇者**

騷，黄叔琳校云：「元作『驗』，王改。」徐𤊹云：「『驗』字必『騷』字之誤。篇目『宗經第三』『辨騷第五』，可推矣。」何本、訓故本、謝鈔本並作「騷」。楊明照《校注》云：「按『騷』字是。」雍案：蓋效騷者，乃謂追模屈原《離騷》之體也。

〔三〕**類乏醞藉**

藉，兩京本、何本、梅本、凌本、合刻本、梁本、祕書本、彙編本、别解本、尚古本、岡本、文津本、王本、鄭藏鈔本、崇文本皆作「籍」，《文通》二一引同。楊明照《增訂文心雕龍校注》云：

「按『醞藉』，又作『溫藉』『蘊藉』或『緼藉』，其『藉』字無作『籍』者。兩京本等作『籍』，誤。」雍案：此楊氏未訓也。藉，古與「籍」通。《漢書・義縱傳》：「治敢往，少溫籍。」《史記》作「蘊藉」。《墨子・號令》：「人舉而藉之。」孫詒讓《閒詁》：「藉，與『籍』通。」《列子・仲尼》：「而爲牢藉。」殷敬順《釋文》：「藉，本作『籍』。」李富孫《春秋三傳異文釋》卷五：「昭十八年傳：鄅人藉稻。《說文・邑部》引作『籍稻』。」《文選・袁淑〈効曹子建樂府白馬篇〉》：「藉藉關外來。」舊校：「藉，善本作『籍』。」《說文・竹部》朱駿聲《通訓定聲》：「籍，叚借爲『藉』。」《墨子・魯問》：「籍設而親在百里之外。」孫詒讓《閒詁》引畢云：「籍，亦『藉』之叚字。」

〔四〕斷辭辨約者

斷，黃叔琳校云：「一作『斲』。」徐𤊹云：「當作『斲』。」楊明照《校注》云：「按『斷』字不誤。『斷辭』二字出《易・繫辭下》。《徵聖》《比興》兩篇亦並用之。」雍案：「斷」與「斲」，古字通也。《韓非子・五蠹》：「斲割於法之外。」王先慎《集解》引顧廣圻曰：「今本『斲』作『斷』。」《文選・王褒〈四子講德論〉》：「公輸不能以斲。」舊校：「五臣本『斲』作『斷』。」《說文・斤部》段玉裁注：「斷，引申之義爲決斷。」《廣韻・換韻》：「斷，決斷。」《主字辨略》卷三：「斷，決辭。」

〔五〕是楚人鬻矛譽楯，兩難得而俱售也

楊明照《校注》云：「按此文失倫次，當作『是楚人鬻矛楯，譽兩，難得而俱售也』，始能與上文『似夏人爭弓矢，執一，不可以獨射也』相儷。舍人是語，本《韓非子·難一篇》。原文范注已具（黄注所引見《難勢篇》）若作『鬻矛譽楯』，既與韓子『兩譽矛楯』之說舛馳，復與本篇上文『雅鄭共篇，總一勢離』之意不侔。當校正。《潛夫論·釋難篇》：『韓非子之取矛盾以喻者，將假其不可兩立，以詰堯舜之不得並之勢。』『不可兩立』，即『難得俱售』，亦此文失倫次之有力旁證。」雍案：楊說是也。「楯」與「盾」，古相通用。《說文·木部》段玉裁注：「楯，古亦用爲『盾』字。」《玉篇·木部》：「楯，本亦作『盾』。」《方言》卷九：「楯，關西謂之『盾』。」錢繹《箋疏》：「『楯』與『盾』同。」《慧琳音義》卷八九「矛楯」注引《說文》云：「楯，瞂也，所以扞身蔽目。」又注引《字書》：「楯，大排也。」

〔六〕功在銓別

功，黄叔琳校云：「一作『切』，從《御覽》改。」楊明照《校注》云：「按改『功』是也。《徵聖篇》『功在上哲』，《體性篇》『功在初化』，《物色篇》『功在密附』，句法並與此同，可證。《廣博物志》二九引，亦作『功』。」雍案：功，成效也。《讀書雜志·荀子第三》：「待之而後功。」王念孫

按：「功者，成也。」《爾雅·釋詁下》：「功，成也。」郭璞注：「功、績，皆有成。」邢昺疏：「勳、功、績、業，皆有成也。」郝懿行《義疏》：「功、績者，事業之成也。」

〔七〕則準的乎典雅

典雅，黄叔琳校云：「一作『雅頌』，從《御覽》改。」《文斷》引作「典雅」。雍案：作「典雅」爲是。漢王充《論衡·自紀》：「深覆典雅，指意難睹，唯賦頌耳。」《文選·曹丕〈與吴質書〉》：「（徐幹）著《中論》二十篇，成一家之言，辭義典雅，足傳於後。」蓋「典雅」謂高雅而不淺俗也。

〔八〕則師範於覈要

師，《御覽》五八五引作「軌」。《記纂淵海》七五、《文斷》（天順本）、《廣博物志》引同。雍案：所引非是。劉文《通變篇》有「師範宋集」，《才略篇》有「師範屈宋」，並以「師範」連文。《後漢書·趙壹傳》：「君學成師範，縉紳歸慕。仰高希驥，歷年滋多。」《文選·任昉〈齊竟陵文宣王行狀〉》云：「允師人範。」呂向注：「範，法也。」《玄應音義》卷二「師範」注：「以土曰刑，以金曰鎔，以木曰模，以竹曰範，四者一物，材別也。」《慧琳音義》卷七五「師範」注：「楷栻規模曰範也。」乃以「師範」連文之證也。

〔九〕文之體指實强弱

徐㽦引謝肇淛云：「當作『文之體指，虛實强弱。』」黃侃云：「『文之體指實强弱』句有誤。細審彥和語，疑此句當作『文之體指貴强』，下衍『弱』字。」范文瀾云：「疑公幹語當作『文之體指，實殊强弱』。」劉永濟云：「『體』下疑脫一『勢』字。此句當作『文之體勢貴强』。『指』『弱』二字衍，『實』又『貴』之誤。」楊明照《校注》云：「按此文確有誤脫，諸家之說仍有未安。『指』，疑爲『勢』之誤。草書「勢」「指」二字之形甚近《南齊書·文學·陸厥傳》：『劉楨奏書，大明體勢之致。』即此引文當作『體勢』之切證。本篇以『定勢』標目，篇中言文勢者不一而足，上文且有『即體成勢』及『循體成勢』之語，亦足以證當作『體勢』也。『實』下似脫一『有』字。原文作『文之體勢，實有强弱』。」雍案：楊氏云「原文作『文之體勢，實有强弱』」，是也。然所云「草書『勢』『指』二字形甚近」，則非。

〔一〇〕故文反正為乏

乏，黃叔琳校云：「元作『支』。」元本、弘治本作「之」。徐㽦校「乏」。何本、兩京本、梁本、別解本、謝鈔本作「乏」。《文通》二一引同。楊明照《校注》云：「按『乏』字是。」雍案：《說文·正部》：「乏，《春秋傳》曰：『反正爲乏。』」《左傳·宣公十五年》：「反正爲乏。」《玄應音義》卷二五「無乏」注：「反正爲乏。」

〔一一〕**必顛倒文句**

句，黃叔琳校云：「元作『向』，王改。」徐𤊹校「句」。何本、梁本、別解本、謝鈔本並作「句」。楊明照《校注》云：「按『句』字是。」雍案：楊說是也。《玉篇·章句》云：「句，言語章句也。」《說文·句部》段玉裁注：「凡章句之句，亦取稽留可鉤乙之意。」朱駿聲《通訓定聲》引周伯琦曰：「語絕爲句。」《孟子·梁惠王上》：「梁惠王章句上。」孫奭疏：「句者，辭之絕也。」

〔一二〕**回互不常，則新色耳**

謝兆申云：「疑作『色新耳目』。」楊明照《校注》云：「按謝說近是。《麗辭篇》：『碌碌麗辭，則昏睡耳目。』句法與此同，可證。《北史·王劭傳》：『劭復迴互其字，作詩二百八十篇，奏之。』《文選·木華〈海賦〉》：「乖蠻隔夷，迴（回或體）互萬里。」（李周）翰曰：「迴互，迴轉也。」」雍案：回互，回環交錯。也作「迴互」。柳宗元《夢歸賦》：「紛若喜而佁儗兮，心回互以壅塞。」《文選·木華〈海賦〉》：「迴互萬里。」李善注：「迴互，迴轉也。」《魏書·河南王傳》：「齊人愛詠，咸曰耳目更新。」

〔一三〕**然密會者以意新得巧，苟異者以失體成怪**

楊明照《校注》云：「按『意新』『失體』，詞性參差，以《神思篇》『庸事或萌於新意』，《風骨篇》『然後能孚甲新意』例之，當乙作『新意』，始能與『失體』相對。」雍案：楊說是也。「新意」語出晉杜預《春秋左氏傳集解序》：「然亦有史不書，即以爲義者，此蓋《春秋》新意。」

〔一四〕**湍迴似規**

楊明照《校注》云：「按『迴』，『回』之或體。此爲回應篇首『澗曲湍回』之辭，當作『回』，前後始一致。篇末「回互不常」亦作「回」」雍案：楊說是也。《集韻·灰韻》云：「回，俗作『迴』。非是。」又《隊韻》云：「回，或作『迴』。」《楚辭·九歌·大司命》：「君迴翔兮以下。」舊注：「迴，一作『回』。」

〔一五〕**枉轡學步**

枉，元本、弘治本、汪本、佘本、張本、兩京本、王批本、胡本、訓故本、謝鈔本並作「狂」。《喻林》引同。何本、萬曆梅本、凌本、梁本、祕書本、别解本、尚古本、岡本、王本、鄭藏鈔本、崇文本並作「征」。徐𤊹校「枉」。馮舒云：「狂，疑作『枉』。」楊明照《校注》云：「按以《諧隱篇》『未免枉轡』例之，『枉』字是。『狂』『征』皆非。《晉書・藝術傳論》：『然而碩學通人，未宜枉轡。』亦以『枉轡』爲言。」雍案：楊説是也。枉轡，徒執也。《助字辨略》卷三：「枉，徒也，空也。李義山詩：『枉緣書札損文鱗。』」《大戴禮記・盛德》：「吏者轡也。」王聘珍《解詁》：「轡，御者所執。」《玉函山房輯佚書・毛詩箋音義證》：「轡是御者所執者也。」蓋「枉轡」者，乃謂徒執也。

〔一六〕力止襄陵

襄，黄叔琳引謝兆申云：「當作『壽』。」梅慶生天啓二年重修本作「壽」。楊明照《校注》云：「按此語本《莊子・秋水篇》，原文范注已具自以作『壽』爲是。文溯本剜改為「壽」《雜文篇》：『可謂壽陵匍匐，非復邯鄲之步。』正作『壽』，不誤。」雍案：壽陵，戰國燕邑。《莊子・秋水篇》云：「且子獨不聞夫壽陵餘子之學行於邯鄲與？未得國能，又失其故行矣。」

情采第三十一

聖賢書辭，總稱文章，非采而何！夫水性虛而淪漪結〔一〕，木體實而花萼振〔二〕：文附質也。虎豹無文，則鞟同犬羊；犀兕有皮，而色資丹漆：質待文也。若乃綜述性靈，敷寫器象，鏤心鳥跡之中，織辭魚網之上，其爲彪炳，縟采名矣〔三〕。故立文之道，其理有三：一曰形文，五色是也；二曰聲文，五音是也；三曰情文，五性是也。五色雜而成黼黻，五音比而成韶夏〔四〕，五情發而爲辭章〔五〕，神理之數也。孝經垂典，喪言不文，故知君子常言〔六〕，未嘗質也。老子疾僞，故稱美言不信，而五千精妙，則非棄美矣。莊周云辯雕萬物，謂藻飾也。韓非云豔乎辯說，謂綺麗也。綺麗以豔說，藻飾以辯雕，文辭之變，於斯極矣。研味李老〔七〕，則知文質附乎性情；詳覽莊韓，則見華實過乎淫侈。若擇源於涇渭之流，按轡於邪正之路，亦可以馭文采矣。夫鉛黛所以飾容，而盼倩生於淑姿〔八〕；文采所以飾言，而辯麗本於情性〔九〕。故情者文之經，辭者理之緯，經正而後緯成，理定而後辭暢，此立文之本源也。

昔詩人什篇〔一〇〕，爲情而造文；辭人賦頌，爲文而造情。何以明其然？蓋風雅之興，志思蓄憤，而吟詠情性，以諷其上，此爲情而造文也；諸子之徒，心非鬱陶，苟馳夸飾，鬻聲釣世，此爲文而造情也；故爲情者要約而寫真，爲文者淫麗而煩濫。而後之作者，採濫忽真，遠棄風雅，近師辭賦，體情之製日疎，逐文之篇愈盛。故有志深軒冕，而汎詠皋壤；心纏幾務〔一一〕，而虚述人外。真宰弗存，翩其反矣。夫桃李不言而成蹊，有實存也；男子樹蘭而不芳，無其情也。夫以草木之微，依情待實；況乎文章，述志爲本，言與志反，文豈足徵？

是以聯辭結采，將欲明經〔一二〕；采濫辭詭，則心理愈翳。固知翠綸桂餌，反所以失魚。言隱榮華，殆謂此也。是以衣錦褧衣，惡文太章；賁象窮白，貴乎反本。夫能設謨以位理〔一三〕，擬地以置心，心定而後結音，理正而後摛藻，使文不滅質，博不溺心，正采耀乎朱藍，間色屏於紅紫〔一四〕，乃可謂雕琢其章，彬彬君子矣。

贊曰：言以文遠，誠哉斯驗。心術既形，英華乃贍。吳錦好渝，舜英徒豔〔一五〕。繁采寡情，味之必厭。

〔一〕**夫水性虛而淪漪結**

漪，元本、弘治本、汪本、張本、兩京本、王批本、文溯本並作「猗」。《文儷》十三引同。謝鈔本作「漪」。馮舒校「猗」。楊明照《校注》云：「按《詩·魏風·伐檀》：『河水清且漣猗。』釋文：『猗，……本亦作『猗』，同。』《文選·吴都賦》：『刷盪漪瀾。』劉注：『漪瀾，水波也。』是『淪猗』字可作『漪』矣。《定勢篇》：『譬激水不漪。』則此或原是『漪』字，不必校改爲『猗』也。」雍案：「淪漪」是也。《說文·水部》：「淪，小波爲淪。从水，侖聲。」《詩·魏風·伐檀》：「河水清且淪漪。」徐鍇《繫傳》：「淪，有倫理也。」《釋名·釋水》：「水小波曰淪。淪，倫也，水文相次有倫理也。」陸德明《釋文》引《韓詩》：「順流而風曰淪。淪，文貌。」馬瑞辰《傳箋通釋》：「淪，文貌。」

〔二〕**木體實而花萼振**

花，元本、弘治本、活字本、汪本、佘本、張本、兩京本、王批本、胡本、何本、訓故本、合刻本、梁本、別解本、尚古本、岡本、清謹軒本、四庫本、王本、鄭藏鈔本、崇文本並作「華」。楊明照《校注》云：「按『華』字是。孫志祖《讀書脞録》（卷七）謂古書「花」皆作「華」，魏晉間始有之。是「華」與「花」古今字也。《才略篇》：『非群華之韡萼也。』是此亦當作『華』。《詩·小雅·常棣》：

『常棣之華，韡韡。』鄭箋：『承華者曰鄂。』《說文·𠌶部》『韡』下引《詩》作『萼』，《文選六臣注本·束皙〈補亡詩〉》李注引《詩》及鄭箋一作『萼』，與此同。」雍案：楊說是也。《晉書·皇甫謐傳〈釋勸論〉》：「是以春華發萼，夏繁其實。」《文選·謝莊〈宋孝武宣貴妃誄〉》：「接萼均芳。」李善注引《毛詩》鄭玄曰：「承華者曰萼。」亦可引證也。

〔三〕縟采名矣

名，《喻林》引作「明」。楊明照《校注》云：「按《釋名·釋言語》：『名，明也，實使分明也。』徐氏引作『明』，蓋以意改。」雍案：《說文·口部》朱駿聲《通訓定聲》：「名，叚借爲『明』。」《詩·齊風·猗嗟》：「猗嗟名兮。」馬瑞辰《傳箋通釋》：「『名』『明』古通用，『名』當讀『明』。」陳奐《傳疏》：「名，與『明』通。」《群經平義·毛詩二》：「猗嗟名兮。」俞樾按：「名，猶明也。」

〔四〕五音比而成韶夏

徐𤊹云：「夏，一作『護』。」《喻林》引作「華」。楊明照《校注》云：「按以《樂府篇》『雖摹韶夏』及『實韶夏之鄭曲也』證之，作『護』非是；《事類篇》引曹植《報陳琳書》，亦有『聽者因以蔑韶夏矣』語（它書多有以「韶夏」連文者，此不具舉）。『華』字尤謬。又按『比』，讀如《史記·樂書》

『協比聲律』、《漢書・食貨志上》『比其音律』之『比』。顏注：「比，謂次之也。比，音頻二反。」《白虎通德論・禮樂篇》：『《禮記》曰：「……舜樂曰簫韶，禹樂曰大夏。」』《漢書・禮樂志》：『舜作招，（顏注：「『招』讀為『韶』。」）禹作夏。』《國語・鄭語》：『聲一無聽。』韋注：『五聲雜然後可聽。』《抱朴子外篇・交際》：『單絃不能發韶夏之和音。』又《尚博》：『衆音雜而韶濩和也。』」雍案：楊說是也。護，乃湯樂也。《文選・王簡栖〈頭陀寺碑文〉》：「步中雅頌，驟合韶護。」注引鄭玄曰：「韶，舜樂；護，湯樂也。」「韶護」，亦泛指古樂。又作「韶濩」「韶護」。漢桓寬《鹽鐵論・論菑》：「蓋越人美羸蚌而簡太牢，鄙夫樂咋唶而怪韶濩。」《禮記・樂記》：「夏，大也。」鄭玄注：「夏，禹樂名也。」《文選・班固〈答賓戲〉》：「非韶夏之樂也。」呂向注：「夏，禹樂名也。」《文選・成公綏〈嘯賦〉》：「越韶夏與咸池。」李周翰注：「夏，禹樂也。」

〔五〕五情發而為辭章

情，黃叔琳校云：「疑作『性』。」馮舒云：「情，疑作『性』。」何焯說同。楊明照《校注》云：「按此句爲承上文『三曰情文，五性是也』之辭，實應作『性』。《大戴禮記・文王官人篇》『民有五性』，《白虎通德論・情性篇》『人稟陰陽氣而生，故內懷五性六情』，《漢書・翼奉傳》『五性不相害，六情更興廢』，並以『五性』爲言。訓故本作『五性』，不誤。當據改。」雍案：「五性」者，隨文而異。《大戴禮記・文王官人》以喜、怒、欲、懼、憂爲五性；《漢武內傳》以暴、淫、奢、酷、賊爲五性；《白虎通・性情》曰：「五性者何？謂仁、義、禮、智、信也。」

〔六〕故知君子常言

常，黃叔琳校云：「一作『嘗』。」天啓梅本改「常」。文溯本剜改爲「常」。訓故本、祕書本、謝鈔本並作「常」。《諸子彙函》同。楊明照《校注》云：「按『常』字是，『嘗』蓋涉下句而誤。」雍案：《說文・巾部》朱駿聲《通訓定聲》：「常，叚借爲『嘗』。」《荀子・天論》：「是無世而不常有之。」王先謙《集解》：「《群書治要》『常』作『嘗』。」

〔七〕研味李老

紀昀云：「李，當作『孝』；孝老，猶云『老易』。」楊明照《校注》云：「按紀說是。此句爲回應上文之詞，孝，《孝經》也；（上文曾引《孝經・喪親》章語）老，《老子》也。（上文曾引《老子》第八十一章語）元本、弘治本、活字本、汪本、佘本、張本、兩京本、王批本、訓故本、梅本、凌本、祕書本、謝鈔本並作『孝』；《文儷》十三、《文通》二一、《四六法海》同。當據改。（《諸子彙函》誤作「孔」）《世說新語・雅量篇》『王劭、王薈共詣宣武』條，劉注引《劭薈別傳》曰：『劭字敬倫，丞相導第五子，清貴簡素，研味玄賾，大司馬稱爲鳳雛。』《高僧傳・帛遠傳》：『研味方算，妙入幽微。』又《竺道生傳》：『研味句義，即自開解。』是研味猶言研尋品味。」雍案：《廣雅・釋言》：「孝，畜也。」《禮記·祭統》：「孝者，畜也。」《曾子·制言上》：「老者孝焉。」阮元注：「孝，畜也，老者畜養之。」《孝經説》曰：「孝，畜也，畜養也。」

〔八〕**而盼倩生於淑姿**

盼，元本、弘治本、汪本、張本、兩京本、王批本、何本、梅本、凌本、梁本、祕書本、謝鈔本、彙編本、別解本、清謹軒本、尚古本、岡本、張松孫本、崇文本並作「盻」。《詩紀別集》一、《文儷》《四六法海》同。楊明照《校注》云：「按『盻』字非是。《詩·衛風·碩人》：『巧笑倩兮，美目盼兮。』毛傳：『盼，白黑分。』」雍案：《集韻·襇韻》：「盼，美目也。」又云：「盼，或作『盻』。」《詩·衛風·碩人》：「美目盼兮。」陸德明《釋文》引《字林》云：「盼，美目也。」

〔九〕**而辯麗本於情性**

辯，增定別解本、清謹軒本並作「辨」。《詩紀別集》一、《經史子集合纂類語》九同。楊明照《校注》云：「按《漢書·王褒傳》：『辭賦大者與古詩同義，小者辯麗可喜。』則作『辨』非是。」雍案：「辯」與「辨」，古相通用。《説文·辡部》朱駿聲《通訓定聲》：「辯，叚借爲『辨』。」《墨子·尚同》中：「維辯使治天均。」孫詒讓《閒詁》：「『辯』『辨』字通。」《古文苑·董仲舒〈士不遇賦〉》：「口信辨而言訥。」章樵注：「『辯』『辨』二字古通用。」

〔一〇〕**昔詩人什篇**

什篇，《藝苑巵言》一、《古逸書》後卷引作「篇什」。雍案：什篇，乃「篇什」之謁也。《晉書・樂志》：「三祖紛綸，咸工篇什。」《詩經》之《雅》《頌》十篇爲一什，後因稱詩篇爲篇什也。《明詩篇》有「至於三六雜言，則出自篇什」，《通變篇》有「商周篇什，麗於夏年」，並可引證也。

〔一一〕**心纏幾務**

幾，凌本作「機」。楊明照《校注》云：「按以《徵聖篇》『妙極機神』，《論說篇》『銳思於機此依元本、弘治本等。黃本已改作『幾』神之區』證之，『機』字是。《文選・嵇康〈與山巨源絶交書〉》：『機務纏其心』，爲此語所本，正作『機』。《宋書・王弘傳》：『參讚機務。』又《裴松之傳》：『而機務惟殷。』《梁書・徐勉傳》：『雖當機務，下筆不休。』又《孔休源傳》：『軍民機務，動止詢謀。』並其旁證。」雍案：楊氏所證是。「幾」與「機」，古相通用也。詳見《徵聖篇》「妙極機神」條。

〔一二〕**欲將明經**

經，黃叔琳校云：「汪本作『理』。」元本、弘治本、活字本、佘本、張本、兩京本、王批本、胡本、訓故本、合刻本、謝鈔本、四庫本並作「理」。《稗編》七三、《詩紀別集》一、《喻林》《文儷》

《四六法海》同。楊明照《校注》云：「按以上下文論之，『理』字是。」雍案：《字詁》曰：「言道理者，宏達曰道，旨奥曰理。」《中説・王道》：「終日言文而不及理。」阮逸注：「修詞爲文，知道爲理。」

〔一三〕**夫能設謨以位理**

謨，黄叔琳校云：「當作『模』。」何本、别解本並作「模」。《文通》《四六法海》同。雍案：《論衡・物勢》云：「今夫陶冶者，初埏埴作器，必模範爲形。以土曰型，以金曰鎔，以木曰模，以竹曰範，四者一物而材别也。」「謨」與「模」，義異之，本不相通。《爾雅・釋詁上》：「謨，謀也。」邢昺疏：「謨者，大謀也。」模，《説文・木部》《廣雅・釋詁》《廣韻・模韻》《小學蒐佚・聲類》：「模，法也。」《説文・木部》段玉裁注：「以木曰模，以金曰鎔，以土曰型，以竹曰範，皆法也。」《慧琳音義》卷四二「作模」注引鄭注：「模，所以琢文章之範也。」此句蓋謂能立文章之範所以立理。

〔一四〕**間色屏於紅紫**

范文瀾云：「紅紫，疑當作『青紫』，上文云『正采耀乎朱藍』。」楊明照《校注》云：「按紅本間色，其字未誤。若改作『青』，則適爲正色矣。《環濟要略》：『正色有五，謂青、赤、黄、白、黑也。間色有五，謂紺、紅、縹、紫、流黃也。』《御覽》八一四引（《文選・江淹〈别賦〉》李注止引下句）《論語・鄉黨》：『紅紫以爲褻服。』皇侃《義疏》：『紅紫，非正色也。……侃案：「五方正色：青、赤、白、黑、黃。五方間色：緑爲青之間，紅爲赤之間，碧爲白之間，紫爲黑之間，緇爲黃之間也。」』《荀子・正論篇》：『衣被則服五采，雜間色。』楊注：『服五采，言備五色也。間色，紅碧之屬。』《法言・吾子篇》：『或問蒼蠅紅紫。』李注：『紅紫，似朱而非朱也。』《南齊書・文學傳論》：『亦猶五色之有紅紫。』並以『紅紫』爲間色。《說文・糸部》：『紅，帛赤白也。』段注：『謂如今之粉紅、桃紅。』范氏蓋錯認『紅』爲『朱』，故疑其字有誤。又按《禮記・王制》：『屏之四方。』鄭注：『屏，猶放去也。』」雍案：楊說是。《古今注・草木》云：「舊謂赤白之間爲紅，即今所謂紅藍也。」《玉篇・尸部》：「屏，放去也。」《詩・大雅・皇矣》：「作之屏之。」朱熹《集傳》：「屏，去之也。」《文選・謝靈運〈田南樹園激流植援〉》：「園中屏氛雜。」呂延濟注：「屏，去。」

〔一五〕舜英徒豔

舜，元本、弘治本、汪本、佘本、張本、兩京本、胡本、訓故本並作「蕣」。《喻林》八九、《四六法海》同。楊明照《校注》云：「按《詩・鄭風・有女同車》：『顔如舜華。』《說文・艸部》『蕣』下引作『蕣』。是二字本同。」雍案：《玉篇・舜部》《廣韻・稕韻》：「舜，《說文》作『䑞』。」《說文・䑞部》朱駿聲《通訓定聲》：「舜，叚借爲『蕣』。」蕣，木槿也。庾信《周趙國夫人紇豆陵氏墓誌銘》：「年華於蕣。」倪璠注引《詩》毛傳：「蕣，木槿也。」《文選·郭璞〈遊仙詩〉》：「蕣榮不終朝。」張銑注：「蕣，槿花也，朝榮暮落。」李善注引潘岳《朝菌賦序》曰：「朝菌者，時人以爲蕣華。」

鎔裁第三十二

情理設位，文采行乎其中。剛柔以立本，變通以趨時。立本有體，意或偏長；趨時無方，辭或繁雜。蹊要所司，職在鎔裁，檃括情理，矯揉文采也。規範本體謂之鎔，剪截浮詞謂之裁〔一〕。裁則蕪穢不生，鎔則綱領昭暢，譬繩墨之審分，斧斤之斲削矣。駢拇枝指，由侈於性，附贅懸肬，實侈於形。二意兩出，義之駢枝也〔二〕；同辭重句，文之肬贅也。

凡思緒初發，辭采苦雜，心非權衡，勢必輕重。是以草創鴻筆〔三〕，先標三準：履端於始，則設情以位體；舉正於中，則酌事以取類；歸餘於終，則撮辭以舉要。然後舒華布實，獻替節文〔四〕，繩墨以外，美材既斲，故能首尾圓合，條貫統序。若術不素定，而委心逐辭，異端叢至，駢贅必多。

故三準既定，次討字句。句有可削，足見其疏；字不得減，乃知其密。精論要語，極略之體；游心竄句，極繁之體；謂繁與略，隨分所好〔五〕。引而伸之，則兩句敷爲一章；約以貫之，則一章删成兩句。思贍者善敷，才覈者善删。善删者字去而意留，善敷者辭殊而意顯〔六〕。字删而意闕，則短乏而非覈；辭敷而言重，則蕪穢而非贍。

昔謝艾王濟，西河文士，張俊以爲艾繁而不可删〔七〕，濟略而不可益；若二子者，可謂練鎔裁而曉繁略矣。至如士衡才優，而綴辭尤繁；士龍思劣，而雅好清省。及雲之論機，亟恨其多，而稱清新相接，不以爲病，蓋崇友于耳。夫美錦製衣，脩短有度，雖翫其采，不倍領袖，巧猶難繁，況在乎拙？而文賦以爲榛楛勿剪，庸音足曲，其識非不鑒，乃情苦芟繁也。夫百節成體，共資榮衛；萬趣會文，不離辭情。若情周而不繁，辭運而不濫，非夫鎔裁，何以行之乎？

贊曰：篇章戶牖，左右相瞰。辭如川流，溢則汎濫。權衡損益，斟酌濃淡。芟繁剪穢，弛於負擔。

〔一〕剪截浮詞謂之裁

剪，何本、凌本、梁本、彙編本、尚古本、岡本、王本、鄭藏鈔本、崇文本、龍谿本皆作「翦」。楊明照《校注》云：「按正字作『前』，《說文·刀部》：「前，齊斷也。」經傳多假『翦』爲之，「前」借為歬後字『剪』乃俗體。「前」已从刀，下復加刀，非是。何本等作『翦』，是也。《書（僞）·孔傳序》：

『翦截浮辭。』」雍案：剪，通作「翦」，俗「翦」字。《說文·刀部》：「剪，齊斷也。」桂馥《義證》：「剪，通作『翦』。」《玉篇·刀部》《廣韻·獮韻》：「剪，俗『翦』字。」《說文·羽部》段玉裁注：「翦者，前也。前者，斷齊也。」段玉裁《詩經小學》卷一：「俗以『前』爲歬後字，以矢羽之『翦』爲前斷字。」《慧琳音義》卷十「剪稠」注引《考聲》：「剪，截也。」

〔二〕**二意兩出，義之駢枝也**

二，兩京本、胡本、訓故本、四庫本並作「一」。楊明照《校注》云：「按『一』字是。『一意兩出』，始爲『義之駢枝』。若作『二』，則不相應矣。何焯校作『一』。當據改。」雍案：楊說是也。「一意」者，謂專心也。蓋一己之念無旁騖也。漢陸賈《新語·懷慮》：「故管仲相桓公，詘節事君，專心一意。」

〔三〕**是以草創鴻筆**

紀昀云：「鴻，當作『鳴』。後『鳴筆之徒』句可證。」楊明照《校注》云：「按紀說非是。《論衡·須頌篇》、原文已見《封禪篇》「乃鴻筆耳」條下《抱朴子》佚文「雖鴻筆不可益也」（《意林》四引）並有『鴻筆』之文。《晉書·陳壽等傳論》亦有「奮鴻筆於西京」語《封禪篇》『乃鴻筆耳』，《書記篇》『才冠鴻筆』，亦並作『鴻筆』。《練字篇》『鳴筆之徒』句『鳴』字本誤，朱謀㙔已校爲『鴻』矣。」雍案：

「鳴筆」是也。楊氏引《封禪篇》及《書記篇》之「鴻筆」校此文，非舍人本旨。鳴，古與「明」通假。《文選·陸機〈長安有狹邪行〉》：「欲鳴當及晨。」李善注：「『明』與『鳴』同，古字通也。」又《李康〈運命論〉》：「里社鳴而聖人出。」李善注：「『明』與『鳴』古字通。」蓋舍人此謂草創應明其著筆，非謂大手筆也。

〔四〕獻替節文

替，黃叔琳校云：「疑作『質』；元作『贊』。」徐𤊹云：「『贊，當作『替』，後有『獻替』之句。」何焯改「質」。文溯本剜改爲「質」。楊明照《校注》云：「按徐說是。元本、弘治本、活字本、汪本等作『贊』，乃『替』之形誤。（「替」正字作「普」，或體作「暜」。）何本、訓故本、謝鈔本正作『替』；《文通》二一引同。本書屢用『獻替』二字，何改『質』，非也。」雍案：蔡邕《幽冀二州刺史久缺疏》：「智淺謀漏，無所獻替。」《文選·袁宏〈三國名臣序贊〉》：「伯言謇謇，以道佐世，出能勤功，入能獻替。」蓋舍人謂「獻替」者，乃進可行者，去不可行者也。

〔五〕隨分所好

隨，元本、弘治本、汪本、佘本、張本、兩京本、王批本、何本、胡本、訓故本、梅本、凌本、合刻本、祕書本、謝鈔本、尚古本、岡本、四庫本、王本、張松孫本、鄭藏鈔本、崇文本並作「適」。

楊明照《校注》云：「按『適』字是。《明詩篇》『隨性適分』，《養氣篇》『適分胸臆』，並以『適分』爲言，可證。」雍案：適，當訓宜。《呂氏春秋·適威》：「不能用威適。」高誘注：「適，宜也。」《潛夫論·釋難》：「貧賤難得適。」汪繼培箋：「適，宜也。」分，當訓限。《莊子·秋水》：「約分之至也。」成玄英疏：「分，限也。」《玉篇·八部》：「分，限也。」

〔六〕**善敷者辭殊而意顯**

意，黄叔琳校云：「汪本作『義』。」元本、弘治本、活字本、佘本、張本、兩京本、王批本、何本、胡本、訓故本、合刻本、尚古本、岡本、文溯本、王本、鄭藏鈔本、崇文本並作「義」。《辭學指南》《文斷》引同。楊明照《校注》云：「按『義』字是。上云『意留』，此云『義顯』，始避重出。」雍案：楊説是。《説文·心部》：「意，志也。从心。察言而知意也。从心，从音。」《國語·周語下》：「義，文之制也。」

〔七〕**張俊以為艾繁而不可删**

俊，黄叔琳校云：「當作『駿』。」楊明照《校注》云：「按訓故本正作『駿』；《文通》引同。《章表篇》『張駿自序』，亦作『駿』。當據改。」雍案：張駿，晉烏氏（在甘肅平涼縣西北）人，字公庭。叔父張茂無子，駿嗣立，稱涼王，盡有隴西之地。雖稱臣於晉，而不奉晉正朔。在位二十二年卒。私謚文，年號太元。張祚僭號，追尊爲世祖。

聲律第三十三

夫音律所始，本於人聲者也。聲含宮商〔一〕，肇自血氣，先王因之以制樂歌，故知器寫人聲，聲非學器者也〔二〕。故言語者，文章神明，樞機吐納，律呂脣吻而已。古之教歌，先揆以法，使疾呼中宮，徐呼中徵。夫商徵響高，宮羽聲下，抗喉矯舌之差，攢脣激齒之異，廉肉相準，皎然可分。今操琴不調，必知改張，摘文乖張〔三〕，而不識所調。響在彼絃，乃得克諧，聲萌我心，更失和律，其故何哉？良由內聽難爲聰也〔四〕。故外聽之易，絃以手定；內聽之難，聲與心紛：可以數求，難以辭逐。凡聲有飛沈，響有雙疊，雙聲隔字而每舛，疊韻雜句而必睽；沈則響發而斷，飛則聲颺不還：並轆轤交往，逆鱗相比，迂其際會〔五〕，則往蹇來連〔六〕，其爲疾病，亦文家之吃也。夫吃文爲患，生於好詭，逐新趣異，故喉脣糺紛；將欲解結，務在剛斷。左礙而尋右，末滯而討前，則聲轉於吻，玲玲如振玉；辭靡於耳，纍纍如貫珠矣。是以聲畫妍蚩〔七〕，寄在吟詠，吟詠滋味，流於字句〔八〕，氣力窮於和韻。異音相從謂之和，同聲相應謂之韻。韻氣一定，故餘聲易遺；和體抑揚，故遺響難契〔九〕。屬筆易巧，選和至難，綴文難精，而作韻甚易。雖纖意曲變〔一〇〕，非可縷言，然振其大綱，不出兹論。

若夫宮商大和，譬諸吹籥；翻迴取均，頗似調瑟。瑟資移柱，故有時而乖貳；籥含定管，故無往而不壹。陳思潘岳，吹籥之調也；陸機左思，瑟柱之和也。概舉而推，可以類見。又詩人綜韻，率多清切；楚辭辭楚，故訛韻實繁。及張華論韻，謂士衡多楚，文賦亦稱知楚不易，可謂銜靈均之聲餘〔一一〕，失黃鍾之正響也。凡切韻之動，勢若轉圜；訛音之作，甚於枘方；免乎枘方，則無大過矣。練才洞鑒，剖字鑽響，識疎闊略，隨音所遇，若長風之過籟，南郭之吹竽耳。古之佩玉，左宮右徵，以節其步；聲不失序，音以律文，其可忘哉〔一二〕！

贊曰：標情務遠，比音則近。吹律胸臆，調鍾脣吻〔一三〕。聲得鹽梅，響滑榆槿。割棄支離，宮商難隱。

〔一〕**聲含宮商**

含，何本、凌本、梁本、祕書本、尚古本、岡本、王本、鄭藏鈔本並作「合」。楊明照《校注》

云：「按『合』字非是。聲含宮商，猶言聲含有宮商耳，非謂其合於宮商也。《白虎通德論・姓名篇》：『人含五常而生，聲有五音：宮，商，角，徵，羽。』」雍案：楊說是也。含，函也。《說文・口部》朱駿聲《通訓定聲》：「含，以『函』爲之。」

〔二〕聲非學器者也

學，黃叔琳校云：「當作『效』。」范文瀾云：「學器，當作『效器』。」楊明照《校注》云：「按『學』字不誤。《廣雅・釋詁三》：『學，效也。』詁此正合。《物色篇》：『嚶嚶學草蟲之韻。』尤爲切證。」雍案：《尚書大傳》卷二：「學，效也。」《論語・學而》朱熹《集注》：「學之爲言效也。」

〔三〕摛文乖張

摘，何本、凌本、梁本、天啓梅本、祕書本、尚古本、岡本、王本、張松孫本、鄭藏鈔本、崇文本並作「摛」。楊明照《校注》云：「按『摛』字是。《樂府》《銘箴》《程器》四篇，並有『摛文』連文之句。左思《七諷》：『摛文潤世。』（《書鈔》一百引（嚴可均《全晉文》卷七四佚此條））」雍案：《說文・手部》：「摛，舒也。从手，離聲。」徐鍇《繫傳》：「摛，以手舒之也。」

〔四〕良由內聽難為聰也

黃叔琳校云：「（內）元作『外』，王改。」又云：「『由』字下，王本有『外聽易爲□而』六字。」楊明照《校注》云：「按王氏訓故本所有六字，是也。下文『外聽之易』『內聽之難』云云，即承此引申；如今本，則踸踔而行矣。弘治本、活字本、汪本、佘本、張本、兩京本、胡本、謝鈔本作『良由外聽難爲聰也』，『聽』下『難』上即脫『易爲□而內聽』六字。《喻林》八九引此文，作『良由外聽易爲察，內聽難爲聰也。』正足以補訂今本之誤脫。范文瀾謂王本之白匡為「巧」字，劉永濟疑是「力」字，皆非。」雍案：《慧琳音義》卷一「聽往」注引《考聲》云：「聽，以耳審聲也。」《希麟音義》卷四「諦聽」注引《說文》云：「聽，審也。」

〔五〕迁其際會

紀昀云：「『迁』當作『迕』。」楊明照《校注》云：「按紀說是。《四聲論》篇引，正作『迕』。」雍案：迕，逆也。《莊子·天道》：「迕道而說者。」成玄英疏：「迕，逆也。」

〔六〕則往蹇來連

《四聲論》篇引，「蹇」作「謇」；「連」作「替」。楊明照《校注》云：「按『蹇』『謇』通用，

『替』字非是。舍人此語用《易・蹇》六四爻辭。孔疏：『蹇，難也。……馬（融）云：連，亦難也。』」雍案：「蹇」與「謇」，古今字，義爲難也。《方言》卷六：「蹇，難也。」錢繹《箋疏》：「『蹇』『謇』，古今字。」《說文・足部》朱駿聲《通訓定聲》：「蹇，亦作『謇』。」李富孫《易經異文釋》卷三：「蹇，《衆經音義》十引作『謇』。『六二，王臣蹇蹇』，漢《衛尉衡方碑》作『謇謇王臣』，王逸《離騷注》、後漢楊震《傳論注》、魏陳群《傳注》、《文選・辯亡論注》皆引作『謇謇』。」《文選・袁宏〈三國名臣序贊〉》：「佰言蹇蹇。」舊注：「五臣本『蹇蹇』作『謇謇』。」《易・蹇》：「往蹇來連。」李鼎祚《集解》引虞翻曰：「蹇，難也。」陸德明《釋文》引馬云：「連，亦難也。」《說文・足部》段玉裁注：「行難謂之蹇，言難亦謂之謇。」《集韻・獮韻》：「連，難也。」《漢書・揚雄傳下》：「孟軻雖連蹇，猶爲萬乘師。」顏師古注引張晏曰：「連蹇，難也。」《莊子・大宗師》：「連乎其似好閉也。」陸德明《釋文》引崔云：「連，連蹇也。」

〔七〕是以聲畫姸蚩

蚩，何本、梁本、清謹軒本、尚古本、岡本、文溯本、王本、鄭藏鈔本、崇文本並作「媸」。楊明照《校注》云：「按『媸』字《說文》所無，古多以『蚩』爲之。《後漢書・文苑下・趙壹傳》：『孰知辨其蚩姸。』《文選・文賦》：『姸蚩好惡。』江淹《雜體詩・孫廷尉綽雜述》：『浪迹無蚩姸。』劉峻《辨命論》：『而謬生姸蚩。』並不作『媸』。本書以『姸蚩』連文者凡四處，各本亦多作『蚩』。

此文四聲論篇所引，亦作『蚩』。則舍人原皆作『蚩』可知矣。」雍案：「蚩」與「媸」，古今字，音義同。劉知幾《史通·史官·建置》：「向使世無竹帛，時闕史官，……則善惡不分，妍媸永滅者矣。」

〔八〕吟詠滋味，流於字句

楊明照《校注》云：「按『吟詠』二字原係誤衍，何本、徐校本、天啓梅本是也。孫氏不審，而欲再增『字句』二字以彌縫之，非是。『下』字未誤，弘治本、活字本、汪本、佘本、張本、兩京本、王批本、胡本、訓故本亦並作『下』；《詩紀別集》二引同。商改爲『字』非。《四聲論》篇引，正作『滋味流於下句』。當據訂。」雍案：「吟詠」二字乃衍，「字」乃「下」之譌也。「滋味流於下句」，與「氣力窮於和韻」屬對。滋味，泛指味道，亦引申爲意味也。《玄應音義》卷三「滋味」注：「滋，潤也。」《文選·嵇康〈與山巨源絶交書〉》：「去滋味。」呂向注：「滋味，美味也。」《呂氏春秋·適音》：「口之情欲滋味。」注：「欲美味也。」《禮·月令·仲夏之月》：「薄滋味，毋致和，節耆欲，定心氣。」《梁書·鍾嶸傳·詩評》：「五言居文辭之要，是衆作之有滋味者也。」

〔九〕故遺響難契

遺，岡本作「遺」。尚古本同。楊明照《校注》云：「按岡本蓋涉上而誤。『遺響』與『餘響』

對文。《文選·洞簫賦》有「吟氣遺響」語」雍案：遺，餘也。《文選·張衡〈西京賦〉》：「遺光儵爚。」薛綜注：「遺，餘也。」宋蘇轍《真興寺閣》詩：「蕭然倚楹嘯，遺響入雲霄。」明胡應麟《詩藪·古體下》：「《木蘭歌》是晉人擬古樂府……尚協東京遺響。」清周亮工《書影》卷十：「義山之詩，乃詩人之緒音，屈宋之遺響，蓋得子美之深而變出之者也。」清平步青《霞外攟屑·詩話·費鹿峰詩箋》：「泛然酬應之作，猶是七子遺響。」亦以「遺響」連文。

〔一〇〕**雖纖意曲變**

意，黄叔琳校云：「一作『毫』。」天啓梅本改「毫」。楊明照《校注》云：「按『毫』字較勝。」黄氏所稱『一本』，蓋即天啓梅本。」雍案：「意」字較勝。《大學》：「先誠其意。」朱熹《章句》：「意者，心之所發也。」蓋「纖意曲變」，乃謂心之所發細而曲折變化也。

〔一一〕**可謂銜靈均之聲餘**

楊明照《校注》云：「『聲餘』二字當乙，始能與『正響』屬對。」雍案：楊説極是，當據正。

〔一二〕**其可忘哉**

忘，黄叔琳云：「王本作『忽』。」雍案：忘，乃「忽」之譌也。《書記篇》有「豈可忽哉」，辭義與此同，可證。《孝成許皇后傳》：「豈可以忽哉。」顔師古注：「忽，怠忘也。」

〔一三〕**調鍾脣吻**

鍾，元本、弘治本、活字本、汪本、佘本、張本、兩京本、王批本、何本、訓故本、梅本、凌本、合刻本、祕書本、謝鈔本、文溯本、王本、鄭藏鈔本、張松孫本作「鐘」。《喻林》引同。雍案：「鍾」與「鐘」，古字通用。詳訓見《書記篇》「黄鐘調起」條。

章句第三十四

夫設情有宅，置言有位；宅情曰章，位言曰句。故章者，明也；句者，局也。局言者聯字以分疆，明情者總義以包體，區畛相異，而衢路交通矣。夫人之立言，因字而生句，積句而成章，積章而成篇。篇之彪炳，章無疵也；章之明靡，句無玷也；句之清英〔一〕，字不妄也；振本而末從，知一而萬畢矣。

夫裁文匠筆，篇有小大；離章合句，調有緩急；隨變適會，莫見定準。句司數字，待相接以爲用；章總一義，須意窮而成體。其控引情理，送迎際會，譬舞容迴環，而有綴兆之位；歌聲靡曼，而有抗墜之節也。尋詩人擬喻，雖斷章取義，然章句在篇，如繭之抽緒，原始要終，體必鱗次。啓行之辭，逆萌中篇之意；絕筆之言，追媵前句之旨〔二〕。故能外文綺交，內義脈注，跗萼相銜，首尾一體。若辭失其朋〔三〕，則羈旅而無友；事乖其次，則飄寓而不安。是以搜句忌於顛倒，裁章貴於順序，斯固情趣之指歸，文筆之同致也。若夫筆句無常，而字有條數，四字密而不促，六字格而非緩，或變之以三五，蓋應機之權節也。至於詩頌大體，以四言爲正，唯祈父肇禋，以二言爲句。尋二言肇於黄世，竹彈之謠是也；三言興於虞時，元首之詩是也；四言廣於夏年，洛汭之歌是也；五言見於周代，行露之章是也；六言七言，雜出詩騷；而體之篇成於兩漢：情數運周，隨時代用矣。

若乃改韻從調〔四〕，所以節文辭氣，賈誼枚乘，兩韻輒易；劉歆桓譚，百句不遷：亦各有其志也。昔魏武論賦〔五〕，嫌於積韻，而善於資代〔六〕。陸雲亦稱四言轉句，以四句爲佳。觀彼制韻，志同枚賈。然兩韻輒易，則聲韻微躁，百句不遷，則脣吻告勞〔七〕；妙才激揚，雖觸思利貞，曷若折之中和，庶保無咎。

又詩人以兮字入於句限，楚辭用之，字出句外。尋兮字成句〔八〕，乃語助餘聲，舜詠南風，用之久矣，而魏武弗好，豈不以無益文義耶！至於夫惟蓋故者，發端之首唱；之而於以者，乃劄句之舊體；乎哉矣也者，亦送末之常科。據事似閑，在用實切。巧者迴運，彌縫文體，將令數句之外，得一字之助矣。外字難謬，況章句歟？

贊曰：斷章有檢，積句不恒。理資配主，辭忌失朋。環情草調〔九〕，宛轉相騰。離合同異〔一〇〕，以盡厥能。

〔一〕**句之清英**

清，何本、淩本、梁本、清謹軒本、尚古本、岡本、王本、鄭藏鈔本作「青」。楊明照《校注》云：「按『青』字非是。《時序篇》『結藻清英』，《程器篇》『昔庾元規才華清英』，亦並作『清英』。《文選・西都賦》：『鮮顥氣之清英。』『清英』二字即出於此。」雍案：《後漢書・文苑下・邊讓傳》云：「（蔡邕）薦（讓）於何進曰：『伏惟幕府初開，博選清英。』」《晉書・文苑傳序》云：「綜採繁縟，杼軸清英。」《文選・蕭統〈序〉》：「自非略其蕪穢，集其清英。」呂延濟注：「清英，喻善也。」並可引證也。

〔二〕**追媵前句之旨**

媵，黃叔琳校云：「元作『勝』，謝改。」弘治本、何本、訓故本、清謹軒本、岡本作「媵」。《文通》二三引同。楊明照《校注》云：「按謝改是也。」雍案：「媵」字是也。《方言》卷二：「凡寄爲託，寄物爲媵。」《爾雅・釋言》：「媵，送也。」陸德明《釋文》引《方言》云：「媵，託也。」《廣雅・釋言》：「媵，託也。」《慧琳音義》卷六六「妻媵」注引《方言》云：「媵，託也。」

〔三〕**若辭失其朋**

朋，黃叔琳校云：「元作『明』。」徐𤊹云：「玩贊語，（明）當作『朋』。」何本、訓故本、謝鈔本、清謹軒本、岡本並作「朋」。《文通》引同。楊明照《校注》云：「徐校梅改是也。」雍案：朋，類也。同類謂之朋。《廣雅·釋詁三》：「朋，類也。」《太玄·釋》：「失澤朋。」范望注：「朋，類也。」《論語·學而》：「有朋自遠方來。」朱熹《集注》：「朋，同類也。」《易·損》：「十朋之龜。」李鼎祚《集解》引侯曰：「朋，類也。」《易·坤》：「利西南得朋。」惠棟述：「同類爲朋。」

〔四〕**若乃改韻從調**

鈴木云：「按『從』疑作『徙』。」楊明照《校注》云：「按鈴木說是。《文選·嵇康〈琴賦〉》：『改韻易調』，《晉書·文苑〈袁宏傳〉》：『移韻徙事』，可資旁證。姚振宗《隋書經籍志考·別集類一》引作「改韻易調」，蓋以意改也。」雍案：《說文·辵部》：「𨑒，迻也。从辵，止聲。」《廣雅·釋言》《玉篇·彳部》：「徙，移也。」《莊子·逍遙遊》：「海運則將徙於南冥。」郭慶藩《集釋》引《說文》曰：「徙，迻也。」《荀子·禮論》：「象徙道也。」王先謙《集解》引郝懿行曰：「徙者，迻也。」《爾雅·釋詁下》：「遷、運，徙也。」邢昺疏：「徙，移徙也。」

〔五〕**昔魏武論賦**

賦，《玉海》作「詩」。雍案：作「詩」是也。魏武論賦語不可考，何焯疑爲魏文，未言所出。曹氏基命，籠絡吟詠，振其英響，頗有聲色也。

〔六〕**而善於資代**

資，《玉海》作「貿」。雍案：作「貿」是也。此謂曹氏嫌於積韻，而善於變化更替也。《文選·陸機〈辨亡論上〉》：「險阻之利，俄然未改，而成敗貿理，古今詭趣，何哉？」呂向注：「貿，易也。」

〔七〕**則脣吻告勞**

脣，元本、弘治本、活字本、汪本、佘本、張本、兩京本、王批本、何本、胡本作「脣」。雍案：「脣」字是也。脣吻，謂言辭也。脣，《説文·口部》曰：「驚也。」《玉篇·口部》《廣韻·真韻》《集韻·諄韻》皆同也。「脣」，《説文·肉部》曰：「口耑也。」王筠《句讀》引《白帖》：「脣者，舌之藩。」段玉裁注：「（脣），口之厓也。」桂馥《義證》引《春秋元命苞》：「脣者，口之緣也。」《玉篇·肉部》《廣韻·諄韻》：「脣，口脣也。」《希麟音義》卷四「䏐脣」注引《切韻》：「脣，口脣也。」《釋名·形體》：「脣，緣也，口之緣也。」《文選·曹冏〈六代論〉》云：「姦情散於胷懷，逆謀消於脣吻。」《資治通鑑・漢紀六十》云：「頗能弄脣吻。」

〔八〕尋兮字成句

成，元本、弘治本、汪本、佘本、張本、兩京本、王批本、胡本、訓故本、文津本皆作「承」。文溯本剜改爲「成」。楊明照《校注》云：「按『承』字是。」雍案：「承」者，接也。《文選・王延壽〈魯靈光殿賦〉》：「於是乎連閣承宮。」呂向注：「承，接也。」

〔九〕環情草調

草，黄叔琳校引孫云：「當作『節』。」楊明照《校注》云：「按孫説於文意雖通，於致誤之由則失，未可從也。疑原是『革』字，『草』其形誤。革，改也；《易・革卦》鄭注更也。《詩・大雅・皇矣》毛傳革調，即篇中『改韻從原作「從」，此依鈴木氏説改。調』之意也。徐𤇯亦校為「革」，可謂先得我心。」雍案：《別雅》卷二：「革，更也。」吳玉搢注：「『革』即『更』之入聲字，聲義皆可相通。」

〔一〇〕離合同異

合同，黄叔琳校云：「王本作『同合』」。元本、弘治本、活字本、汪本、佘本、兩京本、王批本、何本、胡本、合刻本、梁本、清謹軒本、尚古本、岡本、四庫本、王本、鄭藏鈔本、崇文本並作「同合」。雍案：諸本作「同合」是也，「合同」二字當乙。

麗辭第三十五

造化賦形，支體必雙，神理爲用，事不孤立。夫心生文辭，運裁百慮，高下相須，自然成對。唐虞之世，辭未極文，而皋陶贊云：罪疑惟輕，功疑惟重。益陳謨云：滿招損，謙受益。豈營麗辭，率然對爾。易之文繫，聖人之妙思也。序乾四德，則句句相銜；龍虎類感，則字字相儷；乾坤易簡，則宛轉相承；日月往來，則隔行懸合。雖句字或殊，而偶意一也。至於詩人偶章，大夫聯辭，奇偶適變，不勞經營。自揚馬張蔡，崇盛麗辭，如宋畫吳冶，刻形鏤法，麗句與深采並流，偶意共逸韻俱發。至魏晉群才，析句彌密，聯字合趣，剖毫析釐〔一〕。然契機者入巧，浮假者無功。

故麗辭之體，凡有四對：言對爲易，事對爲難；反對爲優，正對爲劣。言對者，雙比空辭者也；事對者，並舉人驗者也；反對者，理殊趣合者也；正對者，事異義同者也。長卿上林賦云：修容乎禮園，翱翔乎書圃。此言對之類也。宋玉神女賦云：毛嬙鄣袂，不足程式；西施掩面，比之無色。此事對之類也。仲宣登樓云：鍾儀幽而楚奏，莊舄顯而越吟。此反對之類也。孟陽七哀云：漢祖想枌榆，光武思白水。此正對之類也。凡偶辭胸臆，言對所以爲易也；徵人之學〔二〕，事對所以爲難也；幽顯同志，反對所以爲優也；並貴共心〔三〕，正對所以爲劣也。又以事對，各有反正，指類而求，萬條自昭然矣〔四〕。

張華詩稱：遊鴈比翼翔，歸鴻知接翮；劉琨詩言：宣尼悲獲麟，西狩泣孔邱〔五〕。若斯重出，即對句之駢枝也。是以言對爲美，貴在精巧；事對所先，務在允當。若兩事相配，而優劣不均，是驥在左驂〔六〕，駑爲右服也。若夫事或孤立，莫與相偶，是夔之一足，跉踔而行也〔七〕。若氣無奇類，文乏異采，碌碌麗辭，則昏睡耳目。必使理圓事密，聯璧其章，迭用奇偶，節以雜佩，乃其貴耳。類此而思，理自見也。

贊曰：體植必兩，辭動有配。左提右挈，精味兼載。炳爍聯華，鏡靜含態。玉潤雙流，如彼珩珮。

〔一〕**剖毫析釐**

剖，黃叔琳校云：「一作『割』。」元本、弘治本、汪本、佘本、張本、兩京本、王批本、何本、胡本、訓故本、梅本、凌本、合刻本、梁本、祕書本、謝鈔本、彙編本、清謹軒本、尚古本、岡本、四庫本、王本、張松孫本、鄭藏鈔本、崇文本，並作「割」。《詩紀别集》二、《漢魏詩乘總録》引同。何焯改「剖」。楊明照《校注》云：「按『剖』『割』形近，每易淆誤。《文選·西京賦》：『剖析毫釐。』即此語之所自出，不作『割』。《體性篇》『剖析毫釐』，亦可證。黄氏依何校改『剖』，是也。」雍案：《慧琳音義》卷八六「剖析」注引《説文》云：「剖，割也。」《莊子·逍遥遊》：「剖之以爲瓢。」成玄英疏：「剖，分割之也。」「剖」與「割」，分也，古義相通。

〔二〕徵人之學

徵，黄叔琳校云：「元作『擬』；一作『徵』。」弘治本、汪本、兩京本、王批本、胡本、何本、訓故本、萬曆梅本作「徵」。徐𤊹云：「（徵）當作『徵』。」唐云：「『徵』當作『徵』，蓋用事則人之學可見矣。」見凌本、合刻本、梁本劉永濟云：「今按當作『擬人貴學』，『貴』字誤入下文『並貴同心』句，『並貴』當依紀評作『並肩』，各本皆誤。此文謂事對必舉人相擬，舉人之功，在乎博學，學不博則擬人不於其倫，故曰『所以爲難也。』」楊明照《校注》云：「按晉宋以降，隸事之風日盛，舍人曾列事類一篇論之；上文亦名言『事對爲難』。由弘治本、汪本等作『徵』推之，必原是『徵』字。元本、活字本、謝鈔本正作『徵』，未誤。梅慶生初校謂當作『擬』，見萬曆本第六次校定本即改爲『徵』。見天啓本可謂擇善而從矣。劉説非是。」雍案：「徵」字是也。徵，證驗也。《漢書·董仲舒傳》：「善言天者必有徵於人。」顏師古注：「徵，證。」《禮記·中庸》：「久則徵。」鄭玄注：「徵，猶效驗也。」《說文·壬部》段玉裁注：「徵者，驗也。」徐鍇《繫傳》：「徵，徵驗也。」篇中文曰：「事對者，並舉人驗者也。」蓋「徵人之學」乃舍人本旨也。

〔三〕並貴共心

紀昀云：「貴，當作『肩』。」楊明照《校注》云：「按上文之『幽顯同志』云云，是就所舉《登樓賦》例言，此處之『並貴共心』云云，則指所舉《七哀》詩例言。高祖、光武俱爲帝王，故云『並貴』；想枌榆、思白水同是念鄉，故云『共心』。紀說誤。近於南京圖書館臨所藏傳録何焯校本，何氏亦云：『並貴，謂高祖、光武。』」雍案：《孝經·聖治章》：「人爲貴。」邢昺疏：「夫稱貴者，是殊異可重之名。」《廣雅·釋言》《玉篇·貝部》：「貴，尊也。」帝王貴爲九五之尊，蓋以「貴」言高祖、光武也。

〔四〕萬條自昭然矣

范文瀾云：「案『萬』字衍，『自』爲『目』之誤。當作『……條目昭然』，即上所云『四對也。』」楊明照《校注》云：「按『萬條』，喻其多。如它篇之言『衆條』《檄移篇》「凡此衆條」『衆例』《銘箴篇》「詳觀衆例」然。『萬』字非衍文，『自』字亦未誤。『指類而求，萬條自昭然矣』，即觸類自能旁通之意。原謂由己論列者類推，並非複述上之『四對』。范説誤。」雍案：漢王充《論衡·藝增》云：「夫千與萬，數之大名也。萬言衆多，故《尚書》言『萬國』，《詩》言『千億』。」《莊子·秋水》：「號物之數謂之萬。」《書·湯誥序》：「誕告萬方。」孔穎達疏：「萬者，舉盈數。」

〔五〕**西狩泣孔邱**

泣，馮舒校作「涕」。元本、弘治本、活字本、汪本、佘本、張本、兩京本、王批本、何本、合刻本、謝鈔本、尚古本、岡本、文津本、王本、鄭藏鈔本、崇文本並作「涕」。楊明照《校注》云：「按《晉書·（謝）琨傳》作『泣』；《文選》作『涕』。舍人原作何字雖不可知，然其義固無害也。」雍案：《説文·水部》：「無聲出涕曰泣。」《玉篇·水部》：「泣，無聲出涕也。」《説文·水部》《集韻·薺韻》：「涕，泣也。」《小學蒐佚·韻詮》：「涕，泣淚也。」

〔六〕**是驥在左驂**

驥，《類要》三二引作「驪」；《吟窗雜録》同。雍案：驥，乃「驪」之譌也。驪，「盜驪」之省也。《玉篇·馬部》：「驪，盜驪，千里馬也。」《列子·周穆王篇》：「命駕八駿之乘：……次車之乘：……左驂盜驪而右山子。」

〔七〕**跉踔而行也**

跉，譚獻校作「踸」。元本、弘治本、汪本、佘本、張本、兩京本、王批本、胡本、訓故本、謝鈔本、四庫本皆作「踸」。《吟窗雜録》《喻林》八九、《漢魏詩乘總録》《藝苑卮言》《天中記》三七、《翰苑新書序》《續文章緣起》引同。《類要》作「堪」，乃傳寫之誤。楊明照《校注》云：「按『跉』字《說文》所無，新附有『踸』字。《楚辭・東方朔〈七諫〉》：『馬蘭踸踔而日加。』《文賦》：『故踸踔於短垣。』《江文通文集・鏡論語》：『寧踸踔於馬蘭。』是古人率用『踸』字。又按舍人此文本《莊子・秋水篇》，黄氏所注是也。范注先引韓非子事既不愜，繼引莊子文又未備，皆非。」雍案：《集韻・豏韻》：「楚錦切，上寑，初。」「跉，或作踸。」「跉，跉踔，行不進皃。」《莊子・秋水》：「吾以一足跉踔而行。」陸德明《釋文》引李云：「跉卓，行貌。」成玄英疏：「跉踔，跳躑也。」《廣雅・釋詁三》：「逴，蹇也。」王念孫《疏證》：「《莊子・秋水篇》云：『吾以一足跉踔而行。』『跉踔』與『踸踔』同，亦作『踸踔』。」

比興第三十六

詩文弘奥，包韞六義，毛公述傳，獨標興體，豈不以風通而賦同〔一〕，比顯而興隱哉！故比者，附也；興者，起也。附理者切類以指事，起情者依微以擬議。起情故興體以立，附理故比例以生。比則畜憤以斥言〔二〕，興則環譬以記諷〔三〕。蓋隨時之義不一，故詩人之志有二也。

觀夫興之託諭〔四〕，婉而成章，稱名也小，取類也大。關雎有別，故后妃方德；尸鳩貞一，故夫人象義〔五〕。義取其貞，無從於夷禽〔六〕；德貴其別，不嫌於鷙鳥。明而未融，故發注而後見也。且何謂爲比？蓋寫物以附意，颺言以切事者也。故金錫以喻明德，珪璋以譬秀民〔七〕，螟蛉以類教誨，蜩螗以寫號呼，澣衣以擬心憂，席卷以方志固〔八〕：凡斯切象，皆比義也。至如麻衣如雪，兩驂如舞，若斯之類，皆比類者也。楚襄信讒〔九〕，而三閭忠烈，依詩製騷，諷兼比興。炎漢雖盛，而辭人夸毗，詩刺道喪〔一〇〕，故興義銷亡。於是賦頌先鳴，故比體雲構，紛紜雜遝，信舊章矣。

夫比之爲義，取類不常：或喻於聲，或方於貌，或擬於心，或譬於事。宋玉高唐云：纖條悲鳴，聲似竽籟。此比聲之類也。枚乘菟園云：焱焱紛紛〔一一〕，若塵埃之間白雲。此則比貌之類也。賈生鵩賦〔一二〕云：禍之與福，何異糾纆。此以物比理者也。王褒洞簫云：優柔溫潤，如慈父之畜子也〔一三〕。此以聲比心者也。馬融長笛云：繁縟絡繹，范蔡之說也。此以響比辯者也。張衡南都云：起鄭舞，蠒曳緒〔一四〕。此以容比物者也。若斯之類，辭賦所先，日用乎比，月忘乎興，習小而棄大，所以文謝於周人也。至於揚班之倫，曹劉以下，圖狀山川，影寫雲物，莫不纖綜比義〔一五〕，以敷其華，驚聽回視，資此効績〔一六〕。又安仁螢賦云：流金在沙。季鷹雜詩〔一七〕云：青條若總翠。皆其義者也。故比類雖繁，以切至爲貴，若刻鵠類鶩〔一八〕，則無所取焉。

贊曰：詩人比興，觸物圓覽。物雖胡越，合則肝膽。擬容取心，斷辭必敢。攢雜詠歌，如川之渙〔一九〕。

〔一〕豈不以風通而賦同

通，黃叔琳校云：「一作『異』。」天啓梅本改「異」。楊明照《校注》云：「按『通』，謂通於美刺；『同』，謂同爲鋪陳。天啓梅本改『通』爲『異』，非是。」雍案：「通」者，達也。《玉篇·辵部》《廣韻·東韻》：「通，達也。」《逸周書·皇門》：「罔不允通。」朱右曾《集訓校釋》：「通，達也。」《資治通鑑·周紀二》：「文通儻饒智略。」胡三省注：「通，達也。」

〔二〕**比則畜憤以斥言**

楊明照《校注》云：「按『畜』當作『蓄』，音之誤也。《説文·艸部》：『蓄，積也。』又《田部》：『畜，田畜也。』是二字意義各别。《情采篇》：『蓋風雅之興，志思蓄憤。』尤爲切證。何本、梁本、别解本、尚古本、岡本、王本、鄭藏鈔本、崇文本作『蓄』，不誤；何焯《鈍吟雜録評》、浦銑《歷代賦話續集》十四引同。當據改。」雍案：「畜」與「蓄」，古相通假，義亦同。畜，積也。讀曰蓄見《漢書·景帝紀》：「素有畜積。」顔師古注。《廣韻》將之歸沃部：「許竹切，入屋，曉。」《易·小畜》：「小畜，亨。」陸德明《釋文》：「畜，積也，聚也。」《大戴禮記·文王官人》：「喜氣内畜。」王聘珍《解詁》：「畜，積也。」《易·師》象傳：「君子以容民畜衆。」陸德明《釋文》：「畜，聚也。」《玉篇·艸部》：「蓄，蓄積也。」《文選·班固〈西都賦〉》：「願賓攄懷舊之蓄念。」李善注引孔安國《尚書傳》曰：「蓄，積也。」《成公綏〈嘯賦〉》：「舒蓄思之悱憤。」吕向注：「蓄，積也。」

〔三〕 **興則環譬以記諷**

記，黄叔琳校云：「一作『託』。」徐𤊹校「託」。天啓梅本改「託」，張松孫本同。《鈍吟雜録評》引作「託」。張本作「寄」。楊明照《校注》云：「按『記諷』不辭，『寄』字亦誤，當以作『託』爲是。此云『託諷』，下云『託諭』，其意一也。《漢書·敍傳下·司馬相如傳述》：『寓言淫麗，託風始終。』顔注：「風讀若諷。」終始。』《文選·顔延之〈五言詠（阮步兵）〉》詩：『寓辭類託諷。』並以『託諷』連文。《史通·序傳篇》：「或託諷以見其情。」語訓故本作『託』，未誤。當據改。」雍案：《説文·言部》：「託，寄也。从言，乇聲。」《方言》卷二：「託，寄也。凡寄爲託。」

〔四〕 **觀夫興之託諭**

楊明照《校注》云：「按《文選·曹植〈七啓〉》：『假靈龜以託諭。』『諭』與『喻』同。」雍案：《玉篇·言部》《廣韻·遇韻》：「諭，譬諭也。」《史通·惑經》：「其所未諭者十二。」浦起龍《通釋》：「（諭）、喻通。」《周禮·地官·師氏》：「掌以媺詔王。」鄭玄注：「教之以事而諭諸德者也。」孫詒讓《正義》：「諭，《禮記》作『喻』，義同。」

〔五〕**尸鳩貞一，故夫人象義**

夫，訓故本作「淑」；「義」，作「儀」。楊明照《校注》云：「按《詩·曹風·鳲鳩》：『鳲鳩在桑，其子七兮；淑人君子，其儀一兮。』如訓故本，是舍人此文所指，爲《曹風》之鳲鳩矣。王氏注即引《曹風·鳲鳩》然元明各本皆作『夫人象義』，則所指乃《召南》之鵲巢。原文黃、范兩家注已具上云『后妃方德』，此云『夫人象義』，正相匹對。王本作『淑人』嫌泛，非也。」雍案：「義」與「儀」，古今字，其義同，讀曰儀。《大戴禮記·目録》：「哀公問五義。」王聘珍《解詁》：「義，讀曰儀。」《千乘》：「上有義。」王聘珍《解詁》同上。《管子·七法》：「義也謂之象。」《集校》引何如璋云：「義，字讀作儀。」《尚書大傳》卷一：「尚考太室之義。」鄭玄注：「義，當爲『儀』。」《經籍籑詁·支韻》：「《楊信碑》：『追念義刑。』『儀』作『義』。」《經義述聞·左傳中·婦義事也》：「《小雅·楚茨篇》『禮儀卒度』，《韓詩》作『義』；《周官·大行人》『大客之儀』，《大戴禮·朝事篇》作『義』；《樂記》『制之禮義』，《漢書·禮樂志》作『儀』；《周語》『示民軌儀』，《大射儀》注引作『義』。」

〔六〕**無從於夷禽**

郝懿行云：「按『夷禽』，未詳其義。」黃侃云：「從，當爲『疑』字之誤。」楊明照《校注》

云：「按『從』，讀曰縱。《說文・糸部》：「縱，緩也；一曰舍也。」《後漢書・譙玄傳》章懷注：「縱，舍也。」夷，常也。《書・顧命傳》《詩・大雅・皇矣傳》『無從於夷禽』，言常禽如尸鳩亦可歌詠，而不捨棄也。許印芳《詩法萃編》三引作「無惡於拙禽」，蓋以意改，非是。」雍案：《論語・八佾》：「從之，純如也。」邢昺疏：「從，讀曰縱，謂放縱也。」劉寶楠《正義》：「從，同『縱』，謂縱緩之也。」《類篇・彳部》：「從，舍也。」「從，緩也。」《義府・從心》：「從，當讀爲縱。」《詩・齊風・南山》：「曷又從止。」馬瑞辰《傳箋通釋》：「從之言縱，亦有自由自便之意。」《說文・大部》段玉裁注：「《皇矣傳》曰『夷，常也』者，謂之即『彝』之叚借也。」《詩・大雅・瞻卬》：「靡有夷屆。」毛傳：「夷，常也。」孔穎達疏：「夷，常。《釋詁》文彼『夷』作『彝』，音義同。」蓋舍人「無從於夷禽」，義謂無自由於常禽耳。

〔七〕珪璋以譬秀民

楊明照《校注》云：「按此文有誤字。梅慶生以來各家俱引《詩・大雅・卷阿》之十一章以注，似是而實非也。因《卷阿》詩文與『秀民』無涉，恐非舍人所指。秀，當作『誘』。今本脫其言旁耳。《大雅・板》：『天之牖民，如壎如篪，如璋如圭，如取如攜，攜無曰益，牖民孔易。』毛傳：『牖，道也。……如璋如圭，言相合也。』孔疏：『「牖」與「誘」，古字通用。』《風俗通義・聲音篇》《書鈔》十引：『天之牖民』作『天之誘民』；《禮記・樂記》《韓詩外傳》五、《史記・樂書》引『牖民孔易』作『誘民孔易』。則此處之『秀民』，當作『誘民』無疑。舍人用經傳語多從別本，此又一證矣。」雍案：《廣雅・釋詁三》：「牖，道也。」王念孫《疏證》：「道謂之牖，故道引亦謂之牖。」《說文・片部》段玉裁注：「牖所以通明，故叚爲『誘』。」朱駿聲《通訓定聲》：「牖，叚借爲『迪』，或爲『羑』，即『誘』也。」《詩・大雅・板》：「天之牖民。」孔穎達疏：「『牖』與『誘』古字通用，故以爲導也。」陳奐《傳疏》：「『牖』者，『誘』之假借。」馬瑞辰《傳箋通釋》：「『誘』『牖』通用。」李富孫《詩經異文釋》：「《風俗通聲音》《北堂書鈔》十、《御覽》八七並引作『誘民』。」《說文・厶部》：「㕗，相訹呼也。」「秀民」，語見《國語・齊語》：「其秀民之能爲士者。」韋昭注：「秀民，民之秀出者也。」蓋「秀民」，與「誘民」義異，非舍人所指耳。

〔八〕席卷以方志固

席卷，黄叔琳校云：「汪本作『卷席』。」楊明照《校注》云：「按元本、弘治本、活字本、佘本、張本、兩京本、王批本、胡本、四庫本亦並作『卷席』；《詩紀別集》一引同。是也。上云『澣衣』，此云『卷席』，文始相儷。」雍案：楊説極是。束裝而行謂之卷席。唐李賀《將發》：「東牀卷席罷。」王琦注：「卷席，束裝而行也。」

〔九〕楚襄信讒

楚襄，元本、弘治本、活字本、汪本、張本、兩京本、王批本、何本、胡本、萬曆梅本、凌本、合刻本、梁本、祕書本、謝鈔本、彙編本、清謹軒本並作「襄楚」。《詩紀別集》引同。馮舒云：「襄楚，當作『楚襄』。」天啓梅本改「襄楚」。尚古本、岡本作「楚懷」。楊明照《校注》云：「按三閭見讒，不止楚懷一代，亦非始於楚襄之世。下文以『炎漢雖盛，而辭人夸毗』與此對言，則『襄』字當依天啓梅本改作『衰』，始合文意。作『襄』作『懷』均非。《才略篇》『趙衰以文勝從饗』，元本、弘治本、活字本、汪本等亦誤『衰』爲『襄』，與此正同。」雍案：楊說是也。「衰」者，寖微也。《文選·宋玉〈風賦〉》：「至其將衰也。」李周翰注：「衰，微也。」《後漢書·二十八將傳論》：「若乃王道既衰。」張銑注：「衰，微也。」

〔一〇〕詩刺道喪

曹學佺云：「『詩』，當作『諷』。」譚獻說同。楊明照《校注》云：「按訓故本正作『諷』。當據改。《書記篇》有「詩人諷刺」語《漢書·藝文志》：『楚臣屈原，離讒憂國，皆作賦以風，咸有惻隱古詩之義；其後宋玉唐勒，漢興，枚乘司馬相如下及揚子雲，競爲侈麗閎衍之詞，沒其風諭之義。』足與此文相發。又按『刺』，當依何本、梅本、凌本、王本改作『刺』。」雍案：《匡謬正俗》：「諷刺，謂自下而上；教化，謂自上而下。」《廣韻・送韻》：「諷，諷刺。」《集韻・送韻》：「諷，諫諷。」《廣雅・釋詁四》：「諷，教也。」《集韻・東韻》：「諷，告也。」《詩・序》：「風，風也，教也。」孔穎達疏：「諷，謂微加曉告。」陸德明《釋文》引崔云：「用風感物則謂之諷。」《文選・揚雄〈甘泉賦序〉》：「奏甘泉賦以風。」

〔一一〕猋猋紛紛

楊明照《校注》云：「枚賦此段寫鳥，合是『猋』字。猋猋紛紛，蓋形容衆鳥『往來霞水，離散沒合』之變化多端，不可名狀。」雍案：《說文・犬部》：「猋，犬走皃。音飇。」猋，又作「颮」。《說文・風部》：「颮，古『飇』字也。」《文選・班固〈西都賦〉》：「颮颮紛紛，矰繳相纏。」李善注：「颮颮紛紛，衆多之貌也。」又引《說文》云：「颮，古『飇』字。」《集韻・覺韻》：「颮颮，衆多皃。」《廣韻・覺韻》：「颮颮紛紛，衆多皃。」

〔一二〕賈生鵩賦

顧廣圻云：「賦，當作『鳥』。」譚獻說同。楊明照《校注》云：「按顧、譚說是。此段所引《高唐》《菟園》《洞簫》《長笛》《南都》諸賦，皆未著『賦』字，此亦應爾。《詮賦篇》亦引《菟園》《洞簫》《鵩鳥》諸賦，而『鵩鳥』正不作『鵩賦』。」雍案：《文選・賈誼〈鵩鳥賦〉》：「鵩似鴞，不祥鳥也。」李善注引晉灼引《巴蜀異物志》：「有鳥小如雞，體有文色，土俗因形名之曰鵩，不能遠飛，行不出域。」

〔一三〕如慈父之畜子也

畜，元本、弘治本、活字本、汪本、佘本、張本、兩京本、王批本、何本、訓故本、梅本、凌本、合刻本、祕書本、謝鈔本、彙編本、王本、張松孫本、鄭藏鈔本、崇文本並作「愛」。《詩紀別集》《賦略緒言》引同。何焯改「畜」。楊明照《校注》云：「按梅本有校語云：『本賦作「畜」字。』是黄氏據《文選·洞簫賦》改爲『畜』也。意舍人所見本有作『愛』者，不然，『愛』『畜』二字之形不近，何由致誤？」雍案：楊說是。《呂氏春秋·節喪》：「慈親之愛其子也。」高誘注：「愛，心不能忘也。」可以引證。

〔一四〕蠒曳緒

曳，黄叔琳校云：「元作『抽』，按本賦改。」楊明照《校注》云：「按謝鈔本即作『曳』。元本等作『抽』，非出舍人誤記，即由寫者依《章句篇》『如繭之抽緒』妄改。」雍案：楊說是。《說文·申部》：「曳，臾曳也。从申，丿聲。」《玉篇·申部》《廣韻·祭韻》：「曳，牽也，引也。」李賀《嘲少年》：「絲曳紅鱗出深沼。」王琦注：「曳，引也，牽也。」

〔一五〕**莫不纖綜比義**

纖，黄叔琳校云：「疑作『織』」。雍案：纖，乃「織」之譌。劉文《正緯篇》有「蓋緯之成經，其猶織綜」，又有「先緯後經，體乖織綜」，並可引證。綜乃機縷也，所以持經而施緯，使不失其條理者也。

〔一六〕**資此劾績**

楊明照《校注》云：「按《國語·魯語下》：『男女效績。』韋注：『績，功也。』《文選·文賦》：『立片言而居要，乃一篇之警策。雖衆辭之有條，必待茲而效績。』李注：『必待警策之言，以效其功也。』《廣韻·效韻》：『效，又效力、效驗也。』『劾』俗。」雍案：《墨子·明鬼下》：「官府選效。」孫詒讓《閒詁》：「劾，俗『效』字。」《玉篇·力部》：「劾，俗『效』字。」《說文·攴部》段玉裁注：「《廣韻》云：『俗字作『劾』。』今俗分别效力作『劾』，效法、效驗作『效』，尤爲鄙俚。」

〔一七〕**季鷹雜詩**

雜，元本、弘治本、活字本、汪本、佘本、兩京本、王批本、胡本、訓故本、文津本作「春」。

《詩紀別集》《賦略緒言》引同。徐𤒹「春」校「雜」。文溯本剜改爲「雜」。馮舒「雜」校「春」。何焯同。楊明照《校注》云：「按《文選》卷二九題作《雜詩》，徐氏蓋據《文選》校也。覆按其詞，實寫暮春篇首即著「暮春」二字景象，似以作『春』爲是。」雍案：作「春」字是也。

〔一八〕**若刻鵠類鶩**

鵠，黄叔琳校云：「元作『鶴』，謝改。」何本、訓故本、别解本、謝鈔本、尚古本、岡本作「鵠」。《歷代賦話續集》十四引同。雍案：「鵠」字是也。《後漢書·馬援傳》：「學龍伯高不就，猶爲謹飭之士，所謂刻鵠不成尚類鶩者。」

〔一九〕**如川之渙**

黄侃《札記》云：「『渙』字失韻，當作『澮』，字形相近而誤。澮淡，水貌也。」雍案：「如川之澮」，乃謂充足也。《别雅》卷四：「澮，贍也。」《漢書·司馬遷傳》：「澮足萬物。」顔師古注：「澮，古『贍』字。」《吕氏春秋·上德》云：「澮乎四海。」《集釋》引俞樾曰：「古書每以『澮』爲贍足之『贍』。」

夸飾第三十七

夫形而上者謂之道，形而下者謂之器。神道難摹，精言不能追其極；形器易寫，壯辭可得喻其真；才非短長，理自難易耳。故自天地以降，豫人聲貌，文辭所被，夸飾恒存。雖詩書雅言，風格訓世〔一〕，事必宜廣，文亦過焉。是以言峻則嵩高極天，論狹則河不容舠，説多則子孫千億，稱少則民靡孑遺；襄陵舉滔天之目，倒戈立漂杵之論：辭雖已甚，其義無害也。且夫鴞音之醜，豈有泮林而變好？荼味之苦，寧以周原而成飴？並意深褒讚，故義成矯飾。大聖所録，以垂憲章，孟軻所云説詩者不以文害辭，不以辭害意也〔二〕。

自宋玉景差，夸飾始盛。相如憑風，詭濫愈甚：故上林之館，奔星與宛虹入軒；從禽之盛，飛廉與鷦鷯俱獲〔三〕。及揚雄甘泉，酌其餘波，語瓌奇則假珍於玉樹，言峻極則顛墜於鬼神。至東都之比目，西京之海若，驗理則理無不驗〔四〕，窮飾則飾猶未窮矣。又子雲羽獵〔五〕，鞭宓妃以饟屈原；張衡羽獵，困元冥於朔野〔六〕。孌彼洛神，既非罔兩；惟此水師，亦非魑魅〔七〕；而虚用濫形，不其疎乎！此欲夸其威而飾其事，義睽刺也。至如氣貌山海，體勢宫殿，嵯峨揭業，熠燿焜煌之狀，光采煒煒而欲然，聲貌岌岌其將動矣。莫不因夸以成狀〔八〕，沿飾而得奇也。於是後進之才，奬氣挾聲，軒翥而欲奮飛，騰擲而羞跼步〔九〕。辭入煒燁，春藻不能程其豔；言在萎絶，寒谷未足成其凋。談歡則字與笑並，論慼則聲共泣偕〔一〇〕，信可以發藴而飛滯，披瞽而駭聾矣。

然飾窮其要，則心聲鋒起；夸過其理，則名實兩乖。若能酌詩書之曠旨，翦揚馬之甚泰，使夸而有節，飾而不誣，亦可謂之懿也。

贊曰：夸飾在用，文豈循檢。言必鵬運，氣靡鴻漸。倒海探珠，傾崑取琰。曠而不溢，奢而無玷。

〔一〕**風格訓世**

格，謝鈔本作「俗」。顧廣圻校作「俗」。楊明照《校注》云：「按『風格訓世』，義不可通。作『俗』是也。《議對篇》「風格存焉」，《御覽》五九五引「格」作「俗」，是二字易譌之例。風，讀爲『諷』。風俗訓世，即《詩大序》『風，風也；風以動之，教以化之』之意。慧皎《高僧傳序》：『明詩書禮樂，以成風俗之訓。』語意與此同，尤爲切證。」雍案：《集韻·東韻》：「風，諷也。」《説文通訓定聲・豐部》：「風者，諷也。」《周禮・夏官・合方氏》：「同其好善。」鄭玄注：「謂風俗所高尚。」孔穎達疏：「風，謂政教所施。」

〔二〕**孟軻所云說詩者不以文害辭，不以辭害意也**

朱熹《集注》云：「文，字也。辭，語也。逆，迎也。……言說詩之法，不可以一字而害一句之義，不可以一句而害設辭之志，當以己意迎取作者之志，乃可得之。」雍案：朱熹所注謂「文，字也」，乃片面之解。文，於此當作「文飾」解爲是。《孝經・喪親》：「言不文。」陸德明《釋文》：「文，文飾也。」《易・乾》：「文言曰。」孔穎達疏引莊氏云：「文，謂文飾也。」

〔三〕**飛廉與鷦鵬俱獲**

黃叔琳校云：「按本賦作『焦明』。」雍案：黃校是也。鷦鵬，乃「焦明」之譌。《史記・司馬相如傳》：「（上林賦）掩焦明。」《集解》：「焦明似鳳。」《正義》：「案：長喙，疏翼，員尾，非幽閑不集，非珍物不食。」《楚辭・劉向〈九歎・遠遊〉》：「駕鸞鳳以上遊兮，從玄鶴與焦鷦明。」王注：「鷦明，俊鳥也。」焦明，與『鷦明』音義同。

〔四〕驗理則理無不驗

雍案：不驗，乃「可驗」之譌。此謂徵幾微之理，則無可證也。《大戴禮記・本命》云：「可驗而後言。」王聘珍《解詁》：「驗，徵也。」

〔五〕又子雲羽獵

羽，黃叔琳校云：「一作『校』。」元本、弘治本、活字本、汪本、佘本、張本、兩京本、王批本、何本、胡本、梅本、凌本、合刻本、梁本、祕書本、清謹軒本、尚古本、岡本、四庫本、王本、張松孫本、鄭藏鈔本、崇文本並作「校」。湯氏《續文選》二七、胡氏《續文選》十二、《文儷》十三、《四六法海》《賦略緒言》引同。梅慶生云：「（校）當作『羽』。」楊明照《校注》云：「按以《通變篇》引『出入日月，天與地沓』二句而標爲『校獵』證之，此當依諸本作『校』，前後始能一律。黃氏從梅校徑改爲『羽』，非是。」雍案：「校」字是也。「校獵」者，設柵欄以便圈圍野獸，然後獵取也。《文選・枚乘〈七發〉》：「恐虎豹，慴鷙鳥，逐馬鳴鑣，魚跨麋角，……此校獵之至壯也。」《漢書・成帝紀》：「從胡客大校獵。」顏師古注：「校，謂用木自相貫穿以爲闌校耳。」《資治通鑑・漢紀四十五》：「帝校獵上林苑。」胡三省注：「校，欄格也。」《集韻・效韻》：「校，木爲欄格，軍部及養馬用之。」

〔六〕困元冥於朔野

元，元本、弘治本、汪本、佘本、張本、兩京本、王批本、何本、梅本、凌本、合刻本、梁本、祕書本、謝鈔本、別解本、尚古本、岡本、崇文本皆作「玄」。湯氏《續文選》、胡氏《續文選》《文儷》《四六法海》《賦略緒言》《文通》二二引同。清謹軒本、四庫本作「玄」，闕末筆。楊明照《校注》云：「按『玄』字是。玄冥，水正也。見《左傳·昭公二十九年》。」雍案：「玄」者，謂北也。「玄冥」者，水正，北方之神也。《楚辭·大招》：「玄淩浹行。」王逸注：「玄，玄冥，北方之神也。」《文選·揚雄〈羽獵賦〉》：「處於玄宮。」李善注：「玄，北方也。」又《吳質〈答東阿王書〉》：「至乃歷玄闕。」張銑注：「玄，北也。」

〔七〕惟此水師，亦非魑魅

師，元本、弘治本、活字本、汪本、佘本、張本、兩京本、王批本、何本、胡本、訓故本、萬曆梅本、凌本、合刻本、梁本、祕書本、謝鈔本、別解本、尚古本、岡本、王本、鄭藏鈔本、崇文本皆作「怪」。湯氏《續文選》、胡氏《續文選》《四六法海》《賦略緒言》引同。楊明照《校注》云：「按《國語·魯語下》：『木石之怪，曰夔蝄蜽；水之怪，曰龍罔象。』《左傳·宣公三年》：『螭魅罔兩。』杜注：『魅，怪物。』是『怪』字未誤。黃本作『師』，蓋據天啓梅本改也。」雍案：水怪，語見《文選·木華〈海賦〉》：「其垠則有天琛水怪。」《文選·孫綽〈遊天台山賦〉》：「始經魑魅之塗。」李善注：「魅，怪物也。」《慧琳音義》卷四一「魑魅」注引《考聲》：「魑魅，鬼神爲恠。」

〔八〕莫不因兮以成狀

楊明照《校注》云：「按『狀』疑當作『壯』，與下句之『奇』對。篇首亦言『壯辭』也。」雍案：楊說是也。《詩·小雅·采芑》：「克壯其猶。」毛傳：「壯，大也。」《文選·左思〈魏都賦〉》：「非醇粹之方壯。」張銑注：「壯，大也。」

〔九〕騰擲而羞跼步

擲，元本、弘治本、汪本、佘本、張本、兩京本、王批本、何本、胡本、凌本、合刻本、梁本、別解本、清謹軒本、尚古本、岡本、四庫本、王本、鄭藏鈔本、崇文本皆作「躑」。湯氏《續文選》、胡氏《續文選》《文儷》《四六法海》《賦略緒言》引同。《何氏類鎔》十五有此文，亦作「躑」。楊明照《校注》云：「按『躑』爲『蹢』之後起字，『擲』又『躑』之俗體，當據改爲『躑』。」雍案：《慧琳音義》卷三九「擲躅」注：「擲，亦從『足』作『躑』。」《慧琳音義》卷六六「跳躑」注：「躑，正作『蹢』。論文作『躑』，俗字也。」《文選·司馬彪〈贈山濤〉》：「撫劍起躑躅。」李善注：「躑躅，與『蹢躅』同。」又《楚辭·九思·憫上》：「待天明兮立躑躅。」《舊注》：「躑躅，一作

『蹢躅』。」《文選·張衡〈東京賦〉》：「豈徒跼高天蹐厚地而已哉。」薛綜注：「跼，傴僂也。」《文選·赭白馬賦》李善注引《字林》：「跼，踡行不申也。」《戰國策·齊策五》：「則亡天下可跼足而須也。」鮑彪注：「跼，不伸也。」《慧琳音義》卷八三「跼蹐」注引顧野王云：「跼，不伸，亦曲也。」《集韻·燭韻》：「跼，踡跼不伸也。」《玉篇·足部》《廣韻·燭韻》：「跼，踡跼。」

〔一〇〕**談歡則字與笑並，論慼則聲共泣偕**

字，徐𤊹校作「容」。偕，《經史子集合纂類語》九引作「諧」。楊明照《校注》云：「按徐校馮引皆非。《文賦》：『思涉樂其必笑，方言哀而已歎。』《抱朴子外篇·嘉遁》：『言歡則木梗怡顏如巧笑，語戚則偶象嚬㘎而滂沱。』並足與此文相發。」雍案：楊説是。《類篇·子部》：「字，文也。」

事類第三十八

事類者，蓋文章之外，據事以類義，援古以證今者也。昔文王繇易，剖判爻位，既濟九三，遠引高宗之伐；明夷六五，近書箕子之貞：斯略舉人事以徵義者也。至若胤徵義和，陳政典之訓；盤庚誥民，敍遲任之言：此全引成辭以明理者也。然則明理引乎成辭，徵義舉乎人事，迺聖賢之鴻謨，經籍之通矩也〔一〕。大畜之象，君子以多識前言往行，亦有包於文矣。

觀夫屈宋屬篇，號依詩人，雖引古事，而莫取舊辭。唯賈誼鵩賦〔二〕，始用鶡冠之說；相如上林，撮引李斯之書：此萬分之一會也。及揚雄百官箴，頗酌於詩書；劉歆遂初賦，歷敍於紀傳：漸漸綜採矣。至於崔班張蔡，遂捃摭經史，華實布濩〔三〕，因書立功，皆後人之範式也。

夫薑桂同地，辛在本性〔四〕；文章由學，能在天資〔五〕。才自內發，學以外成，有學飽而才餒，有才富而學貧。學貧者迍邅於事義，才餒者劬勞於辭情，此內外之殊分也〔六〕。

是以屬意立文，心與筆謀，才爲盟主，學爲輔佐，主佐合德〔七〕，文采必霸，才學褊狹，雖美少功。夫以子雲之才，而自奏不學，及觀書石室，乃成鴻采。表裏相資，古今一也。故魏武稱張子之文爲拙，然學問膚淺，所見不博，專拾掇崔杜小文，所作不可悉難，難便不知所出，斯則寡聞之病也。夫經典沈深，載籍浩瀚〔八〕，實群言之奥區，而才思之神皋也。揚班以下，莫不取資，任力耕耨，縱意漁獵，操刀能割，必列膏腴〔九〕。是以將贍才力，務在博見，狐腋非一皮能溫〔一〇〕，雞蹠必數千而飽矣。是以綜學在博，取事貴約〔一一〕，校練務精，捃理須覈〔一二〕，衆美輻輳，表裏發揮。劉劭趙都賦〔一三〕云：公子之客，叱勁楚令歃盟；管庫隸臣，呵強秦使鼓缶。用事如斯，可謂理得而義要矣。故事得其要，雖小成績，譬寸轄制輪，尺樞運關也。或微言美事，置於閑散，是綴金翠於足脛，靚粉黛於胸臆也。

凡用舊合機，不啻自其口出；引事乖謬，雖千載而爲瑕。陳思，群才之英也，報孔璋書云：葛天氏之樂，千人唱，萬人和，聽者因以蔑韶夏矣。此引事之實謬也。按葛天之歌，唱和三人而已。相如上林云：奏陶唐之舞，聽葛天之歌，千人唱，萬人和。唱和千萬人，乃相如接人，然而濫侈葛天，推三成萬者，信賦妄書，致斯謬也。陸機園葵詩云：庇足同一智，生理合異端。夫葵能衛足，事譏鮑莊；葛藟庇根，辭自樂豫。若譬葛爲葵，則引事爲謬；若謂庇勝衛，則改事失真：斯又不精之患。夫以子建明練，士衡沈密，而不免於謬；曹仁之謬高唐，又曷足以嘲哉？夫山木爲良匠所度，經書爲文士所擇，木美而定於斧斤，事美而制於刀筆，研思之士，無慚匠石矣。

贊曰：經籍深富，辭理遐亘。皜如江海，鬱若崑鄧。文梓共採，瓊珠交贈。用人若己，古來無懵。

〔一〕迺聖賢之鴻謨，經籍之通矩也

楊明照《校注》云：「按『鴻謨』『通矩』，謂『舉人事』與『引成辭』二者，則『謨』當作『模』。《情采篇》『夫能設謨以位理』，其誤『模』爲『謨』，與此同。」雍案：楊說是也。《說文・言部》：「謨，議謀也。从言，莫聲。《虞書》曰：『咎繇謨。』暮，古文『謨』从口。」《書・大禹謨》：「大禹謨。」孔安國《傳》：「謨，謀也。」《詩・大雅・抑》：「訏謨定命。」毛傳：「謨，謀也。」《集韻・模韻》：「謨，古作『暮』『惎』『譕』，或書作『謩』。」《說文・木部》：「模，法也。从木，莫聲。讀若『嫫母』之『嫫』。」徐鍇《繫傳》：「模，以木爲規模也。」《玉篇・木部》《廣韻・模韻》《小學蒐佚・聲類》《慧琳音義》卷五「揆模」注引《字林》云：「模，法也。」

〔二〕**唯賈誼鵩賦**

雍案：賦，當作「鳥」。詳見《比興篇》「賈生鵩賦」條。

〔三〕**華實布濩**

濩，元本、弘治本、汪本、佘本、張本、兩京本、王批本、胡本、訓故本皆作「護」。楊明照《校注》云：「按『護』『濩』同音通假。《文選·司馬相如〈封禪文〉》『我氾布護之』作『護』；《上林賦》『布濩閎澤』、揚雄《劇秦美新》『布濩流衍』作『濩』，是其相通之證。『布護』之作『布濩』，猶『大濩』之作『大護』然也。郭璞《上林賦注》：『布濩，猶布露也。』」雍案：「濩」與「護」，通假字，音義同。《説文·水部》段玉裁注：「濩，或假爲『護』。」朱駿聲《通訓定聲》：「濩，字亦作『頀』。」《周禮·春官·大司樂》：「大濩、大武。」孫詒讓《正義》：「《呂氏春秋·古樂篇》云：『湯命伊尹作爲大護。』『濩』『護』字通。」《希麟音義》卷二「布濩」注引顔注《漢書》：「布濩，猶言布露，謂於鈌露之處，皆遍布也。」

〔四〕**夫薑桂同地，辛在本性**

同，《御覽》五八五引作「因」。楊明照《校注》云「按『因』字是，『同』其形誤也。《宋玉集序》：『宋玉事楚懷王，友人言之宋玉，玉以爲小臣。王議友人。友曰：「薑桂因地而生，不因地而辛。」』《書鈔》三三引《韓詩外傳》七：『宋玉因其友見楚襄王，襄王待之無以異，乃讓其友。友曰：『夫薑桂因地而生，不因地而辛。』《新序雜事》五、《渚宮舊事》三同爲舍人此文所本，正作『因』。」雍案：《說文·口部》：「因，就也。从口、大。」《廣雅·釋詁三》、《玉篇·口部》《廣韻·真韻》：「因，就也。」

〔五〕文章由學，能在天資

資，《御覽》引作「才」。《文斷·總論作文法》引同。何焯改「才」。楊明照《校注》云：「按『才』字是。下文屢以『才』『學』對言，即承此引申。若作『資』，則上下不應矣。」雍案：舍人接文多句皆以「才」字出，蓋此亦當作「才」爲是。《集韻·咍韻》：「才，質也。」《廣韻·咍韻》：「才，文才也。」

〔六〕此内外之殊分也

分，黄叔琳校云：「《御覽》作『方』。」楊明照《校注》云：「按宋本、鈔本、倪本、活字本、喜多本《御覽》作『分』；《記纂淵海》七五、《文斷》引同。是也。《莊子·逍遥遊》：『定乎内外之分。』亦可爲此當作『分』之證。」雍案：分，分别也。《說文·刀部》：「分，别也。从八，从刀，刀以分別物也。」《孫子·勢篇》：「分數是也。」杜牧注：「分者，分別也。」

〔七〕**主佐合德**

德，倪本、活字本、鮑本《御覽》引作「得」。楊明照《校注》云：「按『合德』二字出《易·乾》文言。《漢書·律曆志上》『衡權合德』，《鶡冠子·天則篇》『與天地合德』，《隸釋·桐柏淮源廟碑》『五嶽四瀆，與天合德』，並以『合德』爲言，則作『得』非是。」雍案：楊說是也。合德，同善也。德乃善之總稱。《呂氏春秋·精通》云：「德也者，萬民之宰也。」

〔八〕**載籍浩瀚**

瀚，元本、弘治本、活字本、汪本、佘本、張本、兩京本、王批本、胡本、訓故本、謝鈔本皆作「汗」。《喻林》八九引同。楊明照《校注》云：「按『汗』『瀚』音同得通。」雍案：汗，作「浩汗」連用時，義同「浩瀚」。《廣韻·晧韻》：「浩，浩汗，大水貌。」《文選·木華〈海賦〉》：「瀰漫浩汗。」李周翰注：「浩汗，廣大貌。」《潘岳〈哀永逝文〉》：「臨水兮浩汗。」張銑注：「浩汗，廣大貌。」

〔九〕**必列膏腴**

列，黃叔琳校云：「汪作『裂』。」何焯校作「裂」。元本、弘治本、活字本、佘本、張本、兩京本、王批本、何本、胡本、訓故本、合刻本、梁本、別解本、尚古本、岡本、四庫本、王本、鄭藏鈔本、崇文本並作「裂」。楊明照《校注》云：「按《說文·刀部》：『列，分解也。』又《衣部》：『裂，繒餘也。』是分裂字本應作『列』，然古多通用不別。」雍案：《諸子平議·管子二》：「故下與官列法。」俞樾按：「列，讀爲裂，裂亦分也，『列』『裂』古通用。」《讀書雜志·漢書第十三·列眥》：「逢蒙列眥。」蕭該曰：「案《淮南》曰：『瞋目裂眥。』……《內則》：『衣裳綻裂。』《釋文》云：『裂，本又作「列」。』」

〔一〇〕**狐腋非一皮能溫**

雍案：「溫」與「蘊」，古通用也。《詩·小雅·小宛》：「飲酒溫克。」孔穎達疏：「蘊藉者，定本及箋作『溫』字。舒瑗云：『苞裹曰蘊，謂蘊藉自持，含容之義。』經中作『溫』者，蓋古字通用。」《經籍纂詁·吻韻》：「《祝睦後碑》：『溫化以禮。』『蘊』作『溫』。」舍人此謂蘊積之厚非在其表也。

〔一一〕**是以綜學在博，取事貴約**

約，《吟窗雜録》三七作「要」。楊明照《校注》云：「按『要』字非是。《孟子·離婁下》：『孟子曰：「博學而詳說之，將以反說約也。」』袁準《正書》：『學莫大於博，行莫過於約。』《御覽》六一二引並以『博』與『約』對舉。」雍案：約，少也。要，與「約」字通假，古相通用。《說文·臼部》朱駿聲《通訓定聲》：「要，叚借爲『約』。」《釋名·釋形體》：「要，約也，在體之中，約結而小也。」王先謙《疏證補》引蘇輿曰：「要、約，一聲之轉，古亦通用。」《玉篇·臼部》：「要，今爲要約字。」《廣韻·宵韻》：「（約）於笑切，去笑，影。」《淮南子·主術》：「所守甚約。」高誘注：「約，要也，少也。」《孟子·離婁下》：「將以反說約也。」焦循《正義》引《淮南子》高誘注：「約，要也，少也。」

〔一二〕**捃理須覈**

理，黄叔琳校云：「一作『摭』。」天啓梅本改「摭」。楊明照《校注》云：「按『摭』字非是。《吟窗雜録》作『捃理貴覈』，是所見本作『理』。」雍案：捃，拾取也。理，義理也。《說文·玉部》段玉裁注引戴震《孟子字義疏證》：「理者，察之而幾微，必區以別之名也。」

〔一三〕劉劭趙都賦

劭，元本、弘治本、活字本、汪本、張本、兩京本、王批本、何本、胡本、别解本、尚古本、岡本、王本、鄭藏鈔本皆作「邵」。梁本、清謹軒本作「卲」。楊明照《校注》云：「按《丹鉛總録》卷四『劉卲之卲從卩不從阝』條：『劉卲，字孔才。宋庠曰：「卲，從卩。《說文》：高也。故字孔才。揚子『周公之才之卲』按今《法言·修身篇》文異是也。《三國志》作『劭』，或作『邵』，從邑，皆非，不叶『孔才』之義；從卩爲卲，乃叶。」』宋說見人物志卷尾則此當依梁本、清謹軒本改作『卲』。」雍案：《廣雅·釋詁四》《玉篇·卩部》《廣韻·笑韻》《集韻·宵韻》皆曰：「卲，高也。」《小爾雅·廣詁》《法言·重黎》：「賢皆不足卲也。」李軌注：「卲，美也。」

練字第三十九

夫文象列而結繩移〔一〕，鳥跡明而書契作，斯乃言語之體貌，而文章之宅宇也。蒼頡造之，鬼哭粟飛；黄帝用之，官治民察。先王聲教，書必同文，輶軒之使，紀言殊俗，所以一字體，總異音。周禮保氏掌教六書〔二〕。秦滅舊章，以吏爲師，及李斯刪籀而秦篆興，程邈造隸而古文廢。漢初草律，明著厥法〔三〕，太史學童，教試六體；又吏民上書，字謬輒劾。是以馬字缺畫，而石建懼死，雖云性慎，亦時重文也。至孝武之世，則相如譔篇。及宣成二帝，徵集小學，張敞以正讀傳業〔四〕，揚雄以奇字纂訓，並貫練雅頌，總閲音義。鴻筆之徒，莫不洞曉。且多賦京苑，假借形聲，是以前漢小學，率多瑋字，非獨制異，乃共曉難也。暨乎後漢，小學轉疎，複文隱訓，臧否太半。及魏代綴藻，則字有常檢，追觀漢作，翻成阻奥。故陳思稱揚馬之作，趣幽旨深，讀者非師傳不能析其辭〔五〕，非博學不能綜其理。豈直才懸〔六〕，抑亦字隱。自晉來用字，率從簡易，時並習易，人誰取難？今一字詭異，則群句震驚；三人弗識，則將成字妖矣。後世所同曉者，雖難斯易，時所共廢，雖易斯難，趣舍之間，不可不察。

夫爾雅者，孔徒之所纂〔七〕，而詩書之襟帶也；倉頡者，李斯之所輯〔八〕，而鳥籀之遺體也〔九〕；雅以淵源詁訓，頡以苑囿奇文，異體相資，如左右肩股，該舊而知新，亦可以屬文。若夫義訓古今，興廢殊用，字形單複，妍媸異體〔一〇〕，心既託聲於言，言亦寄形於字，諷誦則績在宮商，臨文則能歸字形矣。

是以綴字屬篇，必須練擇〔一一〕：一避詭異，二省聯邊，三權重出〔一二〕，四調單複。詭異者，字體瓌怪者也。曹攄詩稱豈不願斯遊，褊心惡呶呶〔一三〕。兩字詭異，大疵美篇，況乃過此，其可觀乎！聯邊者，半字同文者也。狀貌山川，古今咸用，施於常文，則齟齬爲瑕〔一四〕，如不獲免，可至三接，三接之外，其字林乎！重出者，同字相犯者也。詩騷適會，而近世忌同，若兩字俱要，則寧在相犯。故善爲文者，富於萬篇，貧於一字，一字非少，相避爲難也。單複者，字形肥瘠者也。瘠字累句，則纖疎而行劣；肥字積文，則黯黮而篇闇；善酌字者，參伍單複，磊落如珠矣。凡此四條，雖文不必有，而體例不無。若值而莫悟，則非精解。

至於經典隱曖，方冊紛綸，簡蠹帛裂，三寫易字，或以音訛，或以文變。子思弟子，於穆不祀者〔一五〕，音訛之異也。晉之史記，三豕渡河〔一六〕，文變之謬也。尚書大傳有別風淮雨〔一七〕，帝王世紀云列風淫雨，別列淮淫，字似潛移，淫列義當而不奇，淮別理乖而新異。傅毅制誄，已用淮雨，固知愛奇之心，古今一也。史之闕文，聖人所慎，若依義棄奇，則可與正文字矣。

贊曰：篆隸相鎔，蒼雅品訓。古今殊跡，妍媸異分〔一八〕。字靡異流，文阻難運。聲畫昭精，墨采騰奮〔一九〕。

〔一〕夫文象列而結繩移

雍案：文象，乃「爻象」之譌。「文」與「爻」形近而譌也。《易·繫辭下》：「八卦成列，象在其中矣；因而重之，爻在其中矣。」又：「上古結繩而治，後世聖人易之以書契。」孔穎達疏：「結繩者，鄭康成注云：『事大大結其繩，事小小結其繩。』」《集解》引《九家易》曰：「古者無文字，其有約誓之事，事大大其繩，事小小其繩。結之多少，隨物衆寡，各執以相考。」顧野王《玉篇序》：「政罷結繩，教興書契。」《呂氏春秋·蕩兵》：「而工者不能移。」高誘注：「移，易也。」上古民智未開，故無文字，用繩打結，以形狀之異及數量標記不同事件。後聖人出，因應爻象之卦，推論人事變化，以治民事，故以易結繩。

〔二〕周禮保氏掌教六書

「保」下，黄叔琳校云：「張本有『章』字。」楊明照《校注》云：「按元本、弘治本、活字本、汪本、佘本、兩京本、王批本、何本、胡本、梅本、凌本、合刻本、梁本、祕書本、謝鈔本、彙編本、清謹軒本、尚古本、岡本、文津本、王本、張松孫本、鄭藏鈔本、崇文本並有『章』字。文溯本剜去『章』字。《文通》二三引同。皆非也。『教以六書』，見《地官・保氏》，原文黄、范兩家注已具非『保章氏』也。」雍案：章太炎《小學略説》亦依《周禮・地官》云：「地官保氏教國子以六藝，曰禮、樂、射、御、書、數。」蓋「保」下「章」字乃衍耳。

〔三〕漢初草律，明著厥法

草，元本、弘治本、活字本、汪本、佘本、張本、兩京本、王批本、何本、胡本、梅本、凌本、合刻本、梁本、祕書本、謝鈔本、彙編本、清謹軒本、王本、張松孫本、鄭藏鈔本、崇文本皆作「章」。《文通》引同。楊明照《校注》云：「按『章』字非是。《漢書・藝文志》：『漢興，蕭何草律，顏注：「草，創造之。」亦著其法。』舍人此文所本也。」雍案：《後漢書・陳寵傳》：「蕭何草律。」李賢注：「草，謂創造之也。」《論語・憲問》：「裨諶草創之。」劉寶楠《正義》：「草者，言始制之，若草蕪雜也。」

〔四〕**張敞以正讀傳業**

雍案：讀，句讀也。標點文中休止及停頓之處也。元黃公紹《韻會舉要》：「凡經書成文語絕處，謂之句；語未絕而點分之，以便誦詠，謂之讀。」

〔五〕**讀者非師傳不能析其辭**

傳，淩本、祕書本、張松孫本、崇文本皆作「傳」。梅本亦作「傳」。楊明照《校注》云：「按作『傳』非是。《三國志·魏書·國淵傳》：『《二京賦》，博物之書也。世人忽略，少有其師，可求能讀者從受之。』足與此相發。」雍案：《論語·學而》：「傳不習乎？」朱熹《集注》：「傳，謂受之於師。」劉寶楠《正義》：「傳，謂師有所傳於己也。」

〔六〕**豈直才懸**

直，何本、祕書本、清謹軒本、尚古本、岡本、崇文本皆作「真」。《歷代賦話續集》引同。楊明照《校注》云：「按『真』字誤。《詔策篇》：『豈直取美當時，亦敬慎來葉矣。』亦以『豈直』連文。」雍案：《經傳釋詞》卷六：「直，猶特也，專也。《晏子雜篇》：『嬰最不肖，故直使楚矣。』直使楚，特使楚也。《韓詩外傳》曰：『姑乃直使人追去婦還之。』言特使人追還去婦也。」《經詞衍釋》卷六：「直，猶特也，專也。《齊策》：『臣，郢之登徒也，直送象牀。』言特送象牀於孟嘗也。《史記·淮南王傳》：『直來爲大王畫耳。』」《孟子·梁惠王上》：「直不百步耳。」焦循《正義》引王引之《經傳釋詞》云：「直，猶特也，但也。」朱熹《集注》：「直，猶但也。」《荀子·禮論》：「直無由進之耳。」楊倞注：「直，但也。」

〔七〕**夫爾雅者，孔徒之所纂**

纂，黄叔琳校云：「元作『慕』，許改。」徐𤊹云：「慕，當作『纂』。」楊明照《校注》云：「按何本、訓故本、清謹軒本作『纂』；《文通》引同。許改徐校是也。」雍案：「纂」者，綜集也。《慧琳音義》卷十「纂曆」注引《考聲》：「纂，集也。」《廣韻·緩韻》《集韻·緩韻》：「纂，集也。」

〔八〕**倉頡者，李斯之所輯**

倉，元本、弘治本、汪本、佘本、張本、兩京本、王批本、何本、合刻本、梁本、清謹軒本、尚古本、岡本、四庫本、王本、鄭藏鈔本、崇文本皆作「蒼」。楊明照《校注》云：「按『倉』與『蒼』音同得通。然此與篇首『蒼頡造之』及贊中『蒼雅品訓』前後不一律，應改其一。」雍案：「倉」與「蒼」，古相通用。《説文·倉部》朱駿聲《通訓定聲》：「倉，叚借爲『蒼』。」《經籍纂詁·陽韻》：「《荀子·解蔽》：『倉頡，《韓非子·五蠹》《呂覽·君守》作『蒼頡』。』」

〔九〕而鳥籀之遺體也

范文瀾云：「『鳥籀』當作『史籀』。《藝文志》云：『《蒼頡》七篇者，秦丞相李斯所作也。文字多取《史籀篇》。』《說文序》亦云：『斯作《倉頡篇》，取史籀大篆。』倉頡所載皆小篆，而鳥蟲書別爲一體，以書幡信，與小篆不同。」楊明照《校注》云：「按『鳥』字不誤。『籀』即史籀簡稱，『鳥』蓋指蒼頡初作之書言。《說文序》云：「黃帝之史倉頡，見鳥獸蹏迒之迹，……初造書契。」《呂氏春秋·君守篇》：「蒼頡作書。」高注：「蒼頡生而知書，寫倣鳥跡，以造文章。」舍人謂之『鳥籀』，正如許君之云『古籀』《說文序》云：「今叙篆文，合以古籀。」然也。《情采篇》『鏤心鳥跡之中』，亦以『鳥跡』代替文字。且此文與上相儷，上云『詩書襟帶』，此云『鳥籀遺體』，詞性相同；若作『史籀』，則奇觚矣。《說文序》云：『及宣王太史籀著大篆十五篇，與古文或同「或同」二字據《繫傳》本增或異。……斯作《倉頡篇》，……皆取史籀大篆，或頗省改。』或之云者，不盡然之詞。是大篆中存有古文之體，而《蒼頡篇》亦必有因仍之者。《漢志》云：『文字多取《史籀篇》。』則蒼頡所載，不盡爲小篆，又可知矣。故舍人槩之曰『鳥籀之遺體』也。鳥蟲書自別爲一體，許君列爲亡新時六書之一，雖未著其緣起，然廁然佐書之後，見《說文序》其爲後起無疑。舍人豈不是審，而置於史籀之上哉！」雍案：鳥，謂「鳥篆」，篆體古文字也。形如鳥跡，故稱。《後漢書·蔡邕傳》：「本頗以經學相招，後諸爲尺牘及工書鳥篆者，皆加引召。」《晉書·索靖傳〈草書狀〉》：「倉頡既生，書契是爲，科斗鳥篆，類物象形。」籀，謂「籀文」也。通行於戰國秦，與篆文近似。《說文》中標明籀文者有二百二十五字，皆與小篆異體。

〔一〇〕妍媸異體

媸，元本、弘治本、汪本、佘本、張本、王批本、訓故本、梅本、凌本、祕書本、謝鈔本、文溯本、王本、張松孫本、鄭藏鈔本皆作「蚩」。兩京本作「媸」。楊明照《校注》云：「按作『蚩』是。」雍案：「蚩」與「媸」，古今字，音義同。劉知幾《史通·史官·建置》：「向使世無竹帛，時闕史官，……則善惡不分，妍媸永滅者矣。」

〔一一〕是以綴字屬篇，必須練擇

徐𤊹云：「練，當作『揀』也。」《廣博物志》卷二九有此文，亦作「揀」。楊明照《校注》云：「按《埤蒼》：『練，擇也。』《文選·七發》李注引是『練』字未誤。董氏蓋以意改」雍案：《說文·糸部》段玉裁注：「已湅之帛曰練，引申爲精簡之偁。」

〔一二〕**三權重出**

出，黃叔琳校云：「元作『幽』，欽愚公改。」兩京本、王批本、何本、訓故本、謝鈔本皆作「出」。《文通》引同。《吟窗雜録》三七《廣博物志》《唐音癸籤》四並有此文，均作「出」。楊明照《校注》云：「按欽改是。」雍案：《說文·出部》段玉裁注：「又凡言外出，爲内入之反。」《慧琳音義》卷二七「出内」注：「出，出也。《詩》云『出言有章』是也。」

〔一三〕**曹攄詩稱豈不願斯遊，褊心惡哅呶**

攄，芸香堂本作「據」。翰墨園本、思賢講舍本同。楊明照《校注》云：「按蕭齊前詩家無『曹據』其人；元明各本亦無作『曹據』者。『據』字當爲寫刻之誤。此與《才略篇》『曹攄清靡於長篇』之『曹攄』，應是一人。《三國志·魏書〈曹休傳〉》裴注引《文士傳》曰：『（曹）肇孫攄，字顔遠。少厲志操，博學，有才藻。……大司馬齊王冏輔政，攄與齊人左思俱爲記室督從中郎。』唐修《晉書·良吏（攄）傳》略同。《詩品》中：『季倫石崇字顔遠，並有英篇。』其詩丁福保《全晉詩》卷四據《文選》及《文館詞林》輯得七首；惜漏此二句。」雍案：曹攄，見《晉書·良吏傳》。（攄）西晉沛國（今安徽亳縣）人。篤志好學，工於詩賦，今存詩約十首，載《文選》者有《感歸》《思友人》等。原有集三卷，已佚。

〔一四〕則齟齬為瑕

齟齬，黄叔琳校云：「元作『鉏鋙』，朱改。」何焯「銛」改「鋙」。黄丕烈所校元本作「鉏鋙」。弘治本、汪本、佘本、張本、兩京本、王批本、胡本、訓故本皆作「鉏鋙」。楊明照《校注》云：「按『銛』乃『鋙』之殘誤。《楚辭·九辯》：『圜鑿而方枘兮，吾固知其鉏鋙而難入。』《廣韻·語韻》：『齟齬，不相當也；或作「鉏鋙」。』是『齟齬』即『鉏鋙』也。」雍案：《集韻·語韻》：「齟齬，齒不正。」又曰：「齟齬，齒不相值。」《楚辭·九辯》：「吾固知其鉏鋙而難入。」洪興祖《補注》：「鉏鋙，不相當也。」朱熹《集注》：「鉏鋙，相距貌。」

〔一五〕於穆不祀者

祀，孫詒讓《札迻》卷十二云：「當作『似』。」《玉海》四五、《困學紀聞》三、《漢書藝文志考證》二引，並作「似」。楊明照《校注》云：「按孫説是也。」雍案：《毛詩正義》取孟仲子之説，而不從其讀也。《毛詩正義》：「《譜》（鄭玄《詩譜》）云：『子思論詩，於穆不已。』仲子曰：『於穆不似。』此傳雖引仲子之言，而文無不似之義，蓋取所説而不從其讀。」《詩·周頌·清廟》：「於穆清廟，肅雝顯相。」傳：「於，歎辭也。穆，美。」贊歎其美，乃稱「於穆」。而「於穆不已」讀若「不似」，乃音訛之異也。

〔一六〕三豕渡河

楊明照《校注》云：「按『河』下當有『者』字，始與上『於穆不祀者』句一律。」雍案：《風俗通義・正失篇》：「晉師己亥渡河，有『三豕』之文。」劉子《審名篇》：「三豕渡河，云彘行水上。」《家語》：「子夏見讀史志者云：『晉師伐秦，三豕渡河。』子夏曰：『非也，「己亥」耳。』讀者問諸晉史，果曰『己亥』。」蓋謂晉之有讀史記者，將「己亥」讀作「三豕」，乃字之訛也。又楊明照謂「河」下漏「者」字，當補，所言甚是。

〔一七〕尚書大傳有別風淮雨

吳翌鳳云：「『淮雨』下，當缺『王元長《曲水詩序》用「別風」事』。」雍案：《尚書大傳》：「越裳以三象重九譯而獻白雉，……其使請曰：『吾受命吾國之黄耇曰：久矣，天之無別風淮雨，意者中國有聖人乎？』」別風淮雨，《帝王紀》作「列風淫雨」。「別風淮雨」於文無解，乃「列風淫雨」傳寫之譌，蓋彥和舉列也。

〔一八〕妍媸異分

雍案：媸，元本、弘治本、活字本、汪本、佘本、張本、兩京本、王批本、訓故本、梅本、謝鈔本皆作「蚩」，當據改。「蚩」與「媸」，古今字，音義同。劉知幾《史通·史官·建置》：「向使世無竹帛，時闕史官，……則善惡不分，妍媸永滅者矣。」

〔一九〕墨采騰奮

采，《金壺記》中引作「彩」。楊明照《校注》云：「按『采』『彩』古通。」雍案：《墨子·辭過》：「以爲錦繡文采靡曼之衣。」孫詒讓《閒詁》：「《長短經》正作『以爲文彩靡曼之衣』。」《文選·張協〈雜詩十首〉》：「寒花發黃采。」舊校：「五臣作『彩』。」《司馬遷〈報任少卿書〉》：「而文采不表於後世也。」舊校：「善本『采』作『彩』。」

隱秀第四十

夫心術之動遠矣，文情之變深矣，源奥而派生，根盛而穎峻，是以文之英蕤〔一〕，有秀有隱。隱也者，文外之重旨者也；秀也者，篇中之獨拔者也。隱以複意爲工，秀以卓絶爲巧，斯乃舊章之懿績，才情之嘉會也。夫隱之爲體，義主文外，秘響傍通〔二〕，伏采潛發，譬爻象之變互體，川瀆之韞珠玉也。故互體變爻，而化成四象；珠玉潛水，而瀾表方圓。始正而末奇，内明而外潤，使翫之者無窮，味之者不厭矣。彼波起辭間，是謂之秀，纖手麗音，宛乎逸態，若遠山之浮烟靄，孌女之靚容華。然烟靄天成，不勞於粧點；容華格定，無待於裁鎔；深淺而各奇，穠纖而俱妙〔三〕，若揮之則有餘，而攬之則不足矣。

夫立意之士，務欲造奇，每馳心於玄默之表；工辭之人，必欲臻美，恒溺思於佳麗之鄉。嘔心吐膽〔四〕，不足語窮；煅歲煉年，奚能喻苦？故能藏穎詞間，昏迷於庸目；露鋒文外，驚絶乎妙心。使蘊藉者蓄隱而意愉，英鋭者抱秀而心悦。譬諸裁雲製霞，不讓乎天工；斲卉刻葩，有同乎神匠矣。若篇中乏隱，等宿儒之無學，或一叩而語窮；句間鮮秀，如巨室之少珍，若百詰而色沮：斯並不足於才思，而亦有媿於文辭矣。將欲徵隱，聊可指篇。古詩之離別，樂府之長城，詞怨旨深，而復兼乎比興；陳思之黄雀，公幹之青松，格剛才勁，而並長於諷諭；叔夜之□□〔五〕，嗣宗之□□〔六〕，境玄思澹，而獨得乎優閑；士衡之□□〔七〕，彭澤之□□〔八〕，心密語澄，而俱適乎□□。如欲辨秀，亦惟摘句。常恐秋節至，涼飆奪炎熱，意悽而詞婉，此匹婦之無聊也；臨河濯長纓，念子悵悠悠，志高而言壯，此丈夫之不遂也；東西安所之，徘徊以旁皇，心孤而情懼，此閨房之悲極也；朔風動秋草〔九〕，邊馬有歸心，氣寒而事傷，此羈旅之怨曲也。

凡文集勝篇，不盈十一；篇章秀句，裁可百二。並思合而自逢，非研慮之所求也〔一〇〕。或有晦塞爲深，雖奧非隱；雕削取巧，雖美非秀矣。故自然會妙，譬卉木之耀英華；潤色取美〔一一〕，譬繒帛之染朱綠。朱綠染繒，深而繁鮮；英華曜樹，淺而煒燁：秀句所以照文苑，蓋以此也。

贊曰：深文隱蔚，餘味曲包。辭生互體，有似變爻。言之秀矣，萬慮一交。動心驚耳，逸響笙匏。

〔一〕**是以文之英蕤**

英，《吟窗雜録》三七作「精」。楊明照《校注》云：「按《嵇中散集·琴賦》：『飛英蕤於昊蒼。』是『英蕤』連文，固有所本也。『精』字非是。」雍案：《文選·嵇康〈琴賦〉》：「飛英蕤於昊蒼。」呂延濟注：「英蕤，花也。」李善注引《説文》曰：「蕤，草木花貌。」《文選·張協〈雜詩〉》：「芳蕤豈再馥。」李周翰注：「蕤，草木華也。」《陸機〈文賦〉》：「播芳蕤之馥馥。」李善注引《纂要》曰：「草木華曰蕤。」蓋「英蕤」者，謂英華也。

〔二〕**秘響傍通**

秘，元本、弘治本、汪本、佘本、張本、兩京本、王批本、訓故本、梁本、岡本、尚古本、文津本、崇文本作「祕」。《喻林》八八引同。雍案：「秘」乃「祕」之俗字。《廣韻·至韻》：「祕，俗作『秘』。」楊明照《校注》引《原道篇》「旁通而無滯」以證「傍」當作「旁」。余謂楊氏未訓也。傍，古與「旁」通假。《廣韻·唐韻》：「傍，亦作『旁』。側也。」《説文·人部》段玉裁注：「傍，亦假『旁』爲之。」《儀禮·鄉射禮》：「無獵獲。」鄭玄注：「獵矢從傍。」陸德明《釋文》：「傍，或作『旁』。」

〔三〕**襛纖而俱妙**

黄叔琳校云：「字典無『襛』字。」雍案：黄説是也。《文選·宋玉〈神女賦〉》：「襛不短，纖不長。」吕向注：「襛，肥。」《文選·曹植〈洛神賦〉》：「襛纖得中。」劉良注：「襛，肥。」並可以引證。

〔四〕**嘔心吐膽**

此篇自「始正而末奇」，至「此閨房之悲極也」，元至正乙未刻本闕葉。紀昀云：「詞句不類舍人。」黄侃《札記》云：「詳此補亡之文，出辭膚淺，無所甄明，且原文明云：『思合自逢，非由研慮，即補亡者，亦知不勞妝點，無待裁鎔，乃中篇忽羼入馳心、溺思、嘔心、煅歲諸語，此之矛盾，令人笑詫，豈以彦和而至於斯？至如用字之庸雜，舉證之闊疏，又不足誚也。』」雍案：吐膽，疑明人僞撰也。竊謂補闕之文，造語見宋、元用詞痕跡，齊、梁爲文習尚未見用「吐膽」，其辭見於《京本通俗小説·馮玉梅團圓》：「承信求馮公屏去左右，……承信方敢吐膽傾心。」蓋增入闕葉者，以窺仰劉旨，旁緝劣筆，羼入贋跡所紿也。

〔五〕**叔夜之□□**

雍案：周振甫《文心雕龍今譯》云：「按嵇康有《贈秀才入軍》，因此給補上『贈行』。」功輔本闕二字，周氏之補，未可確信。

〔六〕**嗣宗之□□**

雍案：功輔本闕二字，一本增入「詠懷」，明人僞增也。

〔七〕**士衡之□□**

雍案：功輔本闕二字，一本增入「疏放」，明人僞增也。

〔八〕**彭澤之□□**

紀昀云：「稱淵明爲彭澤，乃唐人語，六朝但有徵士之稱，不稱其官也。」劉永濟《校釋》云：「文中『彭澤之□□』句，此彭澤乃指淵明。然細檢全書，品列成文，未及陶公隻字。蓋陶公隱居息游，當時知者已鮮，又顏、謝之體，方爲世重，陶公所作，與世異味，而陶集流傳，始於昭明，舍人著書，乃在齊代，其時陶集尚未流傳，即令入梁，曾見傳本，而書成已久，不及追加。故以彭澤之閑雅絶倫，《文心》竟不及品論。淺人見不及此，以陶居劉前，理可援據，乃於此文特加徵引，適足成其僞託之證。」楊明照《校注》云：「按此篇所補四百餘字，出明人僞撰，紀氏已多所抉發；惟謂『稱淵明爲彭澤，乃唐人語』云云，則未確。《鮑氏集》卷四有『學陶彭澤體』一首，是稱淵明爲彭澤，非始於唐人也。」功輔本闕二字，一本增入「豪逸」，明不學者僞增也。黄叔琳《輯注》云：「《隱秀篇》自『始正而末奇』至『朔風動秋草』朔字，元至正乙未刻於嘉禾者即闕此葉，此後諸刻仍之。胡孝轅、朱鬱儀皆不見完書，錢功輔得阮華山宋槧本鈔補，後歸虞山，而傳録於外甚少。康熙庚辰，何心友從吴興賈人得一舊本，適有鈔補《隱秀篇》全文。辛巳，義門過隱湖，從汲古閣架上見馮己蒼所傳録功輔本，記其闕字以歸。如『疎放』『豪逸』四字，顯然爲不學者以意增加也。」紀昀云：「癸巳三月，以永樂大典所收舊本校勘，凡阮本所補悉無之，然後知其真出僞撰。」

〔九〕**朔風動秋草**

朔風，張本作「涼風」。何本、梅本、凌本、合刻本、梁本、祕書本、清謹軒本、尚古本、岡本作「涼飇」。《文通》二一引同。楊明照《校注》云：「按元本止闕『朔』字，『風』字原有。弘治本、活字本、汪本、佘本、兩京本、（王批本「朔風」二字品排刻）胡本、訓故本同謝鈔本徐㶿、何焯鈔本作『朔風』；《詩紀別集》四引同。是也。正長『朔風』之句，曾爲沈約、《宋書·謝靈運傳論》鍾嶸《詩品》中所標舉，蕭統且以入選。見《文選》卷二九作『涼風』『涼飇』均非是。」雍案：楊説是。《文選·王讚〈雜詩〉》：「朔風動秋草。」呂向注：「朔，北也。」

〔一〇〕**非研慮之所求也**

求，黃叔琳校云：「元作『果』，謝改。」梅校引謝云：「果，當作『求』。」徐𤊹云：「果，一作『求』。」謝鈔本作「求」。楊明照《校注》云：「按王批本作『果』。『果』與『求』之形音俱不近，恐難致誤。疑原是『課』字，偶脫其言旁耳。《才略篇》：『然自卿淵已前，多俊才而不課學。』其用『課』字義與此同。」雍案：「課」字非是。課，試也；録也；品第也，考第也。《說文·言部》：「課，試也。从言，果聲。」《楚辭·天問》：「何不課而行之。」王逸注：「課，試也。」《廣雅·釋言》：「課，第也。」王念孫《疏證》：「（課），謂品第之也。」《文選·張衡〈西京賦〉》：「數課衆寡。」薛綜注：「課，録也。」竊謂作「求」字是。求，應也。《易·繫辭下》：「定其交而後求。」焦循《章句》：「求，猶應也。」《雜卦》：「或與或求。」焦循注同上。蓋「求」於此訓「應」，乃合上文「並思合而自逢」也。

〔一一〕**潤色取美**

楊明照《校注》云：「按『取』字與上『取巧』複，疑當作『致』。《頌讚》《才略》兩篇，並有『致美』之文。《左傳·文公十五年》：『史佚有言曰：兄弟致美。』」雍案：「取」字是。取，獲也；致也。《集韻·厚韻》：「取，獲也。」《孟子·公孫丑下》：「焉有君子而可以貨取乎？」朱熹《集注》：「取，猶致也。」

指瑕第四十一

管仲有言：無翼而飛者聲也，無根而固者情也。然則聲不假翼，其飛甚易；情不待根，其固匪難〔一〕。以之垂文，可不慎歟〔二〕？古來文才，異世爭驅〔三〕，或逸才以爽迅，或精思以纖密，而慮動難圓〔四〕，鮮無瑕病。陳思之文，群才之俊也〔五〕，而武帝誄云尊靈永蟄，明帝頌云聖體浮輕，浮輕有似於胡蝶〔六〕，永蟄頗疑於昆蟲〔七〕，施之尊極，豈其當乎〔八〕？左思七諷，說孝而不從，反道若斯，餘不足觀矣〔九〕。潘岳爲才，善於哀文，然悲內兄則云感口澤，傷弱子則云心如疑，禮文在尊極，而施之下流，辭雖足哀，義斯替矣。若夫君子擬人，必於其倫〔一〇〕。而崔瑗之誄李公，比行於黃虞；向秀之賦嵇生，方罪於李斯。與其失也，雖寧僭無濫〔一一〕，然高厚之詩，不類甚矣〔一二〕。凡巧言易標，拙辭難隱，斯言之玷，實深白圭，繁例難載，故略舉四條。

若夫立文之道，惟字與義。字以訓正，義以理宣，而晉末篇章，依希其旨，始有賞際奇至之言，終無撫叩酬即之語〔一三〕，每單舉一字，指以爲情。夫賞訓錫賚，豈關心解，撫訓執握，何預情理？雅頌未聞〔一四〕，漢魏莫用；懸領似如可辯，課文了不成義：斯實情訛之所變，文澆之致弊。而宋來英才，未之或改，舊染成俗，非一朝也。近代辭人，率多猜忌，至乃比語求蚩，反音取瑕，雖不屑於古，而有擇於今焉。又製同他文，理宜刪革，若排人美辭〔一五〕，以爲己力，寶玉大弓，終非其有。全寫則揭篋，傍采則探囊，然世遠者太輕，時同者爲尤矣。

若夫注解爲書，所以明正事理；然謬於研求，或率意而斷。西京賦稱中黄育獲之疇，而薛綜謬注謂之閹尹，是不聞執雕虎之人也。又周禮井賦，舊有疋馬，而應劭釋疋，或量首數蹄，斯豈辯物之要哉！原夫古之正名，車兩而馬疋〔一六〕，疋兩稱目，以並耦爲用。蓋車貳佐乘〔一七〕，馬儷驂服，服乘不隻，故名號必雙，名號一正，則雖單爲疋矣。疋夫疋婦，亦配義矣。夫車馬小義，而歷代莫悟；辭賦近事，而千里致差；況鑽灼經典，能不謬哉！夫辯言而數筌蹄〔一八〕，選勇而驅閹尹，失理太甚，故舉以爲戒。丹青初炳而後渝，文章歲久而彌光，若能隱括於一朝，可以無慚於千載也。

贊曰：羿氏舛射，東野敗駕。雖有儁才，謬則多謝。斯言一玷，千載弗化。令章靡疢，亦善之亞。

〔一〕其固匪難

匪，兩京本、胡本、文津本作「非」。楊明照《校注》云：「按作『非』與《金樓子·立言下篇》合。」雍案：《玉篇·匚部》《廣韻·尾韻》《集韻·尾韻》《經傳釋詞》卷十：「匪，非也。」《詩·邶風·靜女》：「匪女之爲美。」陳奂《傳疏》：「『匪』『非』同聲，『非』本字，『匪』假借字。」《毛詩稽古編·正字》卷二七：「『匪』『非』義同，猶『不』與『弗』耳。」《詩經小學》卷一：「『匪』本匡匪字，《詩》多借『匪』爲『非』。」《易·渙》：「匪夷所思。」江藩《述補》：「『匪』當爲『非』者，通假字也。」

〔二〕以之垂文，可不慎歟

垂，兩京本、胡本作「綴」。楊明照《校注》云：「按此爲申述上文之辭，作『綴』嫌泛。《原道》《諸子》《程器》三篇，並有『垂文』語。《金樓子》亦作『垂』。」雍案：《文選·王儉〈褚淵碑文〉》：「思衛鼎之垂文。」呂延濟注：「垂文則銘之字也。」

〔三〕**古來文才，異世爭驅**

異，兩京本、胡本作「畢」。楊明照《校注》云：「按『異』字較勝。《物色篇》：『古來辭人，異代接武。』『異世』與『異代』同。《金樓子》亦作『異』。」雍案：《漢書·郊祀志下》：「非因異世所立而繼之。」顏師古注：「異世，謂前代。」

〔四〕**而慮動難圓**

圓，《金樓子》作「固」。楊明照《校注》云：「按本書屢用『圓』字，『固』字蓋涉上文而誤。」雍案：《玉篇·口部》：「圓，周也。」《說文·口部》王筠《句讀》云：「言圓，非與方對之圜，乃是圓全無缺陷也。」

〔五〕**陳思之文，群才之俊也**

俊，張本作「峻」。楊明照《校注》云：「按『峻』字誤。《御覽》五九六引作『儁』；《金樓子》作『雋』。『儁』與『俊』同；見《玉篇·人部》雋，『儁』之省。」雍案：《晉書音義·帝紀第八》：「儁，與『俊』同。」《左傳·莊公十一年》：「得儁曰克。」陸德明《釋文》：「儁，本或作『俊』。」《慧琳音義》卷六二「儁人」注：「儁，《說文》作『俊』。」又卷五三「賢儁」注：「儁，今通俗作『俊』。」《説文·隹部》朱駿聲《通訓定聲》：「雋，叚借爲『俊』。」《左傳·宣公十五年》：「酆舒有三雋才。」李富孫《春秋三傳異文釋》：「『雋』作『儁』。」

〔六〕**浮輕有似於胡蝶**

浮輕，《御覽》引作「輕浮」。《事文類聚别集》引同。楊明照《校注》云：「按此『浮輕』與下『永蟄』，皆承接上文，不應彼此差池。《金樓子》亦作『浮輕』。」雍案：「輕浮」是。《荀子·不苟》：「喜則輕而翾。」楊倞注：「輕，謂輕佻失據。」《大戴禮記·文王官人》：「以覩其不輕。」王聘珍《解詁》：「輕，謂輕佻失據。」

〔七〕**永蟄頗疑於昆蟲**

疑，《金樓子》作「擬」。《御覽》《事文類聚》引同。楊明照《校注》云：「按《漢書·何武王嘉師丹傳贊》：『董賢之愛，疑於親戚。』顔注：『疑，讀曰擬；擬，比也。』意舍人此文，原是『疑』字。《金樓子》作『擬』，蓋改引也。」雍案：《史記·蘇秦列傳》：「疑於王者。」司馬貞《索隱》：「『疑』作『擬』讀。」《文選·傅毅〈爲宋公修張良廟教〉》：「擬之若人。」吕向注：「擬，比也。」

〔八〕**豈其當乎**

《金樓子》作「不其嗤乎」。張紹仁「其」改「有」。《御覽》《事文類聚》引，並作「不其蚩乎」。雍案：「不其嗤乎」是也。《後漢書·隗囂傳》：「豈多嗤乎？」李賢注：「嗤，笑也。」《阮籍〈詠懷詩〉》：「噭噭今自蚩。」李善注：「嗤，與『蚩』同。」

〔九〕**左思七諷，說孝而不從，反道若斯，餘不足觀矣**

道，《文通》二五引作「古」。楊明照《校注》云：「按《雜文篇》：『自桓麟《七說》以下，左思《七諷》以上，……或文麗而義暌，或理粹而辭駁，……唯《七厲》叙賢，歸以儒道。』則《七諷》之『說孝不從』，當是違反『儒道』。《原道篇》贊『炳燿仁孝』，《諸子篇》『至如商韓，六蝨五蠹，棄孝廢仁』，《程器篇》『黃香之淳孝』，足見舍人爲重視『孝』者，故以『反道』評之。若作『古』，則非其指矣。《論語·泰伯》：『子曰：如有周公之才之美，使驕且吝，其餘不足觀已。』」雍案：反道，違反正道也。《書·大禹謨》：「侮慢自賢，反道敗德。」

〔一〇〕**若夫君子擬人，必於其倫**

擬，《歷代賦話》引作「儗」。雍案：「擬」與「儗」，義同。《周禮·夏官·射人》：「則以貍步張三侯。」鄭玄注：「擬，本又作『儗』，同。」《禮·曲禮下》：「儗人必於其倫。」鄭注：「儗，猶比也。」蓋君子比人，必於其倫類也。

〔一一〕**與其失也，雖寧僭無濫**

僭，黃叔琳校云：「元作『降』，孫改。」楊明照《校注》云：「按何本、梁本、謝鈔本正作『僭』；《文通》引同。孫改是也。」雍案：《左傳·哀公五年》：「不僭不濫。」杜預注：「僭，差也。」

〔一二〕**然高厚之詩，不類甚矣**

厚，元本、弘治本、活字本、汪本、佘本、張本、兩京本、王批本、何本、胡本、訓故本、梅本、凌本、合刻本、梁本、祕書本、謝鈔本皆作「原」。《文通》引同。馮舒云：「原，當作『厚』。」楊明照《校注》云：「按黃氏改『原』爲『厚』是。高厚之詩不類，見《左傳·襄公十六年》。原文黃注已具」雍案：楊說是。

〔一三〕**終無撫叩酬即之語**

雍案：即，謝云當作「酢」，非也。「即」者，近也。《公羊傳·宣公元年》：「古之道不即人心。」何休注：「即，近也。」《爾雅·釋詁下》：「即，尼也。」邵正涵《正義》：「即，言近就也。」

〔一四〕**雅頌未聞**

楊明照《校注》云：「按此段專就文字訓詁言，頌，疑當作『頡』。雅，謂《爾雅》；頡，謂《倉頡篇》也。」雍案：楊說是。雅頌，《詩》雅、頌之合稱。《禮·樂記》云：「故聽其雅頌之聲，志意得廣焉。」《漢書·董仲舒傳（對策）》云：「教化之情不得，雅頌之樂不成。」

〔一五〕**若排人美辭**

排，黄叔琳校云：「王本即訓故本作『掠』。」文溯本剜改爲「掠」。何焯云：「疑作『採』。」楊明照《校注》云：「按《説文·手部》：『排，擠也。』《廣雅·釋詁三》：『排，推也。』其訓於此不愜，當以作『掠』爲是。《左傳·昭公十四年》：『己惡而掠美爲昏。』杜注：『掠，取也。』詁此正合。若作『排』，則與下幾句文意不屬矣。」雍案：《説文·手部》：「掠，奪取也。」白居易《長慶集·景領縣府無蓄稟無儲……判》：「既爽奉公之節，宜甘掠美之科。」

〔一六〕**原夫古之正名，車兩而馬疋**

楊明照《校注》云：「按《書·牧誓序》：『武王戎車三百兩。』孔傳：『車稱兩。』《詩·召南·鵲巢》：『百兩御之。』毛傳：「百兩，百乘也。」此車稱『兩』之證。《易・中孚》爻辭：『馬匹亡。』《書・文侯之命》：『馬四匹。』此馬稱『匹』之證。《廣韻・五質》：『匹，俗作『疋』。』活字本「疋」作「匹」，下同。」雍案：《文選・左思〈蜀都賦〉》：「歸從百兩。」李周翰注：「大車稱兩。」《後漢書・吳祐傳》：「則載之兼兩。」李賢注：「車有兩輪，故稱兩也。」《詩・召南・鵲巢》：「百兩御之。」陳奐《傳疏》：「兩，一車兩輪也。」王先謙《三家義集疏》引魯說曰：「車有兩輪，故稱爲兩，猶履有兩隻，亦稱爲兩。」又曰：「車一兩爲兩，兩相爲體也。」《藝文類聚・舟車部・車》引《風俗通》：「車一兩爲兩，兩相與體也。原其所以言兩者，箱裝及輪，兩兩而耦，故稱兩爾。」《方言》卷二：「臺敵，延也。」郭璞注：「一作『迮也』。」戴震《疏證》：「『延』蓋『疋』之訛。注内『迮也』，蓋『疋也』之訛。『疋』即俗『匹』字。」《説文・匸部》：「馬稱匹者，亦以一牝一牡離之而云匹。」《玉篇・匸部》：「匹，一馬也。」《楚辭・九章・懷沙》：「獨無匹兮。」舊注：「匹，俗作『疋』。」《慧琳音義》卷十五「匹偶」注：「匹，俗用作『疋』。」

〔一七〕蓋車貳佐乘

楊明照謂「車貳佐乘」，其文淆次，當乙作「車乘貳佐」。雍案：《禮・少儀》云：「乘貳車則式，佐車則否。」注：「貳車，朝祀之副車也。佐車，戎獵之副車也。」「車乘貳佐」與下句「馬儷驂服」對偶。蓋謂正則可爲法式，而副則可否耳。楊說是也。

〔一八〕**夫辯言而數筌蹄**

黄叔琳校云：「（言）一作『疋』；（筌）一作『首』。」萬曆梅本作「夫辯言而數筌蹄」，校云：「（筌）一作『首』。」天啓梅本作「夫辯疋而數首蹄」，校云：「（首）元作『筌』。」何本、凌本、梁本、祕書本、謝鈔本、尚古本、岡本、崇文本作「夫辯言而數首蹄」。弘治本、活字本、汪本、佘本、兩京本、胡本、訓故本作「夫辯言而數蹄」，脱一「首」字。徐𤇆校補「首」字。楊明照《校注》云：「按《大戴禮記·小辯篇》：『《爾雅》以觀於古，足以辯言矣。』上文有『量首數蹄』語，則作『夫辯言而數首蹄』是也」。雍案：楊説是也。蓋爲文者，辨別於言，明其謬誤；選擇於勇，敢其決斷，失理以爲戒也。

養氣第四十二

昔王充著述，制養氣之篇，驗己而作，豈虛造哉！夫耳目鼻口，生之役也；心慮言辭，神之用也。率志委和，則理融而情暢；鑽礪過分，則神疲而氣衰：此性情之數也。夫三皇辭質，心絕於道華〔一〕；帝世始文，言貴於敷奏；三代春秋，雖沿世彌縟，並適分胸臆，非牽課才外也。戰代枝詐，攻奇飾說〔二〕；漢世迄今，辭務日新，爭光鬻采，慮亦竭矣。故淳言以比澆辭，文質懸乎千載；率志以方竭情，勞逸差於萬里；古人所以餘裕，後進所以莫遑也。

凡童少鑒淺而志盛，長艾識堅而氣衰。志盛者思鋭以勝勞，氣衰者慮密以傷神：斯實中人之常資，歲時之大較也。若夫器分有限，智用無涯，或慚鳧企鶴，瀝辭鐫思，於是精氣內銷，有似尾閭之波〔三〕；神志外傷，同乎牛山之木〔四〕：怛惕之盛疾〔五〕，亦可推矣。至如仲任置硯以綜述，叔通懷筆以專業〔六〕，既暄之以歲序，又煎之以日時，是以曹公懼爲文之傷命〔七〕，陸雲歎用思之困神，非虛談也。

夫學業在勤，功庸弗怠，故有錐股自厲、和熊以苦之人〔八〕。志於文也，則申寫鬱滯〔九〕，故宜從容率情，優柔適會。若銷鑠精膽，蹙迫和氣，秉牘以驅齡，灑翰以伐性，豈聖賢之素心，會文之直理哉？且夫思有利鈍，時有通塞，沐則心覆，且或反常，神之方昏，再三愈黷〔一〇〕。是以吐納文藝，務在節宣，清和其心，調暢其氣〔一一〕，煩而即捨，勿使壅滯；意得則舒懷以命筆〔一二〕，理伏則投筆以卷懷，逍遙以針勞，談笑以藥勸。常弄閑於才鋒，賈餘於文勇，使刃發如新，腠理無滯〔一三〕，雖非胎息之邁術〔一四〕，斯亦衛氣之一方也。

贊曰：紛哉萬象，勞矣千想。元神宜寶〔一五〕，素氣資養。水停以鑒，火靜而朗。無擾文慮，鬱此精爽。

〔一〕**夫三皇辭質，心絕於道華**

皇，兩京本、胡本作「王」。楊明照《校注》云：「按『王』字非是。《孝經緯援神契》：『三皇無文』《周禮・地官・保氏》賈疏引是其證。」雍案：質，本也，實也。《論語・雍也》：「質勝文則野，文勝質則史。」劉寶楠《正義》：「質者，本也。」皇侃疏：「質，實也。」《禮記・曲禮上》：「禮之質也。」鄭玄注：「質，猶本也。」《說文・貝部》徐鍇《繫傳》：「質，實也。」《莊子・知北遊》：

「固不及質。」成玄英疏：「質，實也。」蓋三皇之世，樸略尚質，喬野無文，蓋形之主絕於道之華靡矣。

〔二〕戰代枝詐，攻奇飾説

枝，兩京本、胡本、訓故本、岡本作「技」。徐𤊹校「枝」作「譎」。楊明照《校注》云：「按『枝』與『技』於此均費解，與『譎』之形亦不近，恐非舍人之舊。疑當作『權』。權，俗作『权』。蓋初由『權』作『权』，後遂譌爲『枝』或「技」耳。此云『權詐』，正如《諧隱篇》『蓋意生於權譎』之『權譎』然也。《説文·言部》：『譎，權詐也。』揚雄《尚書箴》：『秦尚權詐。』《類聚》四八引《論衡·定賢篇》：『以權詐卓譎，能將兵御衆爲賢乎？是韓信之徒也。』《漢書·刑法志》：『春秋之後，滅弱吞小，並爲戰國。……雄桀之士，因埶輔時，作爲權詐，以相傾覆。吳有孫武，齊有孫臏，魏有吳起，秦有商鞅，皆禽敵立勝，垂著篇籍。當此之時，合從連衡，轉相攻伐，代爲雌雄。……世方爭於功利，而馳説者以孫、吳爲宗。』《抱朴子外篇·仁明》：『曩六國相吞，豺虎力競，高權詐而下道德。』並以『權詐』連文，可證。又按劉向《戰國策·書録》：『是故始皇因四塞之固，……并有天下，杖於謀詐之弊。』『杖』或「技」，豈『杖』之誤歟？以其形最近，姑附識於此。」雍案：楊説是也。《春秋繁露·玉英》：「權，譎也。」《列女傳·孽嬖·晉獻驪姬傳》：「頌毒酒爲權。」王照圓《補注》：「權，謂譎詐也。」《戰國策·趙策二》：「此飾説也。」鮑彪注：「飾説，猶飾辯。」《戰國策·楚策一》：「飾辯虛辭。」鮑彪注：「飾，緣飾，非實也。」

〔三〕**於是精氣内銷，有似尾閭之波**

波，兩京本、胡本作「洩」。楊明照《校注》云：「按『洩』字蓋出後人妄改，不如『波』字義長。《均藻》四引作『波』。」雍案：《莊子·秋水》：「天下之水，莫大於海，萬川歸之，不知何時止而不盈；尾閭泄之，不知何時已而不虛。」蓋「洩」與「泄」，古相通用。

〔四〕**神志外傷，同乎牛山之木**

木，兩京本、胡本作「伐」。楊明照《校注》云：「按『伐』字亦出後人妄改。」雍案：「伐」字是。此非後人妄改。「伐」與「洩」對文。

〔五〕**怛惕之盛疾**

怛，張本作「恒」。盛，黄叔琳校云：「一作『成』。」天啓梅本改「成」。楊明照《校注》云：「按『恒』字誤。《史記·文帝紀》：『（十七年）憂苦萬民，爲之怛惕不安。』是『怛惕』連文之證。『盛』讀平聲，在器中曰盛。《史記·文帝紀》集解引應劭注怛惕盛疾，猶言疾在怛惕之中，即憂能傷人之意也。天啓梅本改『成』，非是。」雍案：「盛」者，滿也，多也。《素問·腹中論》：「病有少腹盛。」張志聰《集注》：「盛，滿也。」又《脈要精微論》：「上盛則氣高，下盛則氣脹。」王冰注：「盛，謂盛滿。」《楚辭・九章・懷沙》：「任重載盛。」王逸注：「盛，多也。」《廣雅・釋詁三》《玉篇・皿部》《說文》《廣韻・勁韻》《集韻・勁韻》同。

〔六〕叔通懷筆以專業

叔，黄叔琳校云：「元作『敬』，孫無撓改。」楊明照《校注》云：「按訓故本、謝鈔本正作『叔』。孫改是也。」雍案：曹褒，字叔通，東漢時期魯國薛人也。少篤志，有大度，結髮傳其父業，博雅疏通，尤好禮事。在位清正，官至侍中。

〔七〕是以曹公懼為文之傷命

楊明照謂「曹公當是曹操」。雍案：楊説非是。曹公，乃「曹植」之譌。舍人所舉，應是曹植。而曹植非以「公」稱。漢末曹操位至三公，人皆號曹公。《三國志・蜀・關羽傳》：「吾極知曹公待我厚。」陸雲《與平原書》：「一日三上臺，曹公藏石墨數十萬斤。」按《御覽》三七六引《魏略》：「陳思王精意著作，食飲損減，得反胃病也。」《海録碎事》十八引《抱朴子》佚文：「揚雄作賦，有夢腸之談；曹植爲文，有反胃之論：言勞神也。」曹植懼爲文，求諸精絕，勞神竟至外損。

〔八〕**夫學業在勤，功庸弗怠，故有錐股自厲，和熊以苦之人**

「功庸弗怠」「和熊以苦之人」二句，元本、弘治本、活字本、汪本、佘本、張本、王批本、萬曆梅本、謝鈔本、彙編本、文津本均無。何焯云：「和熊，唐人事。此後人謬增。」楊明照《校注》、云：「按兩京本、何本、胡本、訓故本、天啓梅本夾行沾刻有此二句。以後各本從之尋繹文意，實不必有，確出後人謬增。」雍案：楊說是也。

〔九〕**志於文也，則申寫鬱滯**

何焯云：「志，疑作『至』。」紀昀說同。兩京本、胡本「也」下有「舍氣無依」四字；「滯」下有「玄解頓釋之輩」六字。楊明照《校注》云：「按何、紀說是。訓故本正作『至』。《樂府篇》『精之至也』，唐寫本誤『至』爲『志』；《史傳篇》『子長繼志』，元本等又誤『志』爲『至』：是『至』『志』二字易淆誤之證。兩京本、胡本多出二句，亦爲後人妄增。」雍案：至，及也。《助字辨略》卷四：「《大學》：『自天子至於庶人。』此『至』字，猶『及』也。」

〔一〇〕**再三愈黷**

楊明照《校注》云：「按《易·蒙》：『初筮，告；再三，瀆。』《釋文》：『瀆，亂也。』『瀆』

『黷』，古今字。」雍案：《集韻・屋韻》：「黷，通作『瀆』。」《説文・黑部》：「易曰：『再三黷。』」段玉裁注：「許所據《易》作『黷』，今《易》作『瀆』。」蓋精神正迷亂糊塗，再三行之，則愈加昏亂也。

〔一一〕**調暢其氣**

調，何本、凌本、别解本、尚古本、岡本、王本、鄭藏鈔本、崇文本作「條」。楊明照《校注》云：「按《書記篇》『故宜條暢以任氣』例之，作『條』是。」雍案：《文選・王襃〈四子講德論〉》：「進者樂其條暢。」李善注：「條，理也。」《别雅》卷四：「條昶，條暢也。」「條鬯，條暢也。」《禮・樂記》：「感條暢之氣，而滅平和之德。」《文選・王襃〈四子講德論〉》：「進者樂其條暢。」蓋謂條直通暢其氣，使之致一而順也。

〔一二〕**意得則舒懷以命筆**

意得，兩京本作「理鎔」。楊明照《校注》云：「按『理鎔』與下句『理伏』重出一字，非是。」雍案：楊説是也。《史記・秦始皇本紀》：「始皇爲人，天性剛戾自用，起諸侯，并天下，意得欲從，以爲自古莫及己。」陳師道《捕狼》詩：「意得無前敵，時乖闕後防。」蓋「意得」者，謂意願已償。

〔一三〕湊理無滯

鈴木云：「湊，當作『腠』。」楊明照《校注》云：「按鈴木說是。兩京本、胡本、訓故本正作『腠』。」雍案：《說文·水部》朱駿聲《通訓定聲》：「湊，字亦作『腠』。」《玉篇·肉部》《廣韻·候韻》：「腠，膚腠也。」《後漢書·郭玉傳》：「腠理至微。」李賢注：「腠理，皮膚之間也。」《文選·左思〈魏都賦〉》：「腠理則治。」呂向注：「腠理者，皮膚間也。」《素問·刺要論》：「病有在毫毛腠理者。」王冰注：「皮之文理曰腠理。」又《舉痛論》：「寒則腠理閉。」張志聰《集注》：「腠理，肌肉之文理。」《春秋繁露·天地之行》：「皮毛腠理也。」凌曙注引《呂氏春秋》高誘曰：「腠理，肌脉也。」

〔一四〕雖非胎息之邁術

邁，元本、弘治本、汪本、張本、兩京本、王批本、胡本、訓故本作「萬」。《廣博物志》二九引同。楊明照《校注》云：「按『萬術』與下句『一方』對，是也。」雍案：楊說是。《抱朴子·釋滯》：「得胎息者，能不以鼻口噓吸，如在胞胎之中，則道成矣。」《漢武內傳》：「王真習閉氣而吞之，名曰胎息。行之斷穀一百餘年，肉色光美，力並數人。」「術」者，法也。嵇康《與山巨源絕交書》：「吾頃學養生之術。」呂向注：「術，灋古「法」字也。」

〔一五〕元神宜寶

元，元本、弘治本、活字本、汪本、佘本、張本、兩京本、王批本、何本、胡本、訓故本、梅本、凌本、合刻本、梁本、祕書本、謝鈔本、別解本、尚古本、岡本、四庫本、崇文本皆作「玄」。《文體明辨》四八、《喻林》九十引同。雍案：「玄」字是。《太玄·玄告》：「玄者，神之魁也。」《太玄·中》：「神戰于玄。」范望注：「心藏神内爲玄。」

附會第四十三

何謂附會？謂總文理，統首尾，定與奪，合涯際，彌綸一篇，使雜而不越者也。若築室之須基構，裁衣之待縫緝矣。夫才量學文，宜正體製〔一〕，必以情志爲神明，事義爲骨髓〔二〕，辭采爲肌膚，宮商爲聲氣，然後品藻元黄〔三〕，摛振金玉，獻可替否，以裁厥中：斯綴思之恒數也〔四〕。凡大體文章，類多枝派，整派者依源，理枝者循幹，是以附辭會義，務總綱領，驅萬塗於同歸，貞百慮於一致；使衆理雖繁，而無倒置之乖，群言雖多，而無棼絲之亂；扶陽而出條，順陰而藏跡，首尾周密，表裏一體：此附會之術也。夫畫者謹髮而易貌〔五〕，射者儀毫而失牆，鋭精細巧，必疎體統。故宜詘寸以信尺，枉尺以直尋，棄偏善之巧，學具美之績：此命篇之經略也。

夫文變多方〔六〕，意見浮雜，約則義孤，博則辭叛〔七〕，率故多尤〔八〕，需爲事賊。且才分不同，思緒各異，或製首以通尾，或尺接以寸附，然通製者蓋寡，接附者甚衆。若統緒失宗，辭味必亂；義脈不流，則偏枯文體。夫能懸識湊理〔九〕，然後節文自會〔一〇〕，如膠之粘木，豆之合黄矣。是以駟牡異力〔一一〕，而六轡如琴，並駕齊驅，而一轂統輻〔一二〕，馭文之法，有似於此。去留隨心，修短在手，齊其步驟，總轡而已。

故善附者異旨如肝膽，拙會者同音如胡越，改章難於造篇，易字難於代句，此已然之驗也。昔張湯擬奏而再卻〔一三〕，虞松草表而屢譴，並理事之不明〔一四〕，而詞旨之失調也。及倪寬更草〔一五〕，鍾會易字，而漢武歎奇，晉景稱善者，乃理得而事明，心敏而辭當也。以此而觀，則知附會巧拙，相去遠哉！若夫絕筆斷章，譬乘舟之振楫；會詞切理，如引轡以揮鞭〔一六〕。克終底績〔一七〕，寄深寫遠〔一八〕。若首唱榮華，而媵句憔悴，則遺勢鬱湮，餘風不暢，此周易所謂臀無膚，其行次且也〔一九〕。惟首尾相援，則附會之體，固亦無以加於此矣。

贊曰：篇統間關，情數稠疊〔二〇〕。原始要終，疎條布葉。道味相附，懸緒自接。如樂之和，心聲克協。

〔一〕**夫才量學文，宜正體製**

量，宋本、鈔本《御覽》五八五引作「童」。范文瀾云：「才量學文，『量』疑當作『優』，或係傳寫之誤。殆由『學優則仕』意化成此語。」楊明照《校注》云：「按范說誤。『量』字其形與『優』不近，恐難致誤；『才量學文』，與『學優則仕』亦毫不相干，何能由其化成？《御覽》引『量』作『童』，極是。『量』其形誤也。《體性篇》：『故童子雕琢，必先雅製。』語意與此相同，可證。」雍案：楊說是。唐玄宗《孝經序》：「御製序并注。」邢昺疏：「製者，裁翦述作之謂也。」《文選・沈約〈宋書謝靈運傳論〉》：「至於先士茂製。」舊校：「五臣本『製』作『制』。」《文選・魏康〈琴賦・序〉》：「歷世才士，並爲之賦頌。其體制風流，莫不相襲。」蓋童之具才稟者，宜正詩文之結構剪裁。

〔二二〕事義為骨髓

髓，宋本、鈔本、喜多本《御覽》引作「骾」。倪本、活字本、鮑本《御覽》作「鯁」。楊明照《校注》云：「按『骨髓』『骨鯁』，「骾」與「鯁」音同得通其義無甚出入；然以《辨騷篇》『骨鯁所樹，肌膚所附』例之，當以《御覽》所引爲是。」雍案：《廣韻・志韻》：「事，立也。」《諸子平議・莊子二》：「則韜乎其事心之大也。」俞樾按：「事心，猶立心。」《群經平議・春秋左傳一》：「事長則順。」俞樾按：「事，猶立也。」《素問・脈要精微論》：「骨者，髓之府也。」《玉篇・骨部》《慧琳音義》卷二「骨髓」注引《字統》：「髓，骨中脂也。」《後漢書・來歙傳》：「骨鯁可任。」李賢注：「骨鯁，喻正直也。」又《杜欽傳》：「朝無骨骾之臣。」顏師古注：「骾，亦『鯁』字。」《晉書音義》中：「骽，與『鞕』同。」蓋楊氏云「『骨髓』『骨鞕』，……其義無甚出入」，乃望文生訓而蹈誤也。「事義爲骨髓」，意謂據事類義理爲文之筋骨架構也。

〔三〕**然後品藻元黄**

元，《御覽》引作「玄」。《喻林》九十、《文通》二一引同。元本、弘治本、活字本、汪本、佘本、張本、兩京本、王批本、何本、胡本、訓故本、梅本、凌本、合刻本、梁本、祕書本、謝鈔本、彙編本、尚古本、岡本、四庫本、崇文本並作「玄」。楊明照《校注》云「按《原道篇》『夫玄黄色雜』，《詮賦篇》『畫繪之著玄黄』，皆以『玄黄』連文，此固不應作『元』也。」雍案：《漢書·揚雄傳下》：「尊卑之條，稱述品藻。」注：「品藻者，定其差品及文質。」舍人此謂然後品鑒文質，以潤其飾也。

〔四〕**斯綴思之恒數也**

恒，元本、弘治本、活字本、汪本、佘本、張本、兩京本、王批本、何本、胡本、梅本、凌本、合刻本、梁本、祕書本、彙編本、尚古本、岡本、四庫本、王本、張松孫本、鄭藏鈔本、崇文本並作「常」。《文通》引同。楊明照《校注》云：「按《御覽》引作『恒』；訓故本、謝鈔本同。何焯校作『恒』『恒』『常』古多通用。」雍案：《説文·二部》：「恒，常也。」《風俗通·山澤》：「恒者，常也。」《周禮・春官・司巫》：「則帥巫而造巫恒。」賈公彥注：「恒，訓爲常。」《管子・法法》：「國無常經，民力必竭，數也。」尹知章注：「數，理也。」又《霸言》：「固其數也。」尹知章注：「數，猶理也。」《韓非子・孤憤》：「其數不勝也。」王先謙《集解》引舊注：「數，理也。」

〔五〕夫畫者謹髮而易貌

范文瀾云：「易貌，疑當作『遺貌』。『遺貌』即『失貌』也。」楊明照《校注》云：「按『易』字未誤。易，輕也；《左傳・襄公十五年》杜注輕易也。《禮記・樂記》鄭注詁此並無不合。謹髮易貌，即重小輕大之意。不必準《呂氏春秋・處方篇》《淮南子・說林篇》之『失貌』，而改『易』爲『遺』也。」雍案：易貌，輕略其貌也。《論語・學而》：「賢賢易色。」劉寶楠《正義》：「易有輕略之義。」

〔六〕夫文變多方

多，黃叔琳校云：「汪作『無』。」馮舒「多」改「無」。《御覽》引作「無」。元本、弘治本、活字本、佘本、張本、兩京本、王批本、何本、胡本、訓故本、合刻本、梁本、祕書本、尚古本、岡本、四庫本、王本、鄭藏鈔本、崇文本並同。楊明照《校注》云：「《通變篇》『變文之數無方』，與此意同，當以作『無』爲是。『多』字蓋涉下文而誤。」雍案：《說文・亡部》徐鍇《繫傳》：「無者，對有之稱。」《助字辨略》卷一：「無，有之反也。」《莊子·天運》：「無方之傳。」陸德明《釋文》引司馬云：「方，常。」《文選·郭璞〈江賦〉》：「動應無方。」李善注引鄭玄：「方，常。」《曹植〈七啓〉》：「游心無方。」李善注引晉灼《漢書注》曰：「方，常。」《儀禮·士相見禮》：「升見無方。」胡培翬《正義》引敖氏云：「方，猶常也。」《禮記·内則》：「博學無方。」鄭玄注：「方，猶常也。」

〔七〕**博則辭叛**

叛，弘治本、汪本、佘本作「判」。徐𤊹校「判」爲「叛」。楊明照《校注》云：「按《易·繫辭下》：『將叛者，其辭慚。』此『辭叛』二字所本。作『判』誤。」雍案：楊説是。《説文·半部》：「叛，又借『判』字。」

〔八〕**率固多尤**

率，《御覽》引作「變」。楊明照《校注》云：「按《文賦》：『或率意而寡尤。』舍人反其意而用之，與下『需爲事賊』句各明一義。作『變』非是。」雍案：「率」者，輕率也。蓋謂爲文輕率任意者，固多其尤。

〔九〕**夫能懸識湊理**

湊，兩京本、胡本、訓故本作「腠」。《文通》引同。楊明照《校注》云：「按『腠』字是。『懸識腠理』，用扁鵲見蔡桓公《史記・扁鵲傳》《新序・雜事二》作「齊桓侯」事，見《韓非子・喻老篇》。」雍案：《說文・水部》朱駿聲《通訓定聲》：「湊，字亦作『腠』。」《玉篇・玉部》：「腠，膚腠也。」《廣韻・候韻》：「腠，膚理也。」《儀禮・鄉射禮》：「進腠。」鄭玄注：「腠，膚理也。」《文選・司馬相如〈難蜀老賦〉》：「躬腠胝無胈。」李善注引孟康曰：「腠，腠理也。」《素問・舉痛論》曰：「寒則腠理閉。」《史記・扁鵲倉公列傳》曰：「君有疾在腠理。」《後漢書・郭玉傳》曰：「腠理至微。」《文選・左思〈魏都賦〉》曰：「腠理則治。」《素問・刺要病》曰：「病有在毫毛腠理。」《春秋繁露・天地之行》曰：「皮毛腠理也。」並可以引證。夫能預識條理，然後節制修飾自合。

〔一〇〕**然後節文自會**

節文，黃叔琳校云：「一作『文節』。」元本、弘治本、活字本、汪本等作「文節」。楊明照《校注》云：「按《誄碑》《章表》《定勢》《鎔裁》《章句》五篇，並有『節文』之詞；《御覽》亦引作『節文』。『文節』非是。」雍案：節文，節制修飾也。《荀子・非相》：「噲唯則節。」王先謙《集解》引郝懿行曰：「節，謂節制之也。」《禮・檀弓下》：「辟踊，哀之至也。有筭，爲之節文也。」《史記·叔孫通傳》：「叔孫通曰：『五帝異樂，三王不同禮。禮者，因時世人情爲之節文者也。』」

〔一一〕是以駟牡異力

駟，《御覽》引作「四」。何本、凌本、梁本、祕書本、尚古本、岡本、王本、鄭藏鈔本、崇文本並作「四」。楊明照《校注》云：「按作『四』是也。《詩·小雅·車舝》：『四牡騑騑，六轡如琴。』《毛詩》中句有「四牡」者，凡二十七見，皆不作「駟」。」雍案：楊說是也。然「駟」，古可假借爲『四』。《說文·馬部》朱駿聲《通訓定聲》：「駟，叚借爲『四』。」《經籍籑詁·寘韻》：「《詩·大明》：『駟騵彭彭。』《公羊·隱元年》疏作『四騵彭彭』。」《詩·秦風·駟驖》：「駟驖孔阜。」王先謙《三家義集疏》：「三家『駟』作『四』。」「牡」，謂馬也。《文選·枚乘〈七發〉》：「客曰鍾岱之牡。」《詩·魯頌·駉》：「駉駉牡馬。」陳奐《傳疏》：「牡馬，謂壯大之馬，猶四馬之稱四牡，不必讀爲牝牡之牡也。」蓋此謂四馬異乎其力，而六轡聯纏，有若琴鳴。

〔一二〕並駕齊驅，而一轂統輻

雍案：《御覽》引無此二句。活字本、汪本、佘本、張本、王批本、何本、萬曆梅本、凌本、合刻本、梁本、祕書本、彙編本、尚古本、岡本、王本、鄭藏鈔本、崇文本亦並無之。元本、弘治本、兩京本、胡本、訓故本、謝鈔本、四庫本未脫。尋繹文意，此二句不可闕。蓋一轂統輻，實馭文之法也。

〔一三〕**昔張湯擬奏而再卻**

擬，宋本、鈔本《御覽》引作「疑」。《廣博物志》二九、《文通》引同。元本、弘治本、活字本、汪本、佘本、張本、兩京本、王批本、何本、胡本、訓故本、梅本、凌本、合刻本、梁本、祕書本、謝鈔本、彙編本、尚古本、岡本、王本、張松孫本、鄭藏鈔本、崇文本並作「疑」。馮舒、何焯校「疑」爲「擬」，黄氏從之。楊明照《校注》云：「按應作『擬』。『擬』爲動詞，『擬奏』，始能與下句之『草表』相儷。各本作『疑』，蓋狃於《漢書·兒寬傳》『有疑奏已再見卻矣』句而改耳。殊不知彼文之『疑奏』，乃指所草之奏言；此處之『擬奏』，則就草擬其奏之事言。所指固不同也。」雍案：《説文·子部》朱駿聲《通訓定聲》：「疑，叚借爲『擬』。」又《手部》桂馥《義證》：「擬，又通作『疑』。」《禮記·燕議》：「爲疑也。」孔穎達疏：「疑，擬也。」鄭玄注：「疑，自下上至之辭也。」

〔一四〕**並理事之不明**

理事，《御覽》引作「事理」。楊明照《校注》云：「按《銘箴篇》『何事理之能閑哉』，《雜文篇》『致辨於事理』，《議對篇》『事理明也』，《指瑕篇》『所以明正事理』，並作『事理』。則此當以

《御覽》所引爲是。《論衡・宣漢篇》有「核事理之情」語」雍案：楊説是也，「理事」二字當乙。《韓非子・解老》：「思慮熟則得事理，得事理則必成功。」《南齊書・陸厥傳〈沈約答陸厥書〉》：「譬由子野操曲，安得忽有闡緩失調之聲？以洛神比陳思他賦，有似異手之作。」蓋「並事理之不明」，乃謂並事情道理之不明晰也。

〔一五〕及倪（兒）寬更草

倪，元本、弘治本、汪本、佘本、張本、兩京本、王批本、胡本、訓故本作「兒」。《廣博物志》引同。馮舒校「倪」作「兒」。楊明照《校注》云：「按以《時序篇》『歎兒寬之擬奏』驗之，此必原作『兒』也。《漢書》卷五八有傳作『兒』，亻旁後加。」雍案：《漢書・兒寬傳》：「張湯爲廷尉，有疑奏，已再見卻矣，掾史莫知所爲。寬爲言其意，掾史因使寬爲奏。奏成，即時得可。異日湯見，上問曰：『前奏非俗吏所及，誰爲之者？』湯言兒寬。上曰：『吾固聞之久矣。』」

〔一六〕會詞切理，如引轡以揮鞭

弘治本、活字本、汪本、佘本、張本、何本、萬曆梅本、合刻本、凌本、梁本、祕書本、謝鈔本、尚古本、岡本、王本、鄭藏鈔本無此二句。楊明照《校注》云：「按此二句亦不可少。元本、兩京本、胡本、訓故本、四庫本、崇文本未脱。天啓梅本此二句夾行刻」雍案：「會詞切理，如引轡以揮鞭」

二句，乃與上文「若夫絶筆斷章，譬乘舟之振楫」相儷之接句，不可闕也。

〔一七〕克終底績

雍案：底，當作「厎」。厎，古與「底」通，義亦同。詳見前注。《爾雅·釋言》：「厎，致也。」郝懿行《義疏》引：「《書》：『乃言厎可績。』」蓋「克終底績」，乃謂能終致其功也。

〔一八〕寄深寫遠

元本、活字本作「寄在寫遠」，《喻林》八八引同；弘治本、汪本、佘本作「寄在寫遠送」；張本、何本、萬曆梅本、凌本、合刻本、梁本、祕書本、謝鈔本、尚古本、岡本作「寄在寫以遠送」，《文通》引同；兩京本、王批本、胡本作「寄深寫遠送」。吴翌鳳云：「作『寄深寫遠』，與上四字作對。」楊明照《校注》云：「按諸本皆誤。疑當作『寫在寄送』。『寫送』，六朝常語。已詳《詮賦篇》『迭致文契』條」雍案：當作「寄在寫送」。《詩·小雅·蓼蕭》：「我心寫兮。」朱熹《集傳》：「寫，輸寫也。」《説文·辵部》：「送，遣也。」《廣韻·送韻》：「送，遣也。」李富孫《春秋三傳異文釋》卷七：「襄廿六年傳：『伍舉實送之。』楚語作『遣之』。」《高僧傳·釋曇智傳》：「雅好轉讀，雖依擬前宗，而獨拔新異，高調清徹，寫送有餘。」又附《釋曇調》：「寫送清雅，恨功夫未足。」《文鏡祕府論·論文意篇》：「開發端緒，寫送文勢。」

〔一九〕此周易所謂臀無膚，其行次且也

且，弘治本、汪本、張本、王批本作「睢」。訓故本作「鴡」。徐𤊹云：「睢，當作『且』。」何焯改「且」。楊明照《校注》云：「按《廣雅·釋訓》：『趑睢，難行也。』《玉篇·隹部》：『睢，次睢，行難也。』是『睢』字自可，不必依《易·夬卦》爻辭改爲『且』也。「睢」與「鴡」同，見《集韻》」雍案：《廣雅·釋訓》：「趑睢，難行也。」王念孫疏：「『趑趄』『次且』，並與『趑睢』同。《易·夬》：『其行次且。』」李富孫《易經異文釋》：「次且，《集解》本作『趦趄』。《新序·雜事》引同。」又曰：「次且，《繫傳》作『趑趄』。」

〔二〇〕篇統間關，情數稠疊

楊明照《校注》云：「按此與下句『情數稠疊』相對，而各明一義。『篇統間關』，喻結構之曲折；『情數稠疊』，喻內容之繁富。則『間關』二字，與《詩·小雅·車舝》之『間關』異趣。《漢書·王莽傳》：『間關至漸臺。』顏注：『間關，猶言崎嶇展轉也。』《漢書·鄧騭傳》：『騭等辭讓不獲，遂逃避使者，間關詣闕。』章懷注：『間關，猶崎嶇也。』又《荀彧·傳論》：『荀君乃越河冀，間關以從曹氏。』章懷注：『間關，猶展轉也。』解此並合。」雍案：楊氏引「展轉」解「間關」，乃望文生訓而蹈誤也。尋繹文意，「間關」，當詁作「設置」。《慧琳音義》卷四六「間關」注：「間關，又亦設置也。」「情數」，當詁作「情況」。《後漢書・班超傳（上疏）》：「臣前與官屬三十六人奉使絕域，……於今五載，胡夷情數，臣頗識之。」

總術第四十四

今之常言〔一〕，有文有筆，以爲無韻者筆也，有韻者文也。夫文以足言，理兼詩書，别目兩名，自近代耳。顔延年以爲筆之爲體，言之文也；經典則言而非筆，傳記則筆而非言。請奪彼矛，還攻其楯矣。何者？易之文言，豈非言文？若筆不言文，不得云經典非筆矣。將以立論，未見其論立也。予以爲發口爲言，屬筆曰翰〔二〕，常道曰經，述經曰傳。經傳之體，出言入筆，筆爲言使，可强可弱。分經以典奥爲不刊〔三〕，非以言筆爲優劣也。昔陸氏文賦，號爲曲盡，然汎論纖悉，而實體未該。故知九變之貫匪窮，知言之選難備矣。

凡精慮造文，各競新麗，多欲練辭，莫肯研術。落落之玉，或亂乎石；碌碌之石，時似乎玉〔四〕。精者要約，匱者亦尠；博者該贍，蕪者亦繁〔五〕；辯者昭晳〔六〕，淺者亦露；奥者複隱，詭者亦典〔七〕。或義華而聲悴，或理拙而文澤。知夫調鐘未易，張琴實難。伶人告和，不必盡窕𢪉桍之中〔八〕；動用揮扇，何必窮初終之韻〔九〕：魏文比篇章於音樂，蓋有徵矣。夫不截盤根，無以驗利器；不剖文奧，無以辨通才。才之能通，必資曉術，自非圓鑒區域，大判條例，豈能控引情源〔一〇〕，制勝文苑哉！

是以執術馭篇，似善弈之窮數；棄術任心〔一一〕，如博塞之邀遇〔一二〕。故博塞之文，借巧儻來，雖前驅有功，而後援難繼，少既無以相接，多亦不知所刪，乃多少之並惑〔一三〕，何妍蚩之能制乎〔一四〕？若夫善弈之文，則術有恒數，按部整伍，以待情會，因時順機，動不失正。數逢其極，機入其巧，則義味騰躍而生，辭氣叢雜而至。視之則錦繪，聽之則絲簧，味之則甘腴，佩之則芬芳，斷章之功，於斯盛矣。夫驥足雖駿，纆牽忌長〔一五〕，以萬分一累，且廢千里。況文體多術，共相彌綸，一物攜貳，莫不解體。所以列在一篇，備總情變，譬三十之輻，共成一轂，雖未足觀，亦鄙夫之見也。

贊曰：文場筆苑，有術有門。務先大體，鑒必窮源〔一六〕。乘一總萬，舉要治繁。思無定契，理有恒存。

〔一〕**今之常言**

今，黃叔琳校云：「元作『令』，商改。」徐𤊹「令」改「今」。楊明照《校注》云：「按『令』

字是。元本、覆刻汪本、張本、兩京本、何本、胡本、訓故本、謝鈔本、四庫本並作『今』，不誤。宋翔鳳《過庭録》卷十五「文筆」條有說」雍案：「今」字是。《說文・亼部》：「今，是時也。从亼，从ㄋ。ㄋ，古文『及』。」《玉篇・亼部》：「今，是時也。」《文選・張衡〈南都賦〉》：「方今天地之睢剌。」李善注引《蒼頡篇》：「今，時辭也。」

〔二〕屬筆曰翰

杨明照《校注拾遺》云：「按《論衡・書解篇》云：『出口爲言，集札爲文。』又：『出口爲言，著文爲篇。』又按以下文『出言入筆，筆爲言使』及『非以言筆爲優劣也』驗之，『屬筆曰翰』，當乙作『屬翰曰筆』。」雍案：楊說是也。蓋出言者入於筆，筆别於文，非集札而爲言使也。

〔三〕分經以典奧為不刊

雍案：分經，於此無解，乃「六經」之譌。《後漢書・法真傳〈田羽薦真書〉》：「體兼四業，學窮典奧。」《劉歆《答揚雄書》》：「是縣諸日月，不刊之書也。」蓋謂六經以文義深奧爲不可修改。

〔四〕落落之玉，或亂乎石；碌碌之石，時似乎玉

楊明照《校注》云：「按《老子》第三十九章：『不欲琭琭《文子・符言篇》作「碌」如玉，落落如石。』河上公注：『琭琭，喻少；落落，喻多。』《後漢書·馮衍傳下》：『又自論曰：「馮子以爲，夫人之德，不碌碌如玉，落落如石。」』章懷注：『《老子》《道德經》之詞也。言可貴可賤，皆非道真。玉貌碌碌，爲人所貴；石形落落，爲人所賤。』疑此處『玉』『石』二字淆次。」雍案：《別雅》卷五：「琭琭，碌碌也。」按尋繹文意，「玉」「石」二字非淆次也。《書·多士》：「允罔固亂。」孫星衍《今古文注疏》：「亂，惑也。」《呂氏春秋·論人》：「此不肖主之所以亂也。」高誘注：「亂，惑也。」蓋舍人此謂玉多則疑惑乎石，石少則疑似乎玉也。

〔五〕**蕪者亦繁**

蕪，黃叔琳校云：「元作『無』，朱改。」張乙本、王批本、何本、訓故本、謝鈔本並作「蕪」。楊明照《校注》云：「按『蕪』字是。」雍案：「蕪」者，雜亂也。《世說新語·文學》：「孫興公云：『潘文淺而凈，陸文深而蕪。』」

〔六〕**辯者昭晳**

晳，元本、弘治本、汪本、佘本、張本、兩京本、王批本作「哲」。楊明照《校注》云：「按『晳』字是。」雍案：詳解見《徵聖篇》「文章昭晰以象離」條。

〔七〕詭者亦典

何焯云：「『典』字有譌。」楊明照《校注》云：「按『典』字與上文之『勘』『繁』『露』，實不倫類，疑爲『曲』之誤。」雍案：楊説是。《玉篇·曲部》：「曲，不直也。」《戰國策·秦策五》：「以曲合於趙王。」鮑彪注：「曲，不正也。」高誘注：「曲，邪也。」

〔八〕伶人告和，不必盡窕摦桍之中

桍，黄叔琳校云：「字衍。」天啓梅本已剜去「桍」字。元本、弘治本、活字本、張本、兩京本、王批本、何本、胡本、訓故本、凌本、合刻本、祕書本、謝鈔本、尚古本、岡本、四庫本、王本、張松孫本、鄭藏鈔本、崇文本並無「桍」字。汪本誤爲「瓜桍」二字，佘本「槬」上有「瓜」字。楊明照《校注》云：「按『桍』當據刪。蓋寫者誤重『槬』字未竣時，知其爲衍，故未全書，傳寫者不察，亦復書出，遂致文不成義。」雍案：《國語·周語下》：「二十四年，鐘成，伶人告和，王謂伶州鳩曰：『鐘果和矣。』對曰：『未可知也。』」韋注：「伶人，樂人也。」「槬」又作「摦」。《漢書·五行志》七下之上引《左傳·昭公二十一年》：「天王將鑄無射。伶州鳩曰：『王其以心疾死乎？……小者不窕，大者不摦，則和於物。物和則嘉成。」又：「今鐘槬矣，王心弗堪。」杜注：「窕，細不滿；槬，横大不入。」《釋文》：「槬，户化反。」《注訂》：「此言雖伶人告知，其中音節

巨細，或不盡相容也。」蓋樂師告知調諧，樂聲音節不必拘於巨細之中，或不盡相容也。

〔九〕動用揮扇，何必窮初終之韻

何焯云：「『揮扇』，未詳。」郝懿行云：「按『動用揮扇，何必窮初終之韻』二句未詳。」范文瀾云：「『動用揮扇』二句，未詳其義。」楊明照《校注》云：「按此文向無注釋，殆書中之較難解者。然反復研求，亦有跡可尋：二語既承上『張琴』句，其義必與鼓琴之事有關。《說苑·善說篇》：『雍門子周以琴見乎孟嘗君。……雍門子周引琴而鼓之，徐動宮、徵，微揮羽、角；初（初原誤作「切」，據《桓譚·新論》改。）終，而成曲。孟嘗君涕浪汗增欷而就之，曰：「先生之鼓琴，令文立若破國亡邑之人也。」』舍人遺辭，即出於此。如改『用』爲『角』，改『扇』爲『羽』，則文從字順，渙然冰釋矣。」雍案：楊說極是。《周禮·春官·大師》：「皆文之以五聲：宮、商、角、徵、羽。」蓋動角揮羽之聲，何必盡初始終極之韻律。

〔一〇〕豈能控引情源

情，黃叔琳校云：「元作『清』。」梅本作「清」，校云：「當作『情』。」楊明照《校注》云：「按梅校是。『情源』與下句之『文苑』對。訓故本、梁本、謝鈔本正作『情』，未誤。（文淵本剜改為「情」）《章句篇》『控引情理』，亦其旁證。」雍案：楊說是。源，本也。《文選·沈約〈奏彈王源〉》：

「此風弗翦，其源遂開。」李周翰注：「源，本也。」《沈約〈宋書謝靈運傳論〉》：「導清源於前。」張銑注：「源，本也。」「控引」，控制也。《文選・左思〈魏都賦〉》：「白藏之藏，富有無隄；同賑大內，控引世資。」宋呂南公《夢寐》詩：「別恨不堪詩控引，高情猶賴酒分張。」

〔一一〕**棄術任心**

棄，黃叔琳校云：「元作『築』。」楊明照《校注》云：「按元本、弘治本、活字本、汪本、佘本、張本、兩京本、胡本、訓故本、謝鈔本作『無』；《稗編》七五、《喻林》八九引同。徐𤊹云：無，一作「棄」。以梅校『元作築』覆刻汪本作「桒」推之，改『棄』是也。何本作「棄」《陸士衡文集・五等諸侯論》：『棄道任術。』句法與此相同，亦可證。」雍案：棄，去也。本亦作『弃』字。《墨子・經下》：「偏棄之。」孫詒讓《閒詁》：「《經說下》作『偏去』。」

〔一二〕**如博塞之邀遇**

邀遇，兩京本、胡本作「邀遊」。《喻林》引同。馮舒云：「邀遇，一作『邀遊』。」楊明照《校注》云：「按『邀』，求也。《文選・廣絕交論》李注引賈逵《國語》注『遇』，偶也；《爾雅・釋言》得也。《孟子・離婁下》趙注『博塞邀遇』，喻『棄術任心』以從事撰述，如博徒之希求偶得然。下文『故博塞之文，借巧儻來』云云，即承此而言。《文選・西京賦》：『不邀自遇。』薛注：『不須邀遂，往自得之。』」

似爲『邀遇』二字之所自出。兩京本、胡本作『遨遊』，蓋據《莊子·駢拇篇》：『則博塞以遊』句臆改，而昧其與上下文意之不愜也。」雍案：「邀遇」是也。邀，古又作『徼』，徼幸也。《玄應音義》卷十一「邀利」注：「字書作『徼』，同。」《資治通鑑·漢紀六十》：「權邀羽連兵之難。」胡三省注：「邀，當作『徼』。徼幸也。」「遇」，猶得也。《孟子·離婁下》：「子父責善而不相遇也。」趙岐注：「遇，得也。」《淮南子·精神》：「故事有求之於四海之外而不能遇。」高誘注：「遇，得也。」蓋「如博塞之邀遇」，乃謂如博徒徼幸之得也。楊氏未得「邀」字確訓之義，而將此句臆斷爲「如博徒之希求偶得然」，實蹈誤也。

〔一三〕**乃多少之並惑**

並，黄叔琳校云：「元作『非』，許改。」楊明照《校注》云：「按許改是也。何本、謝鈔本正作『並』。《老子》第二十二章：『少則得，多則惑。』舍人語本此。」雍案：《廣雅·釋言》：「並，俱也。」

〔一四〕**何妍蚩之能制乎**

鈴木云：「蚩，當作『媸』。」楊明照《校注》云：「按『蚩』未誤，無煩改作。已詳《聲律篇》『是以聲畫妍蚩』條。又按『制』字與上下文意不符，疑爲『別』之誤。《抱朴子外篇·自序》：『夫才未必爲增也，直所覽差廣，而覺妍蚩之別。』可資旁證。」雍案：《釋名・釋姿容》：「妍，研也，研精於事宜，則無蚩繆也。」王先謙《疏證補》引葉德炯曰：「『妍』『研』聲義相通。」「蚩」與「媸」，古今字，音義同。劉知幾《史通・史官・建置》：「向使世無竹帛，時闕史官，……則善惡不分，妍媸永滅者矣。」

〔一五〕纆牽忌長

纆，黄叔琳校云：「元作『纏』，許改。」楊明照《校注》云：「按張本、何本、謝鈔本作『纆』，許改是也。《文選・張華〈勵志詩〉》：『纆牽之長，實累千里。』李注：『《戰國策（韓策三）》段干越（人）謂韓相新城君曰：「昔王良弟子駕千里之馬，……而難千里之行，……是纆牽長也。」千里之馬，繫以長索，則爲累矣。』李周翰注：『纆，索也，以御馬也。』」雍案：「纆」是也，然「纆」與「纏」，古亦義相通。《說文・糸部》《玉篇・糸部》《廣韻・德韻》：「纆，索也。」《文選・孫楚〈征西官屬送於陟陽侯作詩〉》：「吉凶如糾纆。」李善注：「纆，三股索。」柳宗元《遊南亭夜還叙志七十韻》：「長沙哀糾纆。」蔣之翹《輯注》：「糾、纆，皆索也。」《鶡冠子・世兵》：「禍與福如糾纏。」陸佃注：「纏，索也。」《淮南子・道應》：「臣有所與供儋纏采薪者九方堙。」高誘注：「纏，索也。」

〔一六〕**鑑必窮源**

源，汪本、佘本作「深」。楊明照《校注》云：「按『深』字失韻，非是。《史記·大宛傳贊》有『窮河源』語」雍案：「源」字是。《禮·學記》：「三王之祭川也，皆先河而後海，或源也，或委也，此之謂務本。」疏：「言三王祭百川之時，皆先祭河而後祭海也。或先祭其源，或後祭其委。河爲海本，源爲委本。」蓋舍人「窮源」語本此。

時序第四十五

時運交移，質文代變，古今情理，如可言乎？昔在陶唐，德盛化鈞，野老吐何力之談，郊童含不識之歌。有虞繼作，政阜民暇，熏風詩於元后〔一〕，爛雲歌於列臣。盡其美者，何乃心樂而聲泰也！至大禹敷土，九序詠功；成湯聖敬，猗歟作頌。逮姬文之德盛，周南勤而不怨；大王之化淳，邠風樂而不淫；幽厲昏而板蕩怒，平王微而黍離哀。故知歌謠文理，與世推移，風動於上，而波震於下者也。

春秋以後，角戰英雄，六經泥蟠，百家飆駭。方是時也，韓魏力政，燕趙任權，五蠹六蝨，嚴於秦令，唯齊楚兩國，頗有文學。齊開莊衢之第，楚廣蘭臺之宮，孟軻賓館，荀卿宰邑，故稷下扇其清風，蘭陵鬱其茂俗，鄒子以談天飛譽，騶奭以雕龍馳響，屈平聯藻於日月，宋玉交彩於風雲。觀其豔說，則籠罩雅頌。故知暐燁之奇意，出乎縱橫之詭俗也。

爰至有漢，運接燔書，高祖尚武，戲儒簡學，雖禮律草創，詩書未遑，然大風鴻鵠之歌，亦天縱之英作也。施及孝惠，迄於文景，經術頗興，而辭人勿用，賈誼抑而鄒枚沈，亦可知已。逮孝武崇儒，潤色鴻業，禮樂爭輝，辭藻競騖。柏梁展朝讌之詩，金堤製恤民之詠，徵枚乘以蒲輪，申主父以鼎食，擢公孫之對策，歎兒寬之擬奏〔二〕，買臣負薪而衣錦，相如滌器而被繡；於是史遷壽王之徒，嚴終枚皋之屬，應對固無方，篇章亦不匱，遺風餘采，莫與比盛。越昭及宣，實繼武績，馳騁石渠，暇豫文會，集雕篆之軼材，發綺縠之高喻〔三〕；於是王褒之倫，底祿待詔，自元暨成，降意圖籍，美玉屑之譚，清金馬之路，子雲銳思於千首，子政讎校於六藝，亦已美矣。爰自漢室，迄至成哀，雖世漸百齡，辭人九變，而大抵所歸，祖述楚辭，靈均餘影，於是乎在。

自哀平陵替，光武中興，深懷圖讖，頗略文華，然杜篤獻誄以免刑，班彪參奏以補令，雖非旁求，亦不遐棄。及明帝疊耀〔四〕，崇愛儒術，肄禮璧堂，講文虎觀；孟堅珥筆於國史，賈逵給札於瑞頌，東平擅其懿文，沛王振其通論，帝則藩儀，輝光相照矣。自安和已下〔五〕，迄至順桓，則有班傅三崔，王馬張蔡，磊落鴻儒，才不時乏，而文章之選，存而不論。然中興之後，群才稍改前轍，華實所附，斟酌經辭，蓋歷政講聚，故漸靡儒風者也。降及靈帝，時好辭製，造羲皇之書〔六〕，開鴻都之賦，而樂松之徒，招集淺陋，故楊賜號爲驩兜，蔡邕比之俳優，其餘風遺文，蓋蔑如也。

自獻帝播遷，文學蓬轉，建安之末，區宇方輯。魏武以相王之尊，雅愛詩章〔七〕；文帝以副君之重，妙善辭賦；陳思以公子之豪，下筆琳瑯〔八〕：並體貌英逸，故俊才雲蒸。仲宣委質於漢南，孔璋歸命於河北，偉長從宦於青土，公幹狥質於海隅〔九〕，德璉綜其斐然之思，元瑜展其翩翩之樂，文蔚休伯之儔，于叔德祖之侶〔一〇〕，傲雅觴豆之前〔一一〕，雍容衽席之上，灑筆以成酣歌，和墨以藉談笑。觀其時文，雅好慷慨，良由世積亂離，風衰俗怨，並志深而筆長，故梗概而多氣也。至明帝纂戎，制詩度曲，徵篇章之士，置崇文之觀，何劉群才，迭相照耀。少主相仍，唯高貴英雅，顧盼合章〔一二〕，動言成論。於時正始餘風，篇體輕澹，而嵇阮應繆，並馳文路矣。

逮晉宣始基，景文克構，並跡沈儒雅，而務深方術。至武帝惟新，承平受命，而膠序篇章，弗簡皇慮。降及懷愍，綴旒而已。然晉雖不文，人才實盛。茂先搖筆而散珠，太冲動墨而橫錦，岳湛曜聯璧之華，機雲摽二俊之采，應傅三張之徒〔一三〕，孫摯成公之屬，並結藻清英，流韻綺靡。前史以爲運涉季世，人未盡才，誠哉斯談，可爲歎息！

元皇中興，披文建學，劉刁禮吏而寵榮，景純文敏而優擢。逮明帝秉哲〔一四〕，雅好文會，升儲御極，孳孳講藝，練情於誥策，振采於辭賦；庾以筆才逾親〔一五〕，溫以文思益厚，揄揚風流，亦彼時之漢武也。及成康促齡，穆哀短祚，簡文勃興，淵乎清峻。微言精理，函滿元席〔一六〕；澹思濃采〔一七〕，時灑文囿。至孝武不嗣，安恭已矣。其文史則有袁殷之曹，孫干之輩，雖才或淺深，珪璋足用。自中朝貴元〔一八〕，江左稱盛〔一九〕，因談餘氣，流成文體。是以世極迍邅，而辭意夷泰，詩必柱下之旨歸，賦乃漆園之義疏。故知文變染乎世情，興廢繫乎時序，原始以要終，雖百世可知也。

自宋武愛文，文帝彬雅，秉文之德，孝武多才，英采雲搆〔二〇〕。自明帝以下〔二一〕，文理替矣。爾其縉紳之林，霞蔚而飆起；王袁聯宗以龍章，顏謝重葉以鳳采，何范張沈之徒，亦不可勝也。蓋聞之於世，故略舉大較。

暨皇齊馭寶，運集休明：太祖以聖武膺籙，高祖以睿文纂業，文帝以貳離含章，中宗以上哲興運〔二二〕，並文明自天，緝遐景祚〔二三〕。今聖歷方興，文思光被〔二四〕，海岳降神〔二五〕，才英秀發。馭飛龍於天衢，駕騏驥於萬里，經典禮章，跨周轢漢，唐虞之文，其鼎盛乎！鴻風懿采，短筆敢陳；颺言讚時，請寄明哲。

贊曰：蔚映十代，辭采九變。樞中所動，環流無倦。質文沿時，崇替在選。終古雖遠，曠焉如面〔二六〕。

〔一〕**薰風詩於元后**

范文瀾云：「詩於元后，疑當作『詠於元后』。」楊明照《校注》云：「按『詩』字自通。《史記·樂書》：『高祖過沛，詩《三侯之章》。』又《司馬相如傳》：『（封禪文）詩大澤之博。』其『詩』字正作動詞用。」雍案：「詩」者，誦也，歌也。《漢書·藝文志》：「誦其言謂之詩，詠其聲謂之歌。」《詩·序》：「先王以是經夫婦。」孔穎達疏：「歌其聲謂之樂，誦其言謂之詩。」《周禮·春官·樂師》：「行以肆夏，趨以采薺。」鄭玄注：「肆夏、采薺，皆樂名，或曰皆逸詩。」孫詒讓《正義》：「凡以器播其聲則曰樂，人所歌則曰詩，二者皆有辭也。」

〔二〕**歎兒寬之擬奏**

擬，元本、活字本、汪本、佘本、張本、兩京本、胡本、文津本作「凝」。《詩紀別集》一、《漢魏詩乘總録》、湯氏《續文選》二七同。王批本、訓故本、謝鈔本作「疑」。馮舒校作「擬」。鈴木云：「（擬）當作『疑』。」楊明照《校注》云：「按『凝』『疑』並誤。此云『擬奏』，明指寬所爲奏，其非『已再見卻』之『疑奏』可知。不然，漢武何爲稱歎耶？且『擬奏』始能與上句之『對策』相對。」雍案：擬奏，草奏也。楊説是也。

〔三〕**發綺縠之高喻**

范文瀾云：「綺縠，見《詮賦篇》。」楊明照《校注》云：「按《詮賦篇》：『貽誚於霧縠』，范氏引《法言・吾子篇》：『霧縠之組麗』云云以注，是也。然『霧縠』與『綺縠』，詞面既不相同，含義亦復各異，何能混而爲一，挹彼注茲？此因仍黄注之失也。《漢書・王褒傳》：『上宣帝令褒與張子僑等並待詔，數從褒等放獵，所幸宮館，輒爲歌頌，第其高下，以差賜帛。議者多以爲淫靡不急。上曰：「不有博弈者乎？爲之猶賢乎已。辭賦大者與古詩同義，小者辯麗可喜，辟如女工有綺縠，音樂有鄭衛，今世俗猶皆以此虞說耳目，辭賦比之，尚有仁義風諭，鳥獸草木多聞之觀，賢於倡優博弈遠矣。」』舍人『綺縠高喻』之說，即由此出。王氏訓故、梅氏音注皆曾引《漢書（褒傳）》以注，黄、范兩家何以竟未一顧！」雍案：《說文・糸部》：「綺，文繒也。」《潛夫論・浮侈》：「刻削綺縠。」汪繼培箋：「綺，文繒也。」「縠，細縳也。」《後漢書・孝安帝紀》：「至有走卒奴婢被綺縠。」李善注：「綺，文繒也。」《急就篇》卷二：「青綺綾縠靡潤鮮。」顏師古注：「綺，即今之繒。」王應麟《補注》引《釋名》：「縠，綺也。」

〔四〕**及明帝疊耀**

范文瀾云：「疑『明帝疊耀』，當作『明章疊耀』，『帝』與『章』形近而譌。」楊明照《校注》

云：「按既云『疊耀』，則非一帝。范說是也。《詔策篇》『暨明帝崇學』，其誤『章』爲『帝』，與此同。《論衡·佚文篇》：『孝明世好文人，並徵蘭臺之官，文雄會聚。今上章帝即令當作「命」，詔求亡失，購募以金，安得不有好文之聲？』注此適合。《隋書·經籍志》：『光武中興，篤好文雅，明、章繼軌，尤重經術。四方鴻生鉅儒，負袟自遠而至者，不可勝算。石室、蘭臺，彌以充積。』亦可證。」雍案：蓋此謂漢明、章先後繼美，世儒蔚起，爭輝疊耀也。

〔五〕自安和已下

楊明照《校注》云：「按『安和』二字當乙，始合時序。《詔策篇》『安和政弛』，誤與此同。」雍案：楊說是。和安，指東漢和帝（劉肇）、安帝（劉祜）也。

〔六〕造羲皇之書

楊明照《校注》謂「羲皇」當乙作「皇羲」。雍案：《楚辭·王逸·九思·疾世》：「將諮詢兮皇羲。」《後漢書·蔡邕傳》：「初，（靈）帝好學，自造《皇羲篇》五十章。」楊說是也。

〔七〕魏武以相王之尊，雅愛詩章

詩章，元本、弘治本、活字本無。兩京本、胡本作「篇翰」。汪本、佘本、張本、何本、訓故本、梅本、謝鈔本、四庫本作「詩章」。《詩紀別集》《漢魏詩乘總録》《續文選》同。楊明照《校注》云：「按作『詩章』是也。王沈《魏書》：『（太祖）御軍三十餘年，手不捨書。晝則講武策，夜則思經傳。登高必賦，及造新詩，被之管絃，皆成樂章。』《三國志・魏書・武帝紀》裴注、《御覽》九三引（范注引《金樓子》嫌晩）」雍案：「章」者，篇也。《廣韻・陽韻》：「章，篇章。」

〔八〕**陳思以公子之豪，下筆琳瑯**

瑯，元本、弘治本、汪本、佘本、張本、兩京本、王批本、何本、梅本、凌本、合刻本、梁本、祕書本、彙編本、別解本、清謹軒本、尚古本、岡本、王本、張松孫本、鄭藏鈔本、崇文本並作「琅」。《詩紀別集》《漢魏詩乘總録》《續文選》同。楊明照《校注》云「按『瑯』，『琅』之俗體，當以作『琅』爲正。《才略篇》『磊落如琅玕之圃』，亦作『琅』。」雍案：《楚辭・九歌・東皇太一》：「璆鏘鳴兮琳瑯。」舊注：「琅，俗作『瑯』。」杜甫《奉贈太常張卿垍二十韻》：「琳瑯識介珪。」仇兆鰲《詳注》：「琳瑯，佩玉之飾。」《孟子・盡心上》：「若夫豪傑之士。」焦循《正義》：「才過千人爲豪。」蓋謂陳思文才富豔，風骨清峻，氣體豪朗，下筆敷辭，詩文極致也。

〔九〕**公幹狥質於海隅**

狥，弘治本、汪本、佘本、張本、兩京本、胡本、文溯本作「徇」。范文瀾云：「彥和『徇質於海隅』，語本陳思王而改『振藻』爲『徇質』，不知其説。」楊明照《校注》云：「按『狥』爲『徇』之俗體。『徇質』實不可解，殆涉前行之『委質』而誤。質，疑當作『祿』。《論衡・非韓篇》：『夫志潔行顯，不徇爵祿。』《文選・謝靈運〈登池上樓〉》詩：『徇祿反窮海。』李注引趙岐《孟子注》曰：『徇，從也。』今本《盡心上》作「殉」是『徇祿』即『從祿』。此云『公幹徇祿於海隅』，與上句『偉長從宦於青土』，其意正同。」雍案：楊改「狥質」爲「徇祿」，乃望文生訓而蹈誤也。「狥」又作「伨」。「伨」與「徇」，音義相同。《左傳・昭公元年》：「斬以狥。」李富孫《春秋三傳異文釋》：「《説文・彳部》引《司馬法》作『斬以伨』。」「伨，行示也。」《戰國策・魏策四》：「將還其委質。」吴師道注：「『質』『贄』通。」《白虎通義・瑞贄》：「贄者，質也。質己之誠，致己之悃愊也。」蓋「狥質」，乃謂行示其誠也。

〔一〇〕于叔德祖之侶

于叔，黄叔琳校云：「元作『子俶』。」元本、活字本作「子叔」。弘治本、汪本、佘本、張本、兩京本、胡本、謝鈔本、文津本作「子俶」。《詩紀據嘉靖本別集》《續文選》同。何本、合刻本、梁本、祕書本、別解本、增定別解本、清謹軒本、文溯本、王本、鄭藏鈔本、崇文本作「于俶」。王批本、訓故本、《漢魏詩乘總録》作「子淑」。楊明照《校注》云：「按邯鄲淳之字，《三國志・魏書・王粲傳》裴注引《魏略》作『子叔』，此據宋本《類聚》七四則引作『淑』，「淑」上當脱一字《御覽》

七五三又引作『元淑』，頗不一致。然此處由各本作『子叔』『子俶』『于俶』『子淑』與《三國志·魏書》注之『子叔』、《類聚》之『淑』、《御覽》之『元淑』相校，似應作『子淑』。《法書要録》八、《金壺記》上即作「子淑」」雍案：「子淑」是也。古人冠後取字，乃據本名涵義另立別名，以敬其名也。「淳」與「淑」，義皆可訓清也、善也、美也。《慧琳音義》卷三「淳熟」注引《考聲》：「淳，清也。」《慧琳音義》卷二十「淳調」注：「淳，善也。」「淳，美也。」《廣雅·釋詁一》：「淳，清也。」《詩·周南·關雎》：「窈窕淑女。」毛傳：「淑，善也。」《邶風·燕燕》：「淑慎其身。」鄭玄箋：「淑，善也。」《大雅·抑》：「淑慎爾止。」陳奐《傳疏》：「淑，善也。」《楚辭·九章·橘頌》：「淑離不淫。」蔣驥注：「淑，美也。」《文選·顔延之〈赭白馬賦〉》：「蓋乘風之淑類。」呂延濟注：「淑，美也。」《嵇康〈琴賦〉》：「淑穆玄真。」呂向注：「淑，美也。」「子叔」，古爲複姓，《孟子·公孫丑下》有子叔疑。

〔一二〕傲雅觴豆之前

傲，何本、别解本、清謹軒本、尚古本、岡本作「俊」徐𤊹云：「『雅』亦杯類，疑『雅』字或『岸』字。」楊明照《校注》云：「按『傲雅』『俊雅』均不辭，徐𤊹疑爲『岸』字，是也。《序志篇》贊：『傲岸泉石』，正以『傲岸』連文，且與下句『咀嚼』相對。則此亦當作『傲岸』，始能與『雍容』對也。「傲岸」雙聲，「雍容」疊韻。《晉書·郭璞傳》：『（客傲）傲岸榮悴之際，頡頏龍魚之間。』語式與此同，可證。《鮑氏集·代挽歌》：『傲岸平生中。』《廣弘明集·釋真觀〈夢賦〉》：『爾乃見一奇賓，傲岸驚人。』亦並以『傲岸』爲言。今本『雅』字，蓋涉次行『雅好慷慨』句而誤。」雍案：楊説非是。余謂斯解渺不相涉，就「雅」字本體而論，與「岸」字本體形殊不近，音亦不相通，徵引牽强附會。「傲岸」解爲高傲，不隨和於世俗，義與劉文不合，有違接文「雍容」狀繪。而今本「傲雅」，語不倫，殊違常軌。通觀劉文，乃「儼雅」之譌，「傲」與「儼」皆人旁，形近而誤。儼，端貌；矜莊貌。《集韻·儼韻》：「儼，恭貌。」詁作「儼雅」，當合「雍容」狀貌情態。《宋史·家鉉翁傳》：「鉉翁狀貌偉奇，身長七尺，被服儼雅。」可以引證。蓋文士結集聚會，儼雅於酒席之前。

〔一二〕顧盼合章

合，岡本作「含」。楊明照《校注》云：「按『含』字是。《三國志·魏書·管寧傳》：『含章素質，水潔淵清。』《宋書·武三王孝獻王義真傳》：『（元嘉三年詔）故廬陵王含章履正。』《梁書·皇后太宗簡皇后傳》：『齊故太尉南昌公含章履道。』釋僧祐《出三藏記集·竟陵王世子撫軍巴陵王雜集序》：『至于才人含章，思入精理。』《文選·左思〈蜀都賦〉》：『揚雄含章而挺生。』並以『含章』爲言。本篇下文『文帝以貳離含章』，亦作『含章』。「含章」二字原出《易·坤卦》爻辭又按『盼』當作『眄』。」雍案：《易·坤》：「含章可貞。」盼，又作「眄」，義相通也。《文選·謝朓〈和伏武昌登孫權故城》》：「俯仰流英盼。」舊校：「五臣作『眄』字。」《陳琳〈爲曹洪與魏文帝書〉》：「眈眈其眄。」舊校：「善本作『盼』字。」《資治通鑑・宋紀十一》：「凡爲上所眄遇者。」胡三省注：「眄，或作『盼』。」

〔一三〕應傅三張之徒

徒，黄叔琳校云：「元作『從』。」楊明照《校注》云：「按元本、弘治本、汪本、佘本、張本、兩京本、王批本、何本、胡本、訓故本、謝鈔本作『徒』。《詩紀别集》《續文選》同。梅改是也。」雍案：應貞、傅玄、張載、張協、張亢之徒是也。

〔一四〕逮明帝秉哲

秉哲，黄叔琳校云：「元作『東哲』」楊明照《校注》云：「按作『秉哲』是。《書・酒誥》：『經德秉哲。』孔傳：「能常德持智也。」』『秉哲』二字，當出於此。《南齊書・高帝紀上》：『（昇明三年）策相國齊公曰：「……姬旦秉哲，曲阜啓蕃。」』又《豫章文獻王傳》：『體道秉哲。』並以『秉哲』爲言。覆刻汪本、張乙本、王批本、何本、訓故本、謝鈔本、《續文選》作『秉哲』，未誤。元本、活字本、兩京本、胡本作「東哲」；弘治本、張甲本作「東哲」，僅「秉」字有誤（汪本作「東哲」）。」雍案：《爾雅・釋詁下》：「秉，執也。」《書・酒誥》：「經德秉哲。」劉逢禄《今古文集解》：「秉，執也。哲，知也。」

〔一五〕**庾以筆才逾親**

范文瀾云：「逾親，當作『愈親』。」楊明照《校注》云：「按《呂氏春秋・務本》：『此所以欲榮而逾辱也。』高注：『逾，益也。』是『逾親』即『益親』，無煩改字。……《梁書・文學下・王籍傳》：『至若邪溪賦詩，其略云：「蟬噪林逾靜。」』其用『逾』字義並與此同。本書《頌讚篇》贊『年積逾遠』，亦用『逾』字也。」雍案：「逾」與「愈」，古相通用，音義亦同。《楚辭・九辯》：「日超遠而逾邁。」舊注：「逾，一作『愈』。」《春秋繁露・天地陰陽》：「夫物逾淖而逾易變動搖蕩也。」凌曙注引王本：「『逾』作『愈』。」《文選・謝瞻〈於安城答靈運〉》：「波清源逾濬。」舊校：「善本作『愈』。」

〔一六〕**函滿元席**

函，黄叔琳校云：「何本改『亟』。」楊明照《校注》云：「按何改『亟』是。王批本、訓故本、《詩紀此據萬曆本別集》正作『亟』。亟，讀爲『器』。數也，見《左傳・隱公元年》釋文屢也。見《漢書・刑法志》顔注雙聲連語『微言精理，亟滿玄席』二語，即《晉書・簡文帝紀》所謂『尤善玄言，……不以居處爲意，凝塵滿席，湛如也』之意。此云『亟滿玄席』，下云『時灑文囿』，文正相對。猶《諸子篇》『鶡冠緜緜，亟發深言；鬼谷眇眇，每環奥義』之『亟』與『每』對然也。又按『元』，當依各本改作『玄』。」雍案：玄席，謂玄談之席也。

〔一七〕**澹思濃采**

濃，元本、活字本、汪本、佘本、張本、兩京本、王批本、胡本、訓故本作「醲」。《詩紀別集》《續文選》同。馮舒校作「醲」。楊明照《校注》云：「按《説文・西部》：『醲，厚酒也。』詁此甚合。《體性篇》『博喻釀采』，劉永濟謂『釀』爲『醲』之誤；此當據元本等改爲『醲』，俾前後俱作『醲采』也。」雍案：劉、楊據諸本改「濃」爲「醲」，非是。「濃」與「醲」，皆可訓作厚，蓋無煩改也。《説文・水部》段玉裁注：「濃，凡農聲字皆訓厚。」此謂文思曠澹，辭采醇厚也。

〔一八〕**自中朝貴元**

楊明照《校注》云：「按『元』當以各本作『玄』。」此從楊説。

〔一九〕**江左稱盛**

稱，弘治本、兩京本、王批本、胡本、訓故本作「彌」。《詩紀別集》引同。汪本作「爾」，佘本作「爾」。馮舒云：「稱，當作『彌』。」何焯云：「稱，意改『彌』。」楊明照《校注》云：「按

『稱』俗作『称』，覆刻汪本即作「称」『彌』又作『弥』，二字形近易誤。此當以作『彌』爲是。《説苑·修文篇》：『德彌盛者，文彌縟。』即『彌盛』二字所自出。《章表》《書記》兩篇，並有『彌盛』之文。《南齊書·劉瓛陸澄傳論》：『執卷欣欣，此焉彌盛。』《南史·文學傳序》：『降及梁朝，其流彌盛。』《隋書·牛弘傳》：『（上表請開獻書之路）齊梁之間，經史彌盛。』……亦並以『彌盛』爲言。」雍案：陸德明《經典釋文敍録》：「江左中興，立《左氏傳》杜氏、服氏博士。」蓋此謂江左之士，清談之風彌盛。

〔一一〇〕**英采雲搆**

搆，元本、弘治本、汪本、佘本、張本、兩京本、王批本、祕書本、謝鈔本作「構」。《詩紀别集》《續文選》同。楊明照《校注》云：「按作『構』是。」雍案：「搆」與「構」字，皆可訓結，結架也。蓋無煩改易。《慧琳音義》卷八「思搆」注引《字書》、卷四二「交搆」注引《考聲》云：「搆，結架也。」

〔一一一〕**自明帝以下**

帝，黄叔琳校云：「元脱。」此沿梅校楊明照《校注》云：「按何本、謝鈔本、並有『帝』字，梅補是也。」雍案：明帝，謂宋明帝劉彧，文帝子。

〔一二二〕**高祖以睿文纂業，文帝以貳離含章，中宗以上哲興運**

郝懿行云：「按『高』疑『世』字之譌，『中』疑『高』字之譌。」雍案：郝說是，當據改。《南史・齊本紀》：「世祖武皇帝諱賾。」《南齊書・文惠太子傳》：「文惠太子長懋，……世祖長子也。……太子臨國學，親臨策賜諸生。……鬱林立，追尊爲文帝。」《南齊書・明帝紀》：「高宗明皇帝，諱鸞。」《後漢書・樂恢傳》：「陛下富於春秋，纂承大業，諸舅不宜幹正王室，以示天下之私。」《易・離卦》：「明兩作離。」，離，火也，重明，儲二也。蓋謂齊武帝明智而善繼承大業，文帝像離重明察蘊文於內，明帝上智振興國運也。

〔一二三〕**緝遐景祚**

遐，黄叔琳校云：「疑作『熙』。」劉永濟云：「按元作『緝熙』不誤，此用《詩》：『維清緝熙』也。」楊明照《校注》云：「按元明以來各本皆作『緝遐』，故梅慶生有『（遐）疑作「熙」』校語。不知劉氏何所據而云然。又按『遐』字似不譌，惟誤倒耳。如乙作『遐緝』，則文意自通。《宋書・隱逸・周續之傳》：『江州刺史劉柳薦之高祖曰：「……濯纓儒冠，亦王猷遐緝。」』即『遐緝』連文之證。」雍案：楊說是。遐緝，遠續也。《說文・糸部》《玉篇・糸部》《廣韻・緝韻》：「緝，續也。」《慧琳音義》卷四十「修緝」注引《古今正字》：「緝，續也。」

〔二四〕**文思光被**

光，黄叔琳校云：「元作『充』。」梅慶生云：「（充）一作『光』。」何焯改「光」。元本、弘治本、汪本、佘本、張本、兩京本、王批本、何本、胡本、梅本、凌本、合刻本、梁本、祕書本、謝鈔本、彙編本、別解本、文津本、張松孫本、崇文本作「充」。《詩紀别集》《續文選》同。楊明照《校注》云：「按《書·堯典》：『欽明文思安安，允恭克讓，光被四表。』孔傳：『光，充也。』『光被』原非僻詞，諸本又皆作『充被』，疑舍人原從傳文作『充』。」雍案：《書·堯典》：「光被四表。」江聲《集注音疏》：「光之爲充，古訓也。」《書·洛誥》：「惟公德明，光于上下。」孔穎達疏：「此光亦爲充也。」

〔二五〕**海岳降神**

岳，兩京本作「嶽」。楊明照《校注》云：「按《詩·大雅·嵩高》：『維嶽降神，生甫及申。』毛傳：『嶽，四嶽也：東嶽岱，南嶽衡，西嶽華，北嶽恒。……嶽降神靈和氣，以生申甫之大功。』鄭箋：『降，下也。』《釋文》：『嶽，字亦作「岳」。』」雍案：《玉篇·山部》《廣韻·覺韻》：「岳，同『嶽』。」《説文·頁部》：「頢，前面岳岳也。」段玉裁注：「岳，古文『嶽』。」

〔二六〕 **曠焉如面**

曠，黄叔琳校云：「汪作『曖』。」元本、弘治本、活字本、兩京本、王批本、胡本、訓故本並作「曖」。佘本、張本、文津本作「曖」。謝鈔本作「暖」。鈴木云：「『曖』當作『僾』，此用祭義『僾然必有見乎其位』文。」楊明照《校注》云：「按『曠』字未誤。《説文·日部》：『曠，明也。』詁此並無不合。《曹子建集·與吴質書》：『申詠翻覆，曠若復面。』可資旁證。《才略篇》贊：『無曰紛雜，皎然可品。』彼云『皎然』，此云『曠焉』，意相若也。」雍案：楊説是。《廣雅·釋詁四》：「曠，明也。」《顔延之〈陶徵士誄〉》：「亦既超曠。」張銑注：「曠，明也。」

文心雕龍解詁舉隅卷十

物色第四十六

春秋代序，陰陽慘舒，物色之動，心亦搖焉。蓋陽氣萌而玄駒步，陰律凝而丹鳥羞，微蟲猶或入感，四時之動物深矣。若夫珪璋挺其惠心，英華秀其清氣，物色相召，人誰獲安？是以獻歲發春，悅豫之情暢；滔滔孟夏，鬱陶之心凝；天高氣清，陰沈之志遠；霰雪無垠，矜肅之慮深。歲有其物，物有其容；情以物遷，辭以情發。一葉且或迎意，蟲聲有足引心。況清風與明月同夜，白日與春林共朝哉！

是以詩人感物，聯類不窮。流連萬象之際，沈吟視聽之區；寫氣圖貌，既隨物以宛轉；屬采附聲，亦與心而徘徊。故灼灼狀桃花之鮮〔一〕，依依盡楊柳之貌，杲杲爲出日之容，瀌瀌擬雨雪之狀〔二〕，喈喈逐黃鳥之聲，喓喓學草蟲之韻；皎日嘒星，一言窮理，參差沃若，兩字窮形〔三〕：並以少總多，情貌無遺矣。雖復思經千載，將何易奪？及離騷代興，觸類而長，物貌難盡，故重沓舒狀，於是嵯峨之類聚，葳蕤之群積矣。及長卿之徒，詭勢瓌聲，模山範水，字必魚貫，所謂詩人麗則而約言，辭人麗淫而繁句也。

至如雅詠棠華〔四〕，或黄或白；騷述秋蘭，緑葉紫莖。凡摛表五色，貴在時見，若青黄屢出，則繁而不珍。

自近代以來，文貴形似〔五〕，窺情風景之上，鑽貌草木之中。吟詠所發，志惟深遠；體物爲妙，功在密附。故巧言切狀，如印之印泥，不加雕削，而曲寫毫芥。故能瞻言而見貌，印字而知時也。然物有恒姿，而思無定檢，或率爾造極，或精思愈疎。且詩騷所標，並據要害，故後進鋭筆，怯於爭鋒。莫不因方以借巧，即勢以會奇，善於適要，則雖舊彌新矣。是以四序紛迴，而入興貴閑；物色雖繁，而析辭尚簡；使味飄飄而輕舉，情曄曄而更新〔六〕。古來辭人，異代接武，莫不參伍以相變，因革以爲功，物色盡而情有餘者，曉會通也。若乃山林皋壤，實文思之奥府，略語則闕，詳說則繁。然屈平所以能洞監風騷之情者，抑亦江山之助乎！

贊曰：山沓水匝，樹雜雲合。目既往還，心亦吐納。春日遲遲，秋風颯颯。情往似贈，興來如答。

〔一〕**故灼灼狀桃花之鮮**

花，尚古本、岡本作「華」。楊明照《校注》云：「按作『華』是。」雍案：楊說是也。《晉書・皇甫謐傳〈釋勸論〉》：「是以春華發萼，夏繁其實。」《文選・謝莊〈宋孝武宣貴妃誄〉》：「接萼均芳。」李善注引《毛詩》鄭玄曰：「承華者曰萼。」亦可引證也。

〔二〕**瀌瀌擬雨雪之狀**

鈴木云：「（瀌瀌）當作『麃麃』。」楊明照《校注》云：「按《小雅・角弓》作『瀌瀌』。陳奐《詩毛氏傳疏》卷二二云：『瀌瀌，疑《詩》本作「麃麃」，後人加水旁耳。《韓詩外傳》四、《荀子・非相篇》《漢書・劉向傳》作「麃麃」。』鈴木氏蓋本陳氏爲說也。又按《角弓》釋文『雨，音于付反』，是原讀去聲，屬動詞。若讀上聲，則與上句『出日』之『出』詞性不合矣。」雍案：「瀌」與「麃」，義合而不同字也。《說文・水部》：「瀌，雨雪瀌瀌。从水，鹿聲。」《廣韻》：「（瀌）甫嬌切，平宵，幫。」《集韻・幽韻》《笑韻》：「瀌瀌，雨雪兒。」《集韻・宵韻》：「瀌瀌，雨雪盛兒。」《詩・小雅・角弓》：「雨雪瀌瀌。」陸德明《釋文》：「瀌瀌，雪盛貌。」朱熹《集傳》：「瀌瀌，盛貌。」王先謙《三家義集疏》：「魯、韓『瀌』作『麃』。」《廣雅・釋訓》：「瀌瀌，雪也。」王念孫《疏證》：『《角弓篇》云：「雨雪瀌瀌。」《漢書・劉向傳》作『麃麃』。』」《集韻》：「（麃）悲嬌切，平宵，幫。」《漢書・劉向傳》：「雨雪麃麃。」顏師古注：「麃麃，盛也。」

〔三〕**參差沃若，兩字窮形**

窮，元本、弘治本、汪本、佘本、張本、兩京本、王批本、何本、胡本、訓故本、梅本、凌本、合刻本、梁本、祕書本、彙編本、別解本、清謹軒本、尚古本、岡本、王本、張松孫本、鄭藏鈔本、崇文本並作「連」。《詩紀別集》一、《喻林》八九、《文儷》十三、《古逸書》二二、湯氏《續文選》二七、胡氏《續文選》十二、《賦略緒言》《四六法海》同。何焯「連」改「窮」。楊明照《校注》云：「按『連』字是。『參差』『沃若』皆連語形容詞，「參差」雙聲連語，「沃若」疊韻連語。故云。上云『窮理』，此云『窮形』，殊嫌重出。黃氏從何校改『連』爲『窮』，非是。」雍案：尋繹文意，作「窮形」較勝。陸機《文賦》：「雖離方而遁員，期窮形而盡相。」盧照鄰《益州長史胡樹禮爲亡女造畫贊》：「窮形盡相，陋燕壁之含丹。」蓋「窮形」乃極狀形容也。

〔四〕**至如雅詠棠華**

棠，王批本作「裳」。雍案：作「裳」是也，當據改。《詩・小雅・裳裳者華》：「裳裳者華，或黃或白。」毛傳：「興也。裳裳，猶堂堂也。」鄭箋：「興者，華堂堂於上，喻君也。」馬瑞辰《傳箋通釋》：「『裳』與『常』同字。」朱熹《集傳》引董氏云：「（裳），古本作『常』，常棣也。」又王先謙《三家義集疏》：「魯、韓『裳』作『常』。」蓋謂至若雅詠之興，其華堂堂也。

〔五〕自近代以來，文貴形似

形，元本、弘治本、活字本、汪本、佘本、張本、兩京本作「則」。《詩紀別集》《文儷》《古逸書》、湯氏《續文選》、胡氏《續文選》《賦略緒言》《四六法海》同。楊明照《校注》云：「按『則』字非是。沈約《宋書·〈謝靈運傳論〉》：『相如工爲形似之言。』《詩品》上：『晉黄門郎張協……巧構形似之言。』《顏氏家訓·文章篇》：『何遜詩實爲清巧，多形似之言。』並其證。宋趙次公蘇軾《書鄢陵王主簿所畫折枝》詩『論畫以形似』句注引作『形似』，是所見本未誤。」雍案：楊説是。《説文·人部》：「似，象也。从人，㠯聲。」《廣雅·釋詁四》《廣韻·止韻》：「似，象也」「似，類也。」

〔六〕情曄曄而更新

《吟窗雜録》三七有此文，「更」作「恒」。楊明照《校注》云：「按『恒』字蓋涉上而誤。《晉書·文苑·左思傳》：『張華見而歎曰：班、張之流也！使讀之者盡而有餘，久而更新。』」雍案：楊説是。「更新」者，易其舊也。

才略第四十七

九代之文，富矣盛矣；其辭令華采，可略而詳也。虞夏文章，則有皋陶六德，夔序八音，益則有贊，五子作歌，辭義溫雅，萬代之儀表也。商周之世，則仲虺垂誥，伊尹敷訓，吉甫之徒，並述詩頌，義固爲經，文亦師矣。

及乎春秋大夫，則修辭聘會，磊落如琅玕之圃，焜燿似縟錦之肆，薳敖擇楚國之令典〔一〕，隨會講晉國之禮法，趙衰以文勝於從饗〔二〕，國僑以修辭扞鄭，子太叔美秀而文，公孫揮善於辭令〔三〕，皆文名之標者也。戰代任武，而文士不絕。諸子以道術取資，屈宋以楚辭發采，樂毅報書辨以義，范雎上疏密而至，蘇秦歷說壯而中，李斯自奏麗而動，若在文世，則揚班儔矣。荀況學宗，而象物名賦，文質相稱，固巨儒之情也。

漢室陸賈，首發奇采，賦孟春而選典誥，其辯之富矣。賈誼才穎，陵軼飛兔，議愜而賦清，豈虛至哉？枚乘之七發，鄒陽之上書，膏潤於筆，氣形於言矣。仲舒專儒，子長純史，而麗縟成文，亦詩人之告哀焉。相如好書，師範屈宋，洞入夸豔，致名辭宗。

然覆取精意〔四〕，理不勝辭，故揚子以爲文麗用寡者長卿，誠哉是言也！王褒構采，以密巧爲致，附聲測貌，泠然可觀。子雲屬意，辭人最深〔五〕，觀其涯度幽遠，搜選詭麗，而竭才以鑽思，故能理贍而辭堅矣。桓譚著論，富號猗頓，宋弘稱薦，爰比相如，而集靈諸賦，偏淺無才，故知長於諷論，不及麗文也〔六〕。敬通雅好辭說，而坎壈盛世，顯志自序，亦蚌病成珠矣。二班兩劉，弈葉繼采〔七〕，舊說以爲固文優彪，歆學精向，然王命清辯，新序該練，璿璧產於崑岡，亦難得而踰本矣。傅毅崔駰，光采比肩，瑗實踵武，能世厥風者矣。杜篤賈逵，亦有聲於文，跡其爲才，崔傅之末流也。李尤賦銘，志慕鴻裁，而才力沈膇，垂翼不飛。馬融鴻儒，思洽識高〔八〕，吐納經範，華實相扶。王逸博識有功，而絢采無力；延壽繼志，瓌穎獨標，其善圖物寫貌，豈枚乘之遺術歟？張衡通贍，蔡邕精雅，文史彬彬，隔世相望。是則竹柏異心而同貞，金玉殊質而皆寶也。劉向之奏議，旨切而調緩；趙壹之辭賦，意繁而體疎；孔融氣盛於爲筆，禰衡思銳於爲文：有偏美焉。潘勗憑經以騁才，故絕群於錫命；王朗發憤以託志，亦致美於序銘。然自卿淵已前，多俊才而不課學；雄向已後，頗引書以助文〔九〕：此取與之大際，其分不可亂者也。

魏文之才，洋洋清綺，舊談抑之，謂去植千里，然子建思捷而才儁，詩麗而表逸，子桓慮詳而力緩，故不競於先鳴；而樂府清越，典論辯要，迭用短長，亦無懵焉。但俗情抑揚，雷同一響，遂令文帝以位尊減才，思王以勢窘益價，未爲篤論也。仲宣溢才，捷而能密，文多兼善，辭少瑕累，摘其詩賦，則七子之冠冕乎！琳瑀以符檄擅聲，徐幹以賦論標美，劉楨情高以會采，應瑒學優以得文；路粹楊修，頗懷筆記之工；丁儀邯鄲，亦含論述之美：有足算焉。劉劭趙都〔一〇〕，能攀於前修；何晏景福，克光於後進；休璉風情，則百壹標其志；吉甫文理，則臨丹成其采；嵇康師心以遺論〔一一〕，阮籍使氣以命詩：殊聲而合響，異翮而同飛。

張華短章，奕奕清暢，其鷦鷯寓意，即韓非之説難也。左思奇才，業深覃思，盡鋭於三都，拔萃於詠史，無遺力矣。潘岳敏給，辭自和暢，鍾美於西征，賈餘於哀誄，非自外也。陸機才欲窺深，辭務索廣，故思能入巧而不制繁；士龍朗練〔一二〕，以識檢亂，故能布采鮮净，敏於短篇。孫楚綴思，每直置以疎通；摯虞述懷，必循規以温雅：其品藻流別，有條理焉。傅元篇章，義多規鏡；長虞筆奏，世執剛中：並楨幹之實才〔一三〕，非群華之韡蕚也。成公子安選賦而時美，夏侯孝若具體而皆微，曹攄清靡於長篇，季鷹辨切於短韻，各其善也。孟陽景陽〔一四〕，才綺而相埒，可謂魯衛之政，兄弟之文也。劉琨雅壯而多風，盧諶情發而理昭，亦遇之於時勢也。景純豔逸，足冠中興，郊賦既穆穆以大觀，仙詩亦飄飄而凌雲矣〔一五〕。庾元規之表奏，靡密以閑暢；溫太真之筆記，循理而清通：亦筆端之良工也。孫盛干寶〔一六〕，文勝爲史，準的所擬，志乎典訓，戶牖雖異，而筆彩略同。袁宏發軫以高驤，故卓出而多偏；孫綽規旋以矩步，故倫序而寡狀〔一七〕；殷仲文之孤興〔一八〕，謝叔源之閑情，並解散辭體，縹緲浮音：雖滔滔風流，而大澆文意。

宋代逸才，辭翰鱗萃，世近易明，無勞甄序。觀夫後漢才林，可參西京；晉世文苑，足儷鄴都；然而魏時話言，必以元封爲稱首；宋來美談，亦以建安爲口實。何也？豈非崇文之盛世，招才之嘉會哉？嗟夫，此古人所以貴乎時也！

贊曰：才難然乎，性各異稟。一朝綜文，千年凝錦。餘采徘徊，遺風籍甚〔一九〕。無曰紛雜，皎然可品。

〔一〕**薳敖擇楚國之令典**

敖，黄叔琳校云：「元作『教』，曹改。」徐𤊹校「敖」。楊明照《校注》云：「按何本、訓故本、謝鈔本正作『敖』，曹改徐校是也。」雍案：薳，姓也。《左傳·昭公十一年》：「僖子使助薳氏之簉。」陸德明《釋文》：「本又作『蔿』。」李富孫《春秋三傳異文釋》卷一：「《恒（公）六年傳》：『使薳章求成焉。』《潛夫論·志氏姓》作『蔿章』。《昭（公）五年傳》：『薳啓彊。』《文選·顔延之〈釋奠〉》作注引作『蔿』。謝朓《郡内登望》注、《和伏武昌（登孫權故城）》注，引同。」《左傳·宣公十二年》：「……蔿敖爲宰，擇楚國之令典。」蓋舍人語本此。

〔二〕**趙衰以文勝從饗**

衰，黄叔琳校云：「元作『襄』，曹改。」徐𤊹校「衰」。楊明照《校注》云：「按曹改徐校是。何本、訓故本、謝鈔本正作『衰』。」雍案：楊説是。趙衰，即趙成子。嬴姓，趙氏，字子余，一曰子餘，謚號曰成季。亦稱孟子余。衰乃趙國君主之祖，晉文公大夫，造父後代。

〔三〕**公孫揮善於辭令**

揮，元本、弘治本、活字本、汪本、佘本、張本、兩京本、何本、胡本、訓故本、梅本、凌本、合刻本、梁本、祕書本、謝鈔本、彙編本、清謹軒本、尚古本、岡本、文津本、王本、張松孫本、鄭藏鈔本、崇文本並作「翬」。《文通》二五引同。馮舒云：「翬，當作『揮』。」何焯改「揮」。文溯本剜改爲「揮」。楊明照《校注》云：「按公孫揮字子羽，見《左傳·襄公二十四年》則本是『翬』字。古人立字展名取同義，子羽名翬，猶羽父之名翬也。黃本依馮、何校徑改爲『揮』，蓋據《左傳·襄公三十一年》原文黃、范兩家注已具文耳。」雍案：《左傳·襄公三十一年》：「子產之從政也，擇能而使之。馮簡子能斷大事，子太叔美秀而文，公孫揮能知四國之爲，而辨其大夫之族姓、班位、貴賤、能否，而尤善爲辭令。」《論語·憲問》：「行人子羽修飾之。」何晏《集解》：「子羽，公孫揮。」劉寶楠《正義》：「『揮』與『翬』同。」《廣雅·釋詁三》：「翬，飛也。」王念孫《疏證》：「春秋魯公子翬、鄭公孫揮皆字子羽，『揮』與『翬』通。」《後漢書·馬融傳》：「翬終葵。」李賢注：「翬，亦『揮』也。」《廣雅·釋詁一》：「揮，動也。」王念孫《疏證》：「『揮』『翬』『徽』並同義。」《左氏春秋·隱公四年》：「翬帥師會宋公。」李富孫《春秋三傳異文釋》：「《魯世家》『翬』作『揮』。」蓋「揮」即「翬」，無煩改也。

〔四〕然覆取精意

覆，徐𤊹校作「覈」。范文瀾云：「『覆』疑當作『覈』。」楊明照《校注》云：「按『覈』字是。清謹軒本正作『覈』。《銘箴篇》『其取事也必覈以辨』，元本、弘治本、活字本、汪本等亦誤『覈』

爲『覆』，與此同。」雍案：「覈」字是。《說文·襾部》：「覈，實也，考事，襾笮邀遮，其辤得實曰覈。从襾，敫聲。」《說文繫傳·襾部》：「覈笮邀遮，其辭得實曰覈也。」段玉裁注：「言攷事者定於一是，必使其上下四方之辭皆不得逞，而後得其實，是謂覈。此所謂咨於故實也，所謂實事求是也。」《慧琳音義》卷九一「研覈」注引《文字典說》云：「覈，考事得實也，邀遮其辭得實覈也。」《文選·張衡〈西京賦〉》：「化俗之本，有與推移，何以覈諸？」

〔五〕**辭人最深**

人，黄叔琳校云：「疑誤。」范文瀾云：「『人』當作『義』，俗寫致訛。」劉永濟云：「按『人』乃『采』之誤。」楊明照《校注》云：「按范說是。《漢書·揚雄傳贊》：『今揚子之書，文義至深。』可證此文『人』字確爲『義』之誤。『辭義最深』即『文義至深』也。」雍案：范、楊之說是也。義，俗字作「乂」，形近而譌也。

〔六〕**故知長於諷論，不及麗文也**

徐𤊹云：「諷論，當作『諷諭』。」鈴木說同。崇文本作「諷諭」。楊明照《校注》云：「按『論』字不誤。『諷』指其諷諫之疏見《後漢書》本傳言，『論』則專指《新論》。此以君山之『諷論』並舉，正如後文評徐幹之以『賦論』連言然也。上疏與《新論》皆屬於筆類，與辭賦異，故云『長於諷論，不及麗文』。」雍案：楊説是。《後漢書・桓譚傳》謂譚著書二十九篇，記當世言事，號《新論》。書久佚，清孫馮翼、嚴可均並有輯本。

〔七〕弈葉繼采

楊明照《校注》云：「按『弈』字誤，當依各本改作『奕』。」雍案：曹植《王仲宣誄》：「伊君顯考，奕葉佐時。」潘岳《楊仲武誄》：「奕葉熙隆。」呂延濟注：「奕，累也。」《資治通鑑・陳紀》：「梁主奕葉委誠朝廷。」胡三省注：「奕，累也。」「奕葉繼采」，蓋謂文采累世相繼也。

〔八〕馬融鴻儒，思洽識高

識，黄叔琳校云：「一作『登』。」天啓梅本改「識」；何焯校同。楊明照《校注》云：「按元本、弘治本、活字本、汪本、佘本、張本、兩京本、王批本、何本、胡本、訓故本、萬曆梅本、凌本、合刻本、梁本、祕書本、謝鈔本、彙編本、尚古本、岡本、崇文本並作『登』，原非誤字；黄氏從梅、何校改作『識』，非是。其餘各本已從天啓梅本作「識」『思洽登高』，蓋謂其善於辭賦也。「登高能賦」，見《詩・鄘風・定之方中》毛傳及《漢志》。《韓詩外傳》七：「孔子曰：『君子登高必賦。』」范書本傳所叙季長撰述，即以賦爲稱首；今存者尚有《琴賦》《長笛賦》《圍碁賦》《樗蒲賦》《龍虎賦》等篇。見嚴輯《全後漢文》卷十八（其中有不全者）而《長笛》一賦，且登選樓。是季長所作，以賦爲優，故云

『思洽登高』。本篇評論作者，皆就其最擅長者言。若作『識高』，則空無所指矣。何況『登』與『識』之形音俱不近，焉能致誤？《出三藏記集·齊竟陵王世子撫軍巴陵王法集序》：『雅好辭賦，允登高之才。』《南齊書·文學傳論》：『卿、雲巨麗，升堂冠冕；張、左恢廓，登高不繼。』亦並以『登高』二字指賦。《詮賦篇》亦有「原夫登高之旨」語」雍案：楊說是也。漢王充《論衡·本性》：「自孟子以下至劉子政，鴻儒博生，聞見多矣。」又《論衡·超奇》：「故夫能說一經者爲儒生，博覽古今者爲通人，采綴傳書以上奏記者爲文人，能精思著文連結篇章者爲鴻儒。」融乃博學之士，善於辭賦，允登高之才也。

〔九〕然自卿淵已前，多俊才而不課學；雄向已後，頗引書以助文

楊明照《校注》云：「按『俊』字於義不屬，當是『役』之形誤。《左傳·成公二年》『以役王命』杜注：『役，事也。』此當作『役』而訓爲事。《史通·雜說下篇》：『昔劉勰有云：「自卿、淵已前，多役才而不課學；向、雄以後，頗引書以助文。」』是所見本未誤。」雍案：楊說是。《大戴禮記·曾子天圓》：「所以役於聖人也。」蓋此謂自司馬相如（長卿）、王褒（子淵）以前，多驅使文才而不考究學問；揚雄、劉向以後，多引用書典以助寫作文章。

〔一〇〕**劉劭趙都**

劭，元本、弘治本、活字本、汪本、佘本、張本、兩京本、王批本、梅本、謝鈔本、彙編本、張松孫本並作「卲」。《文通》二五引同。祕書本作「卲」，《歷代賦話續集》十四引同。楊明照《校注》云：「按『卲』字是。」雍案：《事類篇》有「劉劭趙都賦」，已詁，此略。

〔一一〕**嵇康師心以遣論**

遣，梅慶生云：「疑作『造』。」楊明照《校注》云：「按『遣』字自通，無煩它改。」雍案：「造」字較有勝義。「造」者，造生也，創立也。《易・屯》彖傳：「天造草昧。」李鼎祚《集解》引虞翻曰：「造，造生也。」《禮記・玉藻》：「大夫不得造車馬。」鄭玄注：「造，謂作新也。」漢荀悦《前漢紀・孝成紀》：「及至末俗，異端並生，諸子造誼以亂大倫，於是微言絕，群議繆焉。」《莊子・人間世》：「夫胡可以及化，猶師心者也。」《梁書・何佟之傳》：「佟之少好三《禮》，師心獨學，强力專精，手不輟卷。」蓋「嵇康師心以造論」，乃謂以己意爲師，不拘守成法以創立其論也。

〔一二〕**士龍朗練**

練，黄叔琳校云：「元作『陳』，王青蓮改。」徐𤊹云：「（陳）疑作『練』。」楊明照《校注》

云：「按『練』字是。何本作『練』；《文通》引同。《事類篇》『子建明練』，『明練』與『朗練』同。《爾雅·釋言》：『明，朗也。』」雍案：《說文·糸部》段玉裁注：「凡湅之帛曰練，引申爲精簡之偁。」《釋名·釋采帛》：「練，爛也。」王先謙《疏證補》引蘇輿曰：「練，引申爲凡事練熟之稱。」《楚辭·離騷》：「苟余情其信姱以練要兮。」蔣驥注：「練，精熟也。」

〔一三〕**並楨幹之實才**

楨，黄叔琳校云：「汪作『杶』。」楊明照《校注》云：「按元本、弘治本、活字本、張本、兩京本、胡本、訓故本、四庫本、亦並作『杶』；《詩紀別集》引同，皆非也。《程器篇》贊：『貞幹誰則？』『貞』爲『楨』之借字，可證。佘本、何本、梅本、謝鈔本等作「楨」；《喻林》《文通》引同。」雍案：《詩·大雅·文王》：「王國克生，維周之楨。」毛傳：「楨，幹也。」《書·費誓》：「峙乃楨榦。」《漢書·匡衡傳》：「（上疏）朝廷者，天下之楨幹也。」蓋「楨幹」者，引申爲骨幹。

〔一四〕**孟陽景陽**

景陽，元本、弘治本、活字本、汪本、佘本、張本、兩京本、王批本、何本、胡本、梅本、凌本、合刻本、祕書本、謝鈔本、彙編本、清謹軒本並作「景福」。《文通》引同。四庫本剜改爲「陽」。梅慶生於「景福」下注「殿賦」二字。馮舒云：「福，當作『陽』。」何焯說同。楊明照《校注》云：

「按史傳未言張載撰有《景福殿賦》，梅注誤。舍人一則曰『才綺而相埒』，再則曰『可謂魯衛之政，兄弟之文也』，則當以作『景陽』爲是。」雍案：「景陽」是。「孟陽景陽」，乃謂張載（字孟陽）、張協（字景陽）也。

〔一五〕仙詩亦飄飄而凌雲矣

凌，元本、活字本、兩京本、胡本作「陵」。楊明照《校注》云：「按『飄飄凌雲』，用司馬相如奏《大人賦》事，《史記·相如傳》作『凌』，《漢書》作『陵』。『凌』『陵』古通。以《風骨篇》『相如賦仙，氣號凌雲』例之，作『凌』前後一律。」雍案：《經義述聞·爾雅中·淩慄也》：「倰、淩、凌、陵，古通用。」《演連珠》：「故凌霄之節厲。」舊校：「五臣本『凌』作『陵』。」班固《封燕然山銘》：「遂凌高闕。」舊校：「五臣本『凌』作『陵』字。」

〔一六〕孫盛干寶

于寶，黄叔琳校云：「元作『子寶』。」徐𤊹校作「干寶」。楊明照《校注》云：「按徐校是。訓故本正作『干寶』。當據改。」雍案：干寶，晉新蔡人，字令升。元帝時以佐著作郎領修國史，著《晉紀》二十卷。原書已佚，清人有輯本。寶另撰有《搜神記》二十卷，爲魏、晉志怪小説代表作。原書至南宋已失傳。今本二十卷爲後人綴輯，多有附益，非原貌也。

〔一七〕**孫綽規旋以矩步，故倫序而寡狀**

楊明照《校注》云：「按『狀』，疑當作『壯』。舍人謂其『倫序寡壯』，蓋如鍾嶸《詩品序》之評爲『平典似道德論』然也。興公詩由《文館詞林》所載四首及江淹所擬者觀之，確係『規旋矩步，倫序寡壯』。」雍案：楊說非是。尋繹前後文意，此當作「狀」爲是。倫序，猶「倫緒」，條理次序也。狀，古又作「壯」。《周禮·考工記·㮚氏》：「凡鑄金之狀。」鄭玄注：「古書『狀』作『壯』，杜子春云當爲『狀』，謂鑄金之形『狀』。」《史記·秦本紀》：「相壯殺蜀侯來降。」裴駰《集解》引徐廣曰：「一，壯，一作『狀』。」

〔一八〕**殷仲文之孤興**

孤，黄叔琳校云：「疑作『秋』。」楊明照《校注》云：「按《文選》載仲文《南州桓公九井作》詩，有『獨有清秋日，能使高興盡』句，何氏蓋據此爲言。然由江淹《雜體詩·殷東陽》首標目爲『興矚』，及所擬全詩觀之，『孤』字似未誤。「孤興」二字出《文賦》」雍案：江淹《殷東陽仲文興矚》詩，有「拂衣釋塵務，求仁既自我」句，蓋當作「孤」字是。

〔一九〕遺風籍甚

籍，張本作「藉」。楊明照《校注》云：「按《史記·陸賈傳》：『陸生遊漢廷公卿間，名聲藉甚。』《漢書》作『籍甚』。是『藉』『籍』本通。然以《論説篇》『雖復陸賈籍甚』證之，則此亦當作『籍』，前後始能一律。」雍案：《説文·竹部》朱駿聲《通訓定聲》：「籍，叚借爲『藉』。」《墨子·魯問》：「籍設而親在百里之外。」孫詒讓《閒詁》：「籍，亦『藉』之叚字。」「籍而以爲得一升粟。」孫詒讓《閒詁》引畢云：「籍，『藉』字假音。」《史通·雜説中》：「必籍多聞以成博識。」浦起龍《通釋》：「（籍），通『藉』。」

知音第四十八

知音其難哉！音實難知，知實難逢，逢其知音，千載其一乎！夫古來知音，多賤同而思古，所謂日進前而不御，遥聞聲而相思也。昔儲説始出，子虚初成，秦皇漢武，恨不同時；既同時矣，則韓囚而馬輕，豈不明鑒同時之賤哉！至於班固傅毅，文在伯仲，而固嗤毅云：下筆不能自休。及陳思論才，亦深排孔璋，敬禮請潤色，歎以爲美談；季緒好詆訶，方之於田巴，意亦見矣。故魏文稱文人相輕，非虚談也。至如君卿脣舌，而謬欲論文，乃稱史遷著書，諮東方朔，於是桓譚之徒，相顧嗤笑，彼實博徒，輕言負誚，況乎文士，可妄談哉！故鑒照洞明，而貴古賤今者，二主是也；才實鴻懿，而崇己抑人者，班曹是也；學不逮文，而信僞迷真者，樓護是也。醬瓿之議，豈多歎哉！

夫麟鳳與麏雉懸絶，珠玉與礫石超殊，白日垂其照，青眸寫其形。然魯臣以麟爲麏，楚人以雉爲鳳，魏氏以夜光爲怪石〔一〕，宋客以燕礫爲寶珠。形器易徵，謬乃若是；文情難鑒，誰曰易分？夫篇章雜沓，質文交加，知多偏好，人莫圓該。慷慨者逆聲而擊節，醖藉者見密而高蹈[二]，浮慧者觀綺而躍心，愛奇者聞詭而驚聽。會己則嗟諷，異我則沮棄，各執一隅之解，欲擬萬端之變。所謂東向而望，不見西牆也。

凡操千曲而後曉聲，觀千劍而後識器；故圓照之象，務先博觀。閱喬岳以形培塿，酌滄波以喻畎澮[三]，無私於輕重，不偏於憎愛，然後能平理若衡，照辭如鏡矣。是以將閱文情，先標六觀：一觀位體，二觀置辭，三觀通變，四觀奇正，五觀事義，六觀宮商。斯術既形[四]，則優劣見矣。

夫綴文者情動而辭發，觀文者披文以入情[五]，沿波討源，雖幽必顯。世遠莫見其面，覘文輒見其心。豈成篇之足深，患識照之自淺耳。夫志在山水，琴表其情，況形之筆端，理將焉匿。故心之照理，譬目之照形，目瞭則形無不分，心敏則理無不達。然而俗監之迷者，深廢淺售，此莊周所以笑折楊，宋玉所以傷白雪也。昔屈平有言：文質疎內，衆不知余之異采。見異唯知音耳。揚雄自稱心好沈博絕麗之文，其事浮淺，亦可知矣。夫唯深識鑒奧[六]，必歡然內懌，譬春臺之熙衆人，樂餌之止過客。蓋聞蘭爲國香，服媚彌芬；書亦國華，翫澤方美[七]。知音君子，其垂意焉。

贊曰：洪鍾萬鈞〔八〕，夔曠所定。良書盈篋，妙鑒迺訂。流鄭淫人，無或失聽。獨有此律，不謬蹊徑。

〔一〕魏氏以夜光為怪石

氏，淩本、天啓梅本、祕書本、張松孫本作「民」。楊明照《校注》云：「按以上下文例之，『民』字是。《尹文子·大道下篇》所謂魏之田父（原文黃、范兩家注已具）者也。此稱『魏民』，猶《頌讚篇》之稱『魯民』然。」雍案：《詩·魏譜》鄭玄《箋》：「魏者，虞舜、夏禹所都之地。」

〔二〕醞藉者見密而高蹈

藉，覆刻黃本、芸香堂本、翰墨園本、思賢講舍本作「籍」。楊明照《校注》云：「按『籍』字非是。已詳《定勢篇》『類乏醞藉』條。」雍案：此楊氏未訓也。藉，古與「籍」通。《漢書·義縱傳》：「治敢往，少溫籍。」《史記》作「蘊藉」。《墨子·號令》：「人舉而藉之。」孫詒讓《閒詁》：「藉，與『籍』通。」《列子·仲尼》：「而爲牢藉。」殷敬順《釋文》：「藉，本作『籍』。」《文選·袁淑〈効曹子建樂府白馬篇〉》：「藉藉關外來。」舊校：「藉，善本作『籍』。」杜甫《同李太守登歷下古城員外新亭》：「跡籍臺觀舊。」仇兆鰲《詳注》引《韻會》：「古『籍』字與『藉』通。」《史通·雜說中》：「必籍多聞以成博識。」浦起龍《通釋》：「（籍），通『藉』。」《說文·竹部》朱駿聲

《通訓定聲》：「籍，叚借爲『藉』。」《墨子・魯問》：「籍設而親在百里之外。」孫詒讓《閒詁》引畢云：「籍，亦『藉』之叚字。」

〔三〕**酌滄波以喻畎澮**

澮，元本、弘治本、活字本、汪本、佘本、張本、兩京本、胡本並作「⿰土會」。王批本作「⿰土会」。楊明照《校注》云：「按『⿰土會』，字書所無，當以作『澮』爲是。《爾雅・釋水》：『注溝曰澮。』《釋名・釋水》：『注溝曰澮；澮，會也，小溝之所聚會也。』『滄波』以大言，『畎澮』以小言。《書・益稷》：『濬畎澮距川。』亦以『畎澮』連文。」雍案：《廣韻》：「（澮）古外切，去泰，見。」《書・益稷》：「濬畎澮。」孔安國傳：「方百里之間，廣二尋深二仞曰澮。」蔡沈《集解》：「一同之間，廣二尋深二仞曰澮。」孔穎達疏：「畎、遂、溝、洫、澮，皆通水之道也。」《爾雅・釋水》：「水注溝曰澮。」邢昺疏：「澮，謂注溝水入之者名澮。」《文選・張衡〈南都賦〉》：「溝澮脉連。」李周翰注：「澮，溝之類。」《荀子・解蔽》：「以爲蹞步之澮也。」楊倞注：「澮，小溝也。」

〔四〕**斯術既形**

形，《廣博物志》二九引作「行」。楊明照《校注》云：「按『行』字誤。《情采篇》『心術既形』，句法與此同，可證。」雍案：楊說是。《鶡冠子・學問》：「九道形心謂之有靈。」陸佃解：

「形，著見也。」《禮記・樂記》：「然後心術形焉。」鄭玄注：「形，猶見也。」《易・繫辭上》：「形而上者謂之道。」孔穎達疏：「形是有質之稱。」蓋術由積中外發而終其形也。

〔五〕觀文者披文以入情

披文，元本、活字本、兩京本、胡本作「披尋」。訓故本作「披辭」。楊明照《校注》云：「按訓故本是也。上句既言『綴文者情動而辭發』，則此當作『觀文者披辭以入情』，始能相應。」雍案：楊說是。《說文・手部》：「披，从旁持曰披。从手，皮聲。」段玉裁注：「『披』『陂』皆有旁其邊之意。」《經義述聞・通說上・披》：「家大人又曰：『披，傍也。』」蓋觀文者披辭以入情，乃謂觀文者傍其辭以入情也。

〔六〕夫唯深識鑒奥

楊明照《校注》云：「按『鑒奥』疑當乙作『奥鑒』，與『深識』對。《漢書・敘傳上》「淵哉深識」，《文選・盧諶〈贈劉琨詩〉》「寄之深識」，王儉《褚淵碑文》「深識臧否」，並以「深識」為言。此云『深識奥鑒』，與《聲律篇》之『練才洞鑒』，句法正相似也。」雍案：《太玄・玄文》：「冥反其鑒。」范望注：「鑒，秘也。」《尚書序》：「雅誥鑒義。」陸德明《釋文》：「鑒，深也。」呂延濟注：「鑒，深也。」《玉篇・金部》：「鑒，察也。」《呂氏春秋・適音》：「谿極則不鑒。」高誘注：「鑒，察也。」

《文選·謝瞻〈張子房詩〉》：「靈鑒集朱光。」李善注：「鑒，察也。」

〔七〕翫澤方美

澤，黃叔琳校云：「王作『繹』。」芸香堂本、翰墨園本誤「繹」爲「懌」。楊明照《校注》云：「按訓故本作『繹』是。繹，尋繹也。」雍案：《文選·謝惠連〈雪賦〉》：「王迺尋繹吟翫。」《詩·周頌·賚》：「敷時繹思。」朱熹《集傳》：「繹，尋繹也。」《論語·子罕》：「繹之爲貴。」陸德明《釋文》引馬云：「繹，尋繹也。」《文選·王襃〈四子講德論〉》：「於是文繹復集。」李善注引馬融《論語注》：「繹，尋繹也。」蓋舍人謂玩賞其味，尋求義藴，方知其美。

〔八〕洪鍾萬鈞

鍾，何本、訓故本、凌本、謝鈔本、別解本、尚古本、岡本、文津本、王本、鄭藏鈔本並作「鐘」。楊明照《校注》云：「按『鍾』與『鐘』通。《文選·張衡〈西京賦〉》：『洪鐘萬鈞。』薛注：『三十斤曰鈞。』」雍案：《説文·金部》朱駿聲《通訓定聲》：「鍾，叚借爲『鐘』。」《集韻·鍾韻》：「鐘，通作『鍾』。」

程器第四十九

周書論士，方之梓材，蓋貴器用而兼文采也。是以樸斲成而丹雘施，垣墉立而雕杇附〔一〕。而近代辭人，務華棄實，故魏文以爲古今文人，類不護細行，韋誕所評，又歷詆群才，後人雷同，混之一貫，吁可悲矣！

略觀文士之疵：相如竊妻而受金，揚雄嗜酒而少算，敬通之不循廉隅，杜篤之請求無厭，班固諂竇以作威，馬融黨梁而黷貨，文舉傲誕以速誅，正平狂憨以致戮，仲宣輕脆以躁競〔二〕，孔璋偬恫以麤疎〔三〕，丁儀貪婪以乞貨〔四〕，路粹餔啜而無恥，潘岳詭禱於愍懷〔五〕，陸機傾仄於賈郭，傅玄剛隘而詈臺，孫楚狠愎而訟府〔六〕。諸有此類，並文士之瑕累。文既有之，武亦宜然。古之將相，疵咎實多。至如管仲之盜竊，吳起之貪淫，陳平之污點，絳灌之讒嫉，沿茲以下，不可勝數。孔光負衡據鼎，而仄媚董賢，況班馬之賤職，潘岳之下位哉！王戎開國上秩，而鬻官囂俗，況馬杜之磬懸，丁路之貧薄哉！然子夏無虧於名儒，濬沖不塵乎竹林者，名崇而譏減也。若夫屈賈之忠貞，鄒枚之機覺，黄香之淳孝，徐幹之沈默，豈曰文士必其玷歟？

蓋人稟五材，修短殊用，自非上哲，難以求備。然將相以位隆特達，文士以職卑多誚，此江河所以騰湧〔七〕，涓流所以寸折者也。名之抑揚，既其然矣，位之通塞，亦有以焉。蓋士之登庸，以成務爲用。魯之敬姜，婦人之聰明耳，然推其機綜，以方治國，安有丈夫學文，而不達於政事哉？彼揚馬之徒，有文無質，所以終乎下位也。昔庾元規才華清英，勳庸有聲，故文藝不稱，若非台岳，則正以文才也。文武之術，左右惟宜，郤縠敦書，故舉爲元帥，豈以好文而不練武哉？孫武兵經，辭如珠玉，豈以習武而不曉文也？

是以君子藏器，待時而動，發揮事業，固宜蓄素以弸中〔八〕，散采以彪外〔九〕，楩柟其質，豫章其幹，摛文必在緯軍國，負重必在任棟梁〔一〇〕，窮則獨善以垂文，達則奉時以騁績，若此文人，應梓材之士矣。

贊曰：瞻彼前修，有懿文德。聲昭楚南，采動梁北。雕而不器〔一一〕，貞幹誰則。豈無華身，亦有光國。

〔一〕垣墉立而雕杇附

杇，弘治本、汪本、佘本、張甲本、萬曆梅本、謝鈔本作「朽」。張乙本作「巧」。何本、凌本、合刻本、梁本、祕書本、尚古本、岡本、王本、張松孫本、鄭藏鈔本、崇文本並作「墁」。楊明照《校注》云：「按元本、活字本、訓故本作『杇』；《喻林》八八引作『圬』。是『朽』爲『杇』之誤，『巧』爲『圬』之誤。『圬』，『杇』之或體。當以作『杇』爲正。《論語·公冶長》：『子曰：「朽木，不可雕也；糞土之牆，不可杇也。」』《集解》引王肅曰：「杇，鏝也。」《史記·仲尼弟子傳》「杇」作「圬」，「鏝」作「墁」（「鏝」與「墁」通）。即此『雕杇』二字之所自出。何本等作『墁』，其義雖通，恐非舍人之舊。」雍案：《爾雅·釋宮》：「鏝謂之杇。」陸德明《釋文》引《說文》：「杇，所以涂也。秦謂之杇，關東謂之槾。」又引李云：「杇，塗工之作具。」郭璞注：「杇，泥鏝。」邵晉涵《正義》：「『圬』與『杇』通用。」郝懿行《義疏》《集韻·模韻》：「杇，或作『圬』。」《說文·金部》段玉裁注：「木爲者曰杇，金爲者曰鏝。」《說文·木部》朱駿聲《通訓定聲》：「杇，字亦作『杅』，亦作『圬』。」《論語·公冶長》：「糞土之牆，不可杇也。」劉寶楠《正義》：「杇，皇本、釋文本並作『圬』。」

〔一二〕仲宣輕脆以躁競

范文瀾云：「輕脆躁競，未知其事。韋誕謂其『肥戇』，疑『脆』『肥』皆『銳』之譌也。《體性篇》云：『仲宣躁銳。』」楊明照《校注》云：「按《體性篇》『仲宣躁銳』之『銳』當作『競』，已詳彼篇校注。《三國志·魏書·王粲傳》：『（劉）表以粲貌寢而體弱通侻，裴注：「通侻者，簡易也。」不甚重也。』『侻』，與『脫』通。韋誕謂其「肥戇」之「肥」字，亦「脫」之誤。疑此處『脆』字爲『脫』之形誤。《後漢書·烈女·曹世叔妻傳》：『（女誡）若夫動靜輕脫。』《晉書·羊祜傳》：『軍師徐胤執棨當營門曰：「將軍都督萬里，安可輕脫！」』《南齊書·謝朓傳》：『江夏蕭寶玄年少輕脫。』《廣弘明集·釋法雲〈上昭明太子啓〉》：『退思輕脫，用深悚懼。』《顏氏家訓·風操篇》：『不可陷於輕脫。』並以『輕脫』爲言。舍人稱『仲宣輕脫』，與劉表之以爲『通侻』同，皆謂其爲人簡易也。」雍案：楊氏謂「輕脆」爲「輕脫」之誤，實乃望文生訓也。「輕脆」者，輕浮脆弱也。《廣雅·釋詁一》：「脆，弱也。」《晉書·石苞傳》：「（詔）吳人輕脆，終無能爲。」《三國志·魏書·杜襲傳》：「魏國既建，爲侍中，與王粲、和洽并用。粲強識博聞，故太祖游觀出入，多得驂乘；至其見敬，不及洽、襲。襲嘗獨見，至於夜半。粲性躁競，起坐曰：『不知公對杜襲道何等也？』洽笑答曰：『天下事豈有盡邪！卿晝侍可矣。悒悒於此，欲兼之乎？』」躁，急躁，浮躁也。其與「輕脆」連文正合邏輯。蓋舍人語出有所本也。

〔三〕孔璋傯恫以麤疎

楊明照《校注》云：「按『傯恫』，當與『謥詷』同。《三國志・魏書・程昱傳〈附孫曉傳〉》：『其選官屬，以謹慎爲粗疏，以謥詷爲賢能。』又《臧霸傳》：『從事謥詷不法。』《玉篇・言部》：『謥，謥詷，言急也。』《魏略》：『（韋）仲將云：「……孔璋實自麤疎。」』《三國志・魏書・王粲傳》裴注引」雍案：《集韻・送韻》：「傯恫，無知皃。」《玉篇・心部》《類篇・言部》：「謥，謥詷，急言。」《後漢書・和熹鄧皇后紀》：「輕薄謥詷。」李賢注：「（謥詷），言怱遽也。」《小學鉤沉・通俗文上》：「言過謂之謥詷。」

〔四〕丁儀貪婪以乞貨

楊明照《校注》云：「按『貨』字與上『黷貨』重出，疑爲『貸』之形誤。《史記・孔子世家》：『游說乞貸，不可以爲國。』又《王翦傳》：『將軍之乞貸，亦已甚矣。』又《韓王信傳》：『旦暮乞貸蠻夷。』《梁書・任昉傳》：『世或譏其多乞貸。』《鹽鐵論・疾貪篇》：『乞貸長吏。』並以『乞貸』連文。」雍案：楊說是。《說文繫傳・貝部》《廣雅・釋詁二》《玉篇・貝部》《廣韻・代韻》：「貸，借也。」《戰國策・齊策五》：「不貸而見足矣。」鮑彪注：「貸，從人求物也。」《類篇・貝部》同。

〔五〕潘岳詭譸於愍懷

譸，元本、弘治本、活字本、汪本、佘本、張本、兩京本、王批本、何本、胡本、訓故本、梅本、凌本、合刻本、梁本、祕書本、謝鈔本、彙編本、尚古本、岡本、張松孫本、崇文本並作「檮」。《漢魏詩乘總録》《文通》二五引同。楊明照《校注》云：「按『檮』字是。詭檮，即《晉書·愍懷太子傳》所謂『使潘岳作書草，若禱神之文』者也。」雍案：「檮」字非是。以告事求福之「禱」字與「詭」字連文，殊違常軌。《玉篇·言部》《廣韻·尤韻》：「譸，譸張，誑也。」《玄應音義》卷八「譸張」注：「譸張，誑也。謂相欺惑者也。」《書·無逸》：「民無或胥譸張爲幻。」孔安國傳：「譸張，誑也。」《漢書·敘傳下》：「燕蓋譸張。」顔師古注引如淳曰：「譸張，誑也。」李白《爲宋中丞請都金陵表》：「乘六合之譸張。」王琦《輯注》引《書·無逸》孔安國傳同。《說文·言部》：「誑，欺也。」《慧琳音義》卷六八「詭誑」注引《韻英》：「詭，欺詐也。」

〔六〕孫狠愎而訟府

狠，黄叔琳校云：「汪作『佷』。」馮舒校作「佷」。楊明照《校注》云：「按『佷』字是。元本、弘治本、活字本、張本、兩京本、胡本亦並作『佷』；《漢魏詩乘總録》引同。《逸周書·謚法篇》：『愎佷與「佷愎」同遂過曰剌。』《易林·恒之噬嗑》：『狠戾復與「愎」通佷。』並其證也。」雍案：《逸周書・謚法》：「愎很遂過曰剌。」孔晁注：「去諫曰愎，反是曰佷。」《資治通鑑・梁紀十三》：「愎諫而來。」胡三省注：「愎，戾也。」《玉篇・人部》：「佷，戾也。」

〔七〕**此江河所以騰湧**

湧，顧廣圻校作「涌」。楊明照《校注》云：「按『湧』爲『涌』之或體，顧校是。」雍案：顧、楊之校是也。《慧琳音義》卷八三「洶湧」注引《説文》：「湧，亦騰也。」《希麟音義》卷二「湧浪」注引《説文》：「湧，亦騰起也。」又注云：「湧，亦作『涌』。」《集韻・腫韻》：「涌，或作『湧』。」《慧琳音義》卷二十「涌沸」注引顧野王云：「水波騰起也。」又卷四十「涌沸」注引《説文》：「涌，水騰上也。」《文選・郭璞〈江賦〉》：「圓淵九回以懸騰。」李善注引《説文》：「騰，水涌也。」

〔八〕**固宜蓄素以弸中**

弸，元本、弘治本、汪本、張本、兩京本、王批本、胡本作「剛」。謝鈔本作「綱」，馮舒校改「剛」。何本、梅本、凌本、合刻本、梁本、祕書本、彙編本、尚古本、岡本作「綳」。《文通》引同。佘本、訓故本、四庫本、王本、張松孫本、鄭藏鈔本、崇文本並作「弸」。楊明照《校注》云：「按『剛』『綳』二字皆誤。《法言・君子篇》：『或問「君子言則成文，動則成德，何以也？」曰：「以其弸中而彪外也。」』李注：『弸，滿也。』即舍人『弸中』二字所本。下句亦用「彪外」二字《隸釋·魯峻碑》：『弸中獨斷，以效其節。』亦可證。」雍案：《法言·君子》：「以其弸中而彪外也。」李軌注：「弸，滿也。」《太玄·養》：「陰弸于野。」司馬光《集注》：「弸者，滿也。」《集韻·耕韻》：「弸，滿也。」蓋「弸中」者，謂充滿其中也。

〔九〕散采以彪外

采，黃叔琳校云：「元作『悉』，龔仲和改。」謝兆申校作「采」。楊明照《校注》云：「按『采』字是。何本、訓故本、梁本、謝鈔本正作『采』；《喻林》八七、《文通》引同。」雍案：悉，乃「采」之形誤。此用「采」字始能與上文「素」字相對。

〔一〇〕負重必在任棟梁

負，黃叔琳校云：「元作『賢』，龔改。」元本、弘治本、活字本、汪本、佘本、張本、兩京本、何本、胡本、訓故本、梁本、謝鈔本並作「負」。《喻林》《文通》引同。楊明照《校注》云：「按龔改是也。」雍案：《三國志·蜀書·龐統傳》：「陸子（陸績）可謂駑馬有逸足之力，顧子（顧劭）可謂駑牛能負重致遠也。」《後漢書·趙熹傳》：「更始曰：『繭栗犢，豈能負重致遠乎？』」晉葛洪《抱朴子·勤求》：「不辭負重涉遠，不避經險履危。」

〔一一〕**雕而不器**

楊明照《校注》云：「按《法言·寡見篇》：『或曰：「良玉不彫，美言不文，何謂也？」曰：「玉不彫，璵璠不作器。」』『雕』與『彫』通。」雍案：《説文·玉部》：「琱，治玉也。」段玉裁注：「經傳以『雕』『彫』爲『琱』。」《經籍籑詁·蕭韻》：「《論語》：『漆雕開。』《古今人表》作『彫』。」

序志第五十

夫文心者，言爲文之用心也。昔涓子琴心，王孫巧心，心哉美矣，故用之焉。古來文章，以雕縟成體，豈取騶奭之群言雕龍也〔一〕？夫宇宙綿邈，黎獻紛雜〔二〕，拔萃出類〔三〕，智術而已。歲月飄忽，性靈不居〔四〕，騰聲飛實，制作而已。夫有肖貌天地，稟性五才〔五〕，擬耳目於日月〔六〕，方聲氣乎風雷，其超出萬物，亦已靈矣。形同草木之脆〔七〕，名踰金石之堅，是以君子處世，樹德建言，豈好辯哉？不得已也〔八〕！

予生七齡，乃夢彩雲若錦，則攀而採之。齒在踰立，則嘗夜夢執丹漆之禮器，隨仲尼而南行。旦而寤，乃怡然而喜，大哉聖人之難見也，乃小子之垂夢歟！自生人以來〔九〕，未有如夫子者也。敷讚聖旨，莫若注經，而馬鄭諸儒，弘之已精，就有深解，未足立家。唯文章之用，實經典枝條，五禮資之以成，六典因之致用，君臣所以炳煥，軍國所以昭明，詳其本源，莫非經典〔一〇〕。而去聖人久遠，文體解散，辭人愛奇，言貴浮詭，飾羽尚畫，文繡鞶帨，離本彌甚，將遂訛濫。蓋周書論辭，貴乎體要；尼父陳訓，惡乎異端；辭訓之異，宜體於要。於是搦筆和墨〔一一〕，乃始論文。

詳觀近代之論文者多矣。至於魏文述典，陳思序書，應瑒文論，陸機文賦，仲治流別〔一二〕，弘範翰林，各照隅隙，鮮觀衢路；或臧否當時之才，或銓品前修之文，或汎舉雅俗之旨，或撮題篇章之意。魏典密而不周，陳書辯而無當，應論華而疏略，陸賦巧而碎亂，流別精而少巧，翰林淺而寡要〔一三〕。又君山公幹之徒，吉甫士龍之輩，汎議文意，往往間出，並未能振葉以尋根，觀瀾而索源。不述先哲之誥，無益後生之慮。

蓋文心之作也，本乎道，師乎聖，體乎經，酌乎緯，變乎騷：文之樞紐，亦云極矣。若乃論文敘筆，則囿別區分，原始以表末〔一四〕，釋名以章義，選文以定篇，敷理以舉統：上篇以上，綱領明矣。至於割情析采〔一五〕，籠圈條貫，摛神性，圖風勢，苞會通，閱聲字，崇替於時序〔一六〕，褒貶於才略，怊悵於知音〔一七〕，耿介於程器，長懷序志，以馭群篇：下篇以下，毛目顯矣。位理定名，彰乎大易之數〔一八〕，其爲文用，四十九篇而已。

夫銓序一文爲易，彌綸群言爲難，雖復輕采毛髮〔一九〕，深極骨髓，或有曲意密源，似近而遠，辭所不載，亦不勝數矣。及其品列成文〔二〇〕，有同乎舊談者，非雷同也，勢自不可異也；有異乎前論者，非苟異也，理自不可同也。同之與異，不屑古今，擘肌分理，唯務折衷。按轡文雅之場，環絡藻繪之府，亦幾乎備矣。但言不盡意，聖人所難，識在缾管，何能矩矱。茫茫往代，既沈予聞；眇眇來世，儻塵彼觀也〔二二〕。

贊曰：生也有涯，無涯惟智。逐物實難，憑性良易。傲岸泉石，咀嚼文義。文果載心，余心有寄。

〔一〕**豈取騶奭之群言雕龍也**

取，元本、弘治本、汪本、張本、兩京本、王批本、何本、胡本、梅本、凌本、合刻本、梁本、祕書本、謝鈔本、彙編本、尚古本、岡本、王本、張松孫本、鄭藏鈔本、崇文本並作「效」。《讀書引》十二、《莒州志》十三同。楊明照《校注》云：「按《梁書》、活字本、佘本、訓故本、四庫本並作『取』；《廣文選》《經濟類編》《廣文選刪》《漢魏六朝正史文選》同。《原道篇》『取象乎河洛』，《奏啓篇》『取其義也』，《書記篇》『取象於夬』，又『蓋取乎此』，其『取』字義並與此同，則作『效』非是。又按《蔡中郎文集·故太尉喬公廟碑》：『文繁雕龍。』以『雕龍』一典喻文，當以此爲首見。《後漢書·崔駰傳贊》：「崔為文宗，世禪雕龍。」《文選·任昉〈宣德皇后令〉》：「文擅雕龍。」亦並以『雕龍』喻文。」雍案：「取」字是。《大戴禮記·虞戴德》：「高舉安取？」王聘珍《解詁》：「取，謂取法。」又《禮察》：「莫如安審取舍。」王聘珍《解詁》：「取，謂所擇用也。」

〔二〕**黎獻紛雜**

黎，兩京本、胡本作「文」。楊明照《校注》云：「按『文』字與下文不應，非是。《書·益稷》：『萬邦黎獻。』此『黎獻』二字所自出。《封禪篇》「毓黎獻」曾用之。《諸子篇》：『百姓之群居，若紛雜而莫顯。』語意與此略同，亦可證。」雍案：「黎」字是也。《爾雅·釋詁下》：「黎，衆。」《書·皋陶謨中》：「萬邦黎獻。」孫星衍《今古文注疏》：「黎，衆。」《詩·大雅·天保》：「群黎百姓。」鄭玄箋：「黎，衆。」《文選·陸機〈贈馮文羆遷斥丘令〉》：「奄有黎獻。」李善注引《尚書》孔傳：「黎，衆。」

〔三〕**拔萃出類**

類，元本、弘治本、活字本、汪本、兩京本、胡本、謝鈔本作「穎」。謝兆申云：「似作『類』。」馮舒改「類」。楊明照《校注》云：「按《孟子·公孫丑上》：『出於其類，拔乎其萃。』即此語所本。則作『穎』非是。」雍案：楊說是。《梁書·劉顯傳》：「竊痛友人沛國劉顯，韞櫝藝文，研精覃奧，聰明特達，出類拔群。」《北史·儒林傳序》：「惟信都劉士元、河間劉光伯拔萃出類，學通南北，博極古今，後生鑽仰。」宋邵博《聞見後録》：「子表將家支庶，而與胄子比翼齊衡，拔萃出類，不亦美乎！」《顏氏家訓・勉學》：「必有天才，拔群出類。」亦並以「出類」連文，可以引證。

〔四〕歲月飄忽，性靈不居

居，兩京本、胡本作「遏」。楊明照《校注》云：「按『遏』字非是。《文選・孔融〈論盛孝章書〉》：『歲月不居，時節如流。』是其證。又《陸機〈歎逝賦〉》：『時飄忽其不再。』」雍案：「居」字是。《禮・月令》：「民氣解情，師與不居。」《文選・王融〈三月三日曲水詩序〉》：「桑榆之陰不居。」呂延濟注：「居，留也。」

〔五〕稟性五才

才，黃叔琳校云：「一作『行』。」楊明照《校注》云：「按『才』『行』於此並通。然以《程器篇》『人稟五材』「材」與「才」通例之，作『才』是也。」雍案：五才，又謂「五材」，其義有二也。一曰金、木、水、火、土。此即黃叔琳校云「一作『行』」之所出見於《左傳・襄公二十七年》：「天生五材，民並用之。」《後漢書・馬融傳》：「五才之用，無或可廢。」二曰勇、智、仁、信、忠，此即舍人所本。見於《六韜・論將》：「太公曰：『將有五材十過。』武王曰：『敢問其目。』太公曰：『勇、智、仁、信、忠也。』」

〔六〕**擬耳目於日月**

擬，兩京本作「娛」。楊明照《校注》云：「按『娛』字非是。《靈樞經·邪客篇》：『天有日月，人有兩目。』《淮南子·精神篇》：『是故耳目者，日月也。』《春秋繁露·人副天數篇》：『耳目戾戾，象日月也。』以上二書范注曾引之《孝經援神契》：『兩目法日月。』（開元占經一一三引）《論衡·祀義篇》：『日月猶人之有目。』並足爲此文當作『擬』之證。」雍案：《淮南子·脩務》：「便娟擬神。」高誘注：「擬，象也。」《漢書·揚雄傳上》：「常擬之以爲式。」顔師古注：「擬，謂比象也。」

〔七〕**形同草木之脆**

同，梅校云：「《梁書》作『甚』。」馮舒校同。徐𤅢校作「甚」。楊明照《校注》云：「按佘本、訓故本作『甚』；《廣文選》《天中記》《經濟類編》《喻林》《廣文選删》《漢魏六朝正史文選》同。下句云『名踰金石之堅』，疑『甚』字是。」雍案：當作「甚」字。《集韻·沁韻》：「甚，過也。」《廣韻·沁韻》：「甚，太過。」《玉篇·甘部》：「劇也。」《廣韻·寑韻》：「甚，劇過也。」

〔八〕**豈好辯哉？不得已也**

辯，元本、弘治本、汪本、張甲本、兩京本、王批本、何本、胡本、訓故本、合刻本、彙編本、尚古本、岡本、王本、鄭藏鈔本、崇文本並作「辨」。《讀書引》《莒州志》同。楊明照《校注》云：「按『辨』字非是。《孟子·滕文公下》：『孟子曰：「予豈好辯哉？予不得已也！」』即此文所本，原是『辯』字。《梁書》、元本、活字本、佘本、張乙本、梅本、凌本、祕書本、謝鈔本、四庫本、張松孫本亦並作『辯』，《廣文選》《經濟類編》《廣文選刪》《漢魏六朝正史文選》同未誤。」雍案：此當作「辯」字是。然「辯」與「辨」，古義相通用。《古文苑·董仲舒〈士不遇賦〉》：「口信辨而言訥。」章樵注：「『辯』『辨』二字古通用。」《史記·淮南王傳》：「諸辨士爲方略者，妄作妖言，諂諛王。」《新唐書·王世充傳》：「人或辨駁，世充以口舌緣飾，衆知其非，亦不能屈也。」

〔九〕**自生人以來，未有如夫子者也**

人，《南史》作「靈」。楊明照《校注》云：「按『靈』字非是。『人』當作『民』，蓋唐避太宗諱改而未校復者也。《孟子·公孫丑上》：『子貢曰：「……自生民以來，未有夫子也。」』即此文之所自出。《原道篇》『曉生民之耳目矣』，亦作『生民』。」雍案：生人，即「生民」。唐人避太宗諱，避「民」字，習於古籍「民」字往往改作「人」，兹舉兩則證之。《管子·君臣上》：「夫民，别而聽之則愚，合而聽之則聖。」《集校》引張佩綸云：「《舊唐書·裴度傳》：『管仲曰：「人離而聽之則愚，合而聽之則聖。」』民，唐諱作『人』。」又《揆度》：「大夫已散其財物，而萬民得受氣流。」《集校》：「『民』本作『人』。」《集校》引張佩綸云：「『民』作『人』，避唐諱。」《詩·大雅·生民》：「厥初生民。」朱熹《集傳》：「民，人也。」《孟子·公孫丑上》：「率其子弟，攻其父母，自有生民以來，未有能濟者也。」

〔一〇〕莫非經典

非，黃叔琳校云：「一作『外』。」楊明照《校注》云：「按以《宗經篇》『莫非寶也』，《誄碑篇》『莫非清允』，《體性篇》『莫非情性』例之，『外』字非是。」雍案：作「外」字者，乃緣傳寫者以草書「非」字與草書「外」字形近致誤。

〔一一〕於是搦筆和墨

筆，何本、凌本、合刻本、梁本、尚古本、岡本、王本、鄭藏鈔本、崇文本作「管」。《讀書引》《莒州志》同。楊明照《校注》云：「按『筆』『管』於此並通，然《梁書》《南史》作『筆』，《御覽》引《梁書》同則『管』字或出後人臆改。《廣文選》、佘本、張乙本、訓故本、謝鈔本等並作「筆」」雍案：筆，疑非舍人之舊。何遜《哭吳興柳惲》詩：「含毫徒有屬，搦管竟無擒。」周弘讓《答王裒書》：「清風朗月，但寄相思，搦管持觚，聲淚俱咽。」劉知幾《史通·辨職》：「搦管操觚，歸其儀的。」《詩·邶風·靜女》：「貽我彤管。」陸德明《釋文》：「管，筆管。」《禮記·内則》：「右佩玦、捍、管、遰。」鄭玄注：「管，筆彄《説文·弓部》桂馥《義證》：「筆管亦謂之彄。」也。」

〔一二〕**仲治流别**

治，文津本作「治」。芸香堂本、翰墨園本、思賢講舍本、崇文本同。楊明照《校注》云：「按『治』字誤，已詳《頌讚篇》『而仲治流别』條。」雍案：治，四庫本剜改作「洽」。芸香堂本、翰墨園本、思賢講舍本同。鈔本《御覽》引作「治」。唐寫本、元本、弘治本、汪本同。仲治，易形訛爲「仲洽」。摯虞，西晉長安人，字仲治。少事皇甫謐，著述不倦。武帝泰始中，舉賢良，累官至太常卿，後遇洛陽荒亂，餓死。其撰有《文章志》四卷、《流别集》三十卷，注《三輔决録》，今僅存佚文。明人輯有《摯太常集》。《世説新語·文學篇》：「左太沖作《三都賦》初成。」劉注：「摯仲治宿儒知名。」又「太叔廣甚辯給，而摯仲治長於翰墨。」注引王隱《晉書》曰：「摯虞字仲治。」《南齊書·文學傳論》：「仲治之區别文體。」

〔一三〕**流别精而少巧，翰林淺而寡要**

巧，黄叔琳校云：「《梁書》作『功』。」紀昀云：「『功』字是。」淺，《玉海》六二引作「博」。

楊明照《校注》云：「按《史記·自序》：『（司馬談論六家要指）儒者博而寡要，勞而少功。』此『寡要』『少功』所本。當以作『功』爲是。唐貞觀《修晉書詔》：『（榮）緒煩而寡要（謂臧榮緒所撰《晉書》），（行）思勞而少功（謂徐廣所撰《晉紀》）。』《隋書·經籍志序》：『遂使《書》分爲二，《詩》分爲三，……《春秋》有數家之傳。其餘互有踳駁，不可勝言。此其所以博而寡要，勞而少功者也。』魏徵《群書治要序》：『以爲六籍紛綸，百家踳駁，窮理盡性，則勞而少功；周覽汎觀，則博而寡要。』《抱朴子內篇·明本》：『而儒者博而寡要，勞而少功。』其用『寡要』『少功』，亦皆出自太史公書。張乙本、訓故本、謝鈔本正作『功』；《廣文選》《經濟類編》《廣文選刪》《漢魏六朝正史文選》同。當據改。又按《詩品序》：『李充翰林，疏而不切。』所評與舍人略同。《玉海》所引，或伯厚意改之也。」雍案：楊說是。「少功」與「寡要」對，「功」「要」皆名詞也。蓋此謂摯虞《文章流别論》，類述精當，而其功則少。

〔一四〕**原始以表末**

末，訓故本作「時」，注云：「一作『來』。」楊明照《校注》云：「按『來』蓋由『末』致誤。何本又譌爲『未』元本、弘治本、汪本、張甲本、兩京本、胡本作『時』，是也。《文心》上篇自《明詩》至《書記》，於每種文體皆明其緣起，故曰『原始以表時』。若作『末』，則多所窒礙。因文體之次要者，舍人往往僅一溯源而已，並未詳其流變也。」雍案：「來」字是。「來」字，句末語助之辭。

《經傳釋詞》卷七：「來，句末語助也。」《助字辨略》卷一：「來，語助辭。」

〔一五〕**至於割情析采**

采，黄叔琳校云：「一作『表』。」楊明照《校注》云：「按元本、弘治本、汪本、張甲本、兩京本、胡本、訓故本、四庫本作『剖情析采』，是也。『割』字亦當據改。」雍案：「剖情析采」是也。《文選·張衡〈西京賦〉》：「剖析毫釐。」《體性篇》：「剖析毫釐者也。」《麗辭篇》：「剖析毫釐。」並證。《慧琳音義》卷九一「剖析」注：「剖析，分析文義令人解也。」《文選·蕭統〈文選序〉》：「論則析理精微。」劉良注：「析，分也。」

〔一六〕**崇替於時序**

替，《梁書》《廣文選》《經濟類編》《廣文選刪》《漢魏六朝正史文選》作「贊」。張乙本、訓故本同。佘本作「暜」。楊明照《校注》云：「按《說文·並部》：『普，廢也；一曰偏下也。暜，或从兟从曰。』則『贊』『暜』均爲『暜』之誤。「替」為「暜」之俗體《時序篇》贊『崇替在選』，尤其明證。《國語·楚語下》：『藍尹亹曰：「吾聞君子唯獨居思念前世之崇替者。」』即『崇替』二字所本。」雍案：《國語·楚語下》韋昭注：「崇，終也；替，廢也。」《文選·陸機〈答賈長淵〉》詩：「邈矣終古，崇替有徵。」李善注引韋昭注：「崇，終也。替，廢也。」《陸機〈門有車馬行〉》：「天道信崇替。」李善注引《國語》賈逵注：「崇，終也。」「替，廢也。」李周翰注：「替，廢也。」江淹《蕭領軍讓司空並敦勸啓》：「事深崇替。」胡之驥《彙注》：「崇，終也。」

〔一七〕**怊悵於知音**

怊悵，黃叔琳校云：「元作『怡暢』，王性凝改。」楊明照《校注》云：「按《梁書》正作『怊悵』；《廣文選》《經濟類編》《廣文選刪》《漢魏六朝正史文選》、佘本、張乙本、何本、訓故本、別解本、謝鈔本、尚古本、岡本同。從梅本出者未列王改是也。舍人於《知音篇》中所露怊悵之情，極爲顯明。若作『怡暢』，則非其指矣。」雍案：楊說是。《集韻・宵韻》：「怊悵，失意。」《楚辭・七諫・謬諫》：「然怊悵而自悲。」王逸注：「怊悵，恨貌也。」庾信《周太子太保步陸逞神道碑》：「怊悵文詞。」倪璠注：「怊悵，恨貌也。」《文選・王儉〈褚淵碑文〉》：「怊悵餘徽。」劉良注：「怊悵，悲恨皃。」

〔一八〕**彰乎大易之數**

范文瀾云：「大易，疑當作『大衍』。」雍案：范說是也。《易・繫辭上》：「大衍之數五十，其用四十有九。」凌廷堪《祀古辭人九歌》：「探大衍兮取數。」大衍，用大數以演卦。大，謂大數也；衍，演也。蓋彥和亦以五十之大數，彰顯其文。

〔一九〕雖復輕采毛髮

復，黃叔琳校云：「一作『或』。」徐𤊹云：「《梁書》作『雖復』；伯元改爲『或』，又重下『或』字。」何焯改「或」。楊明照《校注》云：「按元本、弘治本、活字本、汪本、張甲本、兩京本、王批本、何本、胡本、訓故本、梅本、謝鈔本、四庫本作『復』，從梅本出者未列與《梁書》同。《廣文選》《經濟類編》《廣文選刪》、佘本、張乙本作「或」《論說》《封禪》《定勢》三篇，並有『雖復』之文，則作『復』是。《文鏡祕府輪（北卷）·論對屬篇（句端）》有「假令、假使、假復……雖令、雖使、雖復」條」雍案：「復」字是。復，副詞；又也，更也，再也。《廣韻·宥韻》《集韻·宥韻》：「復，又也。」《學林》卷二：「字書『復』有二義，扶又反者，其義則再也。」

〔二〇〕及其品列成文

列，黃叔琳校云：「一作『許』。」徐𤊹校「評」，何焯校同。楊明照《校注》云：「按《梁書》《廣文選》《經濟類編》《廣文選刪》《漢魏六朝正史文選》作『評』；佘本、張乙本、訓故本同。徐、何校是也。元本、王批本空一格，弘治本為一墨釘。黃氏校語『許』字，當爲『評』之誤。」雍案：楊說是。《廣韻·寢韻》：「品，二口則生訟，三口乃能品量。」《廣雅·釋詁四》：「評，議也。」《玄應音義》卷十「評曰」注：「評，謂量議也。」《廣韻·庚韻》：「評，評量。」《世說新語·文學》：

「（習鑿齒）於病中猶作《漢晉春秋》，品評卓逸。」

〔二二〕茫茫往代，既沈予聞。眇眇來世，儻塵彼觀

沈，黃叔琳校云：「一作『洗』。」紀昀云：「『洗』字是。」范文瀾云：「『沈』一作『洗』。《莊子·德充符》：『不知先生之洗我以善耶。』陶弘景《難沈約均聖論》云：『謹備以諮洗，願具啓諸蔽。』洗聞洗蔽，六朝人常語也。」楊明照《校注》云：「按《戰國策·趙策二》：『（武靈）王曰：「子言世俗之間，常民溺於習俗，學者沈於所聞。」』則此當以作『沈』爲是。《商子·更法篇》：「夫常人安於故俗，學者溺於所聞。」（《史記·商君傳》《新序·善謀篇》同）《漢書·揚雄傳下》：「（解難）使溺於所聞，而不自知其非也。」溺聞，亦沈聞也。其作『洗』者，《梁書》《廣文選》《經濟類編》《廣文選删》《漢魏六朝正史文選》、佘本、張乙本作「洗」乃『沈』之形誤。盧文弨（《抱經堂文集》卷十四《文心雕龍輯注書後》）謂「沈」當作「況」，亦非」雍案：《經傳釋詞》卷六、《經詞衍釋》卷六：「儻，或然之詞也。字或作『黨』，或作『當』，或作『尚』。」《爾雅·釋詁下》：「塵，久也。」邵晉涵《正義》：「塵然，猶言久如也。」蓋「既沈予聞」「儻塵彼觀」，乃謂既沈溺於予之所聞，或恒久於彼所觀也。

跋

是書刪述甫就，梓行在即。叨承沚齋先生垂注題籤，增光卷帙，感泐不盡。自揣平生學術，起予者沚齋先生也。比從師學，涂徑大啓，辟之蠶叢，轉益自信，勤爲纂言，每蕆其功。余專崇古文，發聞國學，於《文心雕龍》獨有深契。攻金削木，窮研故訓，苦心尋繹，不屑履繩蹈墨。雖有所發明，亦恐遺疏。牛蹄之涔，匪盡於大海。漏略之失，博雅君子，幸進而教之。兹藉跋尾，不避累贅，秉筆覼縷片言。

歲次丁酉小雪雍平撰於右溪草堂